日中戦争開戦後の文学場

報告／芸術／戦場

松本和也
MATSUMOTO Katsuya

KU
神奈川大学出版会

目次

《凡例》各種引用について、同時代資料・先行研究は《》で、当該章でメインとした文学者の創作・随筆等は「」で、また論者注は〔〕によって示した。なお、同時代資料については、適宜漢字を現行の字体に改めた他は、原文に従うこととした。

はじめに
昭和一〇年代を見通しながら日中戦争開戦後の文学場を考える

本書は、タイトル通り、日中戦争開戦後の文学場に関する考察を、報告／芸術／戦場という三つの視角から展開した九つの各論に、方法論に関する補論を付した研究書である。もう少し具体的にいうならば、昭和一二年七月七日の日中戦争開戦以降、主にはその直接的・間接的な影響によって、文学者‐文学作品‐トピック‐その他関連する文学活動にどのような展開（変化）が生じたのか、日中戦争を関数とする時局がどのように関わったのか、また、その帰結としてどのような新たな問題が生じたのかなどについて、文学場の特徴がよく示されたと思しき複数の切り口から検証したものである。そういった一連の問題系を、主には当時の新聞・雑誌上の文学関連言説の、あたう限り広範な調査・分析に即して、言表された限りにおける文学者の言動や作品、評価軸の変動について考え、各論として論じたものの集積が本書である。

その意味で本書は、拙著『昭和一〇年代の文学場を考える　新人・太宰治・戦争文学』（立教大学出版会、平27／以下、前著と略記）に連なるものである。別のいい方をすれば、前著の問題意識‐方法論は原則として踏襲したままで、対象とする時期を昭和一〇年代の前半に絞り、日中戦争との関わりという問題関心に限定した各論を並べたということになる。

ここで、日中戦争開戦直後において文学場の現状－ゆくえを論じた同時代の言表として、青野季吉「文芸時評　戦争と文学について」（『政界往来』昭12・10）を参照してみよう。

> 支那事変は事実上の戦争だ。いかなる時代を問はず、戦争とか、政治上の大変革とかの激動の時期には、およそ文学芸術といふものは、一時衰退を余儀なくされる。それといふのは、かかる時期には国民のエネルギイがあげてその大激動に放射されるからで、これは何とも致し方のない法則である。文学芸術は、国民のエネルギイに余裕があつて、文化の諸分野にそれが適当に分流される時に始めて、その輝かしい生命を示すことが出来るのだ。
>
> 　こんどの戦争になつてから、まだ時の経過としては、二ヶ月かそこいらのものだ。だから文学の衰退や萎縮は、またそれほど眼《ママ》立つてはいない。月々に製作される作品が急に減じた訳ではないし、また諸種の文学的活動が俄かに停止した訳でもない。だがかう注意して観察すると、そうした常態を保持してゐる文壇の内部には、いま既に或る衰退や萎縮が感じられるのだ。而してもしこの戦争が、不幸にして長期にでもわたるやうな事があれば、その衰退や萎縮はやがて顕著に成つて来るに相違なく、最悪の場合には、文学芸術などの一切の文化活動が一時停止される時期が来ないとも、保証出来ないのだ。（166頁）

ここで青野が、さまざまな要素・条件との相関関係の中、戦時下－昭和一〇年代（前半）に展開されていく《文学的活動》として見据えた領域が、本書の検討対象だということになる。

こうした検討対象の設定には、先行する研究状況も大きく関わる。

第一に、昭和一〇年代の文学（史）については、不毛な時代という見方が支配的だった期間が長く、研究対象と捉えられにくかったこと。たとえば、今日から五〇年あまり以前の文学史記述において、この時期は次のように概括－記述されていた。

> 中日戦争の開始とその進行は、直接また間接のじつにさまざまな筋道を通して文学と文学者への抑圧を強化し、日本近代文学を、外がわからだけでなく内がわからも――文学としての質そのものまでを、変化させはじめた。変化は太平洋戦争下の時代にいっそう極端なものとなり、日本近代文学の空前の荒廃をもたらすことになる。[1]

もちろん、こうした局面がみられたことは確かだが、それはすべてではないし、こうした見方が前提とされることで、大きな死角が残されたまますごされ、後々まで日本近代に関する文学史（観）－研究対象領域に影響を及ぼしてきたように思われる。[2]

第二に、戦時下の文学が問題とされる際、太平洋戦争（のみ）が注目されることが多く、日中戦争は等閑に付されがちであったということ――《太平洋戦争への執拗な関心と、それとあいまった日中戦争からの異常なまでの忌避》[3]。にもかかわらず、日中戦争の近代史における重要さは、軍事史の領域において示された次の指摘が端的に物語っている。

日本帝国にとどめを刺したものが原子爆弾に象徴される米国の圧倒的物量と科学技術であったという記憶が鮮明すぎたためか、そして敗戦後六年に及ぶ米国の占領統治もあって、日中戦争は一部の専門家を除いて戦後日本人の記憶では日米戦争の影に隠れて後退してしまったように見える。しかしながら、持続期間、投入兵力、投下資金、死傷者数、日本および関係各国に与えた影響などあらゆる点で日中戦争は有史以来日本が経験した最大規模の戦争であった。[4]

こうした日中戦争の捉え方は、日本近代に関する文学（史）研究においても同様だったように思われる。もとより、個別の優れた研究成果もあるが、大勢としてこの時期‐問題領域が（相対的に）軽んじられてきたことは間違いない。[5]

こうした先行研究状況についての、文献（研究書・論文）に即した詳細については、前著の冒頭に配した「序――昭和一〇年代の文学場について考えるために」[6]を参照されたい。ただし、本書でもタイトルに掲げ、前著につづいて重要な意義を担う文学場という鍵概念＝用語については、ここでも簡潔にふれておく。かみくだいていえば、文学場とはさまざまな文学活動を、なるべく多くの要素の相互連関が織りなす関係性において理解するために、同時代の視座から総合的に捉えた文学活動‐現象の総体を想定しているのだが、前著では厳密に次のように定義した。

> 文学場とは、P・ブルデューによる《場 champ》という概念‐アイディアに端を発するものだが、M・フーコーのいう《言説 discours》にもヒントを得て、本書の問題意識・方法に即して流用《アプロプリエイト》したものへとアレンジしている。本書においては個別の作家‐作品‐トピックだけでなく、文壇といった時に想定される実体的な人間関係でもなく、それらを取り囲む批評言説やゴシップ、その水面下を流れる基底的な力学、さらには文学に直接的・間接的に関わる時局‐歴史の動向などもできるだけ視野に収め、それらが具体的な言表として産出‐流通‐（再）配置されていくフローの総体を指す鍵概念として、文学場という術語を用いたい。[7]

また、文学場と連動しながらも前著では説明を付さなかった、同時代受容の地平‐モードという重要な概念＝用語についても、ここでその含むところを明らかにしておきたい。第一に、ある作品について、同時代評として産出された言表の総体‐布置（それは必ずしも一枚岩ではない）を視野に収めて受容を捉えたいという企図から、同時代受容の地平という表現を用いた。第二に、それらが言説として展開されている以上、表面的な賛否や注目点と連動しつつも、その基底には（文学場の動向や作家評価、時局との関係等々）より多くの関数を孕みながら、同時に当の言説をも規定していく局面‐動向があったはずで、そのことを示すために、地平と併置してモードという一語を付した。限られた調査／言表からの議論ではあるが、この両者の解明を企図して同時代受容の地平－モードという、先行研究にはみられない概念＝用語を、前著から用いている。

以上の問題関心を裏返せば、本書（および前著）での同時代評の調査・分析とは自己目的なそれではなく、当時の文学場（の一端）を多角的－立体的－歴史的に解明することを目指した過程（の一部）だということでもある。

さて、本書は全体を三つの視角から分節して構成した。もとより、これは作業仮説として導入したもので、右に示した文学場の概念に即して、ことごとは直接的・間接的に言説を介して連関している、というのが本書の立場ではある。ならば、どのような観点からの分節かといえば、単にとりあげた文学者や文学作品の内容（意味）に即したというばかりではなく、少しく理念的な分割線を導入した。

私見では、昭和一〇年代の文学場を考える際の急所は、（文学者の）社会性[8]という概念＝用語にあり、それと対をなす芸術性とをあわせて複眼的に捉えることで、この時期の文学活動を、歴史性をふまえつつ新たな視座から捉え直せるのではないかという見通しがある。急いで補足しておけば、社会性／芸術性とは、政治／文学（政治と文学）の変奏ではない。少なくとも、昭和一〇年代の文学場に即して考える限り、政治と文学とを排他的に自律した領域と捉える議論の限界は明らかで、ここでは双方とも文学領域内における理念的要素（の濃淡）を指す概念＝用語として用いている。むしろ、昭和一〇年代でいえば、素材派・芸術派論争や歴史小説／私小説論議などとして変奏されていくものの原型だとみたほうがよい。[9]

ここで、それぞれの時期によって歴史的な含意を変じながら展開されていく社会性／芸術性が、それ自体として議論された、徳永直・阿部知二・高見順・尾崎士郎・中村武羅夫による座談会「文学の諸問題」（『新潮』昭15・3）を参照してみよう。まず、「社会性と芸術性」という小見出しのもと、徳永に次の発言がある。

社会性と芸術性といふことはなかなかケリがつかぬ問題であるかも知らんが、またこれは現実的にも非常に要求されて居る問題ですね。（83頁）

これを受けて、その《言葉の次を想像すれば》というかたちで、高見順は次のように、社会性／芸術性の関係を語っている。

小説といふものは一応社会性を持つたものが、——原則的にいふ時には社会性を持つたものが、小説として本当のものではないか。ところでその社会性といふことも、本当の意味の芸術性といふものを持たなければ、本当の意味での社会性を持つた小説と言へないのではないかと、さういふやうなことを言はうとして居るのではないかと思ふ。（84頁）

さらにこれを受けた徳永は《芸術性といふことを僕は無視するどころか、非常に重要視するし、芸術性の中にさうした社会性が十分含まれることが芸術性であつて、社会性のない芸術性といふものは僕自身の考ではどの作品の中にもないと思ふ》(84頁)と応じている。もっとも、この発言に次いで阿部知二が《その社会性といふものの感じを、広さを狭さを、どの辺に置くかといふことになりますね》(84頁)と正しく指摘するように、社会性／芸術性という概念＝用語は、時期によって、論者－文脈ごとの含意によってはもとより、そのスケールをどのように捉えるかによって、その歴史的な含意を変じながら用いられてきたのだ。それでいて、昭和一〇年代の文学場をみわたした時、社会性／芸術性に代わる概念＝用語など、他にはない。

もちろん、個々の作家や作品を、それぞれ社会性／芸術性といった二分法によって分割－配置しようというのではない。そうではなく、この時期の文学場をみわたした時、楕円よろしく社会性／芸術性という二つの理念的な中心が仮想的に見出され、それらからの距離やそれらの要素の濃淡(のバランス)によって、さまざまな文学活動の相互連関的な配置が決定されていくようなのだ。――こうした見取り図は、昭和一〇年代初頭、横光利一「純粋小説論」(『改造』昭10・5)をめぐる議論において、象徴的に書きこまれていたようにみえる。

詳細は別のところで論じたが、[10]昭和初年代に、たとえば「機械」(『改造』昭5・9)のような《純粋小説》(河上徹太郎)と称される小説を書いていた横光利一は、芸術性を体現した作品の書き手であった。その後、婦人雑誌や新聞を媒体として小説を書くことが多くなり、その創作経験に基づいた方法論として発表された「純粋小説論」は、その表面的な字面に反して、その実、横光が自作を芸術性から社会性へとシフト・チェンジしていく宣言であった。その後、渡欧し、『旅愁　第一〜三篇』(改造社、昭15〜

18）を書きついでいく横光の軌跡は、芸術性からではなく社会性によって、よく説明し得る。逆に、横光が歩まなかった芸術性の道は、たとえば昭和一〇年に入ってもなお散文詩を書こうとした堀辰雄や太宰治[11]、あるいは本書でとりあげる川端康成や岡本かの子などによって担われていくことになるだろう。もとより、ここでいう社会性／芸術性には、さしあたり序列も価値判断‐評価も含まない。関わるのは、戦時下における社会‐時局への貢献度やその説明可能性——文学者の社会的意義である。

　それでも、文学場における具体的な言説として、この時期に社会性という概念＝用語は実に多くみられ、それと芸術性（という概念＝用語）を対置して捉えることで（旧来の文学史や作家作品の個別性に比して）言表内容がよく理解できる。したがって、作業仮説ではあるものの、言説上においては実定的な裏づけをもつ理念‐実践として、社会性／芸術性という理念的な分割線は、同時代の文学場を研究する際に一定の有効性をもつと思われる。

　以下、本書の概要を記しておく。

　第Ⅰ部には、報告というコンセプトに関する議論を集めた。日中戦争開戦以後、（兵士ではない）文学者が戦場へ赴く機会が激増する。そこでの仕事は現地報告で、さしあたり社会性に深く関わる文学活動だといえる。文学者が戦場で書く現地報告には、しかし書き手が（ジャーナリストではなく）文学者である以上、一定の芸術性が求められ‐見出されてもいく。その意味もこめて、前著につづき本書でも報告文学《ルポルタージュ》という用語＝概念によってそれらの作品群を検討対象としてとりあげた。いちはやく現地に特派されたのは、大衆文学の雄、吉川英治であった。吉川は現地報告を書き送った後に、ジャンル配置の難しい「迷彩列車」を新聞に連載し、報告文学《ルポルタージュ》および日中戦争開戦以後における文学者の身の処し方に先鞭をつけた（第1章）。その後、次々と現地に派遣された文学者たちによる報告文学《ルポルタージュ》群の中で、よい意味で異彩を放ったのは、岸田國士による『北支物情』と『従軍五十日』である。そこではすでに、戦争－戦場よりも、現地における文化工作を見据えた視線が特徴的である（第2章）。報告文学《ルポルタージュ》が隆盛をみる中、火野葦平「麦と兵隊」の影響を受けて、陸軍にオーソライズされたペン部隊が結成され、文学者の本格的な動員がはじまっていく。これは芸術性をもった文学者が、わかりやすい社会性へとシフトしていく／させられていく一大契機ともなった（第3章）。

第Ⅱ部は、日中戦争期に（結果的にせよ）あえて芸術性を貫いて評価された作家－作品についての議論を集めた。したがって、芸術性が色濃い要素にはなるが、それは時局－文学場が社会性へとシフトしていく中、それゆえの相対的な位置価を孕んでもいる。川端康成「高原」は、日中戦争（社会性）をモチーフの一部としながら、〝美〟（芸術性）として受容された作品であり、この時期の同時代受容の地平－モード（一般）を考えるための試金石でもある。日中戦争開戦直後からの、足かけ三年にわたる「高原」連作発表は、次第にその受容を変化させ、時局の推移をも映しだしていく（第4章）。その川端が絶賛した同時代作家の一人が岡本かの子である。五〇歳代を過ぎて小説家になってから没するまで、瞬く間に傑作－遺稿を発表した岡本かの子について、小説がどのように評価されていき、同時に、時局に関していかなる発言をしていたのかを、複眼的に検証した（第5章）。その間、直木賞で改めて注目を浴びた井伏鱒二も、書きついだ「多甚古村」連作によって、地味ながらも根底的に評価を好転させていくという動きがみられた（第6章）。これらも、この時期固有の現象であり、日中戦争期文学場の一面である。

第Ⅲ部は、第Ⅰ部における社会性と、第Ⅱ部における芸術性の交錯点でもある戦争文学をとりあげた。いかにもこの時期らしい社会性を色濃くまとった、当事者たる兵士として戦場を直接的に体験した文学者による戦争‐戦場をモチーフとし、それでいて芸術性を擁した戦争文学を、主には銃後における読まれ方という観点から検討した議論を、ここには集めた。「麦と兵隊」につづく火野葦平「土と兵隊」は、火野ブームの中で付加価値を伴いながら高く評価されていくうちに、戦時下における文学者‐文学作品の存在意義をひろくアピールしていくことになった（第7章）。つづく火野の「花と兵隊」は新聞掲載となったが、内容的には（日本人兵士との恋愛関係を含んだ）中国人がモチーフとして前景化され、中国人表象や文化工作が問題化される端緒ともなった（第8章）。昭和一四年発表ながら、日比野士朗「呉淞クリーク」も日中戦争初期の戦場を、負傷した兵士が一定の距離をおいて振り返った作品で、銃後の読者にも戦場の〝実感〟を喚起する表現として、火野葦平以後の戦争文学作家としての地歩を固める契機となった（第9章）。

最後に、第1章〜第9章とはレベルを異にする補論を付した。直接的に方法論を議論したものではなく、昭和一〇年代の文学について論じた既刊拙著についての書評を分析することで、本書各論の基底をなす方法論にかえた。

以下、文字通り各論を積み重ねていくことにしよう。

注

1 小田切秀雄『日本現代史大系　文学史』（東洋経済新報社、昭36）、335頁。
2 平浩一『「文芸復興」の系譜学　志賀直哉から太宰治へ』（笠間書院、平27）ほか参照。
3 キャロル・グラック／梅﨑透訳『歴史で考える』（岩波書店、平19）、240頁。
4 等松春夫「日中戦争の多角的再検討」（『軍事史学（日中戦争再論）』平20・3）、7〜8頁。
5 そうした中、《太平洋戦争勃発時の文士徴用のテストケースとなったこのペン部隊の結成までの文壇の動きと、結成の経緯とを資料をなるべく生のままで生かすという方法》（373頁）で追った先行研究として、奥出健「日華事変と文壇――ペン部隊の結成まで――」（安川定男先生古稀記念論文集編集委員会編『近代日本文学の諸相』明治書院、平2）には、大きな示唆を受けた。ほかに、近年の成果として、中谷いずみ「日中戦争の時代――アジア進出と「民衆」の登場」（『コレクション戦争と文学　別巻〈戦争と文学〉案内』集英社、平25）、五味渕典嗣「中国の戦線」（同編『コレクション・モダン都市文化　第96巻　中国の戦線』ゆまに書房、平26）もあわせて参照。
6 拙論「序――昭和一〇年代の文学場を考えるために」（同『昭和一〇年代の文学場を考える　新人・太宰治・戦争文学』立教大学出版会、平27）。
7 注6に同じ、2頁。
8 昭和一〇年前後に議論された社会性なる概念＝用語については、拙論「昭和一〇年前後の私小説言説――文学（者）の社会性」（同『昭和一〇年代の文学場を考える』前掲）参照。
9 拙論「富澤有為男『東洋』の場所――素材派・芸術派論争をめぐって」・「昭和一〇年代後半の歴史小説／私小説をめぐる言説」（同『昭和一〇年代の文学場を考える』前掲）参照。
10 拙論「横光利一「純粋小説論」同時代受容分析――昭和一〇年代における社会性」（『横光利一研究』平29・3）参照。
11 拙論「太宰治「玩具」材源考――ボードレール受容と詩への志向」（山内祥史編『太宰治研究　第25輯』和泉書院、平29）、同「散文詩としての太宰治「玩具」」（『太宰治スタディーズ』平29・6）参照。

第Ⅰ部　報告――従軍する文学者／現地報告の眼

第1章

「異彩」の特派員・吉川英治
――事変報道と新聞連載小説「迷彩列車」を視座として

I

昭和一二年七月七日の盧溝橋事件を端緒とする日中戦争は、文学場にも大きな影響をもたらしたが、その一つは、文学者の社会的役割－存在意義――一言でいえば社会性に関する議論／実践だと思われる。具体的にいえば、文学者の従軍やその体験をモチーフとした報告文学《ルポルタージュ》や戦争文学の執筆・発表、さらにはそれらに関わる同時代受容の地平－モードの再編成である。

この時期の文学者の動向については、《七月十一日の華北出兵声明当日、近衛首相はまず新聞通信各社代表と懇談して協力を求め、十三日には中央公論社、改造社、日本評論社、文芸春秋社の代表を招き、雑誌社にも協力を要請していた》として、都築久義が次のように整理している。

おそらくそれに応えるべく、雑誌社が文学者の現地派遣を計画している矢先、『東京日日新聞』は八月三日の新聞に、「本社事変報道陣に異彩（横組み白抜き）、大衆文壇の巨匠／吉川英治氏特派／昨夕飛行機で天津到着」の五段抜きの社告を出して、人びとを驚かせた。八月五日には、はやくも彼の「天津にて」の第一報が紙面を飾った。吉川は二十四日に帰国したが、同紙は続いて木村毅を上海に特派した。彼は海路で二十一日に上海に着き、二十四日に第一報を載せ、九月五日に帰った。

雑誌の方で先陣を切ったのは吉屋信子である。彼女は「主婦之友皇軍慰問特派員」として、八月二十五日、天津に向けて羽田を飛びたった。九月三日に帰京すると、二十二日にまた、長崎から上海へ行った。彼女は、『主婦之友』十月号に「戦禍の北支現地を行く」、十一月号に「戦火の上海決死行」を書いている。

『中央公論』から特派された林房雄は、八月二十九日に上海入りし、尾崎士郎は八月三十一日、佐藤観次郎と一緒に東京駅を出発して華北へ向かった。『日本評論』からは榊山潤が上海に九月初めに赴いている。かくして十月号『中央公論』には、「現地ルポルタージュ」と付されて、尾崎士郎の「悲風千里」と林房雄の「上海戦線」が、『日本評論』に榊山潤の「砲火の上海を行く」が載った[1]。

本章では、右にあげられた文学者のうち、大衆文学の第一人者と目されていた吉川英治と『東京日日新聞』に注目する。まずは、都築も言及していた記事「本社事変報道陣に異彩／大衆文壇の巨匠／吉川英治氏特派／昨夕飛行機で天津到着」（『東京日日新聞』昭12・8・3）を引いておこう。

> 日本全国民の眼は今や北支事変の報道に集中し一報毎に愛国の血を沸きたぎらせてゐる、本社がすでに三次に亘り多数の記者、写真部員、ニユース映画班を現地に特派し、遺憾なき報道陣を布いてゐることは読者諸氏の知らるゝ通りであるが、今回さらに本社は報道陣の完璧を期し事変報道に精彩を添ふるため、**わが大衆文壇の巨匠吉川英治氏を現地に特派することに決し、氏は二日夕刻飛行機で凄壮の気漲る天津に到著した、**氏はかねて剣の神髄を把握せる人、その熱血迸る筆と、鋭敏なる観察とによつて書き綴られる現地のルポルタージユは近く本紙上を飾るべく、必ずや読者諸氏の御期待に副ふものであることを信じます。（2面／ゴシック原文、以下同）

この吉川の従軍は、《吉川英治氏が従軍したのは流石だ》という「文士と従軍」（『東京日日新聞』昭12・8・10）の村松梢風[2]によって、《小説を書いてゐさへしたら誰からも苦情の来ない吉川氏が敢然として従軍した意気や壮》だと称賛される。さらに、《人類の体験の中で、戦争ほど大きな深刻なものはない。文学者が従軍すれば、万巻の書を読むにも勝る収穫があるだらう》と付言する村松は、後のペン部隊[3]へと連なる次のような提言さえ行っている。

> 私は、この際、日本の全文壇から、少くとも五、六人くらゐは従軍する人が現れても宜いと思ふ。〔略〕それは文学者の義務であると共に、何何主義、何々主義といふやうな単なる机上の空論に比べて、どれだけ有意義だか知れない。その人自身を築く上からいつても、千載一遇だと思ふが奈何。（8面）

つまりは、日中戦争開戦後における文学者の社会的役割の果たし方（の一つ）として従軍が提案されており、吉川はその先駆的なロールモデルと位置づけられているのだ。

また、《事変以後の国民的緊張のさなかにあつて、自分達の無力を、今さらのように、新に痛感したらしい文学者の、嘆きにも似た叫び声の二三を私達は耳にしてゐる》と、日中戦争開戦以後における文学者の存在理由に向きあおうとする「今日の時勢と作家（上）」（『大阪毎日新聞』昭12・8・11）の島木健作は、そうした文学者の中に、《吉川英治氏の如き作家があることを、私は決して忘れてはゐない》と述べて、その社会的意義を次のように評している。

かつて日露戦争の当時にも、幾人かの文学者が従軍記者として参加したが、吉川氏特派の社会的意義は、彼等の場合とは同一ではない。単なる従軍記者といふのではなく、国家的大事への文学者としての積極的参加、そのことによつて文学者が国家的、社会的任務を果さうとすることにおいて、本人の心組みにおいても、社会の見る眼においても、かつての時とは非常に異なるのである。

さらに島木は、《かゝる栄誉を担はれた吉川氏が戦地から寄せつつあるルポルタージュ文学を、深い関心をもつて見まもつてゐる》（7面）と付言して、「迷彩列車」への関心を表明してもいた。

さて、吉川の訪中期間は、昭和一二年八月三日〜二六日だが、前後の事情に関しては、年譜「昭和十二年（1937）四十五歳」の項を引いておく。

七月、毎日新聞社特派員として、天津、北京に行く約をひきうける。出発、即日の急なり。それより前に、家庭争議継続中にて、前夜来、妻及び縁類の者、膝づめにて離婚条件を提出、早朝、羽田より空路出発を前にして一睡だに眠らず。面倒事、一切先方まかせとして立つ。「天津だより」「北京から」等、ルポルタージュを托送、一ヵ月余にて帰国、旅中離婚成立の報を受く。

「迷彩列車」を毎日紙上に寄せる。同年末、妻文子と同棲。[4]

右にみられる「迷彩列車」こそ、この特派による、最もまとまった文学的成果である。ただし、尾崎秀樹の評伝においては、《英治はやすとの問題もあって、プライベートな面では身動きができなかったが、盧溝橋事件後の状況を自分の眼でたしかめてみたいといった関心がつよく、それにこの際日本を留守にして、これまでの家庭的なもつれを一気に清算したい気持もあった》[5]のだと、公私にわたる従軍の動機が記述されてもいる。

いずれにせよ、新聞社が白羽の矢を立てたのが吉川英治であり、家庭の事情があったにせよ、文学者として北支特派の一番手だったことは確かで、それに伴って、日中戦争開戦後における文学者の（一つの）理想的な振る舞いを実演しながら、「迷彩列車」など戦場をモチーフとした報告文学《ルポルタージュ》がいちはやく発表されてもいった。本章で吉川英治に注目するゆえんである。

Ⅱ

本節では、日中戦争開戦以後における（広義の）戦争文学をめぐる言表を、『東京日日新聞』を中心に参照しつつ、吉川英治の言動を検討していきたい。

年末から振り返る昭和一二年下半期の文学場の状況については、次に引く上林暁「一九三七年の小説界」（『作品』昭13・1）が示唆的である。

> 支那事変について何か感想を述べ、ルポルタージュ文学について一言しなくては、一九三七年の小説界を締めくくる上に恰好がつかないくらゐ、今年の下半期はその話で持ちきりだつた。事変発生以来、多くの作家が、戦争について、戦争と文学について、色々のことを語つたけれど、それらは言説といふよりも当てのない叫びのやうに、現実の事態のなかに揉み消されて行つたやうな気がする。それほど現実の事態の方が我々に迫つて来るのだ。（105〜106頁）

《日支事変が発生するや、新聞雑誌関係の諸君が多数出かけた。元より当然のことである》という「廻転扉　事変とルポルタージュ文学」（『東京日日新聞』昭12・9・5夕）の新居格は、次のように吉川に言及している。

文壇人では吉川英治、木村毅の二人が出かけた。これらは一面新聞関係でもある。林房雄が雑誌社から行き、尾崎士郎も行くとかの噂がある。戦争だらうが、何だらうが、文士としてはドシ〳〵触れるがいゝ。（4面）

ここで新居は、文学者の戦争への積極的な関与を推奨しているが、それは体験の重視、裏返せば体験もせず戦争に言及することへの批判でもある。とはいえ、いつ・どのように戦争というモチーフを書くかは、戦時下の文学者にとってきわめて重要な問題−選択である。[6] というのも、実作に先んじて発表されていくジャーナリズム報道や際物小説を横目にみながら、それらを相対化−差別化していく言表が、この時期盛んに産出されていたのだから。一例として、青野季吉「文芸時評【二】〝新しい〟文学」（『東京日日新聞』昭12・10・2）を引いておく。

気早くも戦争文学について、いろ〳〵論じられたりしてゐるが、さういふ眼先の賃仕事は通俗文学者に委しておいて沢山である。この戦争が文学に「成る」かならぬかは、それによつて文学者が自己を鍛へ上げ、または、鍛へ直しうるや否やにかゝつてゐる。問題は戦争文学でなく、たゞの文学であり「新しい」文学である。（2面）

ここでは、通俗文学者と文学者が、書き手・書かれた作品の優／劣を伴って峻別され、前者には戦争をモチーフとした速報的な《賃仕事》が、後者には戦争を通じた自己鍛錬を経た上での《「新しい」文学》が、それぞれ期待されている。これを変奏すれば、戦争をモチーフとした作品を、通俗文学者は短期間で、文学者は十分な時間をかけて発表すべきだという言明とも読める。

こうした分割線‐評価軸は、日中戦争開戦後かなりはやい段階で整序されていったとみてよい。《十一月号あたりから通俗大衆雑誌には、俄然「戦争小説」が多くなつた》という「戦時作家群像　続き」（『日本読書新聞』昭12・10・25）の大宅壮一は、《通俗作家が、新しい戦時作家として、各大衆娯楽にどしく動員されてゐる》様相にふれ、《どれもこれもスパイとダンサーと飛行機の組合せで、彼等の際物師的手腕と心臓コンクールを見るやうな興味をそそるだけ》だと切り捨てる。《一方、純文学側から、その後戦争を題材にした作品を求めれば、まづ**小田嶽夫**の「泥河」（改造十月号）くらゐ》だという大宅は、同作について《ただこの前の上海事変をバックにつかつてゐるだけで、戦争そのものが主題になつてゐるのではない》としながらも、《通俗作家の「戦争小説」に見られない生地の細かさがあり、戦争描写の筆も冴えてゐる》と、《純文芸畑》の作品ゆえに肯定的な評価を示していく。[7]

また、《新聞雑誌の特派員として文壇から戦地に派遣された人たちも、僕のいはゆる「戦時作家」の中に加へていゝだらう》とする大宅は、《**吉川英治**、**木村毅**の二人は通俗作家であり、**尾崎士郎**、**林房雄**、**榊山潤**の三人は純文芸畑の人》だと峻別した上で、次のように論評している。

吉川の通信は期待ほどではなかつたが、彼の「大衆的」な感覚と「大衆的」な純情とが、これによつてます〳〵裏書きされた。

但し目下東日に連載中の「迷彩列車」は、ルポルタール《ママ》的現実感と、小説的作為の区別がつかなくて、読者は頭をいたづらに混乱させるきらひがある。(9面)

前段では、吉川の現地通信が一定の評価に値すること、後段では、「迷彩列車」のジャンル的位置づけ‐読み方への戸惑いが示されている。

議論を戻せば、「文芸時評【一】鼻持ならぬ際物小説氾濫」(『東京日日新聞』昭12・11・5)の中村武羅夫も、純文学(作家)/大衆文学(作家)を峻別しながら、日中戦争開戦後の文学場を次のように描く。

文学者の現地報告などとともに一部の大衆作家たちが、今度の事変を題材にして、際物小説を発表してゐる。もちろん、これは娯楽雑誌や、婦人雑誌などの注文に応じたものであらうが、銃後の事件を取扱つてゐるものには、その作家としての持味があつても、それこそ経験もない戦争そのものや、飛行機とか、空襲などを取扱つたものには、どうにも鼻持ちがならないやうなものが多い。が、これも仕事であらう。

もちろん、文芸時評の対照《ママ》とすべき文芸界は、ジヤーナリズムの他の方面が、生ま〳〵しい戦争色で充満してゐるのに比べて、極めて平静である。これはわれ〳〵を失望させるよりも、かへつて心丈夫な感を抱かしめるのである。(2面)

ここでも、戦争体験を重視するという大前提のもとに、大衆文学（作家）／純文学（作家）が峻別され、そこに、戦争というモチーフを作品化するまでの時間の長／短が、優／劣を伴って位置づけられていく。もちろん、こうした文学場内部の闘争はそれとして、文学者の社会的役割・存在意義は文学者一般に問われつつあり、そのための可視化された言動《パフォーマンス》が要請されてもいった。水谷準が「廻転扉　従軍文化隊」（『東京日日新聞』昭12・11・21）で次のように言表するのも、それゆえのことである。

◇この際、ペンに自信のある作家は、単に「勇まし小説」だけで満足しないで、どうして我々が東亜で戦争をしなければならないかを、はつきりと世界に知らしめるやうな大作を見せて貰ひたいものだ。

◇吉川英治氏が、戦争従軍文化隊を提唱してゐられるらしいが、単純なルポルタージユ文学にとゞまらずに、真の民族精神を抉つた〔パール・バック作〕『大地』以上の作をどしく生んで行く運動を実現して貰ひたいものである。（２面）

ここでも、吉川は特筆される文学者であり、その知名度と行動力は、大衆文学者の域／評価にとどまらない存在感を示していたようである。

以下、日中戦争開戦後に、吉川が従軍体験をはじめとした戦争をモチーフとして書いた昭和一二年発表の記事・作品を、管見の限りで展望してみたい。便宜上、〔A〕『東京日日新聞』への寄稿、〔B〕他紙誌に発表した現地報告、〔C〕創作、の三つに大別して示しておこう。

〔A〕

・「兵馬香る戦場に立つ／青龍刀で飛行機に挑戦／盲勇〝支那版近藤勇〟／我義勇兵・〝大和魂〟の架橋（天津にて本社特派員吉川英治第一報）」（『東京日日新聞』昭12・8・5／2面）
・「皇軍作戦の中枢に／事変を刻む花一輪／焦パン色の勇士の笑顔（天津にて八日本社特派員吉川英治発）」（『東京日日新聞』昭12・8・9／3面）
・「廃墟・南開大学を訪ふ／フト見る時計中央の弾痕（天津にて八日本社特派員吉川英治発）」（『東京日日新聞』昭12・8・10夕／1面）
・「的確無比・わが空爆／灰燼の跡に咽ぶ晩香玉（天津にて八日本社特派員吉川英治発）」（『東京日日新聞』昭12・8・11夕／1面）
・「母や妻も及ばぬ真心／軍病院に咲く女性／〝国防のをばさん〟感激篇（天津にて本社特派員吉川英治発）」（『東京日日新聞』昭12・8・13／3面）
・「〝悠揚〟瞬転して〝狂激〟／特異・支那民族性／英、仏租界〝拒日の悪感〟（天津にて本社特派員吉川英治）」（『東京日日新聞』昭12・8・19／3面）
・「南口戦従軍記／宛然・雄大な関ケ原戦／〝茶臼山〟から見る敵地の火災（南口にて（十二日）本社特派員吉川英治発第一報）」（『東京日日新聞』昭12・8・14／3面）

・「笑い声朗かな露営／弾の音を聞くと忽ち／機嫌よくなる兵士達（南口戦従軍記第二報本社特派員吉川英治発）」（『東京日日新聞』昭12・8・21夕／3面）
・「不思議な生物の如く／畑を通る銃砲弾／我近代兵器〝孫子〟を撃破（南口戦従軍記第三報本社特派員吉川英治発）」（『東京日日新聞』昭12・8・21／6面）
・「吉川英治氏観戦報告」（『東京日日新聞』昭12・8・26／3面）8

これら一連の現地報告については、《『大毎』『東日』では、吉川英治を北支へ、木村毅を上海へ特派した》ことに論及する矢島兵一「事変と各新聞の報道陣」（『セルパン』昭12・10）で、《吉川は例の「宮本武蔵」で軍人の間にも大衆にも親しまれてゐるので、打つてつけだといはれたが、通信は期待されたほどは面白くなかつた》（49～50頁）と、ほかならぬ吉川に対する《期待》と、それゆえの評価（の一例）が示されもした。

〔B〕
・「戦禍の北支雑感」（『改造』昭12・9／152～156頁）
・「支那見聞記　夏去れば――少年少女諸君にのぞむ――」（『小学五年生臨時増刊号（支那事変陸海空大激戦号）』昭12・9／58～60頁）
・「黄河の水――支那なるもの丶民族性」（『週刊太陽』昭12・9・6／1面）

・「綿の花」（『週刊太陽』昭12・9・13／4面）
・「秋昏寒語」（『週刊太陽』昭12・9・13／1面）＊「草思生」名義
・「爆撃落想」（『経済マガジン』昭12・10／86〜88頁）
・「戦塵雑記　四千年の伝統を支那兵に観る」（『サンデー毎日』昭12・10・3／9頁）
・吉川英治・木村毅対談会「北支・上海の戦を観る」（『日の出』昭12・11／48〜67頁）
・「北支従軍特別通信　南口戦線の陣営から」（『婦人倶楽部』昭12・12／92〜103頁）

これら〔A〕・〔B〕に掲げたものの多くは、吉川英治『随筆　窓辺雑草』（育生社、昭12）に収められるばかりでなく、直接的・間接的に「迷彩列車」のモチーフとしても活用されていく。「戦禍の北支雑感」については、中條百合子が「文芸時評【1】時局と作家」（『報知新聞』昭12・8・25）で、《吉川氏のやうにある意味ではロマンテイツクな高揚で軍事的行動を想像の上で描き出してゐた人でも、悲惨の現実、複雑な国際関係の実際を目撃すると、縮つて来るところもあることがうかゞへる》（3面）と論及し、対象の変化による文体の差異を指摘している。また、吉川英治・木村毅対談会「北支・上海の戦を観る」については、加藤武雄「雑誌短評　十一月の娯楽雑誌〝戦争一色〟」（『日本読書新聞』昭12・10・15）において《なか〳〵面白い》（10面）と評されてもいた。

〔Ｃ〕
・「北支戦話　迷彩列車」（『東京日日新聞』昭12・９・21夕〜12・８夕）
・「日出づる大陸」（『婦人倶楽部』昭12・12／84〜119頁）

なお、「日出づる大陸」末尾には、編集部によると思しき次の一文が添えられている。

支那事変起るや、急遽飛行機に搭乗し戦火の巷に飛び、文壇人として最も早く従軍した吉川先生が、特別苦心して得られた貴重な材料によつて描き出された大長篇読切小説『日出づる大陸』は、今回の事変による文学として恐らく最初のものであらうと思はれます。皆様切に御吹聴お願ひ申上げます。（119頁）

ただし、《事変による文学》を広くとれば、九月に連載開始の「迷彩列車」が先んじており、このはやさは文学場においても類をみない。してみれば、問題は「迷彩列車」のジャンル（書き手の意識‐言語表現‐受容の仕方）をどのように捉える（べき）かということになる。この点にも言及のある連載予告「北支戦話　迷彩列車／吉川英治作／川端龍子画」（『東京日日新聞』昭12・９・17）を、次に引いておこう（【図１】参照）。

本社特派員として戦塵渦巻く北支の現地を挺身馳駆して来たわが大衆文壇の第一人者吉川英治氏の

北支戦話

迷彩列車《めいさいれつしや》

吉川英治 作
川端龍子 畫

作者の言葉

(上)吉川英治氏(下)川端龍子氏

図1 『東京日日新聞』S12/9/17

新作品「迷彩列車」が近く本紙夕刊に精彩を放つことになりました。作者の言葉にある如く、これは俄造りの低調な戦争物語でもなく、いはゆるルポルタージュ文学でもない。全然新形式の文学を創造せんとするもので、吉川流大陸文学の発展或は最近提唱されつゝある国民文学の先駆的光明を見ることが出来るでせう。氏が現地における貴き体験と精緻鋭敏なる観察を傾け尽して描き出す人間の姿は、読者諸氏の血を沸き立たせるに相違ありません。これに配する挿画の執筆に川端龍子画伯の快諾を得たことは本社の誇りとするところであります（2面／全文）

併せて付された、吉川英治「作者の言葉」も引いておく。

血ほど聖なるものはない。血より真実なものがどこにあらう。今日本は血をもつて、民族的な聖業にのぞんでゐる。その意義と重大性を思ふならば、所詮、一夜漬の戦争小説など、どうして書けよう。これは、戦争小説ではない、またいはゆるルポルタージユであらうとも思はない。わたしはたゞ、今夏約一ケ月のあひだ、北支の戦線をさまよつて、いさゝか身に知つた――身にぢかに知つた体験を基礎として、随想随感のまゝを、無形式に書いてゆかうと思ふ。元より何のテーマも持たないが、北支で見知つた一日本女性が、千人針の縫ひ目のやうに終りまで時々見え隠れして話題になるであらうからその女性を中心に見れば或ひはひとつのストーリイが自然にこの一篇をつないでゐるかもしれない。しかし私が読者へ伝へたいものはやはり戦線にある同胞の生活である、血の中にある居留民のすがたである、そして、幾度もくり返される支那とは何ぞや?の支那そのものへ、人間的に迫つても描いてみたい。

要するに日本の文学も今、小さい殻をぬいで、大陸へあがらうとしてゐるのだ。技巧や形式にも今はかまつてゐられない、上陸先頭の小篇として、わたしはまづ書いてゆく。そして目標は、この戦争の――日本の血をもつてなしつゝある、聖業を、その意義を、そのゆくての文化的な流れを――弾丸のあひだに、展望しようといふのである。(２面／全文)

こうした「迷彩列車」をめぐる吉川の言明‐修辞《レトリック》については、近藤忠義が「文芸時評　如何に処すべきか」(『文藝復興』昭12・10）で次のように論及している。

この小説がどういふものとして完成するか、それが所謂国民文学の先駆になるかどうかは兎に角として、吉川流に理解されてゐる「血」についての見解と、支那そのものへ「人間的に」迫つて描くといふ主張とに、この際われわれは注目して置くべきだらう。この点にこそ、この類《たぐひ》の文学の実体が潜んでゐるのだから。(146頁)

もちろん、こうしたナショナリズムに関わる論点のほかにも、先に引用した二つの言表が共通して強調している、以後連載される「迷彩列車」が、戦争文学でも報告文学《ルポルタージュ》でもない、従軍体験に即した、何かしら新しい作品だというジャンル配置についても注目したい。次節では、「迷彩列車」の記述内容について検討していく。

Ⅲ

吉川英治「北支戦話　迷彩列車」は、《野見菊子(仮名)という日本人女性を、大毎・東日天津支部の特派員で飛行機で天津に来た「私」が見かける場面からはじまっている》[9]か、これは後(13、10・5夕/連載回数と掲載月・日を略記する、以下同。なお掲載は原則3面、34~39回は2面)の伏線で、当初は、作中で芦川と呼ばれる「私」をめぐる状況から語りおこされていく。あらかじめ全体を俯瞰しておけば、「迷彩列車」では、東京から天津に派遣された文学者の「私」が、南口の戦場から天津に戻ろうとするまでが書かれ、これが時空間の外延をなす。その中に、（「私」は直接体験していない）野見菊子から聞いた中国体験が包みこまれ、「迷彩列車」は入れ子構造を採る。もとより、野見以外の軍関係者・報道関係者からの伝聞も、スケールを異にしながら同様の形式を採ったものとなっている。

ここで、「迷彩列車」同時代受容の地平－モードを考えるために、一つの同時代評を参照しておきたい。《事実戦争小説といふものは、まだ、我が文壇には出てゐない。大衆小説の方面にはいくらか出てゐるが、それはキワモノに過ぎない》という現状認識を示す、「年頭所感　戦争文芸批判」（『日本読書新聞』昭13・1・5）の加藤武雄は、《文筆の士にして、観戦に出かけた人が多い》ことにふれ、《吉川英治、吉屋信子、木村毅、尾崎士郎、林房雄、岸田國士、榊山潤――他にも未だあるであらう》と文学者をあげた上で、《諸氏はいづれも戦地からの報告を齎らしてゐる》として、一連の成果を次のように評価している。

以上〔単行本になつたもの〕のうち、最も芸術味に富み、尤も個性的な面白味を示してゐるのは、尾崎氏の「悲風千里」であるが、これとても文学的レポルタアジユといふほどのもので、報告文学と名づくものでは無い。本にならぬものの中では榊山潤氏の通信を、これも芸術味個性味といふ点で僕は最も愛読したが、これも文学では無い。吉川英治氏の「迷彩列車」は、その機構に於て、正に小説であるが、しかし本当に腰を据えて書いた作品とも思はれない。多分にキワモノ的なものである。（1面）

ここで加藤は、「迷彩列車」を《多分にキワモノ的なもの》と評しているが、本章の議論から注目しておきたいのは、《正に小説》だという「迷彩列車」についてのジャンル配置である。以下の読解に際しては、こうした観点にも配慮していきたい。

「迷彩列車」の設定に戻れば、昨日まで東京の書斎で「地球面の大きなうごきとは、ひどく隔離のある書斎の中に明け暮れしてゐた人間」である「私」は、「新聞社の意図」によって「事変の現地へ攫はれて来てしまつた」(1、9・21夕)。その「私」は、大毎・東日天津支局を拠点に、現地で事変に関するさまざまな情報を耳にし、あるいは戦跡や戦場をみてまわるが、三日めにはある思索に至る。「横光利一氏がフランスから帰つて来て後、林房雄氏などと酒をのんでゐた席」でのことにふれつつ、実在の文学者の実名表記を用いてテクストに事実性を担保しながら、「私」は「日本の中で議論してゐたつて埒はあかんですよ。議論するなら国境へ行つて、国境に立つて話してみんことにはですな」という横光利一の発言を思い出し、それに触発されて次の見解を示していく。

もし、近衛首相が、北平や通州で一居留民の生活をしてゐたことがあるか、一兵卒として、銃を持つて大陸の一角を踏んでみるかしたやうな経験があれば、おそらくあんな声明を屢々発して、外国の猜疑をなだめてみたり、国内の知識層にも、事変当初のやうな、遠慮気がねはしなかつたにちがひない。そして、

――日本はなぜ戦ふか。

この信念と、この意義を、今日よりもつと早く、もつと強く、外国へいふ前に、それがまだよくわかつてゐなかつた当初の国民へ、云つてくれたであらうと思ふ。

しかも、「現地のホテル」では「軍のいけない点はいけないと大声で論じるし、政府のわるいと思ふところは、公然とわるいと云ふ」（10、10・1夕）のだというのだから、「私」（＝吉川英治）による政治への批判／期待の言明ともとれる。また、この戦争についても、「支那が勝つと、あたしたち、すぐ御飯喰べられなくなる。うそでない」という中国人風呂番の台詞が「大蔵省出張員の毛里田氏」によって保証されることで、中国人民衆の声がそれとして拾われてもいく（12、10・3夕）。

総じて、「迷彩列車」とは、現地の軍関係者・報道関係者から聞いた話や「私」の現地体験にくわえ、日本人／外国人によるこの戦争の多面的な見方が、文学者「私」の認識を通して集積‐配列された作品である、とまずはいえる。

そうした枠組みの中、作品全体の三割ほどを割いて野見菊子をめぐる挿話が展開される。「私」は野見の来訪・相談を受けるのだが、それは「以下の話は、その夜、野見菊子氏から直接に私が聞いたもの」という説明を伴って示される。その際、事前承諾がないことやプライバシーの確保といった問題にくわえ、国際的な問題への波及や軍機密への抵触可能性に配慮する「私」は、次のような読解コードを提示する。

旁々私は、どうしても、彼女の将来の禍になるやうな事は、努めて避けたいと思つてゐる。そんなわけであるから、たとひ私がこゝに書いたとしても、それが彼女の語つた全部であり、何もかも総て真相の底を打ち割つたあけすけな報告であるといふことも言ひ断れないのである。――云ひ難い為に、多少、奥歯に物の挟まつてゐるやうな感じのする点があるとしたら、さういふ四囲の事情に筆者が囚はれてゐる為であるとして、読者は諒としてもらひたい。（15、10・7夕）

こうして、現地にいる書き手「私」から、銃後の「読者」へという語りかけの枠組み自体が強調された上で、野見の「報告」は示されていく。作品の結末で登場していく野見だが、夫のグランデ氏はフランス人で「東洋通の新聞人《ジャナリスト》」、現在は「天津の仏租界」に住み、「ジュナール紙の東洋情報部」（16、10・8夕）としても活動している人物である。

それゆえ野見は、盧溝橋事件以降の中国で、夫との関係、国籍、居住地など、日本人としてのアイデンティティを脅かされていく。端的には、夫のグランデ氏から「おまへは、僕の妻であるのか、たゞの日本の女であるのか。――どつちなのだ？」（20、10・13夕）と問われもすれば、グランデ氏のスパイ活動に気づいた後、自ら日本人であることとグランデ氏の妻であることの矛盾に引き裂かれてもいく。こうした野見の葛藤・苦境を通じて、「迷彩列車」では日本人のアイデンティティが再発見されてもいく。

また、野見が乗った汽車の中では、日本人乗客がこの戦争について議論しており、その発言が野見-芦川という二重の伝聞を通じて示される。ある日本人居留民は、周囲の日本人に向けて次のような持論を語る。

「〔略〕――なぜ、支那を討つことが、支那自体の為か、これはソ連や、英国や、仏蘭西人にはわかるまいが、われわれには信念なのだ。確乎とした正義なのだ。日本の戦は、そのために、民族の聖戦といへるのぢやないか。――それを不拡大だの、領土的野心ではないのと、政府の声明はわれわれの正義と信念を弱めるにしか役立ちはしない。なぜ皇軍の信条を聖戦の旗幟を、もつと判ッきり、国民へも海外へも云つてくれないのか」(22、10・15夕)

あるいは、「軍が起つのは、飽まで平和の為だ、博い民族愛の戦だ」(23、10・16夕)という論理によって、日本にとってのこの戦争の意義が語られてもいく。こうした日本人に感化された野見は、戻った天津で支那民衆の抗日運動に巻きこまれた際、「――私は日本人です。私はいつだつて日本人です」(26、10・20夕)と宣言しさえする。

野見が戻った天津が戦火に見舞われると、遅れて戻ったグランデ氏に「仏蘭西租界や英租界の中はいゝが、ほかへは一歩も出ないはうがいゝね、いや家庭からも出ないやうに頼むとしよう。――危険だからな」といわれる。だが、野見は「ふと、軍病院に枕をならべてゐる白い負傷兵の顔」を思い浮かべ、「彼等の国にさゝげた聖血の意義を考へ」、「幾たびも、租界のバリケードを越え、危険を冒して日本租界へ通つた」。そのせいで、「日本人側からは、仏蘭西人の女房だ、スパイだと云はれ、仏租界に住む支那人の群からは、漢奸だと白い眼を向けられてゐた」(34、10・29夕)。以上が、「私」が野見から聞いた話(の祖述)である。

仮にここまでを「迷彩列車」前半とすれば、後半では、「私」の体験と思索が前面におしだされていく。現地で爆撃された廃墟を目にした「私」は、日中比較文化論よろしく、次のような感覚を抱いていくだろう。

（北支の土は今、戦車の轍に踏まれてゐる。だが、北支の桃は、何年か後には、きつと日本の桃のごとく若く水々しくなる）

もちろん、日／中の優／劣を自明の前提としたこうした認識は、今日問題には違いない。ただし、当時の日本の状況や「私」の立場からすれば、「戦争そのものが、たゞ惨なるものとは思へない、単なる破壊とは見られない。／かへつてそこに、偽装せる平和などには見られない、真実の希望と、建設の漲りきツてゐる」（40、11・5夕）という、この戦争の正当化を孕んだ信念があり、「支那自体の為」を思った好意的な認識でもある。もとより、こうした認識があればこそ、書き手の吉川同様、作中の「私」も、北平支局で「南口へ行きたいと思ふんですが――今日にも」（48、11・14夕）と支局長に希望を伝え、戦場へと出かけていくのだ。「私」が最初に書く戦場は、次のようなものであった。

ジイイイイン！

と、野砲が鳴る。

丘の下の畑や疎林のあひだからばつと砲煙の立つのを見ると――まだジインといふ音波が鼓膜から消えないうちに、私の頭の上を、

ヒユ、ヒユ、ヒユ、ヒユツ――と怪鳥が喉を鳴らして行くやうに、その弾は、虚空を翔けて敵陣へ入つてゆく。

グワアツン！――

と、いふ反響が、薄暮の大行嶺の山ふところから谺して返つて来た時、私たちの素人の耳は、今夕空を鳴つて行つた巨弾が、敵陣へ届いたことを初めて知り、同時にいかに彼等の肉類を粉砕したことだらうかと想像に描く。（55、11・23夕）

戦う日本兵や傷つく中国兵の姿が直接書かれることはなく、戦場に身を置いてもなお、「私」の筆は間接的にしかこの戦争にふれようとしない。これは、銃後の読者が「私」を参照点として戦場に徐々にふれていくための配慮＝仕掛けともとれるし、（一兵士ではなく）あくまで従軍作家にとどまる、現実世界の書き手＝吉川による節度ともとれる。

逆に、「私」が直接ふれていくのは、死闘を明日に控えた露営中の日本兵である。夜中、一人の兵隊がタオルを探しており、たまたま「私」がみつけて渡すと「はつ、それです！」と受けとり、床へと戻っていく。その後、一連の出来事を振り返る「私」は、「明日、敵の中へ突撃してゆくあの兵にとつて、あのタオル一本は、決して私などの考へてゐるタオル一本の価値ではない」と想到し、次のような意義

深い一節へと至る。

今の兵は、どこに眠つたらうか。私はそこらの寝顔を見廻した。星明りに見る兵の寝顔は、子どものやうに無心であつた。又、神のごとく神々しいと思つた。〔略〕天皇が、現人神でおはすがごとく、天皇の子である彼等も、正に一人々々が神だと思つた。（62、12・1夕）

こうして、日本兵の様子を具体的に書きながら、崇高な存在として意味づけていく「迷彩列車」（が孕む意味作用）の方向性は、もはや自明である。こうした、いわば作中の「私」および銃後の読者に対するプロセスを経た上で、生々しい戦争からは距離をとってきたテクストが、ついに直接的に生命の危機という戦場の臨場感にふれようとしていく挿話が展開される。連載が残り五回という時機に、「文化隊」の一員である「私」は、次のような危機的状況に身を置いた場面を書いていく。

いつからとも気がつかなかつたが、すでにわれ等の頭上を越えて、味方の砲陣から敵へ送る巨弾は、ゴムをこすッて行くやうな烈しい唸りを、絶え間なく宇宙に曳いて、ガガーンといふ音響と、ジイインといつまでも鼓膜にのこる震動を、一分間に何十回となく天空と地上から吼えあふやうに轟かせてゐた。（64、12・3夕）

敵の砲弾、銃声を耳にしながら、「私」は次のように思うだろう。

兵の進む彼方、弾の飛び行く彼方が、戦だとばかり思つてゐた所が、いつのまにか、自分の身が戦争の中にあることに気づいて、臆病な私の体は、自分でも腑がひないと感じる程、豆畑の畦の蔭に、硬ばつてしまつた。

こうした状態で、関東大震災時の恐怖を想起し、しかし「戦争は、もつと急激に、死の是認を強要する」とも考えつつ、「私」は恐怖ゆえに「ちやうど屈み腰に取ッついてゐると、首まで隠れるぐらゐな其処の畦から、どうしても首が出せなかつた」（65、12・４夕）のだという。

これが「迷彩列車」中、「私」が最も死に近接した場面である。その後、テクスト結末の挿話の中心は、再び死を賭して戦う日本兵に移る。赤十字自動車が落としていった「一冊の軍隊手帖」を、「私」に同行していたＳ君が「何気なく拾ひ上げ」（66、12・５夕）るのだ。すると、その「手帖の表紙には、血痕がついて」おり、「乾くまもない生々しい紅のものが、それ自身、生きてゐるものゝやうに、表紙裏から白いページへ流れてくる」。軍隊手帖の記載事項を確認した「私」は、次のように考える。

それに依つてみると、この手帖の持主は、ゆふべ私たちと共に露営してゐた部隊の兵であることも分る。

あの星の下に数見えた神々しい寝顔のうちの何の兵隊だつたらうか？

しかも、「私」は「この日記の筆者は、これを誌け始める冒頭に、老ひたる母と、田舎の兄へ、遺言を書いてゐる」（67、12・7夕）ことに気づく。これは文字通り、死を賭した日本兵＝「神」の表象である。徳永直「報告文学《ルポルタアジュ》と記録文学――文芸時評――」（『新潮』昭12・11）では、《現地視察の収穫とみられる「迷彩列車」なる小説をとほしてみても、真実兵士の労苦へまでピタツと到達してゐるとは思へない》（54頁）という同時代評もみられたが、右に引いたとおり、終盤では兵士によりそう記述もみられた。最終回では、再び野見が登場し、先の手帖の持ち主と浅からぬ縁があることが仄めかされ、「私」に同行していたS君が、報道戦争に勝つために「私」にはやく車に乗るように促すところで、「迷彩列車」というテクストは閉じられる。

以上を振り返ってみれば、天津に着いて以来の「私」は、支局周辺での伝聞、野見による租界の様相、自身で踏みいった戦場とそこでの日本兵の言動、とこの戦争のさまざまな局面を、戦場／死への距離を縮めながら書き綴ってきたことになる。こうした「迷彩列車」こそが、盧溝橋事件勃発の翌月に北支に渡り、現地報告を書きついだ吉川による、報告文学《ルポルタージュ》第一弾の相貌なのだ。

Ⅳ

新聞連載小説「迷彩列車」には、連載前の予告通り、毎日、川端龍子による挿絵が添えられて当時の読者に提供されていた。本節では、少しくその点について論及しておく。
まずは、川端龍子について事典記述を確認しておこう。

川端龍子　かわばた・りゅうし　日本画家
〔生年月日〕明治18年（１８８５年）６月６日
〔没年月日〕昭和41年（１９６６年）４月10日
〔出生地〕和歌山県　〔本名〕川端昇太郎　〔学歴〕東京府立三中〔明治37年〕中退、白馬会絵画研究所、太平洋画研究所
明治28年上京、白馬会、太平洋画会で洋画を学んだが、39年東京パック社、翌年国民新聞社に入社、挿絵画家として働いた。40年第1回文展に油絵「隣りの人」、第2回文展にも油絵が入選。大正2年渡米、帰国して日本画に転じ、无声会会員。4年第2回再興院展に「狐の径」が入選、翌年「霊泉由来」で樗牛賞を受け、日本美術院院友に推され、6年同人となった。新鮮な感覚の「龍安泉石」「印度更紗」や床の間芸術を脱した3部作「使徒所行讃」「一天護持」「神変大菩薩」などは彼が標

傍した会場芸術の試みだった。昭和3年院展を脱退、4年青龍社を創立。5年第2回展の「魚紋」は朝日賞を受賞。流動感ある豪放な筆致の大作を描いた。10年帝国美術院会員、12年帝国芸術院会員に推されたがいずれも辞退。15年満州の新京美術院長。戦後も「金閣炎上」「夢」などを発表、34年文化勲章を受章。38年龍子記念館を自邸内に建てた。「ホトトギス」同人として俳句もよくした。
〔受賞〕樗牛賞〔大正5年〕「霊泉由来」、朝日賞〔昭和5年〕「魚紋」「草炎」〔叙勲〕文化勲章〔昭和34年〕〔記念館〕大田区立龍子記念館（東京都[10]）

挿絵[11]も含めた画家としてのキャリアを確認しながら注目しておきたいのは二点で、「迷彩列車」の挿絵を担当する昭和一二年には、辞退するものの権威ある地位にあったこと、アジア・太平洋戦争期の画業については、記述が空白とされていることである。

そこで、戦時期の代表作《香炉峰》（昭和14年）に付されたある解題を引いてみよう。

川端龍子《かわばたりゅうし》（一八八五〜一九六六年）は和歌山県に生まれ、はじめ、白馬会洋画研究所、太平洋画会研究所で洋画を学んだがアメリカ体験を機に日本画に転向、院展で活躍した。しかし次第に院展内部で異端視されるようになり一九二八（昭和三）年院展を脱退、翌年「健剛なる芸術の樹立」を標傍して青龍社を設立し、水墨画、琳派、洋画的表現などあらゆる画風を展開しつつ、大作を発表し続けた。

本作〔《香炉峰》〕は一九三七年から一九四〇年まで制作された「大陸策」四部作の第三作にあたり、第十一回青龍展に出品された。同連作のその他の作品は《朝陽来》（一九三七年、第九回青龍展）、《源義経（ジンギスカン）》（一九三八年、第十回青龍展）、《花摘雲》（一九四〇年、第十二回青龍展）である。彼は他にも「太平洋」四部作（一九三三〜三六年）、「国に寄する」四部作（一九四一〜四四年）、「南方篇」三部作（一九四二〜四四年）など、時局に沿った連作をこの時期、旺盛に発表している。[12]

戦時期までの川端の画業については、当時すでにモノグラフ[13]がまとめられてもいるが、それは右に指摘された通り《時局》を関数としたものであることは間違いない。

こと、「迷彩列車」執筆の契機となった日中戦争（開戦）には、川端龍子も意義深く切り結んでいた。というのも、すでに言及した《大陸策》連作は、時期的なことのみならず、興味関心としても、日中戦争開戦に踵を接するようにして開始されたものなのだから。川端龍子「熱河行」（『塔影』昭12・8）には、《五月三十日大連に着き、六月三日満洲国皇帝に御進講申上げ、翌四日飛行機で熱河へ発つた。熱河には約二週間滞在、その間に秋の青龍展と個展への材料を蒐め、二十七日に帰京した》（12頁）という（日中戦争開戦以前の）旅程にくわえ、その目的が次のように（日中戦争開戦以後に）書き記されている。

> 私がこの長城を見たのは勿論その構築の大に驚く為ではなかつた。その全体を通じて日本にとつての陸の生命線たる気持を摑みたい為であつた。然し帰つてから半月とたゝぬうちに既に北支事変

が勃発し、第一線の国防線たる長城なるものが或る意味に於て第二線の立場に移行してゐるといふ現実を注視せずには居られない。然しそれは兎に角として、嘗ての支那が北狄に備へたこの長城線が今や位置を異にして満洲国を護《まも》る日本の国防線になつてゐるのである。その現実の姿を陸の生命線としてハッキリ認識すべく長城線によつて連作の第一歩を本年敢て世に問ひ度い私自身の念願なのである。（15頁）

このような企図によって発表された《朝陽来》に対しては、広瀬熹六が「戦争と絵画」（『塔影』昭12・11）で、《川端龍子の「朝陽来」が、もう一箇月後であつたなら、戦争と早変りをして、戦争と絵画に一展開をなして呉れたたものを惜しいことをした》（9頁）と、はやすぎた戦争画として位置づけようとした一幕もみられた。こうした、経緯や経歴を考慮してみるならば、日中戦争開戦直後に戦地に特派された吉川英治が、その成果として発表する「迷彩列車」の挿絵画家として、川端龍子ほどふさわしい画家はいない。

もとより、「迷彩列車」の挿絵を戦争記録画と等しく扱うことはできないが、それでも、日中戦争開戦によって新たにせりだしたモチーフを図像化していくという意味では、報告文学《ルポルタージュ》同様に、いずれもこの戦争の表象であることにかわりはない。

実際、文学者ばかりでなく、日中戦争開戦以降には、画家も次々と従軍していったのだが[14]、川端龍子はその中でも日本画家として期待された存在であった。黒田鵬心は「戦争と日本画」（『塔影』昭13・3）

で、《今回の支那事変に際して現地に赴いた画家は既に十人以上に及んでゐるが、其の殆んど全部は洋画家である》ことにふれ、《それは現代の戦争が洋画の題材に適してゐる為めであるが、必ずしも日本画の題材とならぬ事はないと思ふ》、《後年になつて昭和時代の戦争画は洋画のみにあつて日本画に無いのでは、日本画家の面目がない事になる》とした上で、次のようにして川端龍子に言及していく。

画家には各々其の得意の題材があるのであるから、誰れでもが戦争画を描くと云ふ訳には行かない事勿論であるが、十分現代の戦争を描き得る日本画家も決して無い事はない。例へば川端龍子君の如きは其の第一人者であると思ふ。既に同君は太平洋の連作に於いて雄渾なる大作を示して居り、又、満洲の作品も発表してゐるが、一歩を進めて北支中支の現地に赴き、支那事変を永久に日本画によつて残して貰ひたいものである。（10頁）

こうした期待にこたえるかのように、「迷彩列車」の連載後、川端龍子は「蒙古行を前に」（『塔影』昭13・5）で次のように述べて、自作を戦争画と結びつけてもいた。

私の「大陸策」を一種の戦争画だと見た人があつたが、私としては自分の画面をさういふふうに見る人もあるのかと思つただけである。たゞ今日の戦争画は昔のやうに、戦闘の場面を描いたものに限らるべきでなく、それは戦争自体が凡ゆる国力の総動員によつて為されることと軌を一にするのである。そこには外交戦、経済戦、科学戦があり、それらの戦闘以前のものが既に戦争を決定してゐるとすら考へられてゐる。広義に近代戦なるものゝ意義を考へた時、私の「大陸策」などもその意味で新しい戦争画の範疇に属すべきものであるのかも知れない。（2頁）

このような川端本人の姿勢《スタンス》にくわえ、吉川英治との関わりとなれば、川端龍子は平凡社版『吉川英治全集（全一八巻）』（昭6～8）の装幀を担当していたという縁もある。

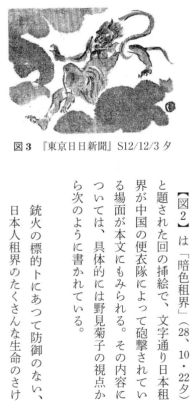

その川端龍子による「迷彩列車」挿絵は、基本的には本文に即して、人物・風物・アイテムなどが川端一流の画法で描かれていくのだが、その中でも特に注目しておきたいユニークな挿絵が二枚ある。

図2　『東京日日新聞』S12/10/22夕

図3　『東京日日新聞』S12/12/3夕

【図2】は「暗色租界」（28、10・22夕）と題された回の挿絵で、文字通り日本租界が中国の便衣隊によって砲撃されている場面が本文にもみられる。その内容については、具体的には野見菊子の視点から次のように書かれている。

銃火の標的トにあつて防御のない、日本人租界のたくさんな生命のさけびが胸底から聞えてくる。そのさけびに、彼女の血は静かでゐられなかつた。

何たる寂寞だらう。すぐそこに人間の大量な殺戮が行はれてゐるのに、仏租界も英租界も、死の街のやうに人影はない。〔略〕けれど、何の家でも、どの人間でも、今何が起つて居るかを知つてゐない筈はない。白痴か、大病人でもなければこの近い砲声と小銃の音に無感覚でゐる人間はない筈である。

しかも、各国租界は、しいんとしてゐるのだ。どんなに人間が死なうとよそ事だからである。同時に自分の危険をおそれて、魔除けの燈を滅してゐるからである。そして彼等はひそかに囁き合つてゐるに違ひない。

（――知らなかつたらうよ、日本租界ではね。あしたの朝は、天津にはもう、生きてゐる日本人は、一人もいなくなるだらう）

こうした吉川の文章に対し、川端龍子は租界の上空に鎌をもった死神を描いた。もとより、本文には死神を指示する表現はなく、右の状況を象徴的に表現したと考えられる。中国の攻撃力とも、日本租界に襲いかかる危機とも、あるいは戦争それ自体をモチーフとしたようにも解釈可能だが、いずれにしても可視化できない何かを大胆に図像化したものには違いない。

もう一つの【図3】は「雲を割く」（64、・3夕）と題された回で、中空に浮かぶ風神が描かれている。

ここでも、挿絵と直接結びつく具体的な記述は、本文にはみられない。ただし、次のような戦況が書かれた箇所が本文にある。

> いつからとも気がつかなかつたが、すでにわれ等の頭上を越えて、味方の砲弾から敵へ送る巨弾は、ゴムをこすッて行くやうな烈しい唸りを、絶え間なく宇宙に曳いて、ガガーンといふ音響と、ジイインといつまでも鼓膜にのこる震動を、一分間に何十回となく天空と地上から吼えあふやうに轟かせてゐた。

してみれば、これは地上～頭上で展開される交戦を、文字通り全体をみわたす視点《メタ・レベル》から、しかもそこに象徴的な含みをこめながら図案化した挿絵と解釈することができるだろう。

いずれにしても、吉川英治による「迷彩列車」本文に拮抗しつつ、ともすると、折にふれてその先を描きだしたかのような川端龍子の挿絵は、同作のコンセプトにも内容にもよくマッチしたコラボレーションとして、開戦直後の日中戦争を表象していった。

V

最後に、ここまでの検討を総合し、本章の議論を整理しておく。

まずは、「迷彩列車」が同時代的にもちえた意味－果たし得た役割、さらにはその同時代受容の地平－モードについてまとめておく。第一に、従軍経験をもつ文学者自身による、ごく初期の段階で発表された報告文学《ルポルタージュ》だという先駆的な意義が認められる。それは、第二に、新聞報道とは異なる厚みをもった記述を通して、戦場の具体的な様相、こと日本兵の様子を伝える作品でもあった。さらに、第三として、戦場を書く以上、中国および中国人の具体相が書かれ、第四に野見菊子を一例として、現地に住む日本人にとってのこの戦争がいかなるものかも提示されたといってよい。第五として、以上の諸点を含め、「迷彩列車」における文学者「私」が体験する言動・伝聞を通じて、この戦争の意義が多角的に提示されると同時に、連載を通じて、そのエッセンスが探られていき－示されていく作品だと位置づけられる。

さらに、新聞連載小説として挿絵が添えられたことの効果は、挿絵それ自体はもとより、書き手が川端龍子であったことによって、日中戦争を肯定しながら、ナショナリズムを立ちあげていくべく、「迷彩列車」を方向づけていったようにみえる。しかも、リアリズムの筆法で戦場の様相を図案化したのみならず、本文＝現実から少しく離れたモチーフをも書くことで、この戦争の象徴的な意味づけを示してもいく。

その意味で、「迷彩列車」が日中戦争開戦後のごくはやい時期に、この戦争を肯定するイデオロギーを体現していたことは否定しにくい。ただし、それは必ずしも作家・作品レベルでの国策順応とのみ捉えるべきものではなく、銃後の読者－国民の期待に応える作品だという側面もあわせもっていたはずなのだ。もとより、そこに、同時代の文学者が社会的意義を果たそうとする際／今日《こんにち》、日中戦争期の文学

（作品）を評価する際の困難もある。

それでも、日中戦争開戦後の文学場という観点から考えた時、先駆的かつ真面目な報告文学《ルポルタージュ》が、しかし大衆文学作家である吉川英治によって書かれたことは、まずもって評価する必要がある。しかも、その作品は、従軍して現地報告を寄稿していた吉川によって、「北支戦話」という角書きを付して連載されることで、戦争をモチーフとしたテクストのジャンルを改めて問い直すことにもなった。ここには、単なる現実／虚構といった二分法にとどまらず、記録性／芸術性、さらには体験／創作といった広い意味で昭和一〇年代の戦争文学／文学場をはかるための評価軸が折り重ねられており、この種の議論に一石を投じることにもなった。

そうした「迷彩列車」のジャンル的位置づけの難しさは、今日でも《ルポルタージュ風小説[15]》と称されることにも明らかである。しかし、戦争をモチーフにした純文学作家の戦争文学は書かれるまでに時間を要し、速報的に書かれる通俗文学者の作品は際物にしかならず、報告文学《ルポルタージュ》にまでそうした見方が及んでいく日中戦争開戦後の文学場では、新しいスタイルが求められていたこともまた、確かなのだ。たとえば、徳永直は「ルポルタアジユ文学を！」（『早稲田文学』昭13・1）において、《いい意味での私小説を尊重すると共に、私は客観的な小説や、ルポルタアジユ文学を護りたい》という立場を表明した上で、《殊にルポルタアジユ的な新形式の小説が生れて欲しい希望でいつぱいだ》（4頁）と語ってもいた。

徳永の「迷彩列車」評価は不明だが、従軍体験に即しつつ、新たなジャンルの開拓によって、この戦争＝新しい現実を書こうとした「北支戦話　迷彩列車」の企図‐実践は、それ自体としても、後の報告文学《ルポルタージュ》／戦争文学を検討する前提／試金石（の一つ）としても、改めて検討すべき問題領域であることは間違いない。吉川英治に即していうならば、『宮本武蔵』の時局下における意義を議論する前提[16]としても、「迷彩列車」の重要性は疑い得ない。

注

1　都築久義「ペン部隊の結成」（同『戦時下の文学者』和泉書院、昭60）、150～151頁。

2　村松梢風は第一次上海事変に際して現地に赴き、「上海事変を観てくる――戦火を潜りて」（『中央公論』昭7・4）を発表している。

3　本書第3章参照。

4　「吉川英治自筆年譜」（吉川英明『吉川英治の世界』講談社文庫、昭59）、157頁。

5　尾崎秀樹『伝記　吉川英治』（講談社文庫、昭49）、259頁、傍点原文。

6　拙論「昭和一二年の報告文学《ルポルタージュ》言説――尾崎士郎『悲風千里』を視座として」（同『昭和一〇年代の文学場を考える　新人・太宰治・戦争文学』立教大学出版会、平27）参照。

7　拙論「日中戦争開戦直後・文学（者）の課題――小田嶽夫「泥河」・「さすらひ」」（同『昭和一〇年代の文学場を考える』前掲）参照。

8　帰国後の吉川英治による「北支観戦報告会」（二七日、午後六時、於九段軍人会館）は、同紙面で《北支の戦雲漠々の真只中に本社特派員として筆陣を張り特に南口鎮の猛攻に挺身従軍した大衆文壇の雄吉川英治氏帰京第一声は先の通り開催する、大方各位の御来場を乞ふ（但し満員次第入場御断りいたします）》（3面）と告知されていた。

9　青柳まや「迷彩列車」（志村有弘編『吉川英治事典』勉誠出版、平28）、259頁。

10　日外アソシエーツ株式会社編『美術家人名事典　古今・日本の物故画家3500人』（日外アソシエーツ、平21）、195～196頁。

11　岩城紀子「挿絵画家・川端龍子」（『東京都江戸東京博物館研究報告』平18・3）参照。

12　長嶋圭哉「Ⅳ　作品解説／川端龍子　香炉峰」（針生一郎・椹木野衣・蔵屋美香・河田明久・平瀬礼太・大谷省吾編『戦争と美術1937-1945』国書刊行会、平20）、202頁。

13　横川毅一郎『評伝川端竜子』（造形芸術社、昭17）、木村重夫『川端龍子論』（塔影社、昭17）がある。

14　河田明久「「作戦記録画」小史1937～1945」（『戦争と美術1937-1945』前掲）ほか参照。

15　注9に同じ、258頁。

16　拙論「昭和一〇年代における吉川英治「宮本武蔵」論序説――同時代評価と石井鶴三挿絵」（『信州大学附属図書館研究』平28・1）、同「吉川英治『宮本武蔵』〈後半〉における〝道〟――パラテクストと石井鶴三挿絵」（同前、平30・1）参照。

第2章 特異な現地報告——岸田國士『北支物情』・『従軍五十日』の読まれ方

大陸の秋の憂ひのひろきかな　岸田國士[1]

I

岸田國士、ことその昭和一〇年代の活動に注目した場合、大政翼賛会文化部長（昭和一五年一〇月〜昭和一七年一二月）を務めたという事実につきあたる。昭和二二年には、その職を理由の一つとして公職追放指定（昭和二六年七月解除）を受けるのだが、先行研究においてもその位置／意味づけは、注目を集めつつもゆれている。[2] ただし、本章の問題関心は、その位置／意味づけを再審に付すことにはなく、当時、岸田国士がどのように目される文学者だったかを探ることにある。というのも、個別具体的な人間関係が関わったことは疑い得ないにせよ、[3] 同時代の文学場内／外における岸田評価もまた、岸田をして大政翼賛会文化部長職へと導いた一因と考えられるからだ。

こうした問題関心から、本章では日中戦争開戦後に書かれた岸田國士による報告文学《ルポルタージュ》『北支物情』と

『従軍五十日』を検討対象とする。後者は、『現代日本の戦争文学』（六興商会出版部、昭18）の板垣直子によって、次のように紹介される特異《ユニーク》なものであった。

岸田國士は他の人達のやうに、単に戦跡を廻つて歩いたり戦況を報道することだけに満足しなかつた。大陸に渡つた機会に、支那そのものについて、即ち、都市の状態、風俗、習慣、及び文化的建造物や施設についてまで探らうとしてゐる。のみならず、短い逗留期間内に、彼地の知識階級に接触して、彼等の意見を知らうと努めた。（41〜42頁）

おそらく、こうした二著の書き手であったことが、岸田を大政翼賛会文化部長職へと近づけていく。右に示した見通しの傍証として、無署名「異彩を放つ両部長　岸田國士氏と武内文彬氏」（『朝日新聞』昭15・10・20）を引いておく。

大政翼賛会はその文化部長を文壇から簡抜した、流石は後藤隆之助の眼力だとの評判は文壇にも出てゐる。

正直にいつて今の文壇から大政翼賛会に人を送るとすればその人物識見において岸田國士氏を措いて他に適任者は尠い。

芯は中々頑固だが、温厚篤実な紳士で、それにこの愛国文学者には視野の狭さのない点が、「従軍五十日」のやうな傑作を生んだ所以でもあり、且つ又その言説が一般から信頼される理由でもあらう。
日露役に野戦砲兵第三聯隊大隊長として活躍した父を持つ岸田氏は、名古屋幼年学校から陸士に進んだが、不幸病を得て退学した陸軍少尉。〔略〕事務的手腕は明大文科部長として試験済みだが、加ふるに彼生来の強烈な責任観念と、その血脈中にひそむ武人的意志力の活動を、此秋に際して特に期待したいのである。（1面）

ここには『従軍五十日』への論及がみられるほか、岸田國士の《人物識見》、軍人の家系ゆえの《武人的意志力》など、本章で後述する『北支物情』・『従軍五十日』評価と重なるポイントが、大政翼賛会文化部長としての《適任者》たる理由とされている。

これまで『北支物情』・『従軍五十日』に関する研究では、断片的な論及が積み重ねられてきた。『北支物情』については、今村忠純が《出色であり、かつ異色でさえある》[4]と評し、都筑久義は《中国と中国人を理解しようとしたルポルタージュ》[5]とその特異性を指摘している。『従軍五十日』については、渡邊一民が《すべての戦争文学が禁域としたところまであえて踏みこんで、日中戦争そのものについて徹底的に考察しようとする》[6]と高く評価する一方、《韜晦もごまかしもないところに特徴》をみる荒井とみよは、岸田の《戦場に最後まで適応できなかった痛ましさ》[7]を指摘している。また、奥出健は《岸田は紛うことなき愛国者でありながら、この従軍記では直接には日本を非難しないまでも対中国政策については「…して欲しい」という表現でもって注文も多い》、《一歩踏み込めば政治や軍批判につきあたる表現もある》[8]と、やはりこの時期の報告文学《ルポルタージュ》に比しての特異性に注目しており、大笹吉雄はその根因ともみられる《岸田の「批評」》＝《「目」》[9]を読みとっている。近年では、五味渕典嗣が《日本軍占領地での「文化工作」の惨めさに多くの紙幅を費やした》ものの、《長期戦に向けた覚悟と新秩序建設の困難に立ち向かうという枠組みから大きく逸脱しているわけではない》[10]と同作を位置づけた。ただし、一連の先行研究には、『北支物情』・『従軍五十日』をめぐる同時代の読まれ方－評価への目配りが欠けている。

そこで本章では、人気・実力をあわせもった新聞小説作家として評価の高まる昭和初年代以降の評価[11]を確認－整理した上で、『北支物情』・『従軍五十日』をめぐる同時代受容の地平－モードを検討しながら、その書き手である岸田國士への同時代評価を調査－分析することで、昭和一〇年代における岸田國士（の位置）を再考するための足場を築くことを目指す。

Ⅱ

『北支物情』・『従軍五十日』刊行に前後して、岸田國士を主題とした作家論が相次いで発表される。その大半が、岸田の長編小説を論じたもので、そこに岸田への評価も浮上してくる。

まず、論及対象となる時期の長編小説[12]を以下に確認しておく。

・『由利旗江』（『東京朝日新聞』昭4・9・7〜昭5・1・26）
・『鞭を鳴らす女』（『時事新報』昭6・11・13〜昭7・3・17）
・『愛翼千里』（『オール読物』昭8・10〜昭9・4）
・『都会化粧』（『名古屋新聞』昭10・7・8〜同12・15）
・『双面神』（『大阪毎日新聞／東京日日新聞』昭11・5・19〜同10・5）
・『落葉日記』（『婦人公論』昭・6〜昭12・5）
・『牝豹』（『河北新報／福岡日日新聞／北海タイムス／新愛知』昭12・1・23〜同7・30ほか）
・『幸福の森』（『都新聞』昭12・7・19〜同11・5）
・『暖流』（『東京朝日新聞／大阪朝日新聞』昭13・4・19〜同9・19）

『双面神』刊行後には、河上徹太郎が「岸田國士氏「双面神」」（『文学界』昭12・3）を書き、《この作品に現れてゐる作者の表情は、ともあれ道徳家の表情だ》と看破し、作中人物を《尽く作者の頭の中にある或る思想の分身》（259頁）だと見立てた上で、次のように論評している。

此の小説は現代に関する色々な問題を含んでゐる。殊に現代でモロクの神に比すべき軍人を拉し来つて、之に文化人としての色づけをし、不十分乍ら日常生活者として描いたなど、作者の意図はよく汲まれるのである。千種といふ女主人公にしても、日本的インテリ女性の美で之を飾らうとして十分力が尽されてゐる。(260頁)

軍人や女性をモチーフに、《現代》というテーマに取り組んだ作品として『双面神』は読まれているが、〝双面〟というモチーフは戦時下の岸田(の言動)を語る鍵語でもあった。[13]

《氏が純日本人的な無為感の上に西欧の教養をつみかさねた作家であることを明かにしてゐる》作品として『牝豹』を読む無署名「岸田國士　牝豹」(『文藝』昭13・3)では、《氏自身の人間的な苦悩などはほとんど影をみせず、ただあるのは、有ゆるものを相対的に眺め得る鋭いそして一種常識的な理解力の美事な配列だけ》(274頁)と、徹底した岸田の姿勢《スタンス》が見出されている。《岸田國士氏の長編小説は幾つか読んでゐるが、概して面白かつたやうに記憶してゐる》という「長篇小説評(3)嘘の力の有無」(『東京朝日新聞』昭13・4・14)の正宗白鳥は《氏の作品の何処かに私の好みにかなつた所がある》として、《落葉日記も面白かつた。今度の「牝豹」は、氏としては楽々と書かれたものらしい》(7面)と好意的に評している。つづく「長篇小説評(4)傍観的人生観賞」(『東京朝日新聞』昭13・4・15)には、《岸田氏は石坂氏や川端氏よりも、人生鑑賞が冷かであり傍観的》(7面)だといった分析もみられる。

この後、『牝豹』読了後に書かれた中島健蔵「岸田國士氏に就いて」(『文藝』昭13・6)が発表される。《此の小説だけを読み落してゐたし、今朝日新聞に出てゐる『暖流』に少からず興味を持つてゐるので、『双面神』、『落葉日記』以後の氏の航跡を見失ひたくなかつた》という中島は、前後する岸田の長編小説を視野に入れて、《氏は三角波の真只中に居る》、《改めて氏の仕事を思ふと、航跡が極めて明か》だとその作家的な位置づけを示しながら、《ほとんど停船することなく、ステディーに進んでゆく、船足の軽くない船》（180〜181頁）とたとえている。さらに、中島は新作『暖流』にふれて次のような展望を示す。

我々は『双面神』を思ひ出し、広義のインテリゲンチヤの内部闘争が展開されさうな『暖流』に眼を注ぐべきである。此の船は見かけの軽快にも係らず、どつしりと荷を積んで三角波を乗り切つて行く巨船だ。（183頁）

ここでは、困難な課題を引き受けつつそれを超克する岸田への期待が示されているが、『暖流』は発表当時から好評を博す。

《「暖流」はなかなか面白い》という無署名「読んだものから」（『三田文学』昭13・7）では、《まだ書き出しで、結局批評は出来ぬが、「日疋」といふ男の性格、に興味が持たれる》とされ、さらに《或る破産に瀕した病院内に彼を持つてきて、その改革に当らせるところ、さすがに岸田だと腕の凄さに目を見張らされる》（199頁）と、その《腕》が高く評価されている。杉山平助も「新聞小説の社会性」（『文藝春秋』昭13・9）で、《私が完全に通読してゐるのは、朝日新聞の岸田國士の「暖流」だけ》だとして、《これは、とにかく中年者の我々にも、何かを教へたり、たのしませたりするものがある》（180頁）と述べている。そこに、K「公論私論」(『早稲田文学』昭13・9)が《岸田國士が新聞は通俗小説のつもりで書いてゐると云つてゐるのは正直でよい》(22頁)と指摘する一面もくわわる。

『由利旗江』を《主題の点でも人物の系譜といふ点でも、爾後の全作品の源泉をなす長篇》(303頁)だと位置づけながら、岸田の長編小説を包括的に論じたのは、西村孝次「岸田國士論」(『文藝』昭13・10)である。そこでは、岸田の長編小説における基底的な機構《メカニズム》が、次のように析出されている。

岸田氏は、他のいかなる特性にもまして、まづ人間批判のはげしい情熱、この国においてしばしば古武士の風格を帯びてあらはれるやうな情熱を底にひめた作家である。しかもかかるモラリスト的志操《ママ》に加ふるに、深い西欧的教養ときびしい諷刺家的性格と、そして研ぎすました風俗時評家的感覚を氏はそなへてゐるのである。そこから、氏の作品に独特な澄みきつた知的雰囲気や、洗練された会話、人物の交渉などが生れる。(308頁)

さらに、『双面神』を《はじめて文化人としての軍人が描かれたといふ点でもすぐれた特質をもつてゐる》と論じ、次のように長編小説群における軍人(論)の意義が説かれていく。

軍人は紀伊子の兄陸軍航空大尉澄田太郎右衛門として『鞭を鳴らす女』に登場してゐるし、『落葉日記』にも騎兵大尉があらはれるが、『双面神』において軍人論、といふより軍人の「孤独な、悲壮な、宗教的姿勢」（北風の街　二）を述べ、軍人にたいする高潔な信頼と、その信頼が現代日本において強ひられる一種の位置とを切々として海軍少佐鬼頭令門に語る神谷仙太郎の言葉から、われわれは現代日本の文化の光栄と宿命とを聞くことができるであらう。

つづいて西村は、《これが別な角度をとるとき、岸田氏の戦地報告『北支物情』が生れる》（310頁）とするが、それは岸田が《今日わが国において政治を批判しうる能力と気魄を有する少数の文学者のひとり》で、かつ《スヰフトをはじめモラリスト作家と呼ばれる一群の精神におのづからつらなる面がある》からで、それゆえ《岸田國士氏は、今後わが国の文学にとつて、ますます多くの可能性をはらむ作家のひとり》（311頁）だとして期待されるのだ。

踵を接して発表された河上徹太郎「岸田國士論」（『改造』昭13・12）もまた、岸田の長編小説を包括的に論じた作家論である。《文学者としての岸田國士氏には、二つの面がある》という河上は、《一は「由利旗江」「双面神」の著者として》、《他は「にんじん」「ルナアル日記」の訳者として》（234頁）と述べた上で、前者に注目していく。《氏は一言で評すればモラリストであり、その限りに於て理想主義者》だと断じる河上は、岸田の長編作品群に通底する主題を次のように探りあてていく。[14]

氏はこゝ数年の間に「由利旗江」「鞭を鳴らす女」「落葉日記」「牝豹」「幸福の森」「双面神」等の長篇を描き、そこで一々現代文化人の重要な問題を捉へて主題としてゐるのだが、その主題を考へて見ると、現代文化が東西古今色色な要素の混入を以て錯雑し途に迷つてゐるその矛盾相剋を取扱つてゐるといへるのである。（235頁）

さらに、岸田の主題を《現代人は如何にして可能なるか》と換言し、《予め現代人が何等かの混血児であると前提してゐる所に、氏のモラル乃至モラル探求の特徴が現れてゐる》（236頁）と論じ、近作『双面神』を《恐らく岸田氏の最大傑作》（240頁）とみる。最後に、河上は《恐らく氏は第二の「双面神」たるべき幸福な恋愛小説が書きたいであらう》と述べ、それが《氏や氏の読者のみならず、氏の小説とは別に生活する一般現代人のすべてが最も欲してゐるもの》（241頁）になると推測している。

してみれば、長編小説作家としての岸田國士とは、ものごとを客観視する眼‐筆致によって〝現代の課題に取り組むモラリスト〟と目されていたのだ。それは、別言すれば、西欧の教養をもちつつも、戦時下の日本に軸足を置いて思索し得る文学者の謂いでもある。

Ⅲ

昭和一二年七月の日中戦争開戦以降、戦場をモチーフとした文学者による報告文学《ルポルタージュ》への期待が一挙に高まる。[15] そこで、各紙誌は文学者を特派員として戦場に送りこんでいくが、同年一〇月末、岸田國士は文藝春秋社の特派員として北支戦線に赴くことになる。この時、無署名「岸田國士氏も出発か」（『日本学藝新聞』昭12・10・10）には、《われ〳〵は氏の作家眼を通じてのルポルタージユに多く期待したい》（2面）という言表がみられる。

現地報告の前段にあたる「北支旅行前記」（『文藝春秋』昭12・11）掲載時の「編輯後記」には、《本誌は岸田國士氏を北支那へ特派した。来月号から氏独自の境地になる通信が本誌を飾る筈である》（464頁）とあり、人選への自信が伺える。

『北支物情』（白水社、昭13）の初出は以下の通り。

- 「北支旅行前記」（『文藝春秋』昭12・11）
- 「北支日本色」（『文藝春秋』昭12・12）
- 「北支日本色」（『文藝春秋』昭13・1）
- 「北支日本色」（『文藝春秋』昭13・2）
- 「北京物情誌」（『文藝春秋〔事変第六増刊〕』昭13・2）

岸田の旅程は、「塘沽に上陸し、天津から飛行機で保定へ、それから貨物列車で石家荘まで行き、引つ返して北京へ、そこで二三日滞在して、陸路大連へ廻り、船で帰つて来た」というもので、「往復をいれて三週間といふ慌ただしい旅行」（岸田國士「北支の旅」、『専売』昭13・3、54頁）だったという。また、岸田國士・島木健作・芹澤光治良・深田久彌・舟橋聖一・阿部知二・林房雄・小林秀雄・河上徹太郎「座

談会　支那を語る」（『文学界』昭13・1）において岸田は、北支戦線視察のねらいと概要を次のように語ってもいる。

> 北支那に居た日数と言へば僅か十日位のもんです。結局第一線の所謂戦闘といふものは見ないでしまつた。唯その間に日本軍が占領した都市などの治安工作、そこへ入込んで来て居る日本人、それがどんなことをして居るかと云ふことを多少注意して見た、それから北京では〔略〕手蔓を求め得られる範囲で知識階級と云ふやうな人に四五人会ひました。（166頁）

『北支物情』「旅行前記」を、「今度文藝春秋社が私に北支戦線を見学する機会を与へてくれたことを何よりもうれしく思ふ」（13頁）と書きおこす岸田は、「むろん、作家として眼近に戦争現地の面貌を凝視し、そこに想像を絶した天地の呼吸を感じるであらう。その印象をなるべく具体的に細かくノートするつもり」だと基本方針を示す。さらに、「私は「日本人として」此の戦争に対する外はない」がゆえに、「どれほど「客観的」であらうとしても、それは恐らく無駄」（14頁）だという断りを付してもいる。

その上で、他の報告文学《ルポルタージュ》や『北支物情』同時代受容の地平‐モードを想定した時に注目される本文の特徴は、以下の三点である。

一つは、「軍人の家に生れ、自分も軍人として青年期を過し、今なほ在郷軍人としての覚悟」をもつ岸田による、「日本人の性能プラス軍人精神といふものが実戦に於てどんな力を発揮するかといふこととを、いろんな面で観察してみたい」（15頁）という希望である。軍人への関心は、「最初に会つた同期生」（41～45頁）でのS・Yをはじめ、旧友との再会を通じて示され、そうした人間関係によって視察の便宜も図られていく。

二つめは、「日本軍を迎へる支那民衆の表情」（18～19頁）への興味を通じて、岸田には支那という視座が準備される。たとえば「親日家」では、支那人Fによる「支那にいろんな支那ある。支那人にいろんな支那人ある。いつしよにする、よくない」（47頁）といった言葉がそのまま報告される。さらに「天津――北京」では、「支那を負かした日本が、将来、如何なる態度で、北支民衆の上にのぞむかといふ、そのこと自身が、彼等を永久の味方にするか敵にするかの分れ目だと思ふ」（218頁）と思索をめぐらせもする。

さらに三つめとして、「所謂、「戦闘」そのものはつひに見ずじまひ」となった反面、「広義の「戦争」なるものを、いろいろな面でいろいろな距離から、そして、いろいろな現象のなかで、身を以て味ひ、幾分実感として心の一隅に残し得た」（23頁）という、体験ではなく多角的検討という戦争へのアプローチがある。

全編を通じて、岸田には文化工作など戦後（建設）への興味が顕著で、日本人・支那人に積極的に会い、話を聞き、その発言を書きつけながら、思索を展開していく。「座談会」でも示されたように、「体験」と（思索のための）「材料」（275頁）こそが、岸田にとっては今回の任務の主眼なのだ。そうした岸田であれば、「北京を去る」で「政治的な意味ばかりでなく、私は、今度の旅行を契機として、支那及び支那人に対する興味が、非常な勢ひで頭をもたげて来た」と「告白」（300頁）するのも当然である。これこそ、『北支物情』の到達点であると同時に、読者へと思索を促す契機でもある。

総じて『北支物情』は、従軍記者＝岸田が、北支那を移動しながら目に映る情景を観察し、さまざまな人物に会って話を聞き、思索をめぐらせた、複雑な現実そのままの報告である。そこでは短絡的な評価は排され、軍人とのコネクションや支那という視座が生かされた独自の立場からの思索が展開されていくのだ。

では、発表当時における『北支物情』同時代受容の地平‐モードを検討してみよう。

《今月の雑誌に載つてゐる観戦記（？）は「改造」の「上海雑感」（三好達治）と「文藝春秋」の「北支日本色」（岸田國士）と二つだけ読んだ》という「文芸時評（三）重厚性と軽妙さ」（『信濃毎日新聞』昭12・12・1夕）の井伏鱒二は、《「北支日本色」には、私の知りたいと思つてゐた占領後の風俗が紹介されてゐる》と述べ、その内実を《いづれこの事変が片づくと、最早やかういふ風俗は見られさうにない過渡期的状景が書いてある》（2面）ことにみていた。室生犀星は「文芸時評【3】心ある作家達」（『読売新聞』昭13・1・7夕）で《岸田國士の落着き振りも岸田らしい》（4面）と評しているし、船波小波　和かな雰囲気」（『都新聞』昭13・2・2）には、端的に《面白い》（1面）という評もみられる。無署名「六号雑記」（『三田文学』昭13・3）は、「北支日本色」が《在来の日支事変ルポルタアジュものゝもつ概念を完全に一掃してゐる》とした上で《血と砲煙の中にあつて、これほど良き意味に於ける、「冷静」を失はぬ「芸術家的」観察眼は、他に絶無だ》（195頁）と称讃する。

以上から、『北支物情』を通じて岸田の独自性が好意的に評価されていたことは確認できるが、単行本刊行の際には、既述のポイントと重なる次の広告文「『北支物情』」（『文学界』昭13・6）が出る（【図1】参照）。

嘗て軍人であつた著者が、今は部隊長で出征してゐる多くの同期生の好意を得て、戦地を最も効果的に視察した。茲にこの貴重な報告書を全国民に贈る。これは単なる戦地ニュースではない。硝煙の中に呼吸する大陸の物情である。これこそ支那を認識する新しい量だ。

政治家も軍人も、青年も老人も、男も女も、支那への新しい関心を本書に索めよ！

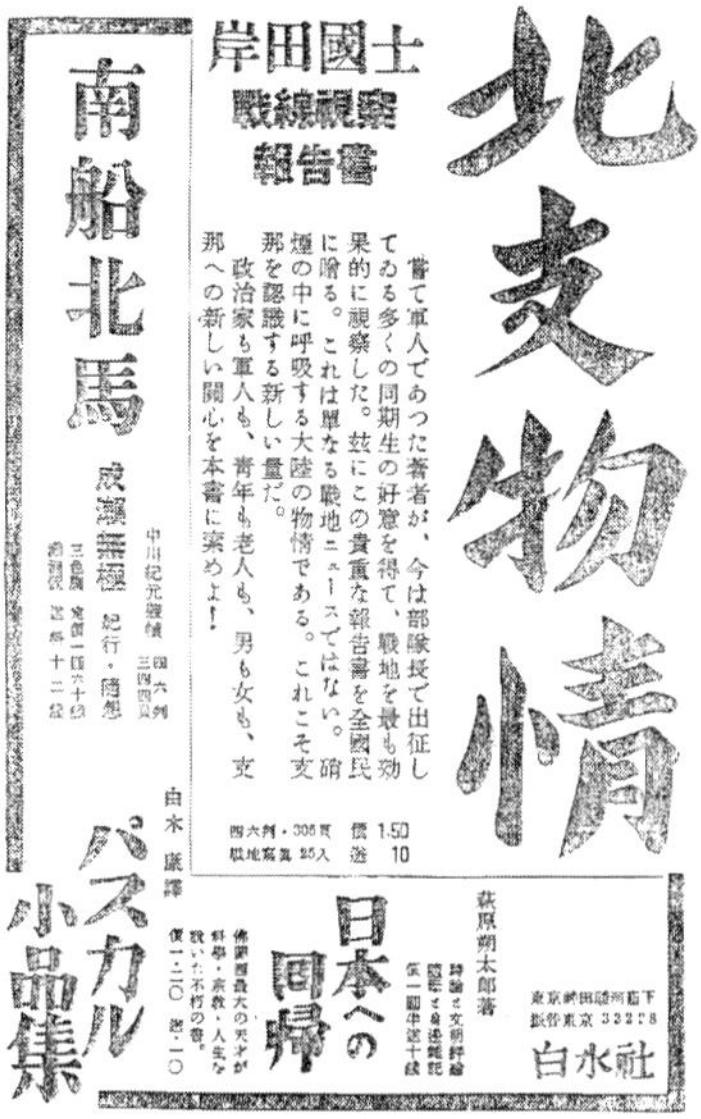

図１　『文学界』S13/6

また、次に引く広告「岸田國士著『北支物情』」（『東京朝日新聞』昭13・5・14）には、より詳細な言及がみられる。

所謂「生々しい戦争のルポルタージュ」はニュース映画に如かず、砲煙と血潮の現地報告も新聞の報道より一歩を出る事は困難である。然るに**北支物情**がニュース映画よりも生々しく（『新楽まで』参照）新聞記事よりも遥かに如実である（『空の一騎打』参照）のは何故か。それは本書が単に支那事変の現地報告であるのみならず、一連の小品より成る一巻の素晴しい長篇小説であり聊も事実を歪曲せずして而も鋭い観察と峻烈な批判を盛つた叙事詩でもあるからだ。（『石家荘』『女学生の作文』『北京を去る』参照）（1面／ゴシック原文）

いずれも、《物情》や《叙事詩》といった把握によって、同時期に量産されていく報告文学《ルポルタージュ》との差異を前面にうちだしている。

以下、単行本刊行後の同時代評を検討する。一連の報告文学《ルポルタージュ》の中で《読みたいと思つたものは岸田國士氏のもの》だという新居格は「支那行文士の収穫を見る（2）岸田國士氏の明るい眼」（『都新聞』昭13・5・14）で、《客観主義の保持》、《穏かな態度》、《明るい眼》、《一種の好ましい文化的ニユアンス》といった報告主体に関する評価点をあげつつ、次のように論評している。

われ〳〵が戦地に赴いた文学者から聴きたいことは、彼等らしい言葉である。お座なりでもなく、付焼刃でもなく、主観的には正直そのまゝの発言であり、客観的には澄んだ眼に映すものの姿である。（1面）

つまりは、岸田による『北支物情』こそが文学者らしい報告文学《ルポルタージュ》だという絶賛評である。水原秋櫻子「文芸時評（5）二つの単行本」（『東京日日新聞』昭13・7・2夕）による《文章の巧さに敬服した》（5面）といった評も交えつつ、論点は報告主体たる文学者－岸田に集中していく。初出時に《愛読した》という「新著三つ　「北支物情」—岸田國士著」（『新潮』昭13・7）の中村武羅夫も《いかにも文化人らしい、しづかに澄んだ眼と、知識人らしい見識を以て観察したところを、淡淡として書いてゐる》と評した上で、他の文学者による報告文学《ルポルタージュ》に比して《いかにも文学者の眼を以て見た現地報告》であるところが《特色》（165～166頁）だとする。阿部知二も「書評　岸田國士著「北支物情」」（『文学界』昭13・7）で、『北支物情』を《ただの報告・記録でなく、岸田氏の人間味がにじみ出てゐる、「文学作品」》（287頁）と捉え、次のように評している。

> どういふ風に立派な文学であるか、といへば、これらの文章が、一見さりげなく書かれ、軽快な筆のやうにみえるが、その裏に、意志的なおちつきをみせた著者が居るのであり、書くべきを書き、感ずべきを感じ、さういふ風にして聡明に選り分けられたものを、大きな深い人間的精神のあたたかさで包んで、含蓄深くあらはしてゐる、といふべきであらう。

こうして阿部も《著者》の存在を感じつつ、《岸田氏が、とらへて提供する各場面そのものが、はなはだ雄弁な表情を以て、私達にこの事変の諸相を語る》（288頁）のだとする。「銃後リレー報告書　現地報告論」(『読売新聞』昭13・9・15夕)の新居格が、《素直な筆で書いた文士の現地報告としてわたしには岸田國士氏の「北支物情」が好ましく、さらに、火野葦平氏の「麦と兵隊」に親しまれた》(2面)と述べて、「麦と兵隊」と『北支物情』を並置したのも、両作ともに書き手(の人間性)が高く評価されていたからである。[16] また、丸岡明「三十八年度記」(『三田文学』昭13・12)には、《岸田國士氏の「北支物情」(単行本)や小林秀雄氏の「蘇州」(文藝春秋、六月号)など、従軍の報告文学として秀れたものであつた》(100頁)とあり、昭和一三年の収穫ともされた。

さらに、軍人という論点からの書評・杉山平助「岸田國士氏著『北支物情』」(『東京朝日新聞』昭13・6・13)も出た。《今度文学者で戦地へ行つた人は大勢ゐるが、誰が見ても最も適任だと思はれる人に岸田國士氏がある》という杉山は、岸田が《士官学校出身者》であることにふれ、《戦地においてのそれ等の〔軍人の/引用者注〕友人たちとの邂逅がこの書物の重要な興味の一つ》だと指摘し、《この著者こそ、さういふ方面〔《武的なるものと文化的なるものとの対立反撥》〕において一種のグリセリン的役割を果すのに適当な人物の一人だと思はれる》(4面)と評している。同様の論点への注目は、《流石高名であつただけに、この書の読後感は印象甚だ鮮明》、《ルポルタージユに一種の型を創始した》と『北支物情』を絶賛する無署名「読んだものから」(『三田文学』昭15・6)にもみられ、《之〔軍人としての姿勢〕に加ふるに詩人の眼》と、やはり報告主体が評価され、《思へば文藝春秋社としても頭のいい人選をやつたものである》(230頁)という総括的な感想がもらされる。

折りしも、報告文学《ルポルタージュ》については《作家の眼の逞しさといふことには、云ひ換へて見れば、この現実を認識する眼の正確さといふことになるだらう》（本間唯一「小説精神と現地作品――「記録小説」への示唆――」、『一橋新聞』昭13・10・25、３面）と言表されるなど、文学者の《眼》が注目を集めていた。

Ⅳ

《今日では一種の社会的名士になつてしまつた》（124頁）と岸田國士をとりあげる無署名「人物クローズアップ　岸田國士」（『新潮』昭13・6）では、《今では劇作家としてよりも、新聞小説家として、また社会的名士として、同時に文壇に出て来た新感覚派の仲間よりも重々しい位置を持つてゐる》と評され、その上で次のような懸念が語られている。

だがそれとともに、これまで表面に出なかつた軍人型が表に現はれて来たことは気にかかる。先頃文藝春秋社の特派員として北支に行つた時の紀行文に、かつての同期生が今では枢要な位置を持つ部隊長になつてゐるのを一々訪ね、ちやんと軍人らしい意見の交換をしてゐる。（126頁）

当時、岸田の軍人出身という側面は必ずしも否定的に捉えられたわけではないが、文学者としてのキャリア、小説中の人物設定を越えて、『北支物情』においては軍人時代の旧知の人々と再会や会話が報告されたことで、次第に強調され岸田像の一部を成していく。

『従軍五十日』（創元社、昭14）は、同書「前記」によれば「昨年九月から十月にかけて、いはゆる「従軍作家」の一人として中支戦線のところどころを視察した結果、生れたもの」（頁表記なし）である。収録された現地報告の初出は以下の通り。

・「従軍五十日」（『文藝春秋』昭13・12）
・「従軍五十日」（『文藝春秋』昭14・1）
・「揚州の一日――従軍五十日――」（『文藝春秋』昭14・2）
・「従軍五十日　治安と建設――その一例――」（『文藝春秋』昭14・3）
・「我等は何を知るべきか――従軍五十日――」（『文藝春秋』昭14・4）
・「私の従軍報告」（『東京朝日新聞』昭13・11・12〜16）

帰国後に催された座談会、岸田國士・中谷孝雄・深田久彌・山本實彥「ペン部隊は何を見たか」（『文藝』昭14・1）では、山本との間に次のようなやりとりがみられる。

山本　岸田さん、中支に行かれて、文化的の工作はどういふ所から手を着くべきやと考へられました？

岸田　僕は、やはり、学校だと思ひましたね。〔略〕支那人のための小学校を早く作り、日本から

> 優秀な先生をどんどん送ることが必要です。日本人の経営する模範小学校が各県に一つづゝできたら、大したものだ。それと同時に中学校も造らなくちゃいけないと思ふんですね。これは、十年後のインテリを養成する基礎です。すべての中等学校へ真つ先にいい日本語の教師を持つて行く。日本語を通じて、直接日本といふものを新しく認識させる以外に有効な道はないやうに思ひますね。
> （346頁）

このように、『従軍五十日』における興味の中心は文化工作[17]にある。「前記」には、「何れにしても、私は私の性能に応じて、この機会を善用するほかはない」という覚悟に即して、「戦争のいろいろな場面に於て、今度の事変の全貌をなるだけ正確につかむことに努力し、予想し得る将来の問題について、自分の判断の基礎となるべき資料を手の届く限り蒐めるやう心掛けた」（頁表記なし）という岸田の指針が示れる。さらに、「上海から蘇州まで」では、「九江に於ける各種の調査と、日増しに複雑化して行く街頭の現象」から、「今次の事変の特質と中心」に、「そこゝに散在する占領地域の、小部隊を以てする警備と討伐と宣撫工作の実情」（4頁）が位置づけられる。このような岸田である以上、戦闘自体よりも戦後の文化工作に報告の照準が定められるのは必至である。一方では、戦跡を辿り、生命の危機に瀕した場面も報告されるが、宣撫の実演報告（「部落の住民たち」）についての考察や戦争の意味づけ（「戦争の道義化について」）など、戦場を離れた文化に関する思索や実践的提言に、岸田の筆は多く割かれていく。

こうした『従軍五十日』を貫く興味は、「日本語学校」において全面的な展開をみる。揚州で日本語学校を見学し、その実情や生徒とのやりとりを報告した後に、「日本語の普及」を「占領地区の重要な課題」と位置づける岸田は、「日本語を通じて日本を知らせるといふ遠大な抱負をもつて進むことが、この際、文化的に見て新支那建設の基礎条件」（161頁）だという見通しのもと、学校の整備や教員の配置案まで、すぐれて具体的な施策を提案している。この項については、《岸田國士氏の従軍記も、少し鼻について来た》という「雑誌短評　芥川賞その他」（『読売新聞』昭14・3・10夕）の中村武羅夫も、《「日本語学校」の項などは、同感である》（2面）と言表している。

ただし、岸田自ら述べた通り、右の提案は日本語の普及を最終目的としたものではなく、日支関係の

図2　『従軍五十日』函

図3　『従軍五十日』表紙・帯

改善‐解決のための一プロセスと位置づけられ、『北支物情』以来の思索は、「戦争の道義化について」、「日本人の力について」で深められていく。

以下、発表当時における『従軍五十日』同時代受容の地平‐モードを検討してみよう（【図２・３】参照）。

まず、広告「岸田國士著『従軍五十日』」（『東京朝日新聞』昭14・４・30）には、次のような文言が読まれる。

　淡々たる筆致で書かれた岸田氏の従軍記が、類書を遥かに凌駕し万人に心を惹かれる所以は、視野が広く観察がゆきとどいて、所論がいちいち肯綮に当るからだ。砲煙弾雨下の生死を描いて蕭索たる感慨にさそふ場面もあれば、後方地区の支那民衆の不可解な表情とその向背、治安並に宣撫工作の種々相を活写した炯眼卓抜な箇処もある。わけても、日支両民族の協調の将来に関する示唆のごときは、何人といへども襟をたゞして聴かざるを得ない一大論策と言はねばならぬ。（１面）

ここでは、岸田一流の客観的な筆致・観察にくわえ、文化工作、その延長線上にある日支関係などがクローズアップされている。

同時代評をみても、紺九「大波小波　創作欄は低調」（『都新聞』昭13・11・28）で《▼岸田國士の「従軍五十日」は、やはり彼らしく眼のつけどころが違つてゐる》（１面）と着眼点が評価され、阿部知二「文芸時評（2）渾然たる文学」（『東京朝日新聞』昭13・12・1）でも《心ある人々が従軍作家に求めたものも、単なる事実や感情の衝撃の報告でなく》、《事実の見聞を一度その思想と人間知識によつて整理して、批判性と指導性をもつた文章》、《文学者の「眼」》（7面）だとして、岸田を顕揚している。もちろん、亀井勝一郎「文芸時評（2）従軍記一束」（『都新聞』昭13・12・2）や木々高太郎「文芸時評（3）戦争小説と従軍記」（『中外商業新報』昭13・12・6）のように、他のペン部隊の成果と並べて岸田を評価する時評文もみられるが、他方、岸田の特異点を見出す同時代評も散見される。

たとえば、豊島與志雄は「六号雑記　文学以前」（『知性』昭14・2）で、《日支事変の現地に従軍した文学者について、吾々が最も期待したのは、物を考へる人間を示してもらひたいことであつた。然るに、最も多く示されたのは単に物を見る人間だつたとは、どうしたことであらうか》と不満をもらした上で、《かういふ観点から、私の眼にとまつた文学者の文章は、中支に関する岸田國士君のもの、上海に関する横光利一君のもの、北満移民村に関する大佛次郎君のもの、其他僅かなものに過ぎない》（94頁）と述べている。また、《岸田國士氏のルポルタアジユは従軍文士の中でかねぐ〵わたしの最も好むところだという「新年雑誌評（1）東方と西方と」（『東京日日新聞』昭14・1・6）の新居格は、《落着いた描写には全く好感がもてる》として、《戦闘員としての火野氏のルポルタアジユ、従軍文士としての岸田氏のものをわたしは愛読してゐる》（5面）と、火野と並び称している。ここでは、《戦闘員／従軍文士》というカテゴリーが想定されているわけだが、日比野士朗・芹澤光治良・尾崎士郎・今日出海「座談会戦争の体験と文学」（『文藝』昭14・7）において今は、戦闘体験の有無をこえて『従軍五十日』の《感動》を吐露しており、日比野も《私も雑誌のとき非常に愛読してをりました》（251頁）と肯っている。その今は「真の文化人の従軍記——岸田國士著「従軍五十日」——」（『文学界』昭14・7）において、同書を貫く《透徹した理知》（180頁）を指摘している。それを具体的に評せば、《戦地にあつて具体的な現象にぶつかる毎に、筆者は反省し、熟慮している》、《明徹な解釈と鋭敏な批判が渦を巻いて溢れ出る》ということになり、同書を《知識人が知識人の資格に於て従軍した記録として、これ以上でもこれ以下でもない見事な一線を画して、謙虚な従軍作家の使命を果してゐる》（181頁）と総括している。

V

岸田國士の大政翼賛会文化部長就任が報じられる時期[18]に前後して、『従軍五十日』は広告「岸田國士著『従軍五十日』」（『東京朝日新聞』昭15・10・24）で次のように紹介される。

> 本書の真価は炯眼卓抜な氏が、戦塵の中から最も大胆に対支文化国策の具体案を掴み出して披瀝した点にある。本書は上梓以来広く識者に喧伝され、常に問題を提起し来つたことは、氏が此度び要職に就かれたことゝ共に、蓋し当然と云へよう。（2面）

ここでは、岸田という人物と『従軍五十日』（の内容）とが、《要職に就》くことと直結されている。

こうした見方こそ、本章Ⅱ～Ⅳで検討してきた岸田とその著作にさしむけられた評価の集積－帰結である。その要所は、《氏にあっては東亜の共同体とか新秩序建設とか今や聖戦の日的を簡単に要約したこれ等の言葉は理論でもなければ、合言葉にも似たスローガンでもない》という「真の文化人の従軍記――岸田國士著「従軍五十日」――」（前掲）の今日出海が《現地で新秩序建設をするために、どんな方法なり態度が必要か、その実践的方面を氏の理知は執拗なまでに究明する》（181頁）と指摘した岸田のスタンスに尽きる。《この記録〔『従軍五十日』〕の結論は或はこの従軍の目的とも云へるのだが「戦争の道義化について」といふ章に尽きてゐる》という今は、同文において次のようにその実用性を高く評価していた。

僕は満洲北支の短い旅から帰つて、「従軍五十日」を通読し、戦地区域ではない満洲で、文化事業にたづさはる官吏達に送りたいと思ふ。従軍の記録といふよりは、宣撫工作や、共同体論の実践に関する根本的な考察が語られてゐると思ふからである。（182頁）

そうである以上、「戦争の道義化について」の検討は必須である。そこに何が書かれているか、以下に検証しておこう。

そこで「日支親善」という言葉をとりあげる岸田は、「これは決して外交辞令的な、政治臭を帯びたスローガンであつてはならぬ」として、「国民と国民との感情的融和を計り、誤解から生ずる相互侮蔑の念を一掃することは、今日、両国の識者が何れも冀求するところ」だとみて、「為政者は、今度の事変の特殊性を考へたなら、対外的宣伝ばかりでなく、より以上国民自体の戒飭に乗り出すべき」（200〜202頁）だという。これは、日本の為政者に対する、ともすると批判を含んだ要望で、ここに日本人として戦争を正当化しつつも、支那という視座も手放さない岸田の（同時代の文学者に比して）特異《ユニーク》な姿勢《スタンス》は明らかで、これは『北支物情』・『従軍五十日』を通じての成果ともいえる。

さらに、「戦争をあまりに道義化しようとして、これを合理化する一面にいくぶん手がはぶかれてゐる傾がありはせぬか」（209頁）と日本の現状を批判的に捉えつつ、次のように論じていく。

> 主観的な聖戦論は十分に唱へられてゐるが、客観的な日支対立論とその解消策は、わが神聖な武力行使の真の行きつくところでなければならず、寧ろ、これによつてはじめて東亜の黎明が告げ知らされるのだと私は信ずるものである。（209〜210頁）

「主観」を排した「客観」を求めつつも、「神聖」・「東亜の黎明」といった日本にとっての事変の意味づけはその修辞《レトリック》ごと肯定していく――こうした言明こそ、よくいえば岸田一流のバランス感覚であり、あるいは岸田の矛盾‐限界とも評されるものである。[19] こうした二面性を保持したまま、「戦争の道義化について」は、先の引用につづく次の一節によって締め括られる。

いはゆる客観的な対立論とその解消策の第一項目として、私は、日支民族の感情的対立の原因の研究といふことを挙げたいと思ふ。事変そのものを挟んで、両国の運命は等しく重大な転機に臨んでゐるけれども、かゝる根本の問題について、なほよく考慮をめぐらす余裕のあるのは、彼でなくして我である。（210頁）

ここでも岸田は、日本に「余裕」（アドバンテージ）を担保しつつも、両国を対等に捉え（「等しく」）、自己批判的に「我」のなすべき課題を提示している。しかも、ここで岸田が想定し重視しているのは、政治でも軍事でもなく、文化である。そのことは、つづく「日本人の力について」において次のように示される。

現在のところ、武力を含んでの政治が総てを支配してゐることは当然であるけれも、この事変の特殊な性質からみて、政治が総てを解決するのではないといふ見透しが、政治家自身の口吻のなかにもみえてゐるくらゐである。政治以外の国民の力とは何か？　一口に云へば、為にするところなき日本人の真の姿を支那民衆の心に植ゑつけ、その信頼すべき「人間性」と、彼等と共通の理想を目ざして生きるものゝある実証を示すことである。（213～214頁）

これこそ、長編小説および『北支物情』・『従軍五十日』といった文学作品とその評価の、同時にそれぞれらを深い思索に基づき書きついだ岸田國士という文学者の、いわば到達点で、別言するならば、ここには昭和一〇年代における岸田國士のエッセンスが凝縮されている。もとより、それは清濁あわせもつ危険なエッセンスかもしれない。たとえば、《北支の従軍から戻つてきた岸田氏の作家態度は微妙な変貌を示してゐた》と指摘する「岸田國士論――主として氏の演劇面について――」（『知性』昭15・8）の石河穣治は、《その心象の変化は作家的矜持の上から多少の矛盾もあつたには違ひないけれども「北支日本色」翌年の漢口行の「従軍五十日」に於ける氏の観察眼はすべてかうした〔戦争に対する〕肯定的な角度の考察の上にのみ確立されてゐる》（181頁）と批判的な見方をしている。それでも、こうした地点からでなくては、昭和一〇年代を生きた岸田國士を考えるための視座など、仮構することすらできないはずである。[20]

注

1　岸田國士「文壇部隊陣中句」（『東京日日新聞』昭13・10・20）、5面。

2　古山高麗雄が『岸田國士と私』（新潮社、昭51）で、《戦争中の岸田國士は、矛盾を抱え込んだままで、その矛盾を取り払う方向には考えを展開させていない》（234頁）と述べたのに対し、安田武は「大政翼賛会文化部長のイス――岸田國士論――」（同『定本戦争文学論』第三文明社、昭52）で《岸田の「発言」について見るかぎり、太平洋戦争下といえど、彼は「変節」どころか、「年来の持説」を固持して譲ってはいない》（68頁）と論じ、渡邊一民も『岸田國士論』（岩波書店、昭57）で《《大政翼賛会》文化部長岸田國士》をファシズムに対する《最後の抵抗線》（189頁）とみている。大笹吉雄は『最後の岸田國士論』（中央公論新社、平25）で、岸田の公職追放について、《アメリカの言い掛かりだったとも、不当な処分だったとも思わない》（193頁）と断じている。
3　この間の事情については、奥出健「大政翼賛会と文壇――岸田国士の翼賛会文化部長就任をめぐって――」（『国文学研究資料館紀要』昭56・3）に詳しい。
4　今村忠純「岸田国士の戦時下――『生活と文化』と『荒天吉日』と――」（『日本近代文学』昭51・10）、178頁。なお、同論には《あたかも事変下の北支の物情が、こうして遠い過去の出来事であるかのごとき、一見のどかな歓談の風景とさえみてとれるのだ。いやそれゆえに、一方ではさらに複雑にくもつた岸田の表情を読みとることもまた可能である》（179頁）という指摘もみられる。
5　都筑久義「戦時下の国策文学――序にかえて」（同『戦時下の文学』和泉書院、昭60）、6頁。
6　注2渡邊書、146頁。
7　荒井とみよ「「ペン部隊」の人たち」（同『中国戦線はどう描かれたか　従軍記を読む』岩波書店、平19）、79頁。
8　奥出健「事変下・陸軍班従軍文士の見たもの――林芙美子、尾崎士郎、岸田国士――」（『近代文学研究Ⅱ』平21・3）、69〜70頁。
9　注2大笹書、137頁。
10　五味渕典嗣「文学・メディア・思想戦――〈従軍ペン部隊〉の歴史的意義――」（『大妻国文』平26・3）、113頁。
11　前後する時期の戯曲への評価に関して、拙論「岸田國士「風俗時評」の射程」（『文芸研究』平26・9）参照。
12　この時期、改造社より『岸田國士長篇小説集』も刊行される。刊行順に『第八巻　暖流』（昭13）、『第二巻　鞭を鳴らす女』（昭14）、『第四巻　都会化粧』（昭4）、『第三巻　愛翼千里／啄木鳥』（昭14）、『第一巻　由利旗江』（昭14）、『第五巻　双面神』（昭14）、『第六巻　牝豹』（昭14）、『第七巻　落葉日記』（昭14）の全八巻である。
13　はやくは、福田恆存「岸田國士論」（『現代日本文学全集33豊島與志雄・岸田國士集』筑摩書房、昭30）に、《岸田さんには「崩壊を避けようとする意識」と「崩壊を急がうとする意識」とが、同時に表裏をなして存在してゐた》（403頁）という指摘がある。

14　「長篇小説評（4）岸田國士の「暖流」」（『東京朝日新聞』昭14・1・22）の小林秀雄も、《由利旗江以来、岸田氏は、同じ仕事を、或は寧ろ同じ質問を執拗に続けてゐる》として、《本当の意味で新しい女性とは？》（7面）という主題を読みとる。

15　拙論「昭和一二年の報告文学《ルポルタージュ》学言説――尾崎士郎『悲風千里』を視座として」（同『昭和一〇年代の文学場を考える　新人・太宰治・戦争文学』立教大学出版会、平27）参照。

16　拙論「〝戦場にいる文学者〟からのメッセージ――火野葦平「麦と兵隊」」（同『昭和一〇年代の文学場を考える』前掲）参照。

17　文学作品による文化工作について、拙論「文学（者）による文化工作・建設戦――上田廣「黄塵」の意義」（永野善子編『帝国とナショナリズムの言説空間――国際比較と相互連携』御茶の水書房、平30）参照。

18　拙論「岸田國士の大政翼賛会文化部長就任をめぐる言説」（『立教大学日本文学』平30・2）参照。

19　注2渡邊書参照、151～152頁。

20　北村日出夫「敗戦の《跨ぎ方》――岸田国士の一九四〇年頃の言説分析――」（『評論・社会科学』平13・12）、拙論「戦時下の岸田國士・序説――「荒天吉日」を手がかりに」（日本近代演劇史研究会編『岸田國士の世界』翰林書房、平22）参照。

※岸田國士『北支物情』・『従軍五十日』の本文引用は、初刊単行本による。

第3章
従軍ペン部隊言説と尾崎士郎「ある従軍部隊」——文学（者）の役割

I

本章では、昭和一〇年代を見通しつつ、特に日中戦争期の文学場について考えるための重要な一視点として、従軍ペン部隊（言説）に注目する。これは、当時の文学場において文学者が社会性を体現する、明示的なありかたの一つである。

まずはじめに、従軍ペン部隊についての概要を確認しておく。

内閣情報部が、発令されたばかりの漢口《ハンカオ》攻略戦に、文学者を従軍させる計画を発表したのは昭和一三（1938）年八月二三日である。この日、菊池寛の呼びかけで集まった一〇余名の文学者に、計画を相談し従軍を要請した。情報部では二〇名程度を予定していたため、菊池寛がすぐに三〇余名に速達で従軍希望を問合せると、ほとんどの者が希望したという。そこで情報部と協議して二二名を選考し、八月二六日、首相官邸で氏名を発表した。

これが世にいうペン部隊で、そのメンバーは吉川英治、岸田国士、瀧井孝作、浅野晃、深田久弥、北村小松、杉山平助、林芙美子、久米正雄、白井喬二、小島政二郎、佐藤惣之助、尾崎士郎、浜本浩、佐藤春夫、川口松太郎、丹羽文雄、吉屋信子、片岡鉄兵、中谷孝雄、富沢有為男、菊池寛である。ペン部隊の計画と氏名が公表されると、出発まで新聞が連日派手に報道し、文壇では人選をめぐって中傷や憶測が飛び物議をかもした。[1]

これまでの先行研究では、平野謙が《いわば「政治と文学」の露骨な直結がペン部隊の結成という形態において一種の強制力をもったこと》を《その後のさまざまな文学団体の結成や文学者の社会的行動に大きな変化と規制を与えた最初のあらわれ》[2]とみているように、従軍ペン部隊を国策への従属－協力の端緒として位置づける、否定的な評価が大勢を占めて今日に至る。[3]

ここで、同時代の視座から昭和一三年における文学場の急所を射貫いた、中野重治による次の指摘を参照しておく。

石川〔達三〕、火野〔葦平〕、上田〔廣〕などの作が揃って一九三八年に発表されたということは、この一九三八年という年が、この種の戦争文学を生み出すのに何かの程度で本質的関係を持っていたということでもあろう。実際それは、一部の文学者に執筆禁止があたえられた時期でもあった。排外主義、民族主義、日本による世界征服主義のイデオロギーは、それまでにすでに文学の面でも大きくなってきていたが、これにあらたに執筆禁止のことが加わり、さらに実作として大量に戦争作品が出てきた年、それが一九三八年ということになるわけである。[4]

本章では従軍ペン部隊を右のような歴史的文脈に再配置して、その中で再検証することを目指し、（実際の行動やその成果よりもむしろ）従軍ペン部隊それ自体を主題とした言表——従軍ペン部隊言説に注目する。具体的には、当時、従軍ペン部隊にさしむけられた期待、ゴシップ、評価、あるいは文学者による発言、成果への批評など、一連の従軍ペン部隊言説が、その帰結として文学場において何を言表し、どのような効果をもったのか——そのことを歴史的に分析‐記述することが、本章のねらいである。さらに、本章での議論をふまえた上で、ペン部隊言説との照応から興味深い小説（具体的な事例）として尾崎士郎「ある従軍部隊」をとりあげて同時代受容の地平‐モードを検討しつつ読解を試み、従軍ペン部隊における文学者の役割についても考察していきたい。

Ⅱ

日中戦争開戦以降、文学者と国策（との関係）というテーマがクローズアップされ、しきりに論じられていく。[5] 暗黙裡の前提として、文学者は（国策も含むところの）社会に目を閉ざして狭い世界に閉じこもっており、ひどい場合になると悪影響だけを社会に与える存在だ、という見方がある。その端的なあらわれが《国民精神の特長を発揮し、国家特有の美風を助長する意味において、最も青年男女の思想、感情に影響ある文芸作物の現状を放置することは、国民精神総動員の目的を完成するために、大なる欠陥と謂はざるを得ない》（1面）という「社説　風潮刷新と文芸作品」（『福岡日日新聞』昭13・4・20）である。同論に対しては、富澤有為男が「現代文学の病根――福日紙社説に就いて――」（『新潮』昭13・7）でとりあげ、《これは誰か、文壇中の代表者、例へば、正宗〔白鳥〕とか菊池〔寛〕とか云ふやうな人が、今のうちに起つて、正当な返答を与へ誤解を解いて置かないと、案外な過根を将来に遺すのではないか》（104頁）と、すぐさま危機感を表明してもいた。ここで注目したいのは、ことの当否よりも、この時期こうした社説が公表され、自身・自作の社会性の希薄さを強迫観念《オブセッション》として抱えこんだ文学者が[6]、それに敏感に反応するという状況それ自体である。

　こうした状況を考慮すれば、無署名「新潮評論　時局・芸術・文芸」（『新潮』昭13・12）が《事変以来一年半を経過した昭和十三年の暮に立つて今年の日本の芸術界を回顧してみるとき、最も深い興味を感じるのは時局と諸芸術との間に存する密接な関係である》（148頁）と総括したように、従軍ペン部隊（結成）が文学者にとってある意味での好機でもあったことは間違いない。

　従軍ペン部隊派遣に先立って、《文士の支那行きの流行》にふれたX・Y・Z「スポット・ライト」（『新潮』昭13・7）では、《文学者が少しでも広い視野を持つことや、見聞や、体験を豊富にすることは、行きづまつた文学の道を打開する上にも、必要》（68頁）だという見解が示される。無署名「五行言」（『文藝』昭13・10）では、《国家が文芸に対する政策をはじめて積極的な形であらはしはじめたこと》が《画期的な事実》（218頁）だと評されるが、それは具体的には、無署名「新潮評論　文化擁護論」（『新潮』昭13・11）が指摘する芸術院、文化勲章制定、そして従軍ペン部隊であり、こうした現象に《文人に対する官民の関心が拡大強化された事実》（84頁）が確認されていく。[7] あるいは、無署名「記者便り」（『新潮』昭13・9）では、《文学者はもつと積極的に当局に働きかけるべきであり、また当局も此際文学者に対して国民精神総動員の一翼足るべきことを積極的に求めるべき》（304頁）だという声もあがる。こうした機運は、まずは火野葦平の活躍を契機としており、[8] そのことは次に引く無署名「新潮評論　時局・芸術・文芸」（前掲）にも示されている。

> 火野葦平を報道部に起用したことは、現地当局の的確な処置であり、この処置の下に、銃後の国民の心を強く打つた二つの作品〔「麦と兵隊」、「土と兵隊」〕が完成されたのである。この二つの作品は、抽象的な講演などと異なり、所謂「時局認識」を一般国民に与へる点でも非常に効果的であつたから、新たに文壇を動員して「従軍文士」の企画となつたことと考へる。（151頁）

もう一つの契機は、石川達三「生きてゐる兵隊」（『中央公論』昭13・3）とその発禁処分である。この間の事情を、五味渕典嗣は《戦争遂行権力にとって〈従軍ペン部隊〉計画は、『麦と兵隊』の成功をモデルとしながら、『生きてゐる兵隊』事件が露呈させてしまった文学テクストの秩序攪乱的な可能性を懐柔し、馴致しようとする試み》[9]だと位置づけている。そうである以上、当局から文学者への関与が二重の意味をもつのは必然で、それはX・Y・Z「スポット・ライト」(『新潮』昭13・11)で次のように語られる。

> 最近、世間の評判になつた文学者の大量従軍を初め、有馬農相の農民小説作家との懇談会だとか、第二次文学者の従軍だとか、いろいろなことが伝へられてゐる。いづれも国家を背景にしてゐる当局者と、文学者との接近であり、文学といふものが、国家から関心を持たれ初めた、その現はれであると見てよからう。わるく言へば、所謂統制の手が、文学の上にも伸びて来たのだといふことになるのだらう。(102頁)

実際、昭和一三年八月以降、当局の文学者への関与を統制とみて忌避する言表はほとんどみられない。逆に、従軍ペン部隊を《文芸家が本格的に国策線に踊り出した第一歩》とみる「槍騎兵　ペン部隊に望む」(『東京朝日新聞』昭13・8・29)の上泉秀信は、《漢口攻略の模様を、作家の眼で具さに捉へて来る》だけでは《実は物足りない》として、《今まで文芸家は、支那の現実に対して、殆ど眼を瞑つて来た》ゆえに《支那に対する正しい認識を得て来》ることによって、この機に《第二段の飛躍》(7面)を望んでいるほどなのだ。より広汎な抽象論においては、《非常時日本の国策の第一は、国家の統制と日本精神の発揚》だとする井東憲「文学に依る国策への参加【上】」（『国民新聞』昭13・4・27）においても《このうち文学者に最も適任として為し得ることは、日本精神の発揚と日本の真の姿の宣伝》（6面）だとされていた。あるいは、『新潮』が特集「国策と文学者の役割」（昭13・7）を組んだ際には、《いゝ仕事をすることは、大きい立場で国策の線に反するものではない》だという板垣直子が「国策と作家の沈着」で、《国策の問題で、日本の作家が若干の成功をとげるのは勿論望ましいが、単に「踊る」に終るかも知れない危険も予想される》（60頁）と警告していた。また、《政治が、文学や、映画を利用しようと思へば、いくらでも利用することが出来る》という中村武羅夫は「結局は文学と政治の問題」で、《だから現下の国策の上からも、政治家は、もつと文学を利用したらいいだらうと思へるし、利用すべき分野は、相当に広いと思ふし、利用すれば、それだけの効果は挙げるだらう》（66頁）と発言していた。特集外でも杉山平助が「現在の文芸家に何を求めるか」という題で、《自己に対して忠実なること》と《時代を深く正確に理解すること》を求め、《この二つのものは、実は一つ》（80頁）だと述べていた。

いずれも、文学（者）の自律性に配慮しながらも、時局に応じて一定の社会的役割を演じることが肯定的に捉えられている。六月号の雑誌をみても、岡田三郎は「文芸時評」（『新潮』昭13・6）で、《いまの現実に於て、国策の線に沿ふところの、最も積極的にして有効な文学運動》は《国策遂行のための一助たる、対外宣伝、及び宣撫工作のための、宣伝文学を書くこと》（90頁）だと断じているし、「文学と国策」（『改造』昭13・6）の林房雄も、《文学を政治のために直接役立たせやうとすることは、もとより邪道》（91頁）としながらも、国民精神総動員運動から《除外されたる文学者は、自らが永い間、国民精神と無関係なる場所に在つて、専ら売文の業に従つてゐたことを反省すべき》（92頁）だとした上で、《例へば、今次の事変に対する文学者の異常なる関心を見よ》、《陸海軍省は現代文学者の無気力を叱咤する前に、自ら陣頭に立つて従軍作家を募集してみるがいゝ。現文壇の半数は老少を問はずこれに応募するに違ひない》（95頁）と予言的な発言をしていた。

林同様、中国を経験し、文学者の動員を謳っていたのは小林秀雄である。「支那より還りて（１）文学者を総動員せよ」（『東京朝日新聞』昭13・５・18）で《政府当局者は、何故文学者の渡支について積極的な援助を惜しんでゐるのだらう》といぶかしむ小林は、《僕が若し役人なら日支事変報告製作の為に一流文学者を総動員する。文学者は喜んで動員され、喜んで国民の為に書くだらう》（７面）と述べている。つづく「支那より還りて（３）積極的な思想統制」（『東京朝日新聞』昭13・５・20）も引いておく。

> ぶらりと行つてぶらりと還つて来た文学者達は、別に新説を吐かないかも知れない。然し、彼等は日本人として今日の危機に関する生々しい感覚だけは必ず持つて還るのだ。それは文学者といふものゝ修練を重ねた本能に依る。
> 　そしてそれは、彼等の書くものに必ず現れるだらう。現れたものは、国民は必ず感得するだらう。
> （７面）

ところが、四月に榊山潤が発言した折には、厳しい反論が起こっていた。まず、榊山は「一作家として（一）」（『東京朝日新聞』昭13・4・5）で、《何よりも必要なのは、時局に対する作家の良識》だとした上で、《政府は悪いものを指摘して自らいい芽を生やさうとする方針であるらしいが、それよりも進んで、かういふ文学を書けと命令すべきである》、《もつと文学を利用したらいい》（7面）と発言した。つづく「一作家として（二）」（『東京朝日新聞』昭13・4・6）では《作家を利用すべき当面の問題はまづ国外に於ける宣伝である》（7面）と、岡田三郎同様の認識を示し、最終回「一作家として（三）」（『東京朝日新聞』昭13・4・7）では次のようにして、すぐれて実践的な提言をしていた。

政府はこの際積極策として、作家を動員し、諸外国への宣伝、或は宣撫用の宣伝文学を書かすべきである。政府はそれで文学の実際的効用を知るだらうし、文学自体にとつても、そこから新しい方向を摑む機縁になるだらう。（7面）

この一文をとりあげた「大波小波　卑屈な提言」（『都新聞』昭13・4・11）の文学一等兵は、《一見まことに結構な提言》としながら、《文学を甚だ甘く見た、それ故文学の高さを知らぬ卑屈なもの》（1面）を見出し、厳しく批判した。これに応じて榊山は「大波小波　卑屈は誰か」（『都新聞』昭13・4・14）において、《政府に向つてのおべつかではない》と反論し、《さういふ技術を持つてゐるのは文学者をおいて他にないし、当然利用すべきものをしない政府の手ぬかりに、一介の作家としての提言をしただけ》だと自説を改めて表明し、《度しがたいのはさういふ文学の大義名分にかくれこの現実を曖昧に素通りさせようとする態度、無関心よりも悪い小悧口な雰囲気である》（1面）と付言した。

数ヶ月の後には、榊山の発言はごく普通の景色に溶けこんでいくのだが、この時期には旗色が悪い。右の応酬の後にも、太郎坊「豆評論　榊山潤の議論」（『信濃毎日新聞』昭13・4・21）に、《どんなに榊山が抗弁しても卑屈な所に文学を置いた点は掩ふべくもない》（6面）などといった批判がつづいていく。

つまり、昭和一三年前半には、文学者を国策へと近づけていこうとする言説と、逆に文学の自律性を守ろうとする言説とが拮抗していたのだ。それが、従軍ペン部隊（結成）とそれに伴って産出された言説を転機として、前者のみが支配的になり、その結果として、文学（者）には社会性の表象が備給されていくことにもなるのだ。

Ⅲ

従軍ペン部隊に対する内閣情報部のねらいはどこにあったのか。このことは、文学者に白羽の矢が立てられたこととあわせて、重要な争点ではある。ただし、本章の興味は真のねらいを探りあてることよりも、当時、この争点をめぐってどのような言表が紡がれていったのかという言説上の効果にこそある。

まず、白井喬二が『従軍作家より国民へ捧ぐ』（平凡社、昭13）に活写した、内閣情報部に関係者が集められた八月二三日の様子を引いておく。

　内閣情報部の諸氏は結論的にかういふのである。

「従軍が御希望ならば、陸海軍部と協力して充分便宜な方法を講じよう。先づ人員二十名位までは引受ける用意がある。然し、従軍したからとて決して物を書けの、斯くせよのといふ註文は一切考へてゐない。全く、無条件だ。勿論、国家としては斯かる重大時局に際し正しい認識が文筆家一般に浸透することは望む所であり、亦それが当然だとは思ふ。雖然《けれども》、戦争の垷場を見たからとて、何もすぐ戦争文学が生れる筈の物では無いではないか。十年後に筆を染めようと、二十年後に作品を発表しようと其麼事《そんなこと》は一切自由だ。只だ、何よりも諸氏の目で、心臓で、この世紀の一大事実である所の近代戦争の姿を見極めて来られては何うであらう?!」

　われわれは一斉に感動した。皆の胸に明かに同じ物が走つたやうだつた。それは国民としての暖かい血潮と、いつも若草の芽のやうにわが手に労つてゐる文学者の誇《プライド》が急に驥足《きそく》を伸ばして共鳴したのだ。（10〜11頁）

　現実には、現地での行動は軍が管理し、またジャーナリズムの要請もあり、さほどの自由があったとは考えにくい。実際、『従軍作家より国民へ捧ぐ』に示された当局の期待は、新聞報道でも反復されていく。《一流の文士諸君が奮つて従軍を志願し、得意の筆によつて報国の誠を致さうといふ企ては国を挙げて聖戦を遂行してゐる今日甚だ結構な事》だと位置づける陸軍省新聞班員・陸軍少佐の鈴木庫三は、「漢口従軍を前にして　従軍文士に期待」（『東京朝日新聞』昭13・9・3）で、《従軍したからとて、直にその役目が済まなかつたら済まなくとも吾等は敢て催促がましいことを言はないつもりだ》とした上で、《希くはつまらぬ拘束を離れて自由に観察し、優れた天分を遺憾なく発揮して偉大なる構想を遂げ、読む者をして感泣せしめ、日本精神を将来永久に作興せしむる様な不朽の傑作が一つでも世に現れて貰ひたい》（7面）とその希望を語っていた。また、その変奏としては、従軍ペン部隊派遣を《国家総力戦の体制を形而上更に強化する上において極めて有意義なる企て》と位置づける海軍省軍事普及部員・海軍中佐の松島慶三が「漢口従軍を前にして　文芸代表に望む」（『東京朝日新聞』昭13・9・4）において、《事変の真意義を一層的確に内外人に伝ふることは、これ事変解決の一つの鍵とも云ふべき重大なる事項であつて、事変に於ける思想戦の重大性――宣伝の分野――を活用する好機》（7面）と述べている。より消極的‐長期的なねらいということになれば、「漢口へ、漢口へ　剣とペンは同じ鉄から成る」（『東京日日新聞』昭13・9・6）で内閣情報部長・横溝光暉が《文壇の方々を煩はして第一線を見てしつかりと日本精神の神髄を体験して頂き日本精神の昂揚の上に一役買つて頂きたい》（5面）と述べてもいた。

総じて、当局は短期的な成果よりは、ゆるやかな国民の馴致といったところに文学者の（効果的な）役回りを見出していたようにみえる。当局者の言説を検討した蒲豊彦も、《内閣情報部の意図》を《戦争を「見る」こと自体にもあった》と考え、《ペン部隊は、国民のなかから選び出された「作家」が、いわば国民の代表として戦場という現実を認識し、さらには国民の眼をじわじわと中国の戦場へ向けさせる役割を負わされたもの》だと把握している。[11]

ならば、ことの当事者である文学者たちは、その企図をどのように捉えていたのか。

まず、従軍ペン部隊の結成それ自体を言祝ぐ言表が多数ある。大宅壮一は「文士の大陸進出　漢口戦への大量従軍について」（『東京日日新聞』昭13・8・27夕）で《まことに有意義な企てゝ、双手をあげて賛成するもの》（5頁）と最大限に評価している。また、この企画の窓口になった菊池寛は「負傷兵の血」（『東京日日新聞』昭13・9・6）で《国家のためにも文壇のためにも喜ぶべき》だとしてウィンウィンの関係であることを示しつつ、《文壇人は日頃忠君愛国等といふことを口にしないが、皆心の底には一片国を思ふ啾々たる心を持つて居るのである》（5面）と文学者を擁護し、その国策上の有用性を言明していく。やはり従軍ペン部隊を《文壇として正に一世一代》と高く評価する「鉄火の洗礼」（『東京日日新聞』昭13・8・27夕）の久米正雄は、《内閣情報部なり、陸海軍の当局が、これほどまでに文士を役に立たせてくれやうとは、聊かひがみに瀕するかも知れないが吾々は予期して居なかつただけに、感激も一層であつた》と、当局の承認をことのほか喜び、《私に与へられた全機能を挙げて、この企図に策応し、例へば学芸欄などは、全欄を毎日提供しても、この度の従軍を意義あらしめたい》（5面）と、具体的な協力案をさえ提示していく。もっとも、「大波小波　戦場の人生探求」（『都新聞』昭13・9・2）の濱本浩が《私達の従軍が世間の問題となつたのは、吾々作家と云ふものが、世間から、いかに臆病で無用の長物視せられて居たかの証拠》（1面）だとして腹を立てたような前提‐認識が《世間》に広まっていたことも確かだが、にもかかわらず／それゆえ、従軍ペン部隊（言説）は、日中戦争下における文学者にとって、社会的有用性を実践的に言表しつつ、その存在感《プレゼンス》を高める絶好の機会だったとみてよい。

折しも、土肥野二郎「狙撃兵　文士の大名旅行」（『都新聞』昭13・8・25夕）による《前線から遥か後方の安全第一地帯で、大名旅行の序に、耳で聞いた話をつぎ合せたやうな文学は、もう沢山だ》（1面）といった批評も出ていた。これに対して、「漢口従軍を前にして　戦に臨む心理」（『東京朝日新聞』昭13・9・5）の尾崎士郎が、《この壮挙に対して早くも「文士の大名旅行」なぞといふ非難を下してゐる徒輩もあるが、そんなケチな了見で戦場に臨むものは一人もあるまい》、《私は武人が銃剣によつて創造する時間を一管のペンによつて描かうとする壮志に燃えてゐるのだ》（7頁）と応じる場面もあった。

返事が遅れたことで《人選からオミツトされた》という萩原朔太郎は「槍騎兵　文士の従軍行」（『東京朝日新聞』昭13・9・3）において、《彼等の従軍によつて、事変の本質的なリアリチイが認識され、現に僕等の頭脳の中にモヤ〳〵してゐる、不可解の朦朧意識を一掃してもらひたい》という希望を表明し、次のように述べていた。

はつきり正直に言ふと、政府のしきりに言ふ非常時といふ言葉や、防共のためのフアツシヨ的協定といふことや、日本が現に危急存亡の国家的危機に際してゐるといふやうなことやが、観念的には十分に解つてゐながら、何か実感的にぴつたり触れ得ないものがあるのである。従軍の先輩友人諸氏によつて、おそらくこの痒い所を十分に掻いてもらへることを、当面の楽しみにするのである。（7面）

朔太郎の《正直》な告白によれば、こうした《観念／実感》のギャップをうめる役割が従軍ペン部隊に求め（得）るものの一つだといふことになる。《争闘に対する日本人を全体の認識に何等かの貢献を致したい》という「大波小波　出征と同じ覚悟」（『都新聞』昭13・9・3）の北村小松は《その心で一杯》（1面）だと言明していた。《文章報国、すなはち、ペンをもつて剣にかへるのは、宣伝のほかにない》という上司小剣が「文壇人従軍今昔観（三）後世の史家に豊富な材料を遺せ」（『中外商業新報』昭13・9・17）で指摘する通り、《戦場の実際をば、芸術的感覚と情操とによつて国民に伝へるのは、やはりペンの方のクロウトに俟たなければならぬ》もので、ならばこれは文学者の特性も活かされる道で、上司はさらに《今回従軍の諸君は宣伝戦の闘士たるとともに、また将来につづく思想戦の戦士》（5面）だと位置づけていた。

具体的‐短期的な成果を（明示的には）求められない文学者たちは、より抽象的で本質的な目標を設定していた。たとえば、白井喬二は「従軍の言葉　血の中に戦争を」（『読売新聞』昭13・8・31夕）で、《私はすぐ書くつもりになる事は慎しみたい。然し、血の中に戦争を描かう。そして、いつかその血に物を言はさう。われ〳〵は、何よりも文学者として完成すべきであらうから》（4面）と、決意を《いつか》‐《文学者として》というかたちで抽象化して示していた。また、尾崎士郎は「漢口へゆく前の感想」（『新潮』昭13・10）で、《作家を駆つて報道員の真似をしろといふのでもなければ、速製のルポルタージュを送つて宣伝の効果を高めようといふのでもない》ものとして従軍ペン部隊を認識し、《文学の眼をもつて見、文学の耳をもつて聞き、文学の魂をもつて経験する、――それより、ほかにわれわれの協力を必要とすることはあるまい》（81頁）と宣言していた。これらは、報告文学言説《ルポルタージュ》によって文学場で支配的となった考え方——文学者にとっては戦場をじっくりと見て、体験を熟考することが重要で、すぐに書くのは書き手の底の浅さの露呈である——に即したもので、[12] 当局の言明とも共振している。実際、《漢口従軍と云つても、漢口までいくことが絶対的の条件ではない》という無署名「文藝春秋」（『文藝春秋』昭13・12）にも、《たゞ文学者のシンセリテイをもつて、この国民的苦悩を骨髄まで体験し、その感情の燃焼から、文学的情熱の火炎を全民衆の魂に吹きつけ、強き真実な共鳴を喚起することがその最高の任務》（34頁）だという言表がみられる。

総じて、従軍ペン部隊言説は、日中戦争下における文学者の社会的有用性を積極的に承認する方向に作用していった。しかも、そこでの文学者とは、その特有の職能によって可視化された成果を要求されることなく、（一見奇妙ではあるが）むしろ明示しないことこそが、従軍ペン部隊の実質的な成果だと、当局／文学者双方にみなされる存在として、表象されていったのだ。

Ⅳ

上司小剣は「文壇人従軍今昔観（一）絶後のことたらしめたい」（『中外商業新報』昭13・9・15）において従軍ペン部隊を《空前のこと》と評し、《今度の文壇人の従軍に異議のある人も一人だつてない筈だ》（5面）と述べたが、従軍ペン部隊の人選は少なからぬ議論を呼んだ。

まずは、人選に関わった菊池寛の言明を「話の屑籠」（『文藝春秋』昭13・10）によってみておく。《とにかく話があつてから、中一日置いて、人選が定まつたわけで、人選についても疎漏があつたが、止むを得ないと思つてゐる》（124頁）と、短期間ゆえの《疎漏》を認めてはいる。その一方で、次のように述べて人選への自負を言明してもいた。

> 我々作家は結局読者の代理として行くやうなものだから、読者の多い作家が、それ丈優先権があるのではないかと思つた。尤も、老大家ばかりでは第一線を馳駆する人がないと困まると思つたので、年少気鋭、身体強健な人をも加へた。自分は、顔触として、相当成功してゐると思ふ。現文壇の縮図として立派だと思ふ。これが、気に入らぬと云へば、それは文壇きらひの人であらう。又、銓衡があまり完璧であつたら、行かない人は却つて困りやしないかと思ふ。（124～125頁）

選ばれたメンバーが《現文壇の縮図》ならば、問題になるのは菊池の想定している《文壇》のひろがり（外延）である。《大衆作家が多いが、結局観戦の結果が、直接作品に現はれるのは、大衆作家である》と考えていた菊池は、あわせて《純文学の作家が、戦争の小説を書くためには、一月や二月の従軍では何にもならぬ》（125頁）と発言してもいる。つまり、菊池は大衆文学／純文学（作家）をわけて考え、それぞれに異なる社会的役回りを設定し、従軍ペン部隊の実効性を担保するために大衆作家を登用していたことになる。裏返せば、菊池は従軍ペン部隊総体としては、短期的に可視化された成果を出す必要に迫られていた、あるいは、そうすべきだと考えていたことになる。それは同時に、純文学作家には体験を醗酵させて戦争文学を書くための時間的余裕を確保するという戦略的人選《シフト》でもある。

したがって、人数的には半数近い一〇名（菊池寛、久米正雄、吉屋信子、小島政二郎、濱本浩、北村小松、片岡鉄平、川口松太郎、吉川英治、白井喬二）の大衆作家が登用された従軍ペン部隊ではあるが、それは同時に純文学作家が文学者本来の使命を果たすための戦略的人選《シフト》でもあったとみることもできる。

それでも、各方面から不満の声はあがる。それを「大波小波　管城低く声あり」（『都新聞』昭13・9・1）の尾崎士郎のように、《おそらく銓衡に万全を期するだけの時間的余裕がなかつたもの》とみなし、《何れにしても文壇人がこれだけの熱情を吐露してゐるといふことだけは認めなければなるまい》（1面）と前向きに捉えたとしても、水面下には複雑な思惑が燻っていた。たとえば、《本来詩歌は文学の精髄であり、詩人は新時代の先駆を為すべき》だという北原白秋は「槍騎兵　詩歌人の従軍」（『東京朝日新聞』昭13・9・5）において、《記紀万葉以来伝統の精神に立つ日本の詩歌人がたつた一人しかこの壮挙に加へられないといふことは国民総動員の現在由由しい問題》だと捉え、《せめて詩、短歌、俳句を通じて十人位は第一線に派遣されてもいゝ筈》（7面）だと要求している。また、人選を《必ずしも全部が全部、妥当なるものとは云ひ難い》とする無署名「文藝春秋」（『文藝春秋』昭13・10）では、具体的に《評論家》と《左翼からの転向者》とを《もつと余計に加へてもらひたかつた》（46頁）という要求が示される。また、《この選抜顔ぶれは感服しない》という麦魚鯢山「大衆文芸」（『文藝』昭13・10）からは、《文壇の代表と云ふのなら、廣津や阿部のぬけてゐるのがいぶかしく、漢口戦を有効に描き得る作家と云ふのなら、なぜ福永恭助や山中峯太郎や、海野十三を逸したか》（289頁）という疑問が呈されている。

してみれば、従軍ペン部隊の人選に関しては、選ぶ側／選ばれる側双方において、小説家（純文学作家／大衆作家）をはじめ、詩歌人、評論家など、個人よりもそれぞれの職能－ジャンルが問題にされる傾向が顕著だったのだ。逆にいえば、文学者も自身の関わる職能－ジャンルについて、従軍ペン部隊への参加を通じて国家による承認を求めていたのだ（実際には、人選漏れというネガティブなかたちでそのことは自覚されていった）。つまり、文学者にとっての従軍ペン部隊（人選）とは、単なる文学者の戦場観戦にとどまらないステータスをもつものとして意識－言表されていたということになる。そう考えない限り、人選に関する議論の噴出は理解しにくい。

《何しろうるさい文壇、さがないジャーナリズムのことだから、一時は蜂の巣をつゝいたやうな騒ぎであつた》と、従軍ペン部隊をめぐる人選ゴシップを振り返るA・H・O「匿名時評　文芸　従軍ペン部隊の出陣」（『日本評論』昭13・10）では、《菊池〔寛〕、佐藤〔春夫〕、久米〔正雄〕のお手盛だといふのは、顔触に余りにもはつきり出てゐた》（311頁）と指摘した上で、《通俗作家、大衆作家の比較的多いことが、兎角の議論を生んでゐる》ことにふれ、《通俗大衆作家をそんなに入れるかはりに、評論家、詩人をもう少し加へる可きであつた》、《そもそも通俗大衆作家のごときは戦場に送つても、文化的に何の意義もない》（313〜314頁）という二つの意見を紹介する。当の記事は後者の意見で、《文化階級は、通俗大衆作家といふものを大体信用してない》、しかも《今日の通俗大衆作家は啻に文化階級の信用に値しない存在》である以上、それは《文化階級の傲慢ではない》、《純文学作家に比して遙かに広汎な読者層を持つ》としても《読者がその作家の言ふことに、どの程度心を傾けるかが肝腎のところ》（315〜316頁）

だというのが、その根拠とされる。

　その背景には、こと戦争をモチーフとした大衆文学に対する低い評価があったとみてよい。徳田秋聲・杉山平助・伊藤整・雅川滉・徳永直・廣津和郎・淺野晃・中村武羅夫「時局と文学の使命――座談会――」(『新潮』昭13・10)にみられる、雅川滉による《講談倶楽部や大衆雑誌に載る程度の戦争美談、或は大陸政策の意図といふやうなものだつたら、大衆作家によつて、いくらでも作れる》、あるいは中村武羅夫による《今の大衆雑誌などの……あれは僕は、国策文学といふやうなものぢやなくて、際物といふか、ただ事件を当込んでやるんで……本当の意味の国策文学とは、そんなものではなく……》(155頁)といった発言がその典型－代表である。《では何故に国民は通俗作家を信用しないか?》といえば、Z「公論私論」(『早稲田文学』昭13・10)が指摘するように、《通俗作家に限つて、「反省のない私」を持つて廻る独りよがりの傍観者になりがち》(149頁)だからということになる。もとより、大衆文学(作家)は純文学(作家)との対比において軽んじられていたのであり、O・F・C「学芸時評」(『知性』昭13・11)では、《純文学作家は比較的真面目に人生を考へある時は捨身にすらも文学を考へようとする》、《ところが大衆作家は原則として人生を忠実に考へる前にまづ、面白いとか、おかしいとかいふ娯楽的な部分を考へるのである》(74頁)と、そのジャンルゆえの興味のありかが峻別されてもいた。そうした差異－序列をふまえて、無署名「時局版　ペン部隊の従軍」(『若草』昭13・11)においても、《一番大きな問題は、大衆作家、通俗作家、風俗作家たちに、この時局の重大さを、それこそ鼻血が出るほど考へて自己反省してきてほしいことで、その自己反省から文化の問題がまじめに考へ直されるチヤンスともなればそれが一番の大収穫であらう》（56頁）と言表されている。

議論を戻せば、室伏高信も「文士を送る」（『読売新聞』昭13・9・6夕）で従軍ペン部隊の人選にふれ、《その非難には聴くべきものがある》として、《もしも文士の従軍がチャンバラ文学激励の意味でないとするなら、あまりに大衆作家に重点をおくべきではなかつたであらうし、又もしこれが非文化階級を標準とする報告文学を目ざしてゐるものに限られてゐないとするなら、通俗作家に偏重するのも考へもの》だという。それでも、《文壇を大動員することは空前のこと》で《国家総動員にとつての、若干の意味はもちうる》という室伏は、従軍ペン部隊における文学（者）の課題を、次のように設定してみせる。

われわれにとつての問題は、この歴史的大戦に文学がどこまで溶けこみ、これと一つとなり、そしてこの血と屍と国民的大犠牲と、同時に自己苦悩し、創造し、躍動する国民的偉業を前にして、彼等の文学がどれだけの真実さ、厳粛さ、深刻さ、偉大さ、或ひは更に崇高さにおいて報告しうるかといふことにある。（1面）

これは、当時の言説からすれば、大衆作家を含めた文学者総体に対してではなく、純文学作家（のみ）にさしむけられた期待にみえる。この時期、《戦争で文学者も勢立つのは当然だが、あたかもその時、自分の道の文学の精神は堕落と衰弱の一方ではないのか》という問いを投げかける川端康成も「文芸時評（1）文学の第一歩」（『東京朝日新聞』昭13・9・30）において、次のように言表して、純文学／大衆文学を差異化していた。

礼を失する引例ながら、多数の大衆文学者が漢口攻略戦に従軍している。その人達が現地に行つて戦争を、いはゆる「大衆文学」の眼で見るであらうか。いはゆる「純文学」の眼で見るであらうか。

その人が文学者であるならば、無論「純文学」の眼、文学の眼で見るにちがひない。（7面）

つまり、戦争を現地で見る意義は《「純文学」の眼》のみにあり、それを成し得る人のみが文学者だとして、露骨なまでに純文学（作家）を卓越化していく。ここに、大衆作家批判が重なっていく。《大衆作家が多いといふ非難にたいして彼等は大衆に親しみがあるからいいではないかと答へたい》（61頁）と、大衆作家擁護の姿勢《スタンス》を示す無署名「新潮評論　文学者の寛容と峻厳――従軍文壇部隊等に関連して――」（『新潮』昭13・10）においてすら、《今日が吾々文学者に与へる戒告は、生命を賭ける文学的精進といふことで、それは文学者の全体に亘っての課題》（63頁）だとして、やはり従軍ペン部隊への期待を純文学（作家）へのそれへと絞っていく。《出征文士全体に希望したいのだが、銃後の国民に送る『読み物』などは何うでもいい》と断じるM「公論私論」（『早稲田文学』昭13・11）にもそうした含意は明らかで、《たゞ戦争といふ稀有赤裸々な現実を通して、我々の本当の姿を世界に示してやる！といふ文学的良心を持つて貫ひたい》（17頁）として、文学者には《文学的良心》を求めるのだが、この文学者に大衆作家は含まれない。

こうして、大衆作家と差異化し、（短期間に戦争読み物を書くことのできない）純文学作家にしかできない従軍ペン部隊としての国家‐国策への貢献が、言説上において担保されていく。こうした言説が支配的になれば、書けない／書かないことが評価の低下につながることはなく、むしろ逆に、文学者の戦争に対する真摯な姿勢《スタンス》が言説上に仮想されていくことになる。

主に純文学に関わる文学者たちのこうした言説上のパフォーマンスは、その帰結として《おそらく無自覚のうちに、「純文学」の概念に質的な変化を持ち込んでしまっている》、というのも《戦争遂行権力にとっての「純文学」の有用性を訴求している》[13]のだから。ここには、従軍ペン部隊に参加しながら《文学の精神》を重視して現地を見て、認識‐思索を深めることに専心した純文学に関わる文学者が、その実、国家（権力）の承認を受けつつ、すぐれて実用的な政策の一端を積極的に担っていくというパラドックスがある。

V

従軍ペン部隊に参加した文学者が、何を書くか／書かないか、あるいはどのように振る舞うかは、この施策の成否を判断する材料となるばかりでなく、文学者自身の社会的立場にも関わる。

従軍ペン部隊への参加が決まった段階で、たとえば尾崎士郎は「漢口従軍を前にして　戦に臨む心理」

（前掲）において、《特に説を構へれば私は十数年来一貫して持ちつづけてゐる文学的抱負を国家的使命に代へようとするだけ》、《眼で見ることも必要であらうが、私はむしろ眼にふれる現実を腹の底にたゝみこんでかへりたい》（7面）と発言していた。文学者としての姿勢《スタンス》を貫きつつ国民としての勤めも果たそうとする尾崎は、しかし現実認識の更新を目指しつつも、具体的な執筆にはふれていない。こうした言表に対応するように、水野廣徳「戦争文学に就いて」（『日本学藝新聞』昭13・9・1）では、《若し之〔従軍ペン部隊〕を以て情報部式の宣伝や教育に利用する目的であるなら、真の偉大なる戦争文学は恐らく期待出来ないであらう》（2面）と、文学者の自律性を擁護する。また、《情報部がよし「看板」だけによつたにしても第一ペン部隊を特に派したのは意義の深いことだつた》と従軍ペン部隊の意義を評価する「ペン部隊帰る（下）」（『国民新聞』昭13・10・22）の高橋邦太郎は、《かうした企の結果は、頓服薬のやうにはすぐ効くものではないから、毀誉には頓着なく衆智に聞いて出来るだけ「三人よれば文殊の智恵」を集めるのが急務》（6面）だと、その持続的な展開を望んでいる。

年末、《漢口攻略戦に派遣された文壇部隊の人たちの書くものは、すでに新聞雑誌紙上に散見するし、海軍班の一部はもう東京にかへつてきた》という時期に出た無署名「新潮評論　文学の企画」（『新潮』昭13・12）では、《さういふ派遣作家の文章に対して、そろそろ、世評もきこえて来る》とされ、《巷説によれば、評判はあまりよくない》（152頁）と紹介される。《しかし、かういふことをいふのは、結果だけについていふので、文壇部隊派遣の社会的意義はまた別個のものとして、注目にあたひする現象》（153頁）だと、短期間で発表された成果に対する性急な判断を留保し、従軍ペン部隊の意義を擁護する。

もちろん、そこには、「政治の作家救済　文壇歳末記【上】」（『読売新聞』昭13・12・17夕）の貴志《ママ》山治が指摘する、《全体として、この企ては古い生活のカラの中に閉ぢこもつてゐた多くの隠遁的な作家を、新しい現実の中へ解放するのに役立つてゐる》（2面）という文学者サイドのメリットは確かにあり、それは文学者に社会性を備給していく。

　もちろん、そうした文学者に対する批判的な声もあった。《最近の従軍作家の言説をみると、すこし許りヒガミすぎてゐるやうだ》という新凸坊「大波小波　謙虚となれ」（『都新聞』昭13・12・25）では、《戦地に行つてきたからといつて、いま早急にすぐれた戦時文学が生れはしないという自己弁護》や《軍当局が従軍作家に傑作を書くことを強請しなかつた》ことが取り沙汰されている件にふれ、《一般読者が従軍作家に求めるものは、戦争のあるあいだにすぐれた戦争文学をみせてほしい》（1面）と要望が示される。

　しかし、文学者サイドからは、全く異なる反応が示される。《文士の従軍》を《今事変における最も顕著な文化現象の一つ》と位置づける「槍騎兵　文士の従軍」（『東京朝日新聞』昭13・9・2）の河上徹太郎は、《文学者の帰つてからの仕事や心境を見るに、夫夫好ましい収穫があつた》とするばかりでなく、《多く見て何も語らない人の方が頼もしく感じられる》（7面）というのだ。《文学の徒は飽くまでも、文学を卑下せず、文学のために戦場に出かけてほしい》という武田麟太郎も「文学を卑下するな【上】」（『読売新聞』昭13・9・8夕）で、《貪らんなばかり、戦争の小説を作る気魄に燃えて、徹底的に行動的に観察して来てほしい》というばかりでなく、《それで、生命を賭して戦ふ兵士と同じく崇高な仕事を果せることになる》（2面）とみなしていた。両者とも、従軍ペン部隊の具体的な成果を要求しないばかりか、それを示さずに《心境》や《観察》といった不可視の領域への専心こそを評価対象としているのだ。《戦争にかりてつまらぬものゝ大量生産は警戒すべき》だと注意を促す評論家の板垣直子も「槍騎兵　従軍文士に与ふ」（『東京朝日新聞』昭13・10・10）で《稍軽佻な流行的氾濫の如きは、決して優れた戦争文学をうみださせる環境及び母胎となりえない》、《却て、その反対の作用をするかも知れない》として、次のように注意を喚起していた。

彼等〔従軍作家達〕は今度の旅行中でさへ、精力を散じて小さな原稿類を始終内地へ送つてゐるやうだ。大切なその期間だけでも、ぢつくりと落着いて、観るべきものを観、感ずべきものをよく感じ取り、後でいゝものを書ける準備に、十分体験を積んでおく態度をとるべきではなからうか。（7面）

このように文学場内部における従軍文学者に対する期待とは、短期間で小さな成果を出すことにはなく、文学者として戦場を見て、その認識を根本的に新たにするところにあり、そのことに関しては、従軍した文学者も内地に留まった文学者も同様の見解をもっていた。しかも、そのような文学場の論理は、外部の批判から文学（者）を守る言表を生みだしてもいく。その一例が、上泉秀信「槍騎兵　作家動員の用意」（『東京朝日新聞』昭13・10・17）で、《若しも之から市場に氾濫するであらう戦地報告文学が、再び読者を失望させるやうなことがあつても》、《文化人を国策線に動員して、何等かの役割を果たさせやうといふ計画》は《放擲しないやうに》（7面）要望している。なぜなら、出発以前に菊池寛が「話の屑籠」（前掲）で、《結局いくら第一線に近づいても、戦争を見たのでは、戦争小説は書けないのではないかと思ふ》（125頁）と述べていたように、火野葦平「麦と兵隊」レベルの作品を従軍ペン部隊参加の文学者が書くことは、原理的に不可能なのだから。

実際、「槍騎兵　誰が殊勲者か」（『東京朝日新聞』昭13・11・14）で上泉秀信は、《「麦と兵隊」の生々しい体験を以てすべき戦争文学が易々とどんな作家にでも書けると思ふことの無理ぐらゐは、誰にも判つてゐさうなもの》だと述べ、《もしも、従軍作家のなかに、一人でも、従軍によつて深め得た認識を土台にして、そこに新しい文学の思想を把握して帰つた者があれば、それこそ殊勲者たるの資格を得るものだ》（7面）と言明していた。あるいは、《従軍ペン部隊が優れた戦争文学を創造してくれることを、期待してゐる》という「文芸評論」（『日本学藝新聞』昭13・10・1）の高沖陽造は、《しかし私のより多くを期待してゐるのは現在この歴史的な攻略戦に参加してゐる勇士のうちから、戦争文学が生れるといふこと》（4面）だと、従軍ペン部隊＝文学者と兵士との差異に即した期待の落差を、露骨に言表してもいた。

つまり、兵士ではない従軍ペン部隊＝文学者は、いくら近接することができたとしても、火野葦平にはなれない。しかし、文学者である以上、《新しい文学の思想》を摑む者がいるかもしれない。そうした可能性に賭けるためにも、文学者は現地に行くべきで、そこでは《「純文学」の眼》によって戦争を見るべきなのだ。[14] こうした発想は、当局‐軍人が示していた期待とも重なるもので、とりたてて奇妙ということもない。奇妙なのは、具体的な成果を示すことのない文学者たちについて、そうでありながら戦場を体験し、戦争について思索しているというイメージが言説上で形成され、存在感《プレゼンス》が増していくという事態の推移である。

総じて、従軍ペン部隊言説は、戦時下における文学者の位置‐役割をクリアにし、再定位することになった。それは、職能を生かして、従軍‐観察‐報告というかたちで戦争‐戦場を国民に媒介することで、国家からその社会的有用性を承認されるという構図である。にもかかわらず、可視化された成果である報告は必ずしも求められず、むしろ沈黙を選んだ方が戦場を実見した文学者としては評価が高まる傾向すらあった。

その時、戦場を見はするけれど書かない文学者に対する評価の内実とはどのようなものなのか。次節では、従軍ペン部隊にまつわるこの奇妙さを解き明かすために、従軍ペン部隊の活動を報告する体裁をとった小説にして、従軍ペン部隊の成果を俎上に載せてみよう。

Ⅵ

本節では、ここまでの議論のまとめをかねて、掲載誌「編輯後記」(『中央公論』昭14・2)において、《尾崎士郎氏百五十枚の大作も異色ある従軍小説として大方の喝采を拍することを自負する。氏の文学的転換の楔を成すものであらう》(600頁)とまで称された尾崎士郎「ある従軍部隊」(『中央公論』昭14・2)に注目したい。《「ペン部隊」の従軍は、結果として、わずかに丹羽文雄の「還らぬ中隊」(三八年十二月号―三九年一月号『中央公論』)一篇を除き、いまなお読むに耐えるような成果をほとんど生まぬままに終わった[15]》という厳しい評価もあるが、平野謙は「ある従軍部隊」について《ペン部隊の実相をある程度伝えている》、《富沢有為男、佐藤惣之助、丹羽文雄らしい人物がモデルとして登場し、多少の内幕を暴露している、といえないこともない[16]》と、一定の意義を見出している。本章では、前節までに検証してきたペン部隊言説の分析成果を経た上で、改めて「ある従軍部隊」に注目する。

《異色の従軍記》と称される「ある従軍部隊」は、都築久義の指摘通り、《ペン部隊を素材にした小説》であり、《作者が所属した陸軍班の作家たちの、人間模様や作者自身の内面をみつけた記録文学》である。そこに書かれた内容については、やはり都築が次のようにまとめている。

ペン部隊が大名旅行だと批判されたことへの気がね、漢口入城を果たさずに帰国することへの思惑、手柄を立てたいという功名心など、ペン部隊の面々の様子がユーモラスに描かれている。大金を盗まれた老大家や戦地に来てまで酒と女を求めている老詩人のことなども折りまぜ、戦意昂揚はおろか、戦場へ行く士気は伝わってこない。

つまるところ《ペン部隊の楽屋落ち[17]》ということになるのだが、それゆえに「ある従軍部隊」は、従軍ペン部隊の成果であると同時に、従軍ペン部隊が報道された当初から帰国に至る一連の文学者の言動を、当事者ゆえの近さから書いた貴重な報告文学《ルポルタージュ》ともなっている。また、人気作家による従軍成果というだけでなく、こうした問題含みの書法ゆえに、発表当時に話題となり、毀誉褒貶にさらされもした。実際、先行研究史上の論及でも、安田武が《戦場、戦争の非情な壮絶さはなくて、依然として、「戦場の風物」的な悲傷感と叙景、そしてもう一つ〔略〕従軍作家内部における人間関係の、微妙なもつれと反目、相互反撥の叙述をしか読み取ることができない[18]》と否定的に捉える一方、高崎隆治は《軍部というしたたかな大詐欺師にしてやられたことの悔恨[19]》を読みとっている。また、奥出健は、登場人物の会話を通して《従軍文士たちの世間体を気にして苦悩する様子がよく描かれてある[20]》と指摘している。

　そこで、本節では、「ある従軍部隊」同時代受容の地平‐モードから検討していきたい。

　最も影響力をもった同時代評は、《「ある従軍部隊」はいったい作者の如何なる意図を以て描かれたものであるか》、《たゞ、現象の上ツラだけを見て、作者の浅薄な楽屋落的な興味だけで書いたといふに過ぎない作品ではないか》と「ある従軍部隊」を全否定した中村武羅夫「文芸時評（4）作者の心の位置」（『東京日日新聞』昭14・2・1）で、管見の限り、最も早く出た新聞評である。その矛先は、《自分の接触した事実なら、何か章魚の吸盤のごとき作家的感覚だけで、吸ひつけてそれを書くことの意義も、人生的価値も考慮せず、反省せずに書くといふ、この古くさい自然主義的態度》を《非難》（5面）する。これに対して尾崎士郎は「軽戦車　批評の冒涜」（『東京日日新聞』昭14・2・3）で、《予め「やつつけよう」として用意してゐた文字を作品の解釈に都合よくあてはめたといふだけのもの》（5面）だと真っ向から反論した。応酬はつづき、《つまらぬ作品を書いて、つまらぬと批評されて、自ら反省するよりも、先づカンカンに怒つてしまふ作者といふ者の気持の我儘は、困つたものだ》（5面）といふ中村武羅夫「軽戦車　尾崎君へ」（『東京日日新聞』昭14・2・5）が公にされることで、榊山潤が「編輯後記」（『文学者』昭14・3）に《同人中村武羅夫と尾崎士郎が喧嘩をしてゐる》（204頁）と書きつけるに至る。同時代評が出揃う前の論争だったこともあり、直接的・間接的な影響をその受容に及ぼしていく。この論争を《けだし、近来の観物の一つ》と評したP「公論私論」（『早稲田文学』昭14・3）では、《武羅夫は士郎の意図に嵌まり込んで、マンマと士郎得意の烏賊の墨汁を浴びせ掛けられた感じだ》として、「ある従軍部隊」は《文句なく悪作》だと評しながらも、《通俗作家といふ者の物の観方の古さを曝露してゐる》（37頁）と中村の言動が批判されるなど、さらなる注目を集めていくことになった。

さて、新聞評に戻れば、《漢口戦に従軍した文学者等の一行のことを、ざつくばらんに書いたもので、従軍記としては特異のもの》だと「ある従軍部隊」を評す豊島與志雄は「文芸時評（4）大陸物と事変物」（『東京朝日新聞』昭14・2・2）で、《文学者等がそのけちな自意識を捨て、仲間同士の愛情の念を捨て、戦争といふ異常な境地に嫌でも応でも引きこまれてゆく、その過程を描く》ところに《作意》（7面）をみている。《「ある従軍部隊」は謂ゆる戦争小説ではなく、昨秋漢口陥落直前に従軍した従軍作家群の楽屋裏を描いてゐる》ことを確認する淺見淵は「文芸時評（2）二つの戦争小説」（『信濃毎日新聞』昭14・2・3）で、《実戦参加者で無い知識階級の現地に臨んでの精神と肉体との真剣な動揺過程を、素直に写してゐる》とその内容を捉え、《気楽に読め、面白いが、一面ゴシップ的興味が終始付き纏つてゐるのがこの作品の弱点》（6面）だと評している。《私なぞは殆んどその興味〔ゴシップ的興味〕に釣られて読んだと云つても過言ではない》と告白する「文芸時評（2）描かれた文士の神経」（『読売新聞』昭14・2・4夕）の武田麟太郎は《戦場と云ふ雰囲気の中で相克反発する彼らの神経を衝いてゐる》と、そのポイントを指摘しつつも、《読後の印象は、所謂後味の悪いいやな想ひ》（2面）だったという。ゴシップ（的興味）という「ある従軍部隊」と結びつけられた見方を、《私小説的手法をもつてしては到底捉へることの出来ない拡がりと生生しさと混乱と激しさを持つた経験を、敢へて私小説的な把握のうちに盛り上げようとした小説》と換言して最大限評価する「文芸時評（5）傍観者と実戦者」（『中外商業新報』昭14・2・4）の高見順は、《敢てその困難に「私」をぶつつけ「私」を困難のうちに粉砕させて、そこにひとつの形式を捉へようとした》ものだとみるが、その根拠は《安易に就いたと見るには、余り苦難に充ちた表情》（5面）だったからだという。《どうも評判がよくないやうであるが、私は、その評判のよくない所に、評者たちの公平な批評以外の何ものかゞ働いてゐるやうな気がして、不快》だと、世評を批判しながら「ある従軍部隊」を評する立野信之は、「文芸時評（4）愛情と風俗」（『都新聞』昭14・2・5）で、《書かれるべくして書かれたもので、一種の時代的風俗小説であるが、一見安易に見える風俗描写のカルカチア《ママ》の裡に、時代や時代の潮流に動く人間に対する批判の眼も動いてゐるし、作者の自己批判も——充分とはいへないまでも——出てゐて、面白い》と一定の評価をし、《この作品の存在理由は、充分にある》（1面）と断じた。

　こうしてみてくると、「ある従軍部隊」を〝（戦争小説ではなく）従軍ペン部隊の楽屋落ち〟と捉え、そこに文学者の従軍過程（による変化）が書かれているという理解は、中村武羅夫も含めて同時代評に共通している。その上で、ゴシップにすぎないとみるか、厳しい自己批判とみるかによって、つまりは書き手・尾崎士郎のこの作品への姿勢《スタンス》をどう評価するかによって、「ある従軍部隊」評価は大きく割れていくことになる。この文学者の姿勢《スタンス》という要素は、モチーフが〝戦争への文学者の関与〟であることによって、この時期、特に重視されており、こと「ある従軍部隊」と同時掲載された日比野士朗「呉淞クリーク」が、兵士による戦争小説だったことも相俟って、二作の比較を通じてきわだった対照をなすポイントでもあったのだ。

新聞評に比べると、雑誌評は「ある従軍部隊」に好意的である。《尾崎士郎氏の「ある従軍部隊」にみられる薄濁りの感じ》を《あはたゞしい流行におかれて不易を思ふ文学者の渋面》と、真摯な文学者の姿勢《スタンス》を読む「ハムレットと兵隊――文芸時評――」（『文学界』昭14・3）の亀井勝一郎は、《尾崎氏は作中で、文士本来の面目といふことをつねに反省してゐる》、《突然の従軍及び周囲の大げさな期待とに板ばさみになつた苦々しさが、到るところに歪んだ表情を呈してゐる》（157頁）と評す。「ある従軍部隊」を《陸軍ペン部隊の出発から九江までの行動を、作者自身と明かに推定の出来る主人公の、その時々の感想を伴奏にして書いたもの》とまとめる神田鵜平は「創作時評」（『新潮』昭14・3）で、《随所に作者の面目は躍動してゐる》として、次のように論じている。

世間人の日常生活に於ける暗闘反目を、戦場にまで持つて行つた非戦闘員一隊の楽屋内を書くことは、従軍の趣旨に反くといへないことはない。しかし現実に忠実であらうとする作家的良心は、さういふ内幕のことを、見逃しにしてはをれない場合もあらうと思ふ。この内面的な省察と、外面的の戦場との折合を、どうつけるかが問題ではないのか。（115頁）

ここでは、個別の要素をどう配置するかという、いわば小説の結構への注文がつけられている。「ある従軍部隊」を《この作者らしい持味の出た一つの風変りな私小説》と評す「文芸時評――二月の小説――」（『早稲田文学』昭14・3）の岡澤秀虎も、《この従軍部隊の記録には作者固有の日常性が、戸垣君代といふ特別な関係の女性の姿をとつて色濃く入り込んでゐるため、一つの心境上の纏りが与へられて、親しみのある「作品」になつてゐる》（68頁）と、小説の結構に論及し、（文学者の楽屋落ちとは異なる）尾崎自身に関わる楽屋落ち（《作者固有の日常性》）が、作品の柱として評価されている。《尾崎士郎程小説のコツを心得てゐる者は無い》という「中央公論」（『三田文学』昭14・3）の紙屋庄八も、冒頭と結末に登場する《「戸垣君代」なる女性》によって《首尾一貫していささかも危気がない》作品になっている点を評価し、その後で《従軍部隊のメンバーたちの動きの面白さ》――《作家たちの日常、交友、摩擦と云つたものが、よし内輪話的であれ相応に活写されてゐる》（52頁）点が注目されている。《この小説［「ある従軍部隊」］は小説としてつまらぬものかも知らないけれども、ともかく従軍作家が従軍でどんな醜態をさらしたかといふことを記録として残すことも無理ではないといふことを感じさせてゐる》（200～201頁）と評す三宮敏「二月号　作品月評」（『政界往来』昭14・3）においては、特に《尾崎士郎はともかく真面目にこゝにひとつの客観的解釈を持ち出してゐる》（201頁）点が評価されてもいる。してみると、雑誌評においては、楽屋落ちであることが即「ある従軍部隊」批判に直結することはなく、むしろモチーフとしての戦争よりも、尾崎自身をモデルとした作兵衛と戸垣君代に関する私小説性が注目され、それが小説的結構の鍵として評価されていた。

こうした、同時代受容の地平－モードをふまえた上で、以下に「ある従軍部隊」本文を検討していこう。

初出版「ある従軍部隊」は、「九月二十三日の午後、「内閣情報部の会議室」で従軍ペン部隊の企画が示される「1」から、作兵衛を中心とした文学者たちの出発・移動の経緯、戦地での言動を綴り、九江で作兵衛が戦場・戦争への認識を新たにする「11」まで、全一一章から成る。特徴としては、作中人物として登場する文学者に、容易に実在のモデルが想定し得ること、特に尾崎自身については戸垣君代という昔の恋人（とその身内の人物）が登場し、その関係がサイドストーリーとして小説の冒頭／結末を縁取っていること、があげられる。これを対読者戦略としてみれば、（身近な文学者や男女関係を介して）遠いはずの戦場を近く感じさせ、小説全体にリアリティを確保するための仕掛けとみられる。

また、その変奏として、本章Ⅱで検証してきた従軍ペン部隊言説が積極的にとりこまれていることもあげられる。たとえば、人選や大名旅行に関するゴシップに関して、次の一節をみてみよう。

早いはなしが久野高雄にしたところでこんどの人選について早くも文壇の一角から起つた批難の声

に対して自ら矢表に立たねばならない立場にあつたし、それを積極的な感情で押切る気もちを表面に出すことのできないもどかしさが彼の作家神経に動きのとれない責任観念を植ゑつけてもゐたのである。〔略〕もちろん人選に対する不満もあつたが、しかしそれよりもヂャーナリズムによつて自然につくりあげられたお祭騒ぎが早くも「大名旅行」といふ批難に代らうとしてゐるのである。かういふ認識は言葉や説明でくつがへすことのできるものではない。（「3」99頁）

ここでは、人選に関わったとされる久野高雄（モデルは久米正雄）が登場し、その内面の苦渋までが書かれている。つまり、田邊茂一「文芸時評」（『文学者』昭14・3）の指摘通り、《戦争自体と云ふより従軍した文士たちの動静の側面が描かれてゐる》（158頁）のだ。その帰結として、従軍ペン部隊言説を交錯点としながら現実世界と小説世界とが重ねられ、「ある従軍部隊」の読み手にとっては公表された関連情報に、文学者個々人の具体的な言動・内面が重ね書きされていくのだ。そうであれば、《従軍記、戦意高揚のための作品としては致命的に弱い》[21]という評言は、一面妥当だとしても、そうした見方だけでは「ある従軍部隊」のエッセンスを取り逃すおそれがある。というのも、「ある従軍部隊」のエッセンスは戦争-戦場それ自体にはなく、特異な環境に置かれた文学者という存在にこそあったのだから。それは、いわゆる贔屓で従軍ペン部隊に参加したとされ、傲岸な振る舞いが文学者たちの顰蹙を買いつづける高杉教仁郎（モデルは富澤有為男）をめぐる悶着にもよく示されている。このモチーフも、同時代読者には大方、従軍文学者にあるまじき、瑣末な人間関係に拘泥するゴシップと映じたと思われるが、そのことによって作品のリアリティを確保しつつも、主眼が置かれていたのは、やはり特異な環境にある文学者の、具体的な内面である。

彼〔永田、モデルは中谷孝雄か〕の意見によると個人が英雄的な行動をとつたり、他人を出しぬいたりすることは明かに団体の道徳に反するといふのである。――彼は眼にかすかな含みをみせて高杉の方を見た。黙つてゐるうちに作兵衛はどうにもをさまりのつかないものを心の底にかんじてきたのである。誰も彼も自分の落ちつくべき場所をさがしあぐんでゐるのだ。それが修学旅行に来た中学生のやうな若々しい好奇心を唆りたてるかと思ふと、知らぬ間に絶えず誰かに看視されてゐるやうな重苦しい責任観念にかたちを変へてしまふ。早くこの空気の外へ出たいといふ気もちと、未知の戦場に対する不安とが眼に見えない反発を伴つて彼等の神経を駆りたてるのであらう。（「7」115頁）

つまり、引用後半で作兵衛が忖度するように、ゴシップ色の強い人間関係のトラブルは、その実、「早くこの空気の外へ出たいといふ気もちと、未知の戦場に対する不安」のあらわれ――つまりは、特異な環境における文学者のいつわらざる心境だということになる。そうであれば、テーマを描出するために、卑小な自己像・文学者像をも、包み隠さずに書いたという意味で、この作品に文学者（尾崎士郎／作兵衛）による自己批判をみることも十分可能である。

こうした観点から「ある従軍部隊」を読むならば、中心人物たる作兵衛の言動・内面（の変化）こそ、同作のテーマを体現したものと考えられる。たとえば、現地の宿舎に到着した後、通ってきた道に支那人によって手榴弾が投げられ、日本人兵士が怪我をしたということを聞いていてさえ、戦跡の「視察」をしている際に作兵衛の頭に浮かぶのは、「壮烈な戦争の幻影よりもむしろ、戦争の翳の中にうごめいている民衆の姿」であったという。ここに、尾崎一流の〝人間（性）《ヒューマニズム》〟を読むことも可能だが、あまりにも感傷的ではある。

> 陸戦隊の屋上で説明を聴いたときには前へ前へと進んでゆく戦闘の経過がハッキリ眼に見えるやうであつたが、今は現場を前にしてゐるにもかかはらずかへつて実感の稀薄になつてゆくのは何故であらうか、——作兵衛はぼんやりそんなことを考へながら歩いてゐるうちに何時の間にか南市の入口まで来てゐた。（「５」106〜107頁）

こうした戦争‐戦場との距離は、作兵衛のみならず、他の文学者にもゆるやかに共有されていた。「９」になると、「従軍部隊はやうやく一本の線となつて動きだした。もう誰が誰でもない」（125頁）という一節もみられ、文学者間のトラブルは一応の解決をみる。ならば、戦局や時間の経過を考慮しながら、従軍ペン部隊として文学者はどのように行動すべきなのか、ということになると、理念と現実のはざまで逡巡せざるを得ない。

久野高雄がわざとらしく言葉の調子をあらためた。

「それはわれわれの態度です、――つまり、何といつたらいいか、僕等は今こそ作家としての任務を遂行するといふ自覚に立ちかへるべきです。誰が漢口に一番乗りをしたかとか、誰がどんな手柄を立てたとかいふことは問題ぢやありますまい、例へば、われわれが十人斬りをしなかつたとしても少しも恥辱ぢやないでせう、兵隊には兵隊の任務があるし作家には作家の任務がある、僕は作家として立派に生きるといふこと、つまり文学の魂をもつて戦場に入るといふことが、――」

「そいつは君」

と、川村がたしなめるやうな声で言つた。

「君のいふとほりにはちがひないが、もし僕等が漢口に入城しないでかへつたら内地のヂャーナリズムはどんな批評を浴せるか知れないよ」

〔略〕

もう眼の前にある角壜の中には一滴のウイスキーも残つてはゐなかつた。「死を決して戦場に乗出すといふこと、つまり、僕等の人生観や運命観の上に起る変化それ自体が一ばん大切なことです、――久野さん、安心して下さい、もしわれわれを批難するものがあつたら必ず僕が一人で引受けます」

作兵衛は昂然たる態度を示して言ひ切つた。が、酔ひがずきんずきんと脳天にまで沁みとほつてくるともう自分でも何を言つてゐるのかよくわからなかつた。（「10」138～139頁）

こうした文学者の身も蓋もない言動を、この時期ようやく期待されはじめた文学者の社会的役割という観点から批判することはたやすい。ただし、それは尾崎の自己批判の内ともいえる。重要なのは、公表された従軍ペン部隊言説との連繋を書きこみながら、戦争‐戦場という特異な環境の働きかけを感受しつつ、文学者本来のあり方を模索しようとする姿勢《スタンス》が貫かれていることである。ここで「変化」として示された様態は、この後、作中で具体的に実践‐展開されていく。

「南京を発つてから一週間、内地を出てから早くも半月」がたち、「九江の増田兵站宿舎」に一行がとどまっている際のことは、文学者を「彼等」として次のように描出される。

此処で待機してゐる数日間のあひだに彼等はぢりぢりと動いてゆく戦況をしつかりと見きはめることができた。街を埋めてゐる各部隊の兵士たちの囁きや、絶え間なしに地響を立てゝ通るトラックや戦車の音の中から戦争は影のごとく彼等の心に這ひよつてくるのである。もうどうして漢口に入城しようかなぞと考へるものは一人もゐなかつた。そんな身勝手な了簡を持つ余裕のないほど彼等は烈しい現実に当面してゐるのだ。今や従軍作家であるといふことにいささかも怯むところはない。無数につながりあつてゐる戦争の表情の中に彼等もまた何時の間にか一つの位置を占めてゐるのである。（「11」143頁）

人間関係のトラブルを抱えていた文学者一行は、「ある従軍部隊」終章に至る頃には、特異な環境を主体的に「見きはめる」ことができるようになり、戦場の「囁き」や「音」にも戦争を感じるまでになっている。いわば、作兵衛を含めた文学者たちは、従軍作家として戦争の一部を成すようになっているのだ。

翻ってみれば、「ある従軍部隊」とは、全編を通じて従軍ペン部隊‐文学者の変化を書いていたはずだ。当初は、戦争の圧力から不安にさいなまれ些事にかかずらっていた文学者が、徐々に戦争を見て、体感していくことによって、その結末で全き〝従軍する文学者〟へと変貌を遂げていくのであり、そうした文学者像の自己提示こそが本作のテーマ‐エッセンスなのだ。

そうであれば、戦時下の文学者への生まれかわり方を実践的に提示した「ある従軍部隊」とは、読者からすれば、ゴシップも含めた言説効果としてのリアリティを入口にしつつ、小説進行の紆余曲折を孕んだ過程自体が、戦場の文学者の言動・内面、その変化の過程を追体験させることになり、戦時下の国民に生まれ変わるためのロールモデルの提示にして、実践的なレッスンでもあったのだ。

では、なぜそうしたことが可能なのか。それは「ある従軍部隊」が、尾崎士郎という文学者によって、ほかならぬ文学者をモチーフとして書かれた小説であるからだ。《文学のためにも、国家のためにも、意義ある企て》と従軍ペン部隊を位置づけるX・Y・Z「スポット・ライト」（『新潮』昭13・10）では、《国民の感情に一番親しく働きかける職能を持つてゐるのは、文学者》だとされ、《だから文学者を戦争現地に送つて、つぶさに戦争の実状を見せておくといふことは、戦争の精神なり、実際なりを、国民に伝へ、理解させる上に、最も効果ある方法》（79頁）だと、文学者の特性を活かした社会的有用性が言明されていた。《我々は今真剣に支那のことが知りたい》という「文学者の従軍（一）真剣に支那が知りたい」（『中外商業新報』昭13・9・18）の中島健蔵も、《作家たちは、民衆に取つても親しい人たち》、《個人的な意味ではなく、作家といふ職分が厭でも親しくさせる》のだとして、《我々は行つた人々の話を待つてゐる》（5面）と言表していた。あるいは、紙屋庄八「中央公論」（前掲）には、《修練といふものは不思議なもので、尾崎士郎のうどんのやうな文章に閉口しながら「ある従軍部隊」を読んでゐるとメロンとヨツトと云ふ大森芸者が登場する条りになつて、途端にぐいと魅き寄せられた》（52頁、傍点原文）といった言表もみられ、「従軍部隊」の魅力は少なからず承認されていた。

ここで、「ある従軍部隊」が収録された尾崎士郎『文学部隊』（新潮社、昭14・3）[22]に掲げられた「序に代へて」から、次の一節を引いておく。

> 私たち（従軍作家のすべてを引つくるめて）が文学をもつて心から国家に協力し、民族の理想を高めることに力をつくすことのできるのはこれからであらう。われわれを派遣した内閣情報部、ならびに陸軍部内にあるもつとも高い認識は戦場の描写をすることを要求してゐるわけではない、それよりも望むところは今日の必然を明確に認識するところにある。もちろん壮烈極りなき戦争の実相を描いて国民の士気を奮ひ立たせようといふことも表面の目的であつたには相違ないが、しかし根柢に横はる意図はもつとはるかに大きく、例へば国策の線に沿ふといふやうな消極的な感情ではなく、むしろ国策の基礎たるべき民族の必然を国民精神の中に植ゑつけようとするところにある。さ

うだとすれば、文学の眼をもつて見、文学の耳をもつて聞き、文学の魂をもつて経験することより
ほかにわれわれの協力を必要とすることはあるまい。(2頁)

これを本章の問題関心から翻訳すれば、尾崎士郎は「従軍作家」である自分自身(の役回り)を、「国家」と「国民」の媒介として位置づけ、その具体的実践として「文学」=「ある従軍部隊」の執筆を展開していたことになる。実際、《この作品は、文学をもつて立つ人が、日本の未曾有な大戦に従軍して如何なる態度をとつたか、如何なる感情を抱いたかといふ大切な問題を提示してゐるといふ一事をとつて見ただけでも軽々に観過出来ない》と「ある従軍部隊」に論及する無署名「尾崎士郎著「文学部隊」」(『中外商業新報』昭14・4・17)では、《戦争を描いてゐる作品であると共に、やうやく形をとつて現れやうとしてゐる現代日本の一つの精神に大きく触れてゐる作品》(8面)だと高く評価されている。

そうであればなおのこと、戦争に行っていない《国民》(読者)が、自身の直接体験していないことを理解するためには、いかに詳細であろうと単なる情報では不十分で、〝親しい文学者〟の言葉こそが効果的だということになる。翻ってみれば、当局による従軍ペン部隊の企図も、おそらくはこのあたりにあったはずだが、その成果は多くの従軍報告と少しの戦争文学として示された。[23] もちろん、それらにもそれぞれの意義・効果があったはずだが、「ある従軍部隊」は、従軍中の文学者が従軍ペン部隊それ自体をモチーフとして書いた小説だという点で、同時代の文学言説にあっても特異性をもつ。それゆえ、ゴシップと難じられもしたが、それは同時に、〝親しみ〟を示すという、この時期の従軍文学者に求め

られた効果も、確かにもっていたのだ。

総じて、尾崎士郎「ある従軍部隊」とは、従軍ペン部隊言説の縮図でもあり、その企図を、それとはわかりにくいかたちで、しかし着実に実演した、すぐれて時宜に適した小説だったといえるはずだ。

注

1　都築久義「従軍作家の言説」（『時代別日本文学史事典　現代編』東京堂出版、平9）、156頁。

2　平野謙『昭和文学史』（筑摩書房、昭38）、223頁。なお、より痛烈な批判は、《この国の文学者と侵略戦争との恥辱的な野合関係は、史上かって一度も例をみない規模の大きさと、緊密この上ない密着の度合いにおいて、まさに画期的な目を覆わしむる醜態の絵図となって繰り広げられたのであった》（17頁）、《「ペン部隊」は22名の文学的岐路をはるかに越えた、昭和文学史の暗礁であり、それへの参加は、自殺行為に等しい妄動であったと言える》（24頁）という、高崎隆治「ペン部隊に関する覚え書」（『日本文学誌要』昭42・10）にみられる。

3　近年では、個別の作家・作品について、異なる視座からの研究も散見されるようになってきている。山下聖美「林芙美子『戦線』とペン部隊――「文壇人従軍関係費受領証」からみえてくるもの」（『日本大学芸術学部紀要』平25）参照。

4　中野重治「解説」（『現代日本小説大系　第五十九巻』河出書房、昭27）、319頁。

5　拙論「日中戦争開戦直後・文学（者）の課題――小田嶽夫「泥河」・「さすらひ」」（同『昭和一〇年代の文学場を考える　新人・太宰治・戦争文学』立教大学出版会、平27）参照。

6　拙論「昭和一〇年前後の私小説言説――文学（者）の社会性」・「〝リアリズム〟のゆくえ――饒舌体・行動主義・報告文学《ルポルタージュ》」（同『昭和一〇年代の文学場を考える』前掲）参照。

7　和田利夫『昭和文芸院瑣末記』（筑摩書房、平6）参照。

8 拙論「〝戦場にいる文学者〟からのメッセージ――火野葦平「麦と兵隊」」（同『昭和一〇年代の文学場を考える』前掲）参照。

9 五味渕典嗣「文学・メディア・思想戦――〈従軍ペン部隊〉の歴史的意義――」（『大妻国文』平26・3）、106頁。引用につづき、《そこで文学者は、前線部隊に追随するジャーナリストたちとは異なる役割とフィールドとを割り当てられた》、《具体的には、速報主義に傾斜したメディア企業の論理に束縛されがちな報道記者たちがカバーしきれない戦場の多面性・多元性を、ニュースとは質の異なる言葉として言説の場に登録していくことが求められた》（106～107頁）と指摘している。

10 この時期の小林秀雄については、山城むつみ『小林秀雄とその戦争の時　『ドストエフスキイの文学』の空白』（新潮社、平26）、五味渕典嗣「友情の効用――小林秀雄と火野葦平」（『大妻国文』平27・3）参照。

11 蒲豊彦「一九三八年の漢口――ペン部隊と宣伝戦」（『言語文化論叢』平22・8）、47頁。

12 拙論「昭和一二年の報告文学《ルポルタージュ》言説――尾崎士郎『悲風千里』を視座として」（同『昭和一〇年代の文学場を考える』前掲）参照。

13 注9に同じ、110～111頁。

14 本書第2章参照。

15 池田浩士「兵隊たちの戦中・戦後」（同『火野葦平論［海外進出文学］論・第1部』インパクト出版会、平12）、534頁。

16 平野謙「解説」（『戦争文学全集　第二巻』毎日新聞社、昭47）、425～426頁。なお、紅野謙介「解題」（尾崎士郎『尾崎士郎短篇集』岩波書店、平28）における、《この計画〔ペン部隊〕のいかがわしさと選抜をめぐる確執、集団内の関係をめぐって書いた小説》（479頁）だという評価も、この系列に属するだろう。

17 都築久義「尾崎士郎と中国」（『愛知淑徳大学論集　文学部・文学研究科篇』平15・3）、33頁。

18 安田武「戦争文学の周辺（二）――尾崎士郎論――」（同『定本　戦争文学論』第三文明社、昭52）、202頁。

19 高崎隆治「ペン部隊の人びと」（同『ペンと戦争』成甲書房、昭51）、48頁。

20 奥出健「事変下・陸軍班従軍文士の見たもの――林芙美子、尾崎士郎、岸田国士――」（『近代文学研究Ⅱ（大東文化大学）』平21・3）、64頁。

21　荒井とみよ「「ペン部隊」の人たち」（同『中国戦線はどう描かれたか――従軍記を読む』岩波書店、平19）、86頁。

22　初出から単行本への加筆修正は、①細かい用字の修正、②読点の加減、③三箇所にわたる大幅加筆、となっている。③については、初出「5」に単行本にして五頁ほどの加筆、初出「11」に二カ所、単行本にしてそれぞれ一三頁、六頁ほど、加筆されている。これによって、章では「一二」、「一三」が純増となっている。

23　ここに、松下英麿「尾崎士郎」（同『去年の人　回想の作家たち』中央公論社、昭52）で回想される、《尾崎士郎は、その作品にもみられるように、たれとでも親しみやすい、また、およそ憎まれない性格の持ち主であった》（352頁）という作家的個性《パーソナリティ》などを考えあわせてもよい。

第Ⅱ部　芸術――戦時下の芸術／時局へのリアクション

第4章
川端康成「高原」連作受容の変遷――日中戦争の長期化／文学場の変容

I

戦後、「私は戦争からあまり影響も被害も受けなかつた方の日本人である」[1]と振り返った川端康成は、日中戦争開戦から間もない「告知板　同人雑記」（『文学界』昭12・9）において、次のように発言していた。

> 日支の戦ひが終つたならば、その後に、文学者の仕事はあるやうに思ふ。平和に復つて、支那の人達に先づ親しみ、慰め得るものは、日本の文学であらねばならぬ。多くの知識人が日本語を解する、唯一の外国が支那であることを忘れてはならぬ。お粗末な戦争文学などを一夜作りして、恥を千載に残す勿れ。

欧米よりも、私は支那や印度や、東洋各国へ行つてみたい。[2]（286頁）

こうした戦争からの距離を言明しながらも、しかし同時に、川端は《中国大陸全域に戦場を広げていく日中戦争の投影の様相を、この国際的な避暑地軽井沢を舞台に描いている》[3]とも評される初出「高原」連作の発表をはじめる。各編の初出は、以下の通りである。

・「高原」（『文藝春秋』昭12・11／現行『高原』の「1」、「2」）
・「風土記」（『改造』昭12・11／同「3」）
・「高原」（『日本評論』昭13・12／同「4」）
・「初秋高原」（『改造』昭14・10／同「5」）
・「樅の家」（『公論』昭14・12／同「6」）

これらがはじめてまとめられたのは、『川端康成選集　第九巻』（改造社、昭14）においてであり、その際のタイトルは『高原』であった。こうした「高原」連作の発表形態について、川端自身は「第九巻あとがき」（『川端康成選集 第九巻』前掲）で次のように述べている。

「高原」は、切り散らかして分載したのはまだしもいいとして、その執筆の年月が三ケ年に亙つてゐる。おそらく首尾の整つてゐない点もあらう。最も困つたのは、軽井沢の三年の夏の印象が入りまじりさうでならなかつたことである。「高原」は支那事変の始まつた年の夏を書いてゐるが、その後の二度の夏を迎へる間には、事変の拡大につれ、また欧洲戦争の勃発によつて軽井沢の様子も変つた。しかしこの作品の「時」は一夏に限つたつもりである。（404～405頁）

本章では、「一夏」の物語が「三ケ年に亙つて」発表されたという時差に注目した上で、初出「高原」連作をめぐる同時代受容の地平－モードについて検討を試みていきたい。具体的には、日中戦争の進行に遅れて書きつがれた初出「高原」連作が、時局に応じて展開していく文学場においてどのように受容されたか、その様相－変容に注目してみたいのだ。

ここで、あらかじめ『高原』の主要先行研究を概観しておく。

《日本の風土の中でも亦特殊な地である信州の地》という《背景》と、《戦争》という《極めて異状な状態》を重視する小林一郎は、川端が『高原』において《自然と、洋子との間に醸し出す人間最後の青春に傾斜して行く須田の心を、冷静に日本人と外国人の姿態との対比を通して、「戦争」という時代を越えて行くものを探っている》[4]と論じている。この延長線上で森晴雄は、《「根なし」の人々の集まりである軽井沢を舞台》として《戦争と須田の個人的な再婚をからませ》ることで、『高原』を《日本と西洋の比較をし、二つの世界をまとめるものとして、また、須田自身の寂しさや孤独を紛らすものとして混血を見出し、自らの個人的な、また、社会的な考えのまとまりをつけようとしたもの》と、やはり作家論的に意味づけている。[5] さらに羽鳥徹哉は、《日華事変勃発当初の頃を扱い、一種の時局小説》で、《軽井沢の自然や風俗を描き、軽井沢風物誌の趣もある》、《日本人と西洋人の比較論も展開され、文化論の性格も持っている》と『高原』のモチーフを把握しつつ、《そうした中に、主人公でかつ視点人物である須田の結婚問題という小説的ストーリィが組み込まれている》として作品全体の見取り図を示した上で、その主題について、次のように論じている。

> 日本人は〔略〕他と融合し、融合混血の中に新しく自分を生かす大きな心を持たなくてはならないこと、それらを、女性への憧れという、表向きあくまで感覚的レベルを守りながら書いて見せようとしたのが「高原」である。最後の混血の令嬢は、この作品の時局批判、文化論、小説的テーマを統一融合する存在として提示され、作品の祈りの中心に置かれている。[6]

いずれの論においても、須田の紙背に川端（の意図）を想定することで、『高原』を理解し、意味づけており、それゆえ、作家・川端の時局‐戦争への姿勢《スタンス》が論じられてきたことになる。[7] ただし、須田によりそいつつも、折々情報の空白を残す曖昧な語り方のゆえもあって、時局‐戦争に対しても「混血」に対しても、『高原』内には多様な見方が混在している。

そうであれば、一度《ひとたび》の作業仮説として、作家・川端康成や小説表現の側からばかりでなく、『高原』が当時どのように読まれたのかという、受容の側からの分析は必須の検討課題であるはずだ。そうした検討を通じて、初出「高原」連作の日中戦争下の文学場における意義を明らかにし、昭和一〇年代の文学場（のゆくえ）を考える契機をとりだすことまでを本章のねらいとしたい。

Ⅱ

本節では、初出「高原」連作各編をめぐる同時代受容の地平－モードを分析していく。

あらかじめ初出「高原」連作に読みとられた主な論点を示しておくと、**a**日中戦争（事変）、**b**軽井沢、**c**（固有地名ではなく）高原、**d**東洋／西洋（の比較）・外国人・混血、**e**日中戦争に対する川端の姿勢《スタンス》、**f**川端の資質・作家性（世代）、**g**芸術的評価（審美性、抒情）、**h**物語内容（人物・ストーリー）の八つに大別される。（以下、同時代評にみられた論点を、亀甲括弧内にa～hで示す。）

第一作「高原」と第二作「風土記」はいずれも昭和一二年一一月号発表のため、同時代評も一括して扱う。まず注目されるのは、《どうやら純文学の方面にも、事変色がすこしづつ濃厚になりかけて来たやうである》という観察を示す名取勘助「小説月評」（『新潮』昭12・12）で、《「日本評論」の現地小説と銘うつた尾崎士郎、林房雄、榊山潤の三つの小説はもとより》、《「文藝春秋」と「改造」とに二つの小説を発表した川端康成の、その二つの小説ともがやつぱりいくらか事変色に塗られてゐる》（60頁）と指摘している〔a〕。岡田三郎・本多顕彰「昭和十二年小説界展望（作品及び傾向について）」（『新潮』昭12・12）で岡田も、《事変物》が《純文学の方には余り出てゐない》と指摘した上で、《今度川端君の書いた小説、文藝春秋に出てゐる「高原」の中に多少織込んである。軽井沢のさういふ空気を加味したものだけれど……》（122〜123頁）と、事変というモチーフから「高原」に論及していく〔a・b〕。また、《「高原」を読んで》、《あまりに澄み切つた美しさを感じる》という「遮断機　嘘の冴え」（『帝国大学新聞』昭12・11・8）の田宮虎彦は、次のようにして事変を読みとっている〔a・g〕。

支那事変の軽井沢を中心に描かれた戦時風景の中に、戦争の波紋が、ゆつたりと、又あわたゞしく拡がつてゐる。現地報告といふ言葉を使ひたい程、この作品からは真実が溢れてゐる。（7面）

「高原」、「風土記」に、事変というモチーフを読みとる受容について、より広い視野からレビューしたのが森山啓「本年度の小説」（『文藝』昭和12・12）である。

小説は、「事変」を直接反映することが比較的遅れ、十月号の雑誌までは、現地ルポルタージユや銃後風景スケツチ文のほかには、小説の味をもつたものとては、徳田秋聲氏の短篇「戦時風景」が目についたにとゞまつたが、十一月号雑誌の小説を見ると、芹澤光治良氏の「この秋の記録」をはじめ、丹羽文雄氏の「町内の風紀」「海の色」中野重治氏の「原の欅」から、川端康成氏の軽井沢もの「風土記」まで際物に反する性質をもつに拘はらず、現代の国内生活の様相描写の一端において戦時に触れてゐる。（199頁）〔a・b〕

こうした論点に、登場人物やストーリーを加味しつつ、川端の筆致にまで言及したのが、伊藤整「文芸時評（4）散文精神の問題」（『中外商業新報』昭12・11・5）である。

軽井沢に避暑してゐる三十歳ぐらゐの男が主人公で、汽車の中や軽井沢での西洋人と日本人との生活の混和の形や理解の微妙な食ひちがひなどを、飛びとびに狙つて描いたもので、小説的な発展とはならずに、写生の面白味で終つてゐる。〔略〕慈善家の盲目の英国貴族の老女や、汽車のなかで話しかける西洋人、戦争をめぐつて内外の少女たちや年若い女性に起る様々な変化、主人公の動揺など、鋭く細部のみを取り上げて大きな暗示的表現を果してゐることを見ると、作者がこの新しい材料に力一杯摑みかゝつてゐる感じがする。取材が作者の資質と見事に合致した例であらう。（7面）

〔a・b・d・f・g・h〕

作家・川端康成への注目は、《四十ヶ国の人種の集まる夏の軽井沢の互ひに影響し合ふ外人と日本人の生活が浮彫され、作者の銀線のやうな神経がそれを鋭く貫ぬいてゐる》（2面）と評した安成二郎「文芸時評（二）力瘤の入り過ぎた作品」（『信濃毎日新聞』昭12・11・3夕）にもみてとれる〔b・d・f〕。もっとも、《「高原」「風土記」の美しさ》を《聞きほれる他はないソナタに似てゐる》（2面）と、その審美性のみを絶賛する高見順「文芸時評（5）諸作短評」（『都新聞』昭12・11・4）もある〔g〕が、評価が集中したのは日中戦争に対する川端の姿勢《スタンス》である。《軽井沢といふ。特殊《ママ》な（特殊であるだけ、現象の姿が明瞭な）国際避暑地を舞台にした、作者の戦時感想集》と二作品を把握する「小説　戦争と文学者」（『文学界』昭12・12）の林房雄は、《日本の真実の姿を見きはめようとする日頃の努力と用意が、軽井沢といふ舞台と戦争といふ時期を得て、こゝに形を成したもの》であり、《川端氏が、戦争そのものと、戦争の当事者たる日本の姿を、底まで見極めたいと一筋な昂奮に身をまかせて、実に激しく眼を動かしたその結果が、この小説になつた》（142〜143頁）と高く評価する〔a・b・d・e〕。もっとも、こうした評価を裏返せば、「風土記」、「高原」にふれて、《このやうな反社会的資質の作家が戦争についてどんな感想を抱いてゐるか、閃めくやうに片鱗を現はしてゐるだけで満足すべきもの》（35頁）という豊田三郎「文芸時評――並びに本年度の回顧――」（『解釈と鑑賞』昭12・12）のように冷ややかな川端の姿勢《スタンス》が読まれもした〔a・e〕。それでも、大勢としては好評のうちに受容され、次に引くT「文藝春秋」（『三田文学』昭12・12）などのように読まれていく。

川端康成の高原は、恐らく作者自身と思はれる一人物が軽井沢へ行く列車内の場景より筆をすゝめて、外国人の老人、陸軍中佐、外国人の若夫婦、実業家外国人の母子、阿媽、支那人の娘、等々のこの作者の好んで用ひる小道具的な人物を散文的に登場せしめ、それ等を貫いて『日支事変』の漠然たる影響力が芝居の遠雷の如く、影絵の如く要領良く背景として按配され、これが身辺随筆風な形式の下に叙述されてゐる。〔a・b・d・g・h〕

その上で、《『事変』を単なる、背景にもせよいきなり使つたといふことは、それがたとへば同人雑誌に拠る、無名新人作家の野望と無責任と暴勇とが駆り立てたものとは全然別個な問題であつて、川端康成のもつ積極性、進歩性といふ点を強調しなければならない》（107頁）という評価もみられた。また、「文芸時評【3】銃後作家の眼」（『報知新聞』昭12・10・31）の林房雄も、この二作にふれて《案外な人が案外な役割を果したと思ふ人もあらうが、この任務を遂げようとする心の準備と筆の傾きは、早くから、この作家に現れてゐたのだ》（4面）と言表するなど、日中戦争に自ら関わった、ほかならぬ川端康成の姿勢《スタンス》が高く評価されていた〔e〕。

ところが、一年後の昭和一三年一一月号に発表され、無署名「創作寸評　高原（日本評論）川端康成」（『信濃毎日新聞』昭13・12・12）において《▼高原（軽井沢）地帯に漂ふ、人々のほのかな恋情を描けるもの》（6面）〔b・c・h〕と評された第三作「高原」になると、こうした日中戦争（のモチーフ）と川端とを関連づけた受容は影を潜めていく。

《今月は「日本評論」の創作欄を最も面白く読んだ》という亀井勝一郎は「文芸時評（1）贅沢な精神」（『都新聞』昭13・12・1）で、《川端康成、岡本かの子、豊島與志雄、阿部知二の諸氏の作品は、夫々異なつた風格をもちながら、一様に流れるやうな雰囲気を漂はしてゐる点に心ひかれた》として、「高原」については《秋空のやうにすつきりと美しく》（1面）と評している〔f・g〕。尾崎一雄も「文芸時評（1）勝手違ひの文句」（『信濃毎日新聞』昭13・12・3）で、《すつきりした絵を見るやうで、軽井沢といふ避暑地を舞台に、その舞台にかなつた人物たちを通して人間の愛情乃至色情といふものをほのぼのと現してゐる》（4面）と、「高原」の内容にふれつつ、《すつきり》という修辞《レトリック》さえ重ねながら、同様の評価をしている〔b・g・h〕。こうした肯定評は、次の伊藤整「文芸時評④『李永泰』その他」（『福岡日日新聞』昭13・12・3）にきわまる。

この夏頃《ママ》から氏〔川端〕が書いてゐる軽井沢ものの続きで、極短い一篇であるが、美しい。その美しさは段々鋭くなつて、特殊な境に入つたと言つていいだらう。この作品が完結したならば、日本人と西洋人との比較をした新しい文学となつて現はれるであらう。（3面）〔b・d・f・g〕

また、伊藤整は「文芸時評「文学界」「日本評論」」（『文学者』昭14・1）でも《避暑地に集る日本人の新らしい女性の型を描き、一人の西洋人の少女の美しさを描いてゐる》という「高原」理解を示し、《後者の美しさは文字面から浮きあがるやうにあざやか》だと、その審美性を称揚し、《川端氏の筆にもつともふさはしい題材》（67頁）だと資質との合致までも含めて、きわめて高い評価を示している〔d・f・g・h〕。

他方、室生犀星が「文芸時評（5）豊島氏の小説運命」（『読売新聞』昭13・11・30夕）で《八方から愛せられてゐるこの作家〔川端〕も途上目撃の一情景を以て今日の小説になり澄してゐるのは、すこし油断しすぎてゐる》（2面）と難じたように、「高原」を留保つきで評価する同時代評も散見される。神田鵜平「創作時評」（『新潮』昭14・1）における《この作家〔川端〕のお家の芸の小手調べ》（309頁）〔f〕、あるいは北岡史郎「文壇時評」(『若草』昭14・1)における《やや趣味的に低徊ながらやはり良質のもの》(124頁)〔g〕といった評言、さらには《軽井沢における二人の女と一人の男を描いた小説》だという「高原」理解を示した、次の式場隆三郎「文芸時評(3)中堅作家群」(『東京日日新聞』昭13・12・6夕)などがそれにあたる。

川端フアンには美しい短篇として好かれるであらうが、物足りない。川端氏の境地は、もうゆるぎない深さに達してゐることは肯ける。だが一般の読者はかういふものに接して、何も得る所がなからう。(5面)〔b・f・g・h〕

このように、「高原」は、川端らしい芸術作品としての審美性が評価されながら、一部ではマンネリズムが囁かれてもいた。新たな論点としては、《軽井沢を背景にした長篇の一部》、《色情を胎んだ抒情が晩夏の高原風景を取入れて美しく描かれてゐる》と「高原」を紹介する天下泰平「創作月評」(『文藝』昭14・1)において、《国際感情を底流させての、清新なエキゾテイシズムがこの長篇の覘ひであらう》(384頁)といった主題が探り当てられてもおり〔b・c・d・g〕、総じて、「高原」連作受容の転換点となった。

第四作「初秋高原」は、さらに一年後の昭和一四年一〇月号発表である。《描かれる人間は、軽井沢の匂ひだけで生きて来る》と、その雰囲気を指摘する武田麟太郎「文芸時評(4)文学衰弱の原因」

（『中外商業新報』昭14・9・30）には、次の論及がみられる。

西洋的雰囲気のみなぎつてゐるこの高原は、その他の土地ではあり得ない東洋的なものが浮き出て来る。名作「雪国」に匹敵する小説「高原」が期待出来るだらう。（8面）〔b・c・d・g〕

連作であるがゆえに低評価にとどまるが、武野藤介「文芸時評（2）横光利一の悪文」（『国民新聞』昭14・10・4）では、それでも川端作品の質の高さが指摘されている。

川端康成氏の「初秋高原」は長篇小説の途中を、ポツリと切断して見せたやうなもので、これだけでは須田にしても洋子にしても、「書けてゐる」とは云ひ難い。バックは軽井沢である。この避暑地の「初秋高原」の季節を、会話の行間にもにほはせてゐるあたりがまづ、この作品のみどころでもあらうか。（6面）〔b・f・g・h〕

ほかにも、青野季吉「文芸時評（4）矛盾の不鮮明」（『信濃毎日新聞』昭14・10・2）による《いまの若い女性の或る型の姿態なども生々と描かれてゐる》（4面）〔g〕、浦島太郎「創作月評」（『文藝』昭14・11）による《軽井沢一風景。お互に愛をうちあける場面が、簡潔で美しい》（232頁）〔b・g・h〕、田邊茂一「文芸時評」（『文学者』昭14・11）による《まとまつた佳品であると云へば云へるが、最後の会話は川端式あはれはのこしても、冷い傍観とも云へる》（211頁）〔e・g・h〕など、物語内容（登場人物や場面）についての評価もみられた。

こうした受容と同時に、「初秋高原」に顕著なのは、北岡史郎が「文壇時評」（『若草』昭14・11）で《この月の創作では、「改造」の横光利一、片岡鐵兵、川端康成、中野重治と四人揃へた創作欄、どこよりも一番の注目をひいた》（96頁）と評したように、新感覚派時代以来並び称された横光利一の「秋」と同時掲載となったがゆえの、作家の世代や作家性への注目である。たとえば、神田鵜平「創作時評」（『新潮』昭14・11）による《横光利一の「秋」、川端康成の「初秋高原」、どちらもよそ行きの着物を着た美しさはあるが、それだけによそよそしく、そらぞらしい》（79頁）といった評がそれにあたる〔f〕。《中堅作家では横光利一氏の「秋」（改造）と川端康成氏の「初秋高原」（改造）がある》という古谷綱武「文芸時評（4）大家の魅力」（『都新聞』昭14・9・29）でも《この作家たちの、この作家たちらしい作品といふ以外に、特にいふことのない作品》（1面）と評され〔f〕、本多顕彰「文芸時評【3】問題作三つ」（『読売新聞』昭14・10・1夕）でも《川端康成氏の「初秋高原」（改造）と横光利一氏の「秋」（同上）とを読んで感じたこと》として、《前者が、作者の名を伏せて発表されたにしても、なほ川端氏のものであることはすぐ察せられる》（2面）とされるなど〔f〕、「初秋高原」からは作家性（川端らしさ）が、作品評価の前提として読みとられていたことは確かである。こうした作家性とそこに保証される作品の質については、「十月の創作（1）〝私小説〟の氾濫」（『北海タイムス』昭14・10・4）で楢崎勤が《初秋の高原の爽涼な空気は、あざやかに描き出されてゐると云つてみたところで、今さら、そのことは、この作者の手腕の冴えのしからしむるところだとか、才凛ある片鱗を見ることが出来るといふこともをかしくて、気の負けることでもある》（3面）と論及している〔c・f・g〕。

こうした捉え方をベースに作品を好意的に評価すると、《題名の如く、初秋高原の風景人事を描いたものであるが、茲にあつては、人事——人物やその心理なども、風物の域に於て打眺められてゐる》とその特質を指摘する「文芸時評（3）抒情と真実性」（『東京朝日新聞』昭14・9・29）の豊島與志雄のように、《独得《ママ》の抒情》（7面）が見出される〔c・f・g〕。同様に、無署名「改造」（『三田文学』昭14・11）でも、《初秋高原の風物人事を描いたもの》、《人物の動きやその心理は全く風物と同じやうに眺められてゐる》という作品把握に即して《作者の呼吸は静安》、《作者の眼は透明》といった《作者本来の持味》への注目を経由して、《それは、とりも直さず抒情》（64頁）という評言へと集約される〔c・f・g・h〕。このように、作家性が読みとられた「初秋高原」では、（《人事》〔h〕よりも）《抒情》〔g〕が積極的に読みとられていたことになる。

第五作「樅の家」は、昭和一四年一二月号に発表される。創刊間もない『公論』掲載作であるがゆえにか、他の四作に比して同時代評は少ない。川端作《「母の読める」（文藝）「樅の家」の二作》をあわせて論じる矢崎弾は「文芸時評（4）スタイルの力」（『信濃毎日新聞』昭14・12・11）で、《気のきかぬ随筆の部類で、彼独自なニヒリズムの靄がたちこめるまでの心境のたかまりがかんぜられぬ》（6面）と難じている〔f・g〕が、小説らしからぬ結構や作家性といった論点自体は、初出「高原」連作受容に連なるものである。この評価を反転させると、《川端康成の「樅の家」は、連作高原ものの中でも、とくに優れた部分》だと断じる、竹賢人「槍騎兵　『公論』（十二月号評）」（『東京朝日新聞』昭14・11・29）の評言となり、そこでは小説的結構や《心境》ではなく、《樅の美と混血の処女の美、その重なり合つた美感の表現など、無類だ》（7面）と、その審美性が顕揚されていく〔c・f・g〕。青野季吉・板垣直子・中島健蔵・窪川鶴次郎・中村武羅夫「現代作家論」（『新潮』昭15・1）においても、初出「高原」連作が話題になった際には、作家性に基づいた〝美〟が、川端独自の境地として顕揚されていく。

板垣　「高原」のシリイズもの、今書いて居る、あれになると「雪国」の芸術感情とも変つて来てますね。もつと底の方から艶光りを増して来て居るといふ感んじです。川端さんといふ作家は個性が非常に強くて智性もあるから、感覚が感傷にならなくて生きて来て居るのぢやないか知ら。

青野　僕はやはり川端君の美しく鋭い感覚には、頂点をついたきびしさがあると思ふ。併し芸としても中々旨い所があるのぢやないかね。（334頁）〔f・g〕

ここに至ると、日中戦争というモチーフはおろか、軽井沢という具体的な地名すら言及がみられなくなり、〝美〟のみがクローズアップされていく。

ここまで検証してきた、足かけ三年にわたる初出「高原」連作の同時代受容の地平‐モードを通覧してみると、当初の〝事変‐軽井沢‐美〟といった受容から、次第に歴史的・現実的な要素や具体性が捨象され、作家性とそこに保証される芸術性に裏打ちされた〝美〟のみの受容へと変化を遂げてきたことがわかる。[8] この変化を体現した、二人の同時代評を以下にみておこう。

一人めは中村武羅夫である。《今まで僕が読んだ限りにおいては、今月の作品の中で、今度の事変に触れてゐるのは、川端康成氏の「風土記」（改造）と、「高原」（文藝春秋）》だとして第一作・第二作にふれる中村は、「文芸時評【二】うそのつけない文学の世界」（『東京日日新聞』昭12・11・6）で、しかし《事変その物を直接取扱つてゐるのではない》ことに注目しつつ、次のようにして審美性を高く評価してもいた。

> たま〳〵描写の中に、事変に関する噂や、風景や、所感のやうなものが織り交ぜられてゐるのであるが、それが少しも不自然でもなければ、またわざとらしくもない。一枚の壁掛の模様を現す糸のやうに、実に巧に織交ぜられて、香味豊かにして、巧緻繊細な芸術品をなしてゐるのである。（2面）〔a・g〕

それが第五作「樅の家」を論じた「文芸時評（五）果敢ない花氷」（『東京日日新聞』昭14・12・2）になると、《人事を主にして書くよりも、樅の木の美しさだとか、庭の美しさだとか、それからフランス女と日本人との間に生れた混血娘の外貌の素晴らしい美しさなどを、淡淡として描いてゐる》と、審美性のみを注目点と捉え、《美しくはあるけれども、花氷のやうな果敢ない感じがする》（5面）と、諸刃の剣よろしく、そのたよりなさに不安をもらすようになっている〔g〕。ちなみに、中村は、日中戦争下、文学者の国策への参加を促す発言をした人物[9]だが、「縦の家」評には《事変》の影すらみえない。

もう一人は浅野晃である。初出「高原」連作の発表開始から半年以上経て書いた「文学に現はれた今事変（中）無関心の関心」（『信濃毎日新聞』昭13・7・15）で、《文学者が人一倍鋭敏な人種》であり、《僕等は、一見周囲の情勢に無関心であるやうな場合にも、実際は非常な関心を有ち、深い衝撃を受けてゐることが少なくない》とする浅野は、その例証として《芸術的懐疑主義の立場からしづかに事変の意味なり作用なりを探究しようとしてゐる》と第二作「風土記」に論及し、《かうした態度や努力が、やがて作者の思想に何らかの影響を及ぼさないとはわたしには信ぜられない》（4面）と述べていた〔a・e〕。

それが、《感慨深く読んだ》という第四作「初秋高原」を評した「文芸時評（五）文学の責任」（『東京日日新聞』昭14・10・1）に至ると、《留守隊に廻された夫を戦地へやつてくれと聯隊に嘆願書を出したといふおかみさん》に注目しながらも、そこからは《けなげでもあり、いぢらしくもある》といった個人的な感情がとりだされる。その上で、《作者は、若い世代の女性を、落莫たる驚きの念をもつて眺めてゐる》、《自分の外に幾人かの人生を身をもつてになつてゐるのでなくては、文学はつまらない》（5面）と評し、日中戦争に関わるモチーフに論及しながら、いつしか焦点は作中人物の内面、さらにはそれを《身をもつて》捉えた作者へと移り、現実的具体性としての日中戦争は捨象されていくのだ[10]〔（a）g・h〕。

Ⅲ

足かけ三年にわたる初出「高原」連作をめぐる同時代受容の地平－モードにおいて、〝事変－軽井沢－美〟から〝美〟へ、といった変化は確認できたとして、それが（主に）文学場の変動によるものか否かは、なお慎重な検討を要する。というのも、同時期の川端康成評価（川端を語る言葉）、あるいは小説表現の変化に応じて受容が変化したとも考えられるからだ。

そこで、まずは初出「高原」連作に前後する時期、川端康成が評論、ゴシップ、あるいは広告文においてどのように語られていたのか検討しておく。それは、『雪国』（創元社、昭12）を上梓し、第三回文芸懇話会賞を受賞した時期の川端評価ということでもある。

無署名「川端康成氏への公開状」（『新潮』昭12・8）には、《あなた〔川端〕はいはば、「純文学」の芝苑の忠実な園丁めいた役割を、相当長くつとめられてきた》（42頁）という評価があるが、こうした見方は、大倉五郎「人物クローズ・アップ　川端康成」（『新潮』昭12・9）でも《川端は、十年このかた純文学といふあまり見栄えもせぬ花園のお守役を丹念に勤めた》（198頁）となぞられている。『川端康成選集』刊行に際して、菊池寛が「話の屑籠」（『文藝春秋』昭13・6）で《川端君の小説は、最も芸術的な小説》、《最も純粋な意味での小説》（299頁）と評したように、この時期、川端康成は純文学の中心的存在と位置づけられていた。しかも、次に引く若子「大波小波　心境小説興る」（『都新聞』昭13・4・

26）に指摘がある通り、川端は他の追随を許さない作家性を承認されてもいた。

▼詩的な作品といふならば、この頃川端康成が書いてゐるやうなものが、まあその美しいと言はれるものに当るだらうが、あれは専売特許のやうなもので真似が出来るからと言つて若いものが書き習ふべきものではない。（1面）

また、川端康成『雪国』刊行を受けて、作家論も多く発表されるが、その先駆をなしたのは中村光夫「川端康成論」（『中央公論』昭12・12）である。そこで中村が《「雪国」の仮空の説話を貫く強い現実性を構成するもの》、いわば川端作品のエッセンスとして見出すのは、《まさしく氏がその多彩な才能の肉化した果に見出した退つ引きならぬ自我の姿》、《ここに見出された個性の裸形を信じて疑はぬ氏の強靭な抒情》（413頁）である。ほかにも、伊藤整「川端康成の芸術」（『文藝』昭13・2）、武田麟太郎「川端康成小論」（『改造』昭13・5）、高見順「川端康成氏の魅力」（『婦人公論』昭13・6）など、実作者による作家論・エッセイが書かれる。それらにおいて、分析は掘りさげられていく一方で、作家（像）・作品への評価は従来のものを引きついで展開され、大きな変化はみられない。丸岡明「川端康成論」（『若草』昭13・7）による、《川端氏の小説を連ねて流れてゐる美しい抒情は、常に理智に根ざして、その上で魂が無情の華々しさで昇華してゐる》（49頁）といった評言は、その典型だろう。いずれにおいても、日中戦争など時局と関連づけて川端が論じられた形跡はない。そのことは、川端論初の単行本『川端康成』（作品社、昭11）の著者・古谷綱武が「十二月の作品から」（『文学界』昭14・1）において、川端康成「百日堂先生」（『文藝春秋』昭13・10）と第三作「高原」にふれ、《芸術的香気と不思議な魅力》（233頁）を感受している事態からも確認できる。

さらに、当初全七巻で刊行開始され、好評につき全九巻へと増刊された『川端康成選集』（改造社、昭13〜昭14）の各種広告文も参照してみよう。広告「川端康成選集」（『読売新聞』昭13・4・24）には、《日本の叡智と伝統が持つ最高の芸術的顕現！》（2面）というコピーが踊るが、石坂洋次郎も「日本芸術の伝統を守る者」（広告「川端康成選集」、『東京朝日新聞』昭13・4・30）で《川端康成氏は誰よりも日本芸術の伝統を美しく生かしてゐるすぐれた小説家だ》（1面）と、日本と〝美〟を結びつけて顕揚している。川端の『花のワルツ』（改造社、昭11）を絶賛した保田與重郎[11]は、「川端康成選集を欣ぶ」（広告「川端康成選集」、『文藝』昭13・5）で次のように評す。

その近代詩人の冷澄な知性を羞むにあくまで甘美な抒情を以てしその非情ともいひたい現実摘発の批評を秘めるために、なつかしい自然の感傷を創造する。（頁表記なし）

同じ誌面に、瀧井孝作は「稀有の作家」を書き、《川端君は、大方抒情味の心理心象を描いた作品を多く出したが、只のものなら抒情は流れ易く心理心象はハッキリ捉え難いが、川端君は、天賦の才能でリアルに描写した》と評し、抒情というキーワードを前景化する。

版元による広告文でも、「川端康成選集（浅草紅団）」（『文藝』昭13・6）において《人間心情の美はしさ、悩ましさ、悲しさが、これほどに美しく抒情的に描出されたことは未だ曾てなかつた》（頁表記なし）と〝美‐抒情〟が強調される。『高原』収録の『川端康成選集　第九巻』についても、広告「川端康成選集」（『文藝』昭14・2）で《その清純幽雅なる抒情の味覚は本選集に絶対の価値を与ふ》（頁表記なし）、無署名「出版だより」（『文藝』昭14・2）でも《清新な抒情に溢れた一巻》（101頁）と評されるなど、キーワードはぶれない。

こうしてみれば、初出「高原」連作の発表時期において、高い人気を誇る川端康成評価に大きな変動はなく、純文学（の書き手）という位置づけにおいて、日本らしさが加味されつつ、審美性（〝美‐抒情〟）が高く評価されていたのだ〔f・g〕。

ならば、初出「高原」連作の小説表現は、受容に直接関わる変化をみせていたのだろうか。

確かに、発表は足かけ三年にわたるものの、ごく限られた舞台（軽井沢）・時間（初夏〜初秋）・主要登場人物（須田・姉・洋子・桂子）を基本的な枠組みとしていることもあり、各短編間の緊密度は高い。くわえて、須田の再婚問題がプロットとして五作品を貫き、第一作「高原」の汽車に乗りあわせた人物が後続短編にも登場し、須田は「応召軍人の見送りの一情景」（応召する夫を見送る妻が白扇で顔を隠す場面）を何度も反芻し、また、五作品すべてで洋の東西が比較されるなど、短編間の連携‐相互参照も多々みられる。

こうした理解をふまえて、「高原」連作受容でポイントとなった〝事変‐軽井沢‐美〟といった具体的なモチーフについて、どのような小説表現がみられたか検証していこう。

「陸軍の参謀中佐が」と書きおこされる第一作「高原」には、「応召兵士の見送り」（433頁ほか）、「支那事変の記事」についての会話（435〜439頁）、「通州の事」（通州事件／446頁）、「事変が上海にも拡つてゐる」（上海事変／452頁）等々が書きこまれ、随所に日中戦争のモチーフが明示されている。

第二作「風土記」でも、「支那空軍の租界爆撃」（45頁）、「日本の不拡大方針」（45頁）、戦時にあわせた教会の布教強化の噂（53〜54頁）、「上海で負傷したヒユウゲツセン大使」（57頁）など、軽井沢の日常風景に織り込まれるようにして日中戦争に関するモチーフが点描されている。

第三作「高原」からは、夫が「徴発」（462頁）されたという洋子の友人・桂子が登場し、貸馬屋では馬も「軍隊にどんどん徴発され」（462頁）たというエピソードも添えられる。

第四作「初秋高原」になると、「支那の戦争が拡大し」（61頁）、「道端に、上海の戦況ニユウスが貼出され」（68頁）る中、洋子は須田に次のようなエピソードを語っている。


「このあひだ新聞に出てましたがね――あのひと〔乳呑児を抱えた土地の夫人〕の主人が、七月に応召したんですけれど、留守隊に廻されたのか、なかなか戦地へ行かないんです。それであのひとが聯隊へ嘆願書を出したんです。戦地へやつてくれと言つてね。小学校へ行つてゐる娘にも書かせたんです。おかみさんの手紙といつしよに、両方とも新聞に出てましたが、名文でしたよ。」（65頁）

第五作「樅の家」では、前田侯爵と細川侯爵の別荘の庭、中でも樅の美しさがクローズアップされるが、須田との散歩の際、洋子は「でも、樅の木は遺骨の箱になるんだつて聞きましたわ。上海から帰つてらつしやる遺骨の箱は、みんな樅の木ですつて……。棺にもつかひますのよ。材木としてはよくありませんけれど、木肌が白くてきれいですから。」（351〜352頁）と語り、樅の木を日中戦争による死（死体）と接続してみせてもいる。

確かに、量的にいえば、第一作「高原」に多く日中戦争のモチーフが書きこまれてはいる。ただし、その後の四作品においても、第一作の舞台はひきつがれており、また新聞報道や身近な人物の応召など間接化されたかたちで、通奏低音よろしく日中戦争のモチーフは書きつづけられている。したがって、小説表現に即して考える限り、日中戦争（事変）という論点は、初出「高原」連作すべての同時代受容において、捨象されずに読みとられてもよかったのだ。

この、初出「高原」連作の小説表現において日中戦争というモチーフが、確かに書かれつつも目立たない（読みとられない）という事態は、作中における軽井沢の設定にもよる。[12]

> 日本の不拡大方針が一擲されるにつれて、急に強まつた戦時の空気は避暑地にも及ばぬはずはなく、軽井沢でも、本通に千人針の娘が立ち、応召者の見送りがあり、また別荘の人々だつて家族から出征兵を出してゐることは同じだが、小山や林のなかの町はやはり明るく静かだつた。（「風土記」45頁）

つまり軽井沢とは、半透膜よろしく日中戦争という具体的現実を認知しつつも、その現実性を排し、間接化することで成立した空間として設定されており、作中人物も日中戦争に対してそのように処している（そのようにしか接し得ない場所として、軽井沢は機能している）。補足すれば、戦争のすぐれて現実的な局面である死傷者というモチーフが、初出「高原」連作ではロバアト・ライシヤワア博士（「高原」452頁）やヒユウゲツセン大使（「風土記」57頁）など外国人のみによって体現され、須田にとっても作品にとっても、日中戦争は確かに認知され書きこまれながらも、その現実性に向きあう契機は周到に排されている。

これらの〔軽井沢に暮らす〕人々も、戦争の惨禍によつて戦争の惨禍から護られ、戦争の犠牲によつて戦争の犠牲からまぬがれてゐると、考へられるにしては、快活過ぎると見えぬではないが、夏の自然を背景とした若々しい生彩は人工的な堕落とちがつてゐた。（「風土記」45〜46頁）

こうして初出「高原」連作における軽井沢は、戦争の「惨禍」、「犠牲」を反転させ、「夏ばかりでなく、軽井沢ばかりでなく、世界中到るところが年中かういふ風にあらゆる人種の自由な雑居であるならば、世界は今より平和であらうか」といった「空想」（「風土記」47頁）を須田にもたらしていく。「軽井沢のやうに諸国人雑居の町は、とにかくなにかしら地上の意味ある一点」（「風土記」47頁）だと考える須田は、次のように夢想する。

しかし、さういふ〔世界中が混血児ばかりになる〕遠い未来が、果してほんたうに来るであらうかと、須田は本気に考へてゐた。所詮は実現する日のなく、これもまたユウトピアの一つであらうか。外人の多い軽井沢にゐるからこそ、こんな夢想に生れるのにちがひなかつた。(「樅の家」340頁)

このように、軽井沢という舞台(の特徴)を与件として、須田は第五作「樅の家」で「美」に注目していく(ただし、初出「高原」連作において「美」という文字は、「高原」二回、「風土記」〇回、「高原」四回、「初秋高原」一回、「樅の家」五回みられ、後半に向けて漸増しているわけではなく、小説表現が受容を変化させた直接的な要因とは考えにくい)。

姉の勧めで、洋子と前田侯爵邸・細川侯爵邸を散歩した須田は、樅をはじめとした「庭の美しさ」(345頁)に心打たれる。そんな須田をみて、洋子は、「いい樅」がある「テニスのお友達の家」(348頁)へと誘うが、そこで出会った「混血の令嬢」は、須田には「激しい雨を通して」、「光りかがやくやうに見えた」(349頁)という。そこでみた「豊かに枝をひろげた樅の大樹」に「シンメトリカル」な「均斉の美」を見出す須田は、「崇高なものを感じ」、樅の「美」と重ねるようにして、「令嬢も神聖な美しさであつた」と感じている。

髪がたうもろこしの毛の枯れたやうに汚く、そのほかにはあまり混血児らしいところはないが、瞼の切れの鋭い眼、少し高い鼻、うひうひしい歯、さうして日本風な肌の色の頬に、なんとも言ひやうなく、地上離れした光があつた。日本の娘は、このやうにはつきり処女とは見えぬものである。樅の木の精霊が、この娘に宿つたのかと、須田は思つた。堅い信仰の美しさかとも思つた。（351頁）

こうした一節をふまえつつ、『高原』に《混血の美少女への、いかにも川端的なすべてを忘れたような感覚的憧憬、そして、この世界にすべて人種差別がなくなり、混血の世界が現出したら、という夢》を読みとる羽鳥一英は、《本質的なコスモポリタニズム》を指摘する。[13] しかし、右の一節からは、《「混血」の思想は、まずなによりも、単一の原理にすべてを従わせようとするあらゆる権力にたいして、もっともシンプルで徹底的な抵抗となりうる[14]》という原理的な指摘に即すかのように、複雑な要素の混在、いわば複数性が読みとれるはずだ――「令嬢」は混血児でありながら混血児らしくなく、日本風の肌をもちながら日本人にはみえず、人間でありながら「精霊」にもみえ、そもそも複数の血が内包されている。[15] そうであるにもかかわらず、初出「高原」連作の受容においては、原理的には複数性を孕む混血の美が、（「崇高」を介して）単一の〝美〟へと抽象され、収斂されていったのだ。

以上、本節の検討をまとめると、初出「高原」連作受容にみられた変化は、（作家評価・小説表現を一定の関数とはしつつも）主には、文学場の（受容モードの）変容よるものと考えることができる。

Ⅳ

本節では、川端康成「高原」連作受容の変化を規定したと思われる、昭和一二年〜一四年末にかけての文学場（の受容モード）の変容について、時評類における話題性や評価軸といった観点から素描し、[16]初出「高原」連作各編が、その都度、どのように位置づけられていたかを考察していく。

昭和一二年、盧溝橋事件に端を発する日中開戦よる文学場への影響については、たとえば、《本年盛夏の候に起きた日支事変は文学者にも非常な衝激を与へ》たとする「主観的な印象」（『三田文学』昭12・12）の中村地平が、《戦争と文学》についての議論が隆盛をみ、《ルポルターヂュ文学論が興つた》（91頁）とまとめている。この二点にくわえて、《戦争の展開されてゐるその現実の姿は、何も戦地に限らず、国内の諸々の事象の中に、その隅々にまで現れてゐる》と指摘する本間唯一「戦争と文学」（『信濃毎日新聞』昭12・10・9夕）による、《これら現実の生活をリアルに追及し、描写するところに、よしその作品の中に、一片の「戦争」の言葉が見出されないとしても、それは立派な「戦争文学」となり得るものであらう》（2面）といった声があったこともみすごせない。第一作「高原」、第二作「風土記」は、文字通り銃後の戦争を書いた、しかも最初期の小説（の一つ）であり、それゆえ、**a**日中戦争（事変）や**e**日中戦争に対する川端の姿勢《スタンス》といった論点が、その受容において注目を集めていたといえる。

これ以降の報告文学《ルポルタージュ》の隆盛は、東天紅「速射砲　ルポルタージュ戦」（『報知新聞』昭12・9・25）で《綜合雑誌はみんな戦場へ名ある文士の特派記者を送つて今月号の雑誌はそれらの文士が腕によりをかけたルポルタージユ戦の観を呈してゐる》（4面）と報じられるように加熱していくのだが、いわゆる戦争文学がなかなかあらわれない中、事変一周年のタイミングで火野葦平「麦と兵隊」（『改造』昭13・8）が発表され、文学場にも大きなインパクトをもたらす。その影響力は、宿「新潮」（『三田文学』昭13・12）で《火野葦平のルポルタアジユ文学以来、日本文学は、ことごとくこれに呑みこまれて、あれよあれよと言つてゐるありさまだ》（109頁）といわれるほどだが、昭和一三年末の文学場においては、戦場に身を置く書き手が、戦場を直接のモチーフとして、報告文学《ルポルタージュ》や戦争文学を発表する状況が形成されていく。こうした文学場では、第三作「高原」が日中戦争をモチーフとした小説に映じないのは当然でもある。

戦争－戦場などのモチーフを《平面的》に書いてさえ話題になる文学場で、作家が《楽天的な顔》（278頁）をしていると現状を難じ、《もう少しじつくりと、内面的に、時間をかけて、成熟的な変化を遂げるべき》（281頁）だと提言し、昭和一四年の文学場に影響力を及ぼしたのは、上林暁「外的世界と内的風景（文芸時評）」（『文藝』昭14・1）である。この発言が発端となって、同年、素材派・芸術派論争が展開されていくが、双方の要素を分裂したまま作品化した富澤有為男『東洋』（『中央公論』昭14・5）が発表されるに及んで、文学場には、何を書くかというモチーフ＝素材を重視する素材派と、いかに書くかという作家性・内面を重視する芸術派との分割線がクリアになり、両者を対比する見方が支配的になっていく。こうした文学場において、第四作「初秋高原」・第五作「樅の家」が（直接そう評した同時代評はないものの）芸術派の側に配置されるのもまた、ごく自然なことである。[17]

総じて、昭和一二年末に注目・評価された、日中戦争をモチーフとした初出「高原」連作および川端の積極性は、その後二年のうちに捨象され、川端らしい美的芸術としての評価‐位置を確保していく。つまり、初出「高原」連作とは、変容していく文学場の受容モードという局面において、そのモチーフが前景／後景へと振りわけられつつ、〝美〟へと位置づけられていったのであり、それは同時に日中開戦以後における文学場の変容を照らしだしもした。日中開戦以降の文学場は、一面確かに《日華戦争から太平洋戦争へと転落する悪時代》[18]で、国策文学への傾斜が語られてきたが、同時に、特定の作家・作品（川端「高原」連作）に対しては、日中戦争の社会性や現実的具体性を捨象し、その内部に〝美〟を配置し、確保しようとする真逆の動きをみせてもいたのだ。

してみれば、昭和一〇年代の文学場を一枚岩と考えることの限界は明らかで、文学場の重層性を想定しつつ多角的な検討が求められるはずで、本章‐本書の議論がそのための視座となれば幸いである。

注

1　川端康成「独影自命」（『川端康成全集第一巻』新潮社、昭23／引用は『川端康成全集　第三三巻』新潮社、昭57）、269頁。なお、中村光夫も「川端文学の特質」（『中村光夫全集　第六巻』筑摩書房、昭47）で、《戦争中、川端はいはゆる国策の動きに積極的に添ふことはなく》（77頁）と評している。

2　この発言は、十返一「文芸時評」（『文藝汎論』昭12・12）で《川端康成氏が、「一夜漬けの戦争小説を書いて恥を千年にさらす勿れ」。と書いたのを、方々で盛に引用して深刻振つてゐるのも滑稽である。そんなことは当りまへ過ぎて面白くもない言葉だ》（44頁）と、青野季吉「文学と作家の間（文芸時評）」（『改造』昭14・10）でも《曾つて川端康成氏が、つまらぬ戦争小説などに飛びついて、悔ひを千載に残す勿れと戒めたのを私は憶えてゐる。それらの山積する戦争文学の中に、果してどれだけその真と美とを千載に誇るに足る文学があるであらうか》（131頁）と明示的に言及されており、陰に陽に、文学場で機能していたようである。なお、鈴木伸一「川端康成の政治観――時局認識に関する一考察」（『二松』平12・3）もあわせて参照。

3　川俣従道『川端康成と信州』（あすか書房、平8）、147頁。なお、小川和佑は「川端康成における日本と西洋――作品集『高原』を中心に――」（『学苑』昭50・6）において《川端康成の文明観は日中戦争に触発されていることは「高原」を読むかぎりにおいて確実である》（28頁）と指摘している。

4　小林一郎「「高原」論――「時代背景」とのかかわり――」（同『川端康成研究　東洋的な世界』明治書院、昭57）、89頁。

5　森晴雄「「高原」論――「白扇」と「接吻」」（『川端康成研究叢書補巻　作品論補説総索引ほか』教育出版センター、昭58）、107～108頁。

6　羽鳥徹哉「「高原」について」（同『作家川端の展開』教育出版センター、平5）、521、540頁。

7　注6に同じ、527～528頁。

8　これは、当初、抽象的な舞台を指す「高原」とネーションの一部としての「風土記」の並置から成っていた短編タイトルが、後者の要素を掻き消すように「高原」、「初秋高原」とつづき、ついには「樅の家」へと絞りこまれていく過程とパラレルな事態にも映じる。

9　中村武羅夫「国策と作家の沈着」（『新潮』昭13・7）ほか参照。

10　この時期、淺野晃は岡倉天心『東洋の理想』（創元社、昭13）の訳出をはじめ、『岡倉天心論攷』（思潮社、昭14）を著すなど、天心への親炙を深めていく。

11　保田與重郎「小説集「花のワルツ」」（『文学界』昭12・3）には、《『花のワルツ』一巻、完璧の小説集である。完璧のなどいふさへ痛々しい、あはれなわれらの心のうろを描いた作品である》（157頁）といった評言が読まれる。

12　『高原』における軽井沢の意義・特徴に関しては、大森郁之助「「高原」における風土の意味」（『解釈』昭44・5）、堀内京「川端康成「高原」論」（『日本文学文化』平21）で検討されている。
13　羽鳥一英「昭和十年代文学と川端」（『国文学』昭45・2）、113頁。
14　今福龍太『増補版　クレオール主義』（ちくま学芸文庫、平15）、120頁。
15　同様の書法は、第三作「高原」の「美しい娘」についてもみられる。須田は、「日本の娘には、到底かういふ清浄な美しさはない。それでゐて、日本の新しい美しさの象徴のやうな気もした」（470頁）と感じており、両義的な修辞《レトリック》がみてとれる。
16　以下、文学場の素描に関しては、拙著『昭和一〇年代の文学場を考える　新人・太宰治・戦争文学』（立教大学出版会、平27）、第15章～第18章の議論に即しているので、参照されたい。
17　時期は下るが、青野季吉「川端康成の作品について」（『知性』昭16・3）の、《私は、もし川端文学のやうな、純粋な美の世界に終始したものが、時代の気流によつて、閑文字として、押しこくられるやうなことがあつたら、わが文化のためになげかはしいことだと思ふ》（85頁）といった発言は、こうした配置の傍証となるだろう。
18　平野謙『昭和文学史』（筑摩書房、昭38）、216頁。

第5章
岡本かの子の軌跡——現役小説家時代の評価から没後追悼言説まで

I

岡本かの子（明22〜昭14）について、松下英麿に《その小説、短歌に、妖しく、若々しい光弾のような言葉を鏤《ちりば》めて展開した絢爛無比の花園に踏み入ると、さすがに、わが国の浪漫派文学の永遠のチャンピオンたるにそむかない、いわば不断の青春にも似た息吹きの奔騰に圧倒される》[1]という、簡にして要を得た讃仰がある。より文学史的な評価ということになれば、堀辰雄、太宰治と並べて岡本かの子にふれて、《それぞれ違つた形においてではあるが、昭和十年代の日本文学の芸術至上主義的な一面を代表し、この時代において注目のまととなつた人々》だと位置づける伊藤整が、次のように論じている。

岡本かの子の場合、自然に芸術家としての彼女は、不合理な旧秩序によつて保たれてゐた日本社会にあつての必然の生命認識の姿勢を取つたのであつて、それは彼女自身のエゴの保存に必要であり、かつその社会では、それと同じやうな姿勢でエゴを保つ必要のあつた多数の人間が存在し、彼女に共鳴したのである。[2]

かつてのこうした見方は首肯するとしても、今日、かの子について何事かを論じようとする時、個別の問題関心に先立って、まずはかの子の強烈な個性や作家像が問題になることは、避け難い。この点に関して、問題の所在を射当てた次の一文を引いておく。

岡本かの子の伝記については、伝説や逸話がいきいきと残されているのに比して、真の事実を審らかにされていない部分が多い。かの子は、自分自身にまつわる日常的な事象や心情を容易に語ろうとせず、むしろ自己韜晦を信条にしていたかにみえるからである。多くの伝説や逸話が常識の尺度を超えて、非凡な個性に満ちているだけに、かの子の伝記的事実は、不思議なヴェールに包まれがちである。その謎を解こうとすることは、またかの子の特異な個性を深めてゆく結果になっている。これはかの子の輪郭が、岡本一家の一平や太郎の手によって伝えられたことに、一因がありそうである。その語り手がまたすぐれた芸術家であったために、夫や息子たちの妻や母への芸術的共感や讃美に終始する傾きをもっていた。それが伝説的な事実の仔細よりも、神秘な「神話」を育成する結果になったのである。注がれた一平や太郎の情熱が、客観的な事実を蔽い尽くして、かの子の実像をつかみ難くしたといえる。[3]

あるいは、《短期間にしてはあまりに多作で内容的にも多彩だったため、かの子の創作は情熱的、神秘的な営為として伝えられやすい》とした上で、《そうした評価の基盤を作ったのは、川端康成、亀井勝一郎、林房雄ら『文学界』の人々》だとする宮内淳子は、《時代の影響も考慮に入れるべき》だとして、《かの子の作品に「母性」や「生命信仰」を読み取ってことさら称揚する熱意の中には、そうすることで、長年にわたって彼らが囚われてきた自意識など理知的なものの一切から逃れ、母性の幻想の中で安らぎたいという願望があったのではないか》[4]と論じている。また、三枝和子も、かの子作品が《ようやく厳しくなり始めていた軍国主義的風潮のなかでの一種の救いであったことも、また否めない事実》[5]だと指摘している。

本章では、神話的に語られてきた岡本かの子が、現役小説家時代にどのように評価されていたのかを明らかにするために、個々の小説作品に関する同時代受容の地平‐モードの検討を行う。また、死後の追悼言説において、かの子がどのように語られていたのかについても、主には同時代評の調査‐分析からその軌跡を明らかにしていく。以上の議論を通じて、昭和一〇年代前半におけるかの子の位置価を明らかにしつつ、それと同時に、かの子（作品評価‐作家表象）を窓として、当時の文学場を支えていた諸規則（の一端）を探っていくことまでを、本章のねらいとしたい。

Ⅱ

本節では、本格的なデビュー作「鶴は病みき」以降、生前発表作の同時代評を手がかりに、[6]年ごとにかの子評価（の推移）を分析していく。

小説家・岡本かの子の登場を印象づけたのは、晩年の芥川龍之介をモチーフとした第六回文学界賞受賞作**「鶴は病みき」（『文学界』昭11・6）**で、同作は《作者を離れ、モデルを離れて、これは一個の立派な作品》（259頁）だという川端康成「「鶴は病みき」の作者」（『文学界』昭11・6）を付されて世に出た。河上徹太郎は「選者の言葉　只者ではない」（『文学界』昭11・7）で、《何物か人間の生活の営みの上でのねちこい或るものが、読者の根性の世界へ纏はつて来て〔略〕確かに作品として只者でない》（243頁）と評した。これは、山本和夫が「新刊巡礼（一）鶴は病みき（岡本かの子著）」（『三田文学』昭11・12）で指摘する、《堂に入つたアマチユア振り》（145頁）という評言とも通底し、《どうせ歌人の余技ぐらゐに思つてゐたところ、『鶴は病みき』といふ小説を読んで、私は自身の不心得を悟つた》という「新秋文芸観（四）中條と岡本」（『東京日日新聞』昭12・8・26夕）の宇野浩二が、《もし小説といふものを一つの技術とすると、それほど勝れた小説ではないかも知れない。しかし、この小説は、さういふ見方をする余地を与へないほど、人の心を引くものがある》（4面）と指摘した特徴とも重なる。これらを総じて、《芥川龍之介を描いて、岡本さん自身のよく出てゐる小説》（深田久彌「貰つた本」、『文学界』昭11・12、

276頁）だといえよう。

「渾沌未分」（『文藝』昭11・9）は、「槍騎兵　新潮文藝」（『東京朝日新聞』昭11・8・24）の杉山平助によって《理想派作品は現代ではそれだけで独自》、《絶えず没落を怖れてゐるプチブル階級の、或る心性の人々によろこばれるであらう》（9面）と評された。《都会の新文化に次第に押されていく青海流の父と娘の焦燥の生活が見事な浮彫になつてゐる》と同作を評価した丹羽文雄は「文芸時評【5】『コシヤマイン記』」（『報知新聞』昭11・8・29）で、《万遍なく周囲に目を向けてゐる作者の態度には小説道の優等生を思はせる几帳面さが感じられるとしても、氏の小説家への出発は最早確かなもの》（5面）だと、作家評価にも及んでいる。伊藤整は「文芸時評【4】芥川賞の二作品」（『東京朝日新聞』昭11・9・2）で、《経済的な事情のために身を堕さうとする少女》が《次第に柔和な周囲への理解の光に包まれてゆく》（9面）さまを読みとり、名取勘助は「小説月評」（『新潮』昭11・10）で《頽廃味なき積極的女性の道徳背叛精神》を《颯爽たるもの》と評した上で、《近代女性に積極的な自覚を賦与し、自由無碍の境地に雄飛させてゐる》（117頁）と捉えており、両者とも女性主人公に注目している。否定評としては、同作に《作者の知性の閃き》を感じとりもした「今日の性格について――文芸時評――」（『早稲田文学』昭11・10）の青柳優が、《娘《ママ》少年、中年の男の関係に底が浅く、拵へ物になつてゐる》（80頁）点を難じていた。

「春」（『文学界』昭11・12）については、佐藤春夫が「文芸時評（三）月並談義」（『東京日日新聞』昭11・11・27）で、《岡本女史の詩歌人らしい、或は女流らしい、或は「春」といふ題意にふさはしい装飾風に異色のある心理小説》（7面）だと高く評価した。村山知義は「文芸時評④病気小説が多い」（『報知新聞』昭11・11・29）で《狂気した美人をその友達である故に家において世話してゐる女の主観の形で、多分に少女的感傷的に描い》（5面）たものとみる。また、本多顕彰は「文芸時評（4）作家よ脱皮せよ」（『東京朝日新聞』昭11・11・30）において、《狂女を描かうとした》という理解に即して《相当の冒険》（7面）と評した。

以上、昭和一一年末におけるかの子は、文芸誌に折々小説を発表する小説家の一人として、文学場にその名を登録したとみられる。

昭和一二年に入ると、**「母子叙情」（『文藝春秋』昭12・3）**が発表される。マルクス主義の盛衰に翻弄された青年世代の中村地平は「文芸時評（1）自虐と自己肯定」（『都新聞』昭12・2・27）で、《一般にわれわれの同時代が、多かれ少かれ、自虐乃至は自己否定を創作の手掛りとしてゐる時》、《極端な自己肯定を作品の足場にしてゐることは、僕には驚き》（1面）だと、出自の差異を強調しながら、その《自己肯定》に瞠目してみせた。《中央公論、改造、日本評論、文藝春秋、新潮、文藝、文学界の七誌の創作欄を全部通読してみて、何かの点で最も興味をひかれた》作品として「母子叙情」に論及する「文芸時評③『母子抒《ママ》情』」（『東京日日新聞』昭12・2・28）の河上徹太郎は、《かういふ素人臭い小説は、難のつけ所はいくらでもある》が、《こんなに憎めない小説はない》と「鶴は病みき」同様に高く評価し、《母子愛の本能》（7面）を読みとった。小林秀雄も「文芸時評（3）体全体で書いてゐる岡本氏の『母子叙情』」（『読売新聞』昭12・3・5）で「母子叙情」を《いゝ小説》と断じ、《作者の個性の独特さと、作者の母性愛といふものに関する解釈の独特さによつて読者の心を惹く》（5面）と評した。本庄陸男・荒木巍・新田潤「連名文芸時評（4）作家の立場の差」（『中外商業新報』昭12・3・5）においては、《まことに叙情の文章で、利発な子供を持つた親心のうれしさに溢れてゐる》とされ、さらに《非凡な情熱でもあり、豊饒な才能でもある》（5面）と評された。「母子叙情」を《現代文学の明らかな一歩前進》と位置づける「内輪話」（『文学界』昭12・4）の林房雄は、《一般の好評を博したことは、当然のことがら、嬉しくてならぬ》（200頁）と絶讃する。《職業的文壇的な作品の群のなかにあつて、一際はつきりとした異彩をしめした》と指摘する「清新な文章——文章時評——」（『月刊文章』昭12・4）の阿部知二は、《「文壇」といふ曖昧なものの中からは到底生れ得ないやうな溌剌としたものが、そこにある》（98頁）と評した。他にも、《息子を中心にした母の生活の内省は実によくこの作品では表現されてゐる》という麻四門「小説採点簿」（『文藝』昭12・4）では《少しの隙もない出来》（108頁）と、《佳作》（70頁）と評した名取勘助「小説月評」（『新潮』昭12・4）では《「母子抒《ママ》情」の如き名作が、一朝一夕のことでは出来るものではない》（71頁）と、内容や作家の努力も評価される。《人によつては、その愛息の天才をたゝへる母親のどぎついまでの愛情に、反感めいたものさへ感ずるであらう》と推測する「文芸時評」（『解釈と鑑賞』昭12・4）の福田清人は、しかし《それを救ふにどこか少女のやうなすがすがしいものが、時々浮んできて、異常な作者の神経のなかに包まれてしまふ不思議な作品》（60頁）と評した。単行本『母子叙情』（創元社、昭12）刊行後も、M生「岡本かの子著〝母子叙情〟」（『日本学藝新聞』昭13・1・20）では、《水々しさがあり、高い匂いがあつて、美しく教養があつてしかも溢るゝばかりなうひ〳

しさが鼻をつくばかりの体臭をもつて匂つてくる》点に《作家の人柄》（4面）が感受され、無署名「ブックレヴュウ　岡本かの子　母子叙情」（『文藝』昭13・2）でも、《瑞々しい青春の書を書き得る情熱を奇蹟的に身につけてゐる》かの子について、《稚拙な外貌の中には感性の暖かさ、豊かさ、若々しさが充満してゐる》（196～197頁）と、その若い感性が顕揚されていった。

つづく**「花は勁し」（『文藝春秋』昭12・6）**は、否定評が大半を占めた。岡田三郎「文芸時評【3】確信ある芸術態度」（『報知新聞』昭12・5・27）では、《率直明瞭な言行を回避することに馴らされ、ともすれば韜晦癖におちいりがちな現代人の自信すくない姿を小説作品のなかに見せられてきた眼》には《確信ある態度に驚かされる》（6面）と、TNK「文藝春秋」（『三田文学』昭12・7）でも《善悪深浅美醜両面の意味に於けるうぬぼれのもつ面白さに出脚してゐる》（171頁、傍点原文）と評されるなど、かの子の自己肯定が注目された。「混沌未分」評に比せば、「文芸時評（4）現実回避の文学」（『東京朝日新聞』昭12・5・31）の杉山平助は、《今時に珍しい有閑文学》（7面）と切り捨て、「小説月評」（『新潮』昭12・7）の名取勘助は《「鶴は病みき」「母子抒情《ママ》」の悪いところばかり強く目立つて感心出来かねる》（58頁）と、「文芸時評」（『日本浪曼派』昭12・7）の中村地平は《作品の意図が露骨なのと、所謂感覚的な表現がはんらんして読みにくいのとが難点》（44頁）と、否定的評価へと転じている。一方、《筋は単純であるが、そのまはりに配された作者の生活や芸術についての思考が豊で華やか》だと評した「文芸時評　徳永、岡本氏の作品」（『日本学藝新聞』昭12・6・10）の伊藤整は、そこに《一脈の誠実さ》を見出し《感心》（4面）している。絶賛評は《この不思議な美しさを見よ》と促す林房雄「小説　時代の暗さと文学」（『文学界』昭12・7）で、《人生を知らぬものに、この曼陀羅の絵図が描けるものか》（25頁）と、作品の底深さを評価した。これを裏返せば、《作者の人生観、芸術観を宣伝する作品》と「花は勁し」を捉える「印象のまゝに」（『自由』昭12・7）の南八郎が指摘する《肝腎の人生観、芸術観がロマン主義的な幻想にすぎなかつたらどうなるだらう》（177頁）という危惧へと反転する。《有閑の閨秀作家》が《現実から遊離した、どつかふつ切れぬところのあるナマナマしいセンチメンタリズムを、恥しくもなく未だによくも持つてゐる》と揶揄的にかの子に論及する「文芸時評」（『早稲田文学』昭12・7）の浅見淵になると、《晦渋な文字と、徒らに装飾的な文章の中に、豊満な肉体を無茶苦茶に転がして溜息めいた駄々をこねてゐる》点に、かろうじて《魅力》（105頁）を見出すにとどまっている。

「過去世」（『文藝』昭12・7）については、《なか〳〵妖しく美しい作品で、氏の短篇作家としての腕のさえを示してゐる》（9面）という芹澤光治良「文芸時評（完）新人旧人いろ〳〵」（『報知新聞』昭12・7・4）と、《不思議な兄弟の物語を美しく器用にまとめてゐる》（85頁）という無署名「文藝」（『三田文学』昭12・8）とが同時代評中での高い評価である。名取勘助は「小説月評」（『新潮』昭12・8）で、《作品それ自体としては巧みに纏まつたもの》としつつも《時代の感情に何等の刺戟を与へてくれないのでは、作一箇の価値がみとめられたところで仕様がない》（97頁）と、松本欽一も「コンテンポラリイを斬る――文芸時評――」（『文藝首都』昭12・8）で《ねちねちと饒舌を振つてゐるだけ》、《作者の消極的な自慰性が、古い日常性を揚棄することが出来ずに停滞してゐる》（102頁）と批評し、作品の質よりも時代から遊離した作風に否定的な評価が連なる。

そうした否定を作品とその評価でねじふせたのが**「金魚撩乱」（『中央公論』昭12・10）**である。《絢爛たる油絵のやうな美観を作品全体》にみる岡田三郎は、「文芸時評（5）伝統の文学」（『都新聞』昭12・10・2）で《超然たる神秘の驚きを率直に伝へ、作者の文学的創造力の旺盛さを心ゆくまで発揮した》（1面）と絶賛する。《拵へすぎ》た点を難じる豊島與志雄も「文芸時評（二）虚構に終る危険」（『東京朝日新聞』昭12・10・2）で、《表現にも苦心が払はれてゐるし、作の構成もがつちり》した《力作》（7面）だと評す。また、武田麟太郎も「文芸時評【完】女流作家の力量」（『読売新聞』昭12・10・5夕）で《文章は妙に気にかかる部分がありながら、それが実にデリケートな感性を表現してゐるのは不思議な位》だとして、《岡本氏の諸作品のうちでは佳作》（4面）だと断じている。石川達三「女流作家の進出十月の文芸時評（下）」（『信濃毎日新聞』昭12・10・7夕）では《全体としておしろい臭い匂ひがして何かいやつたらしい。造りものゝ感じ》（2面）と、青柳優「文芸時評」（『早稲田文学』昭12・11）でも《趣味性の勝つた作品》（168頁）と難じられるものの、「遮断機　卑俗な美感覚」（『帝国大学新聞』昭12・10・4）の佐藤俊子は、《作者の頭脳が金魚美の分析に対してお饒舌り過ぎる為に、金魚の象徴的印象がすつかり稀薄になつた》（7面）と、同作の可能性を掬いあげた。《特色ある作品》と「金魚撩乱」を評す大岡昇平が「小説　女流作家のナルシシスム」（『文学界』昭12・11）で、《あまり本当らしくない話》としつつも、《豊富な専門的知職と技術上の語彙の組合せで読者を眩惑し、巧みに作者の築いた空想的な世界に連れて行く》、《自己観照型女流作家の新風として推賞するに足る》（140〜141頁）と評価すれば、名取勘助は「小説月評」（『新潮』昭12・11）で、同作の《美しさは、自然主義の伝統を伝へる方面の文学ばかりではなく、その他の傾向の文学をも絶するほど華麗なもの》だと評し、《作者の美意識の烈しさ》（93頁）を感じとっている。この時期に丹羽文雄は「文芸時評（2）苦手の作者」（『報知新聞』昭12・10・1）で、《この人は当分どんなものを書かせてもレベル以上の作品を作るにはちがひない》ことを認めた上で、《作家とは何か、かういふ疑問が作品の面からこの作者を次第に打ち始めるに違ひない》（4面）という課題を提示してもいた。

「落城後の女」（『日本評論』昭12・12）は、《今月の力作であるばかりでなく、今年中の佳篇の一つ》（4面）と評した「文芸時評（5）今月中の白眉」（『報知新聞』昭12・12・11）の榊山潤をはじめ、好評だった。名取勘助「小説月評」（『新潮』昭13・1）では《力作》（294頁）、《最近、女流作家では、岡本かの子氏が、一番油がのつてゐて、しかも、ユニイクな作風を持つてゐる》とみる舟橋聖一「文芸時評」（『解釈と鑑賞』昭13・1）でも《面白かつた》（77頁）、無署名「六号雑記」（『三田文学』昭13・1）でも《強靭随一》（245頁）と評された。

当のかの子は「一九三七年の感想」（『新潮』昭12・12）で、「戦争が起つてから、とみに目につくのはルポルタージユ文学の再燃」だと認識しつつ、「芸術は一方、おいそれと現象に呼応出来ない鈍重の性質」もあるとみて「非常時に於ける純文学の、コンデイシヨンの悪さ」に「堪へて行く志気と堪忍」（9頁）を自らに課していた。

この年は、年次総括にもかの子の名前が散見される。中村地平は「主観的な印象」（『三田文学』昭12・12）で《一九三七年度に卓れた作品として記憶に残るのは、永井荷風氏の「濹東畸《ママ》譚」、岡本かの子氏の「母子叙情」位ゐなもの》だとした上で、《岡本氏の場合は、「母子叙情」以外にも異色ある作品を幾つか発表して、その真面目な精進はわれわれ若い者の眼を奪ふものがあつた》（88頁）と賛辞を惜しまない。森山啓も「本年度の小説」（『文藝』昭12・12）で、《婦人作家では**宮本百合子**、**林芙美子**、**岡本かの子**、小山いと子の諸氏が目立つた仕事をした》と認めた上で、《佳作「母子叙情」の他に、「金魚燎《ママ》乱」「肉体の神曲」「過去世」等を発表した》（203頁、ゴシック原文）とかの子作品に論及している。「昭和十二年度に於いて最も印象に残つた作品――諸家回答――」（『新潮』昭12・12）では、平林たい子が「母子叙情」（49頁）を、林房雄が《岡本かの子氏の諸作品》（50頁）をあげたほか、富澤有為男は《作品としては破綻の多いもので残念だつたが、岡本夫人の「金魚撩乱」が凡庸のものではないと思つた》（51頁）と評していた。また、阿部知二も「文壇の回顧1937②文学・時代・性格」（『帝国大学新聞』昭12・12・6）で、《「母子叙情」も忘れがたい》（7面）と論及している。作家論的な視点からは、《昭和十二年を通じて小説作品の上に最も努力を示した女流作家は岡本かの子》だとする「小説月評」（『新潮』昭13・1）の名取勘助が、《多艱多難なる時代との摩擦面を持たぬところに不満は指摘されても、作者独自の芸術才能を惜しみなく発揚して、強靱の体感と豊富な情感をゆるぎなく示したことは認めざるを得ない》（294～295頁）と述べ、折々難じられる時代からの遊離という批判を補い得るほどに、その文業は高く評価されている。

以上を総じて、「母子叙情」を中心に評価を集めたかの子は、昭和一二年末の文学場において、小説家としてその地歩を固めたとみてよい。

昭和一三年年頭、「展転して行く世界の情勢上に日本が進出した次年の始めとして、本能的に胸に息を一ぱい吸ひ込んで前途を注視してゐる自分を感ずる」という岡本かの子は、「年頭所感　作家として」（『東京朝日新聞』昭13・1・10）において「今年も小説を中心に書き進みたい」と言明した上で、「私は東洋には東洋人としての生の源泉の摑み方があつて、透徹して、幽玄な知性や情緒があると思つてゐる」、「私はモチーフに任せてこれを近代の新知と骨肉と感覚に生かして今年も書きたい」（7面）と述べ、世評に反し「世界の情勢」に即した所信を述べてもいた。

現役時代の作品中、**「やがて五月に」（『文藝』昭13・3）**は問題作といってよい。一義的にクリアな評価を示したのは、芳賀檀「遮断機　虚無の背後に」（『帝国大学新聞』昭13・2・21）における《何の展開もなく何の上昇もなく生活も決心もなく、告白もなく審判もない》（7面）という全否定評と、岡山巌「ブックレヴュー　岡本かの子著「やがて五月に」」（『文学界』昭13・9）による《久し振りに創作らしいものにぶつつかり、さうして感動らしい感動を受けた》（260頁）という絶賛評の二つのみで、他は歯切れの悪い評となっている。同作を《力作》と評すP・Q・R「大波小波　魅力に乏し」（『都新聞』昭13・2・24）には《趣味的な又感覚的な遊びを、もう少しつつしんで、いちずに主人公の生涯を追求したら、作品は更に佳作となつた》（1面）と付言されるし、《官能過多と云ふ事は此の作者の長所でもあり、短所でもある》とする「文芸時評（1）険しい時勢」（『都新聞』昭13・2・28）の谷崎精二も、《作者は主人公を放つて置いて人生の官能美の追求に溺れてゐる》としながらも、《三月の創作壇で読みごたへのある物の一つである事は疑ひない》（1面）と認めている。中島健蔵は「文芸時評（四）作者陶酔の有無」（『中外商業新報』昭13・3・1）で、《泉宗輔なる人物の伝記であるが、盛り上げられてゐるのは、作家の生々しい情感》、《作中人物によつて作家の情感が活字の中ににじみ込んだ》（5面）と、評価を留保しつつも過剰な作家性を感受している。同様の局面を指して《何よりも若々しく豊饒な感性を感じさせる》という「文芸時評（5）女性の虚栄心」（『東京朝日新聞』昭13・3・2）の谷川徹三は、《虚栄心》を《おほつぴらに出してゐる》作風にふれ《作品を混濁させてゐるものが、作品を一方で豊富にしてゐる》（7面）と、やはり功罪が表裏一体と化した作家性に論及する。これを冷ややかに評せば、佐藤俊子が「文芸時評（4）「春香伝」の魅力」（『東京日日新聞』昭13・3・5）で指摘するように、《その異常な文筆力に驚かされるが、殆ど作者の一種のマニアのやうに、変態に近い色欲的な美男創造の執着力の強さにも驚かされる》（3面）という評言になるし、それは《現実の上に組立てられた制作といふよりは、思考の上に組立てられてゐる》（127頁）という無署名「文藝」（『三田文学』昭13・4）の指摘にも連なる。河上徹太郎は、「三月の創作③岡本かの子氏『五月と《マ》なれば《マ》』」（『河北新報』昭13・3・11）において、同作を《力作》と評しつつ、《岡本氏は常に此の手〔《一種の自己耽溺》〕を活かして成功してゐる》と指摘しつつ、《これが一部の人からは、やに下つてゐて鼻持ちならないといはれる所以であるのだが、然し氏の作家的美徳は之を措いてない》と、両義的な作家性を指摘する。その上で河上は《此の自己耽溺を美しくするものは、岡本氏の文章であり、教養であり、純情》で、《氏の語彙は実に的適《ママ》で豊富であり、文章は漢語の多い字面を美事な柔軟さを以て鍛へてゐる》としてその独自に洗練された文章を高く評価しながら、しかし同時に《丹念な一行一行に、氏の肉感と、人間性への信頼が、思ひつめた切実さを以て滲み出てゐる》(3面)と、紙背にかの子の魅力を読みとってもいる。逆に、岡澤秀虎は「文芸時評――三月の小説総評――」(『早稲田文学』昭13・4)において一定の評価をしつつも、《遊閑的な感性》で《富裕な生活に甘へ、それへの反省がない》ゆえに《病的存在となり終つてゐる》(52頁)と否定した。他方、亀井勝一郎は「かの子と葦平(文芸時評)」(『文藝』昭13・4)で、《「母子叙情」が太陽であるなら「やがて五月に」はその衛星たる月》だと見立て、《自我のつよさは時に狂乱にまで高まる》点を以て、《読んでゐて閉口する場合もないではないが、これを止めろといふのは小説をかくなといふにひとしい》とかの子のエッセンスを射当て、《恐らくこの点で氏は多くの味方を得るとともに多くの敵をつくるだらう》(22~23頁)と、以後もつづくであろう両義的な評価を予示している。

　このタイミングで、《岡本かの子は森鷗外と夏目漱石と同列の作家》だと揚言する林房雄「日本文学の復活――(岡本かの子論その一)――」(『文学界』昭13・6)が発表される。林が三者に共通して見出したのは、《「文壇」の中》ではなく《文化の中から生れた》点、《小説の筆をとつたときには成人であつた》点、《それぞれ他の文化部門に於て一家を成した後に小説の筆を執つた》点である。その上で特筆すべきは、《東洋の教養と西洋の文明を渾然と身につけてゐる》、《東西両洋の文化を日本といふ微妙な一点に結んで、他の作家の及び難い高さに達した》(158頁)という観点から、鷗外・漱石とかの子を並べた点である。〝近代の超克〟が喧伝されるのは昭和一七年だが、昭和一二年には論壇でひろく〝日本的なもの〟が頻りに論じられ、[7]以後、戦局の進行にあわせて西洋/東洋という論点が問題化されていく。その中、仏教家、歌人で日本の伝統文化を重んじつつも、巴里生活を経験し、西欧の文化・文物にも明るいかの子とは、その実、すぐれて時局に即した小説家でもあった。ちなみに、林はつづく「東洋の心情――（岡本かの子論その二）――」（『文学界』昭13・7）においては、《岡本かの子は文学と言葉の秘密を知つてゐた》と評して、次のような絶賛をひきつづき展開してもいた。

彼女が我々の前に示したものは人間熱情の悲劇である。人間熱情の痛々しくも悲しい姿である。彼女はこの哀れなる人間像の上にいきなり鞭を加へることはしなつ《ママ》た。鞭をとりあげる前に、自ら涙を流した。身をもつて痴愚の深淵に降り、時には自ら熱情の愚行を演じ、熱情に身をまかすとの快楽と魅力をも歌つて見せてゐる。然る後に鵬の如く大翼を張つて深淵の底から九天の高さに舞ひ上るのであるが、これも己れ独り高しとする偽聖者の態度ではなく、むしろ傷ける鷲の如く悲壮である。（201頁）

こうした時機に発表されたのが、**「巴里祭」（『文学界』昭13・7）**である。水原秋櫻子は「文芸時評（1）三人の女流」（『東京日日新聞』昭13・6・28）で、《外国の風俗を知る上には面白いところがあるし、その精緻さにも感心するのだが、しまひまで同感を持つて読むことは出来なかつた》（5面）と評したが、本作にも両義的な評価が目立つ。《事実よりも面白い小説》と評す「文芸時評（2）女流作家の是非」（『読売新聞』昭13・7・2夕）の上司小剣は《拵へ話のにほひを多分に持つ》（4面）と難じてもいるし、三戸斌は「創作月評」（『文藝』昭13・8）で《この作者の逞ましい描写力、構想力といつたものはこの作品に於いても充分窺はれるが、それが反つてこの作品の場合は印象を薄めてゐる》（206〜207頁）と、名取勘助は「小説月評」（『新潮』昭13・8）で《表現力のますます醇化されて来たのには感心する》が《この小説はとらぬ》（230頁）と評している。好意的なのは《作者の筆の魅力とでもいふもの》（4面）と評した富田壽「創作月評④調べた戯曲」（『満洲日日新聞』昭13・7・18）、絶賛評としては、《今月の小説中の圧巻》と位置づけ、《『巴里祭』は正しい意味に於ける小説の伝統を真直に受けてゐる》、《殊に全篇の構想に小説的巧妙さを発揮してゐるのは、『鶴は病みき』頃の岡本氏とは著るしい進境の跡がうかがはれる》（2面）と評した武田麟太郎「七月号文芸時評（一）気負ひ立つ女流作家たち」（『九州日報』昭13・7・5）がある。単行本『巴里祭』（青木書店、昭13）刊行後にも、O「『巴里祭』岡本かの子著」（『都新聞』昭14・1・16）で《自らその〔才能の〕特異さに溺れる危険はないだらうか、ともあれ「巴里祭」一巻は充分に鑑賞に堪へ得る力作集》（10面）と留保つきながらも高く評価される。他に、中島健蔵が「文芸時評②その次のもの」（『東京朝日新聞』昭13・6・29）で《傍若無人なほど主情的》（7面）と、武田麟太郎が「文芸時評（1）女流作家の健闘」（『信濃毎日新聞』昭13・7・1）で、《異国的な風情をうつし、そこに日本人の郷愁の形をとらない郷愁と人間輪廻の眼に見えぬ啓示とを見せる》（6面）と評したのが目につく。他にも、**「東海道五十三次」（『新日本』昭13・8）**については、川端康成が「文芸時評（2）文学の喪失か」（『東京朝日新聞』昭13・10・1）で《すぐれた芸術品》（7面）と評している。

この時期、無署名「人物時評　岡本かの子」（『文藝』昭13・8）では《彼女の育ちも、現在の環境も、かなり微温的なプチブル家庭の典型であるやうだが、作品も丁度そのやうに思想性は稀薄》、《一見思想的展開を思はせるやうでありながら、忽ち本来の感情生活の軌道に帰つて行く所が、目下の最大の強味》とその人物像が描かれた。つづけて、《文壇といふお関所は、目下は多分アナーキイな状態》にあり、《かういふ時期こそ、彼女のやうな作家の大いにノシ上る絶好のチヤンスであつたわけで、事実その効果を立派におさめた》（177頁）と、文学場におけるかの子の軌跡・到達点が示されもした。

ここで、《純一なものを求めてやまぬ老妓の情熱》（神田鵜平「創作時評」、『新潮』昭13・12、231頁）を主題とした**「老妓抄」（『中央公論』昭13・11）**が発表される。[8]否定評は、板垣直子が「文芸時評（2）女流の作品」（『都新聞』昭13・11・1）で《荒くて小説の感じがしない》（1面）と切り捨てた全否定と、大熊信行「文芸時評（六）文章の道」（『東京日日新聞』昭13・11・8）が文章を《小説の本体とは不調和な音調を帯びてゐる》（5面）と難じた二つである。《一つの明白なイメイヂを与へる作品として、佳作だと思ふが、氏は実は扱ひかねる主人公を、扱ひいいやうに解釈してしまつてゐる》という「文芸時評【四】中堅作家群と女流並に新進の人々」（『読売新聞』昭13・11・2夕）の本多顕彰は、しかし《女流第一等の腕前》（2面）と認め、《円熟》を指摘する北岡史郎も、「文壇時評　十一月の創作」（『若草』昭13・12）で《やや低迷気味だが独特のうまさ》（67頁）を見出すなど、概ね好評であった。

残りの「老妓抄」評は、《女流作家号今月のズバ抜けた作品と云ふよりも、中央公論への批評を担当して以来、始めての傑出した作品》（43頁）という青砥準「中央公論」（『三田文学』昭13・12）をはじめ、絶賛評が並ぶ。《『中央公論』では女流小説特輯として、岡本かの子、中本たか子、矢田津世子、小山いと子、圓地文子、佐藤俊子、宇野千代七氏の作品を載せてゐる》ことにふれる「文芸時評（4）女性作家の見方」（『信濃毎日新聞』昭13・11・8）の伊藤整は、「老妓抄」を《見事な玉のやうな短篇小説で、円熟した作家の眼を持つたもの》と評し、《老妓の、人間的に練れたこまやかで強い心情をまことに隙間なく描き上げた》点を以て《岡本氏の諸作のうちでも特にすぐれたもの》（４面）だと顕揚する。同様に、《中央公論七篇中、最も忘れがたい感銘を受けた》という「小説「土と兵隊」――文芸時評――」（『文藝春秋』昭13・12）の武田麟太郎は、《この作者は氾濫する感覚的な豊富さを、直接法で描き出して了ふ仕方に成功した》と絶賛し、また《こんなにも華やぐいのちに徹した老女の無為の心境が、しみじみと一篇の行間に流れてゐる見事さに、寧ろ人間性を通り越した哀しさ》（322～323頁）を読みとった。「文芸時評【四】農民作家と婦人作家の短篇」（『国民新聞』昭13・11・2）の森山啓は、《老妓の放胆で、悠々とし、老の哀しさに堪へ得る一つの悟達の生き方の中に、また作者その人の、やがて来る老年に対する心がまへ》（４面）を見出しつつ、老妓とかの子を重ねて高く評価した。《日本の中の事を扱つた作にはやはり事変色は殆ど出てをらぬ》と指摘する「文学界のことども」（『解釈と鑑賞』昭13・12）の風巻景次郎は、北原武夫「妻」、矢田津世子「秋袷」と「老妓抄」を並べて、《さまざまの愛情の世界を描いたものは戦争の如何にまるでかかはつてゐない》、《しかし読んでゐてやはり面白い》（62頁）と、時局色抜きの芸術性から「老妓抄」を評価する。

つづく**「丸の内草話」（『日本評論』昭13・12、昭14・1、4）**は、初回から好評を博した。《現代のテイピカルな風俗図絵を、真正面に取組んで、野心的に描き出してゐるのには一応感心させられるが、どこか古臭い》と評した天下泰平「創作月評」（『文藝』昭14・1）が、《抒情が粗く、しかもそれが感情に走り勝ち》、《歌人的な詠嘆も尠なからず災ひしてゐる》(385頁)と難じたのが唯一の否定評である。神田鵜平「創作時評」(『新潮』昭14・1)での《才女の才はぢけた、けんらん朗々たる佳什》(309頁)という讃辞を筆頭に、阿部知二「文芸時評(5)「要求」か「意欲」か」(『東京朝日新聞』昭13・12・4)では《丸の内一帯の秋の季節の描写は、実に美しくて、他の及びがたいものを持つてゐる》(7面)、伊藤整「文芸時評 「文学界」「日本評論」」(『文学者』昭14・1)では《現在の都市生活の中にゐる青年の姿を描いたものでよく観察してある》(67頁)と、丸岡明「文芸時評(1)女流作家の野心作」(『国民新聞』昭13・11・29)では《東京人乃至都会生活者に新しいメスをすゝめたのだから、野心的な力作》(6面)だと、絶賛された。他にも、式場隆三郎が「文芸時評【2】取材の特異性」(『東京日日新聞』昭13・12・4夕)で《女性の描いたものとして非常に魅力がある》(5面)と、尾崎一雄も「文芸時評(1)勝手違ひの文句」(『信濃毎日新聞』昭13・12・3)で《なか〳〵面白い。空想が派手で奔放で、文章にも色彩がある》(4面)と評しているし、《日本人をもう一度眺めると言ふ意図を徹底したら、だんだんに興味ある進展をしてゆくに違ひない》(5面)と期待を語った「文芸時評(5)常に曇らぬ眼で」(『中外商業新報』昭13・12・8)の木々高太郎まで含め、好評だった。《事実の面白さを越えて奔放絢爛たる生命の坩堝》と評した「文芸時評(1)贅沢な精神」(『都新聞』昭13・12・1)で亀井勝一郎は、《実用文学に対比して》、《岡本氏の文学は典型的な有閑文学》だとした上で、《わが王朝の貴族と近代フランスの貴族との混血児》という比喩を用い、東洋/西洋文化の交錯点にかの子を位置づけつつ、《強い自我》ゆえの《絢爛たる光りと情緒》を以て、《真の意味において逞しい作品》(1面)だと同作を顕揚するほどであった。

翌年に入っても、武田麟太郎が「現代作家論（三）通俗、女流、農民作家等」（『北海タイムス』昭14・1・28夕）において、《丸の内の青年たちの一挙一動に現れる時代性と、中年すぎた女の回顧や観察がつぶさに行き届き、安定した筆にのせられてゐる》という作品評価とあわせて、《出来上つた作家と評すべき》（3面）だとごく高い作家評価を示してもいた。

ここで、昭和一三年末のかの子評価をまとめておこう。《かういふ芥川氏のことを小説にかくといふ根本の気持を睨んで見ると、そこに私は何か純粋さが感じられない》（124頁）と、「鶴は病みき」を「文芸時評」（『文藝春秋』昭11・7）で難じていた室生犀星は、「文芸時評【1】陣をしく女流作家」（『読売新聞』昭13・11・23夕）に至ると、昭和一三年に《人気者になつた》文学者として、火野葦平、豊田正子、阿部知二、林芙美子、和田傳、島木健作と並べて岡本かの子をあげ、《今年は女流作家がたくさん書いた》、《根気よくたくましい肉体的な打つかりをやる岡本かの子は歌人くさい好みから脱け出して一本立ちになつた》（2面）と、その成長を認めて評価している。やはり《女流作家の進出》が《めざましい》ことにふれる「昭和十三年小説界のメモ」（『新潮』昭13・12）の岡田三郎も、《岡本かの子氏も連年の労作によつて、いよいよ練達の域に達した》、《「やがて五月に」から「老妓抄」に来て、衆にぬきんでる輝きが増した》（167頁）と飛躍をみている。A・H・O「匿名時評　文芸　本年度文壇棚ざらへ」（『日本評論』昭13・12）でも、その《円熟》が認められ、「老妓抄」は《稀に見る秀作》、「やがて五月に」と「巴里祭」は《力作》と評され、《今後がいよいよ期待されるみずみずしさを持つた作家》（234頁）だと評された。神田鵜平も「創作時評」（『新潮』昭14・1）で《岡本かの子は前年にくらべて、遥かに精進のあとが目立つて来た》とされ、《女流作家随一であるばかりではない》、《来年はまた怖ろしい仕事をして見せるぞといふ気魄が、作品の底にうづいてゐる》（306頁）と、今後を睨むかの子の《気魄》が受けとめられている。

総じて、「老妓抄」をはじめとした傑作・力作を並べたことで、昭和一三年末のかの子とは、小説家としての成長と実力が認められ、すでに円熟と称される域にまで達していた。

昭和一四年二月一八日、岡本かの子は永眠するが、新年号には**「鮨」（『文藝』昭14・1）**と**「家霊」（『新潮』昭14・1）**が発表される。ペコ「新潮」（『三田文学』昭14・2）には《作品はそれぞれごく短いもので大した傑作もない》（163頁）という冷淡な短評もみられたが、「丸の内草話」（第二回）も含めた三作品を《いづれも着眼点に異色を見せた作品で、特殊の味ひをもつてゐる》と評した「新年雑誌文芸時評【上】かの子と成吉氏」（『読売新聞』昭13・12・29夕）の上司小剣は《女性らしからぬ観察をもつて、しかも女性の細かい神経でなければ発見できぬところを見詰めてゐる》（2面）と評した。無署名「創作寸評　家霊（新潮）岡本かの子」（『信濃毎日新聞』昭14・1・30）では、《佳も不《ママ》佳もなき新春の凡作》（6面）とされたが、「家霊」を《普通の出来》（253頁）だとする「創作時評」（『新潮』昭14・2）の神田鵜平は、「鮨」と併せて《美しい偏執性のかつた小説》と評し、かの子を《題材の豊富な作家》（254頁）だとみている。「鮨」について、田邊茂一「文芸時評」（『文学者』昭14・2）では《鮨情《ママ》調があでやか》（139頁）と評され、淺見淵「文芸時評　文藝・新潮・文学界」（『早稲田文学』昭14・2）では《古風な抒情がおほらかな作品》、《肌理も細かさを増し上手い作品だとおもふが、その抒情に懐古趣味が漲つてゐることに一抹の古さを伴つてゐる》（167頁）と「家霊」と併せて評され、《古さ》が争点として浮上する。両作品を《微かに明治時代の匂を発散させてゐるところに、魅力を生んでゐる一ぱう一派の旧さを齎してゐる》と評す「創作月評」（『文藝』昭14・2）の天下泰平によって、《東京人的抒情に何処か潤一郎の抒情と共通したもの》（193頁）が見出されているが、「文芸時評【三】谷崎文学とかの子」（『国民新聞』昭14・3・31）の荒木巍も《岡本氏の作品は大体、谷崎潤一郎の匂ひを持つてゐる》（6面）と指摘している。かの子を《最近最も立派な仕事をしつつある作家の一人》と評す「文学の嘘について――文芸時評――」（『文藝春秋』昭14・2）の川端康成は、両作品を《一対をなす短篇》と捉えて《高いいのちへのあこがれ》という主題をとりだしつつ、《東方の大きい母》（356頁）という作家性へと接続するが、これも谷崎風の《古さ》に連なる論点とみてよい。

　最後に、昭和一四年の総括にかえて、小説家・かの子の成長に論及した同時代評を確認しておこう。名取勘助は「小説月評」（『新潮』昭12・4）で、「母子叙情」を読み、《ここまで来てしまへば、岡本かの子も立派なもの》（70頁）だと認め、伊藤整も「岡本かの子氏著『母子叙情』」（『東京朝日新聞』昭13・4・18）で《「鶴は病みき」にやや抑へがちに現されてゐた豊かな情感を、ここで作者は大胆に放ち行かしめてゐる》（4面）と成長を見出した。「文芸時評（2）煙幕のやうな小説」（『読売新聞』昭12・7・2）の高見順は、《この人の小説は今迄可笑しくて読めなかつたが、「過去世」は女史の典麗優雅の趣味が題材とぴたりとあつて、妖しい光彩を放つてゐる》（5面）と、「小説月評」（『新潮』昭13・4）の名取勘助は「やがて五月」を読んで《長篇力作から来る量感のみではなく、質的にも、この作者の進歩のあとの十分に窺はれる佳作》(55頁)と、「文芸時評(1)女流作家の健闘」(『信濃毎日新聞』昭13・7・1)の武田麟太郎は、「巴里祭」を論じて《殊に全篇の構想に小説的巧妙さを発揮してゐるのは、「鶴は病みき」頃の岡本氏とは著るしい進境の跡がうかゞはれる》(6面)と、特定の作品を契機とした成長(質的な変化)を認めている。そうしたかの子評価は、「老妓抄」にきわまる。川端康成は「文芸時評(2)女性作家に就て」(『東京朝日新聞』昭13・11・4)で、《この豊かに深い作家は、高い道を歩いて、近作の「老妓抄」(中央公論)や「東海道五十三次」のやうな名短篇を成すところへ来た》(7面)と、三戸斌は「創作月評」(『文藝』昭13・12)で《この作者の作風は今までどちらかと言ふと大まかだつたが、この作品になつて肌理が細かくなつて来てゐる》(222頁)と、さらに武田麟太郎は「小説「土と兵隊」——文芸時評——」(『文藝春秋』昭13・12)で、《「鶴は病みき」以来、岡本氏の成長の速さには我々は眼を見張らされるが、よく考へればこの人はすでに成長してから書きはじめたと解すべき》(322頁)だと、小説家以前のキャリアも含めて高く評価されていた。

また、ロマンティシズムを体現した作家としての評価も相次いだ。樽尾好「文芸時評」(『槐』昭14・2)では、林房雄と並べてかの子は《ロマンテシズムの軽薄なはいから型》としてとりあげられ、次のように論及されている。

彼女の小説には凝つた固有名詞や気のきいた修辞がふんだんに用意され氾濫しながら、適切な形容や具体的描写が出来ず、モンパルナスがどうのこうのと、字面は一見幻惑してかかるが、気を付け

ると少女歌劇のモンパルナスさながらだ。其上この婆さん小説の中でのろけるのも胸が悪くなる。（149～150頁）

対照的なのは、江「〝巴里祭〟故岡本かの子女史の最後の小説集を読む」（『国民新聞』昭14・3・5）で、《時流に超然として、思ふがままに自己を高揚した全篇にみなぎるロマンテイシズムの魅力》が顕揚され、次のように絶賛されもした。

いづれを繙いても、これほどロマンテイシズムの香気高い作品は、今日の作品として特に珍重すべき特異性をもつといへよう、ときに饒舌にすぎ、ときに脂つこいその粘着性は、あるひは食欲の弱い胃の腑を驚かすかもしれないが味読して与へられるその高いロマンテイシズムの精神には、ひとしく感動を呼びおこすに十分である（6面）

総じて、賛否は割れながらもコンスタントに話題作を書きついだ現役小説家・岡本かの子は、有閑性、文彩、時代からの遊離などを難じられつつも、自己肯定や女性性をベースとした作家性や、理想主義的な主題や審美性が独自のものと認められ、短期間のうちに文名を高めていったのだ。

Ⅲ

短期間で昇りつめた同時代のかの子評価は、小説やその紙背から色濃くにじみでる作家性に、まずはよる。ただし、急逝や充実した遺稿ゆえの事後的な神話化はあったとしても、そうした評価を支えた同時代的な条件(《時代の影響》)も考慮すべきだろう。

第一に想定されるのは、文学場での女流作家の隆盛である[9]。かの子自身、「女流作家論　二つの態度の要請」(『帝国大学新聞』昭13・10・24)において、「日本の現代は、全盛とはゆかないまでも女流作家が輩出してゐる時代」だとして、「女流作家群と今日の時代との関係は随分重要な問題」(7面)だと位置づけていた。

はやくは、矢崎弾「槍騎兵　「母子叙情」と文壇文学」(『東京朝日新聞』昭12・2・28)で、《最近の文学界は一見女流作家のホルモン・エネルギーで支へられてゐるかの観あり》(7面)と話題にされ、その際にはかの子も論及されていた。これは、中村武羅夫が「女流作家論(一)文学に熱中出来る強み」(『東京日日新聞』昭13・4・21)で、《事変以来、多くの男性作家の純文学作品にたいする創作力が、甚だしく衰へたかに見える中に、女流作家のはうは反対に、むしろ創作力が旺盛になつて来たかのやうな観を呈してゐる》(3面)と述べた通り、日中開戦以後に顕著な動向である。つづく、「女流作家論(二)不得意な思想的活動」(『東京日日新聞』昭13・4・22)で中村は、《吹きつけて来る現実の嵐を、男性は身をもつて感じなければならないのに、女性のはうは、割合安易に、文学といふ象牙の塔の中に閉ぢこもつて、専心仕事に没頭することが出来る》（3面）と指摘した。さらに「女流作家論（四）彼女たちの持つ特徴」（『東京日日新聞』昭13・4・23）で中村は、《「鶴は病みき」にしろ、「母子抒《ママ》情」にしろ、情感の豊かさと、その粘つこさは、女流作家中優に一方の特色をなす人として、注目されていい》（3面）とかの子に論及している。荒木巍は「文芸時評【二】女流作家のこと」（『国民新聞』昭14・3・29）で、《女流作家が男性作家に比して、より一層心情的であつて、この心情的である点が最近の精神的傾向の線に沿うてゐるので、愛読もされ要求もされるため》（6面）とみている。板垣直子も「女流作家論」（『文藝』昭14・4）で、《三八年度は新旧の女流作家達がいままでの中で一番多く現はれたが、それも一般的な文学隆盛の機運にのつてゐる》（178頁）とみる。《近頃女流作家の文壇進出が、特別に目立つて来たことは、誰しも認めるところ》だというJ・I・N「匿名時評　文壇　創造的精神の喪失」（『日本評論』昭14・4）では、《この三四年もつとも華々しい活躍を見せた岡本かの子》が、《女流作家群の進出に拍車をかけた作家としても、記憶されていい人》（254頁）だと特筆されている。こうした動向については、《最近婦人作家の活躍が活発だと言はれてゐる》という「気紛れな印象（1）婦人作家の問題」（『信濃毎日新聞』昭14・5・9）の窪川稲子に、次のような概括がある。

> いろ〳〵の賞などに婦人作家の作品が候補にのぼつたり、事実芥川賞は中里恒子氏が受けたりしたことも、さういふ印象を強めてゐるし、また個人的には岡本かの子氏が精力的に作品を発表された

り、林芙美子氏の従軍的な活動その他の華やかな仕事ぶりがあつたり太田洋子氏が中央公論に入選したり、婦人作家の出版も相当多い、といふことなどが大変婦人作家を活動的に見せてゐるのであらうと思ふ。（4面）

古谷綱武「文芸時評（3）女流作家の活躍」（『信濃毎日新聞』昭14・5・2）でも《さうした機運〔女流作家の台頭〕を感じさせるやうにしたゝめには、死んだ岡本かの子氏の業績なども大きな意味をもつてゐた》（4面）と評され、F「公論私論」（『早稲田文学』昭14・6）の指摘通り、《今月の文芸雑誌は揃つて女流作家について話題を捉へてゐる》（115頁）ような状況は、《岡本かの子あたりから急に女流作家が関心を集め》（5面）たと指摘する、丹羽文雄「女流作家論（一）雨後の筍然たる豪華な眺め」（『東京日日新聞』昭15・3・10）頃までつづき、無署名「文壇余録」（『新潮』昭15・12）で《一時はあれほど全盛だつた女流作家の活躍が、新体制と共に——といふよりも、文学に於ける政治的関心が高まると共に、忽ち火でも消えたやうに、ぱつたり中絶した》（50～51頁）と評される頃、失速する。

時局との関わりからいえば、女流作家の隆盛は日中開戦以降、新体制運動までの文学場において顕著な動向だったとみられる。これは文学場で昭和一四年に展開された、素材派・芸術派論争との連動も想定される。《芸術派の作品をおしなべて、特に目立つ二つのこと》として《既成大家の二作品が依然たる貫禄を見せてゐること》と《女流作家の活躍》をあげる「文芸時評（四）動かぬ美しさ」（『東京日日新聞』昭14・7・1夕）の伊吹武彦は、《男性作家の多くが素材派の叫びに心惹かれ、さりとて素材派的困難を容易に克服し得ず、さりとてまた狭小な芸術小説に不満を感じて踏み出しに迷つてゐるとき、婦人作家はすつと身をくねらせて第一列にすり抜けて出た》（5面）と整理する。ただし同時期に、林芙美子が戦場ルポルタージュを書き、中本たか子が社会性の高い作品を書きついだように、女流作家全体としては、素材派と称される作品も発表しており、つまり女流作家の隆盛とは、日中開戦以後の時局／文学場の動向と密接に連動して展開されていたのだ。

第二に想定されるのは、かの子の小説以外の言論活動である。圓地文子は日中戦争期、淺野晃・圓地文子・岡本かの子・門屋博・今日出海・林房雄「座談会　恋愛と結婚の新古典主義時代来る」（『婦人画報』昭13・7）におけるのかの子の様相を次のように描いている。

日本主義の新しい文化について語られてゐた。林さん〔林房雄〕とかの子女史はよく馬が合つて、頻りに日本文化の再認識、古典主義の復興を力説してゐた。戦争礼讃、日本ほど美しい豊富な国はないといふ調子である。[11]

ここで注目すべきなのは、有閑性、時局からの遊離など、知識人青年との出自の差を指摘されてきたかの子が、転向を経て日本主義を喧伝する林房雄と、日中戦争下における日本の位置づけにおいて共鳴していることである。

ただし、かの子の短歌に目を向ければ、こうした言動はご﹅く﹅自﹅然なものと考えられる。かの子には、

「南京陥落の祝勝のころ英霊となりし将士も聞きたまふべし。」（「南京陥落の歌」、『読売新聞』昭12・12・16、9面）、「南支那バイアス湾に皇軍の上《のぼ》る即ち広東落ちたり。」（「広東陥落祝歌」、『東京朝日新聞』昭13・10・24、10面）、「日の本に二千余百の春ありきされど今年よ戦捷の春ぞ」（「今年」、『日本短歌』昭13・1、66頁）、「昭和十四年の陽は登るなり聖戦国幸《さきは》へる国大和島根に」（「近作玉什（二）」、『キング』昭14・1、73頁）など、戦勝を寿ぐ歌は少なくない。

また、岡本かの子「事変の秋――出征将士の御家族を想ひつゝ綴る――」（同『希望草紙』人文書院、昭13）では、かの子自身が次のように銃後国民の覚悟を語ってもいた。

今度の事変が支那多年の準備計画の下に惹き起された闘ひだけに相当の苦戦と長期戦が日本に課せられてゐるやうである。されば私たちも国内にあつて矢張り持久戦の覚悟で、体を強靭にし、精神力を旺盛にして銃後の護りを全うしたいと思つてゐる。（137頁）

さらに、同書「時局随想」には、「今度の戦争以後は、黄色のスキンは先づ日本人であるとの先入感を世界人に持たせ得るほど日本は国威を宣揚する」、「而もその認識は日本人が誠忠、勇敢、透徹そのもの〻性情の優秀性を持つて東洋を代表する最積極の民族であり、人種であるといふ敬意を伴つた認識」（264〜265頁）と、問題含みの発言もみられる。他にも、「民族的本能の目覚め」（『新女苑』昭13・2）でかの子は、「戦争といふ現象を通じて、それ〔民族愛〕が非常に大きなものだといふことを、今度つくづく感じた」（83頁）と、民族主義に即して日中戦争を肯定する発言をしていく。しかもそれは、「今日の時代は世界史的な時代である」（「現代国民生活の指導原理」、『池に向ひて』古今書院、昭15、221頁）という〝世界史の哲学〟（高山岩男）を彷彿とさせる思想に裏打ちされている。「現代思想の話（二）「亜細亜思想」」（『むらさき』昭13・8）でかの子は、「亜細亜文化が根本に於て西欧の文化と相容れないものがある以上その先輩であり理想実現者の日本はこれを指導する使命を担はされた」（86頁）のだという認識・使命感を言明した上で、「現代思想の話（四）新文化の諸問題」（『むらさき』昭13・11）では、次のようにして世界史における西洋／東洋（日本）の位置を描きだす。

日本の新文化を考へる場合にはどうしても東洋といふことを考へねばならず、東洋を考へる場合には必ず西洋が持運ばれて来る。〔略〕そして日本のかゝる地球上の文化的責任を研究し使命の方向を探求するのが、「日本の世界史的関係」に係はる諸論である。（119頁）

こうした発言は、〝近代の超克〟をはじめ、アジア・太平洋戦争を肯定していく思想と構造的に類似しており、その先駆とも見立て得る。しかも、こうした理解は現役時代のかの子評においてさえも散見されるものである。

「やがて五月に」を論じる亀井勝一郎は、「かの子と葦平（文芸時評）」（前掲）で《氏は自己の内部に、母性と恋人とを激しく共存せしめてゐる》、《母性とは東洋の叡智に磨かれた慈愛の精神であり、恋人とは西欧の情熱に学んだがむしやらの行為》（22頁）と、東洋／西洋の交錯点にかの子（文学）を位置づける。また、《文学の上でも、西欧的なメカニックな近代性の行過ぎから、一歩二歩退いて文学伝統の本質を見ようとしてゐる。而も、これが一般大衆にあつては、殆ど無意識の操作によつて自づと行はれてゐる》ことを指摘する「文芸時評【四】事変と文学」（『国民新聞』昭14・4・1）の荒木巍も、《このことが、心情的な女流作家を活躍舞台に送つたり、かの子の出現の当然さを生み出してゐる》（6面）と、時局とかの子の親和性を語っていた。

こうした本節の議論に、本章Ⅱでの議論を重ねて現役時代における岡本かの子（作品）をめぐる同時代受容の地平－モード／評価についてまとめておきたい。

三年足らずで円熟と評される域に達すると同時に、時代からの遊離が終始難じられてもいた小説家・岡本かの子だったが、その実、自らも関わった女流作家隆盛の追い風を受けながら、短歌や随筆においては時局（戦局）の要請に、むしろ先駆的に対応していた。してみれば、かの子は表現ジャンルを使いわけて、時代に対して両義的な文学活動を展開していたのだ。したがって、岡本かの子という存在は、必ずしも戦時下における単なる甘美《ロマンチック》な文学的逃避先だったわけではなく、小説以外の局面では時局に積極的に切り結んでいたのであり、これらを総じて、短い現役時代に高い評価を得た要因だったと考えられる。

Ⅳ

本節では、すでに部分的に論及した岡本かの子没後、その追悼言説における作家表象を検討していきたい。まずは、こうした検討対象について先行研究を参照しておきたい。

昭和十四年のかの子没後には、追悼の意をこめて多くのかの子論が生まれたが、何と言っても作家としての生前の活動は数年に過ぎず、読者層が広がらぬうちの死だったために、死後のかの子論は身近な者に限られて、自ずからなる偏向を生んだ。かの子伝説の源となった岡本一平、「いのち」と母性とナルシシズムにオマージュを捧げた川端康成、『滅びの支度』をはじめとする滅亡の美学をうたいあげた亀井勝一郎らがその人である。保田與重郎は直接かの子論の形成にはかかわっていないが、日本浪曼派の人々とかの子とのつながりは深い。時代は昭和十二年の日中戦争開始から太平洋戦争へとファシズムへの傾斜が一層きつくなっていった頃である。かの子論にも、そうした時代の影が落ちていた。その作品を論ずる際に、「血統」や「母性」が大きく扱われたについては、民族主義の高まりが与えた影響も考慮されるべきであろう。[12]

もちろん、川端康成、亀井勝一郎、林房雄らの批評が、現役時代以来、小説家・岡本かの子の評価に大きな役割を果たしてきたことは、《偏向》云々以前に事実でもあり、それらなくしては、かの子晩年の小説家としての活躍は考えられない。林房雄が「散華抄　岡本かの子女史追悼」（『文藝』昭14・4）において、《このやうな言葉〔かの子讃仰〕を敢て文字にする二人が身近にゐたといふことが、最近の岡本さんのあの盛んな仕事振りの動機の一つにならなかつたとは言ひきれない》（176〜177頁）と、自身と川端によるかの子への批評的フォローを自負しているのも、ゆえなしとしない。

それでも、かの子追悼言説は、《身近な者に限られて》いたわけではなく、多様な媒体、多彩な書き手によって産出され、その内容・論点も、必ずしも今日想起されがちな〝いのち〟や〝母性〟といったテーマに限られていたわけでもない。

以下、現役時代につづき、当時の新聞・雑誌調査に即して仮構した同時代の視座から《「神話」》を相対化しつつ、死後一年ほどのかの子追悼言説を手がかりにして、かの子の作家表象‐評価の形成過程とその内実を具体的に分析＝記述していきたい。

昭和一四年二月一八日、岡本かの子は永眠する。そのことは、たとえば「岡本かの子夫人」（『東京朝日新聞』昭14・2・24）において、《女流歌人として又作家として有名だつた赤坂区青山高樹町三本社客員岡本一平氏夫人岡本かの子氏は昨年暮以来過労のため健康を害し湘南で療養中であつたが帰京後心臓を悪くし、去る十七日小石川帝大分院に入院、十八日午後一時半遂に死去した、享年四十七》（11面）と報じられる。

訃報の後、文学者からの反応としては、追悼文がまずは新聞紙上に掲載される。その最もはやいものは、「長谷川時雨女史談」として右の記事に付された次のコメントである。

　早くから国文学や仏教に身を打込んでゐらしつたゞけに小説にはこの長い間の深い学識と豊かな体験がしつかり身についてゐて現代の紫式部だなど云《ママ》はれてゐたものです、ことに最近は偉大さが文章の上に現れて来て岡本さんと身近い一人である私など近い内に岡本さんが大作を生んで下さるのを楽しみにしてゐましたのに――（11面）

　ここには、かの子の文学活動を支えた教養、その小説による作家・作品への高い評価、それらに基づく将来への期待が語られている。こうした諸点は、以後もかの子追悼言説において繰り返し言明されていくことになる。その意味で、右の一文はかの子追悼言説の、いわば範型といえる。実際、長谷川時雨は二日後にも「かの子の訃報」（『都新聞』昭14・2・26）を発表するが、《このごろの岡本かの子は、大きな開いた花が傍にあるやうな気持ちをわたくしに与へてゐた》、《密かに期待してゐた、昭和の紫式部は逝つてしまつたのだ》（1面）と、紫式部になぞらえたかの子への期待を追悼の意にかえている。

　かの子同様、小説家にして歌人の今井邦子は、「岡本かの子女史の死」（『読売新聞』昭14・2・25）において、先の範型を変奏させた次のような一文を草している。

　岡本さんは女流には稀な強く逞ましい人である許りか、この人ほど豊かな芸術的天分を持つた人はなかつた。あの人の芸術的な劇しさと純粋な美しさは全く日本の女流文学者の中では珍重されるべきものであつた。最近では幾つかの傑れた小説を書き、そのいづれも、男子作家の域を超えたものであつた。そして岡本さんの作家的才能はいよ〳〵円熟し誰もが岡本さんはどこまで成長するだらうかと畏敬の念を抱いてゐたのであつた。（5面）

ここで今井は、かの子の芸術性を顕揚しつつその特異な位置を示し、晩年の《円熟》に言及した上で、成長への期待を示している。式場隆三郎も「一日一題　文学者の寿命」（『読売新聞〔第二夕刊〕』昭14・2・26）で、《近来の作品が一層目覚しい進展を示しつゝあつた折とて、惜しい気がする》（1面）と、晩年の活躍からその死を惜しんでいる。《歌人として円熟し、作家として油の乗りつゝあつた今日、卒然として逝かれたことは、私たちに寝耳に水の驚愕と同時に、林中の巨木の倒れたやうな寂しさを与へた》とその急逝を惜しむ「岡本かの子氏を憶ふ」（『帝国大学新聞』昭14・2・27）の矢田津世子は、次のようにかの子への総合的な評価をさしむけている。

「鶴は病みき」以来の小説道における同氏の活躍には、眼を見張るばかりであつた。さすが、永い間歌道にうちこまれ、また、人生に深く足を突き入れた体験と、より深い洞察力とをもつてその全精力を賭けられただけの立派な小説である。（7面）

四月号の雑誌でも、かの子追悼言説では同様の論点が反復‐拡声されていく。P「公論私論」（『早稲田文学』昭14・4）はそれを見事に体現しており、《晩年堤が切れたやうに多作したが、それでゐて相当豊潤な佳作を残した》というかの子について、《本当の作家としてはじつにこれからだつた。その意味で惜しまれる》（31頁）と評されている。歌人からも、四賀光子が「岡本かの子さんの想ひ出」（『短歌研究』昭14・4）において《「鶴は病みき」以来「母子叙情」「丸内《ママ》挿話」等次ぎ次ぎに発表される創作も皆好評であることを聞いて、ひそかに前途を祝福してゐたのに、全く寝耳に水のやうな急逝の御知らせで、驚いたことであつた》（195頁）と、現役時代の小説への高い評価に即した期待を語っていた。

また、かの子が関わっていた雑誌上にも追悼の辞が掲載される。《かの子さんの文学活動はこの一二年素晴しかつた》という和木清三郎は「岡本かの子の死を悼む」（『三田文学』昭14・4）で、《もう、一二年も生きてゐたら、かの子さんはどんな位置を文壇に占めてゐたらう！》（167頁）と、やはり生前の評価の延長線上に今後への期待を示した。小林秀雄は「文学界後記」（『文学界』昭14・4）で、かの子の死を次のように悔やんでいる。

> 僕の知つてゐる女流作家のうちで、何か非凡なものを持つてゐるのは、この人だけだと思ふのであつたが、その非凡なものが、漸く小説に現れ始めたと思ふ間もなく、亡くなられて了つた事は、いかにも残念な事である。（280頁）

《非凡》という表現でかの子のかけがえのない作家性を顕揚した小林だが、こうした見方は没後ますます強まっていく。あるいは、《後もう拾年は生きてゐてもらひたかつた》という無署名「編輯後記」（『文藝』昭14・4）では《来月には氏の遺稿の発表を読者に約して、この日輪の如き作家の死を心から悼む次第である》（251頁）と、この後、長らく展開されていくかの子遺稿発表の予告がなされてもいた。

　翌月に入っても言及はつづく。《芸術家として真に本望を遂げた人といふべき》、とかの子を悼む「文芸時評（4）流行作家へ一言」（『読売新聞』昭14・5・4夕）の宇野浩二は、《「鶴は病みき」以来、せつかく本来の道を見出し、その道を見事に開き進みながら、何ゆゑに死なれたか》（2面）とその死を悔やむ。室生犀星は「小説の難かしさ（中）」（『読売新聞』昭14・5・25夕）で、《すくなくとも、小説の難かしさまで行く前に小説をかくのが甚だ面白かつたにちがひない》（2面）とかの子の創作を語ったが、北岡史郎は「文壇時評　四月の文壇」（『若草』昭14・5）で、《「鶴は病みき」このかた短い作家生活のあひだにつぎつぎに独特の才気と霊気と妖気の創作を世に問ふてきて、いまや大輪の花を開かんとする感じの時だつただけに、余計に惜しまれる》（36頁）と、かの子晩年の達成の延長線上に期待を示した。《先づ豊潤な才能に富むこの作者の急逝を悼む》という「創作月評」（『文藝』昭14・5）の天下泰平は、かの子の多才ぶりにふれた上で、《多年模索してゐた創作欲求のはけ口をやつと小説道に発見し、その為に一方命を縮めるほどこの作者をセツカチにしたやうだが、素質的な真のよきものが夾雑物無しにその儘輝き出すのはじつにこれからだつた》（283頁）と、その可能性を惜しんでいる。

　こうしてかの子追悼言説においては、頻りに類似した論点が反復‐拡声を伴って言表され、整序された範型は一年後、たとえば次の亀「日本評論」（『三田文学』昭15・３）へと結実していく。

岡本かの子女史の文壇へのスタートは、まるで打ちあげられた花火のやうな華々しさであつた。そして、「老妓抄」、「丸の内草話」その他名作を残して、より高い完成への途上で、惜しまれつゝ花と散つてしまつた。その僅かな年月の間に、量的にも質的にも、余りにも異常な作家生活を続けた女史の死が巷間に伝へられた時、我々は余りの唐突さに驚き、あの豊饒な肉体的な作品は、「はからざる運命に追ひ迫られた作品」であつたのかと、はげしい燐光のもえ上るのを感ぜずにはゐられなかつた。（155頁）

総じて、死後一斉に産出されたかの子追悼言説は、現役小説家としての短期間の達成とその間の成長を積極的に評価し、その延長線上にさらなる活躍を期待しつつ、それが急逝によって果たせなくなったことを惜しむという範型をなぞりながら言表されていった。その時、かの子の生涯からすれば晩年にあたる小説家としてのキャリアは、死（後）から事後的にも意味づけられ、〝いのち〟を燃やした成果として神話化されていったのだ。

V

現役晩年の延長線上でその死を惜しむ声は、当然かの子（作家・作品・人物）に対する高い評価が前提となっている。可能性を含めた才能に対して、さまざまな観点から、時には過剰とみえるほどの評価がかの子追悼文では語られていった。

《岡本かの子さんの文学そのものが運命的にまでこの死に結びつけて考へられ、一層痛ましく哀惜の念を呼び起す》と感情を吐露する「文芸時評（1）複雑の美について」（『読売新聞』昭14・3・29夕）の窪川稲子は、《岡本かの子さんの文学の実体は、いはゞ岡本さんひとりの中に存在するやうなものだ》として、次のようにかの子文学の美質を語っている。

いはゞ現実から離れたところの想念によつて人間の生活が描かれてゆくので、却つて複雑な相を持つてゆくやうに思はれる。岡本さんの文学の美しさはこゝにあるやうに思はれる。（2面）

作品の具体的な言葉よりも、その紙背にある作家性に特徴（《美しさ》）を見出す傾向は、この後もつづいていく。《これから何年か後に、岡本が、極彩色のごとき風をしなくなり、寡作家になつたら、素晴らしい小説を書くやうになるのではないか》とみていた「文芸時評（5）一二三の作家」（『都新聞』昭

14・3・7）の宇野浩二は、《歌人としては古い人であるが、小説家としては新進作家》で、《少なくとも新進作家らしい気概と野心のあり過ぎる作家》（1面）だと評している。《岡本氏の小説が極端に嫌ひ》で《それを常に筆にもしてきた》、《だが「老妓抄」を読んですつかり参つてからは、今度は極端な礼讃者に成つた》という「文芸時評（2）岡本かの子論」（『都新聞』昭14・3・28）の高見順は、かの子を《自信の作家》と捉えた上で、《その小説の魅力も自信の魅力》（1面）だと紙背の作家性にその特徴を見出している。舟橋聖一は「小説家の「カン」の問題──文芸時評──」（『文学界』昭14・5）で、《ほんの五、六年前までは、岡本かの子氏の原稿は、何処の雑誌社でもあまり歓迎せず、半ケ年も組おきの悲運に遭遇した小説もあつた》ということにふれた上で、《急にピッチが上つて、何を書いても、ピタピタと、壺にはまつて来たのは、ほんの最近》で、《怖いほどの「カン」が来た》（203頁）と、晩年の人気と併せて、直感的な感性が、端的に《「カン」》と評されている。また、《考へてみれば、こゝ一年間の女史の華やかさは、人間わざではなかつたのかも知れない》と生前のかの子の精力的な創作にふれるS・Y・Z「文学界」（『三田文学』昭14・5）では、《その充実した生命感、その奔放、広い数養、何一つ昔の人紫にゆづるところなく、しかも困難な現代を輝かしてゐた》点、《事実の世紀と云はれる現代にあつて、女史程豊かな物語をなし得てゐるものはない》点を以て、《実に天来の作家》（164頁）だと位置づけられもする。また、北岡史郎は「文壇時評　四月の文壇」（前掲）で、《この小賢しくて世智辛いばかりのやうな感じの文壇に、岡本かの子女史のやうな作家は珍らしく豊かな楽しい感じの存在》だったとして、《芸術的な円光をもつて俗流のうへに存在してゆく文学者は、ますます少くなりつつある現代においては、愛惜の思ひは二重に湧く》（36頁）と、文学場における特異な位置という観点からもその退場（死）を惜しんでいる。

このように、より広いコンテクストからもかの子は期待を集め、惜しまれていた。《岡本かの子氏は、思想のあり、精神のある作家として、日本には、稀風の出現であつた》と絶賛する「小説と批評――文芸時評――」（『文藝春秋』昭14・5）の川端康成は、次のような角度から評価してもいた。

この人には、西洋風に東洋風をも兼ねて、頽廃とか虚無とか懐疑とか呼んでいいものが、ほんたうに含まれてをりながら、さういふ消極的なるべきものを、大きい積極的な生命へ支へ上げてゐるところがあつて、私は自分等の道の光明を見たのであつた。（350頁）

ここで川端は、洋の東／西を止揚する積極的なデカダンスという観点からかの子を高く評価する。同様の観点から、《岡本氏の作品について云へば、あの贅沢さといふのは滅亡の決意なのである》と断じる亀井勝一郎「滅びの支度」（『文藝』昭14・6）にも、その主体形成に関わる次の指摘がある。

岡本氏が小説に主力を注ぎ、逞しい創作力を発揮したのは欧洲から帰つてからである。昭和四年から七年までの欧洲旅行中に、岡本美学ともいふべきものの核心が結晶したのではなからうか。東洋的教養が巴里の古典的生活に触れて、それを抱摂消化しながら渾然たる一体に結晶したのだと思ふ。

（17頁）

その後の文学史において、かの子が浪漫主義の系譜に配置されていくのは、単に表面的な作風ばかりでなく、生前からのこうしたかの子評価（言説）ゆえのことだと思われる。[13]

小説家としての出発期からかの子を批評的にフォローしてきた川端は、少なからぬかの子讃仰言説を書きついだが、その文学的特徴については「岡本かの子」（『日本評論』昭14・7）で論じている。《岡本さんほど、官能の匂ひにむせぶやうに、肉体を描いた作家は、日本文学の古今に、殆んど類を絶する》（300頁）というモチーフとその書法、《自己陶酔の、また自己崇拝のナルチスムスは、岡本さんのいちじるしい性向であつた》（303頁）という作品を紙背から支える作家性、《その無用とも見える装飾は、美の神の創造の饗宴に列しようとする人工の極の夢想と、不死の美の鉱脈を蔵する地霊との、神秘な合作なのである》（305頁）という小説表現など、複数の観点いずれにおいてもかの子を高く評価している。これらを統合して抽象化すれば、川端康成「「女体開顕」について」（『日本評論』昭15・2）における次の評言になるだろう。

岡本さんの作家としての声誉が、死後に一層高まつて来たのは当然のことながら、その全貌が伝へられ、真価を知られるのは、尚五年・十年の後であらうか。広くて深く、花やかで寂しく、甘くて厳しく、豊かで高い岡本さんの作品は、けちな量見では味はひつくせないものがある。私は岡本さ

んを現代の最大最高の作家であると信じるばかりでなく、日本では、求めて得られない存在であつた。(377頁)

もっとも、かの子作品への同時代評を参照すれば、生前には毀誉褒貶相半ばしていたこともあり、死後にもなおかの子への批判的な視線も存在した。《年も五十歳に近く、まことに時節おそくパッと咲いた濃艶な花の感があつた》とかの子の死を悼んだ、向島生「大波小波　かの子の文学」(『都新聞』昭14・3・5)には、次のような一節もみられる。

▼しかしこの際、この作家の全体的批評は大切である。彼女の小説は、はたして一部批評家のいふ如く、後光の射すごときものであつたか？　一種何か神秘的な褒め方をされたやうな作品で、古来真にすぐれたものがあつたかどうか？　そこらあたりをこの際考へ直すことも必要であらう。(1面)

しかし、言説化された批判は少なく、大勢としては、こと死後における礼賛の風潮は、文学場における構造的なものにみえる。《諸家の追悼文を色々の新聞や雑誌》を総覧して《皆稀に見る大作家を失つて惜しいことをしたといふ意味の点で一致してゐた》ことを確認した「読書のページ――岡本かの子と明石海人――」(『新女苑』昭14・5)の河上徹太郎は、次のようにかの子追悼言説の基底的機構《メカニズム》を剔抉している。

此の讃辞は死者に対する礼儀といふよりは、皆実感である。と同時に、も一つ裏をいへば、従来必ずしも氏の作品を全般に支持出来なかつた人も、その最近作を読んで矢張立派な作家だつたと思ひ直させるやうなものを書き始めた矢先逝去されたゝめ、惜しい作家を失つたものだといふ感が一入強いのだといふことがいへるのである。それ程岡本かの子氏は、独特の成長と独特の素質を持つた、普通一般の文壇の小説家とは違つた作家だつたのだ。（283頁）

さらに、河上は悪い意味での文壇ズレをせずに、《自分の生一本な童心を楯にとつて、知り且つ感じた限りの世界を悪びれもせずに描いていつた》点、つまりは言葉本来の意味での作家性を高く評価している。別言すれば、河上にとってかの子は、《之程いはゞ嘘の世界を書いて本当の世界にした人はない》（285頁）という存在なのである。北澤喜代治も「かの子の文学――呵硯山房雑記――」（『文藝首都』昭14・9）で、《かの子は常に素人臭いかけ出し作家然たる風貌を呈して居り、人によつてはこゝにかの子文学毀誉の重大な基準を置くかも知れぬが、私はこゝにこそかの子文学のかの子文学たる特質があるとし、かの子の文章が消されずに焼付いてゐる所以を認める》（98頁）と言表している。あるいは、同様の評価は、次に引く青野季吉「経堂襍記」（『文学界』昭14・11）にもみられる。

かの子氏の作品には、ずいぶん生硬な表現や、月並な描写などもあつて、私など時々その空疎さに頁から眼を離すこともあるが、そこに描かれた美女たちは不思議な魅力をもち、怪しく美しい光の中に浮き上つて来る。その幻術のもとは作者のナルチスムスの作用に相違ないのである。

その上で、青野は《われわれは今日まで自己批判や自己呵責の方ばかり心を惹かれて来て、それだけが真実のやうに思ひ込んでゐた傾きがないかと顧られる》（174頁）として、自信に満ちたかの子文学を積極的に肯定する。年次総括として「女流作家の作品」（『早稲田大学新聞』昭14・12・6）を書いた中村地平は、《本年度の女流作家の個々の業績に就て考へると、第一に想起されるのは岡本かの子の死であつた》として、次のようにその文業を振り返る。

岡本かの子は「鶴は病みき」「母子叙情」その他一、二篇を除いて、世間でさわがれてゐるほどには卓れた作品を残してゐるとは思はれない。にも拘らず、その死に痛惜耐えない思ひがするのは、その才能が日本人には珍しく豊で、ねばつこいものをもつてゐたためであらうか。また、時代的に珍とするにたる、そしてわれ〳〵に縁遠い根強い自己肯定感をもつてゐたためであらうか。（5面）

一連の同時代評においては、作品に見出されたはずの瑕疵が、かの子という小説家（の作家性）を経由して、好評価のポイントへと反転されていくのだ。

やはり、かの子追悼言説を総覧して《殊に亡くなられた後にも、なほ多くの至宝のやうな作品が遺稿として発表されたのを見て人々はたゞ驚嘆の眼に瞠若たるばかり》で、《惜しいことをした》と悔やむ「文芸時評」（『文学者』昭14・５）の田邊茂一は、《感慨が万人の胸に齊しく灼きつけられてゐる》として、次のようにかの子の現役小説家時代を振り返っている。

若し仮りに岡本かの子の死が一年早かつたとしたら、或ひはその作品の発表の機会が一年後れてゐたとしたら、この昭和文壇の光芒に、われ〳〵はめぐり遇へる光栄を有しなかつたかも知れないと思ふ。

さらに田邊は、かの子の発見＝評価が遅れたことについて、《われ〳〵の責任、手落ちといふやうなものまでも感ずる》（210頁）として、同業者（一般）の責任にまで言及している。

こうして没後においてかの子が回顧される時、その人物像もまた話題とされていく。このタイプの文章を誰よりも多く書きついだのは、夫の岡本一平である。一平は、後に『かの子の記』（小学館、昭17）にまとめる追悼文を、実に多彩なメディアに書きつづけ、（文学者としてというよりは人物としての）かの子の複雑な教養や人物としての多面性を発信していった。[14]

《かの子氏と対座してゐると、私はいつも一種の鬼気を感じないわけにゆかなかつた》と振り返る亀井勝一郎は、「牡丹観音」（『新日本』昭14・３）で、《千年の甲羅を経た大きな金魚》、《古代の魔術師》、《可憐な童女》（62頁）と複数のかの子像を描きだす。このような多面的な相貌は、宮本百合子「人の姿」（『中央公論』昭14・5）においては、小説の紙背からうかがえる人物（像）の不可解さとして描かれるだろう。

かの子さんの小説は、かの子さんの曲線、色、厚み、音調、眼の動かしかた、身ごなしすべてをもつてゐるのであるけれども、そこにかの子さんといふ人が出て来ると、一目でわかつたものの代りに、何だか分るのだけれど分らない気がする。（295頁）

他方、《やれ思ひあがつてゐるとか、可笑しい位、自惚てゐるとか云ふたぐひの世評》を聞き及んだ後に、かの子本人に面会した往事を振り返る「故人の追懐（中）」（『都新聞』昭14・7・20）の長田秀雄は、《面と向つて、話してゐると、きはめて自然の感情として、素朴な叙情詩をきいてゐるやうな美くしさに打たれ》、《すつかり好きになつてしまつた》（1面）と、世評に反して、その美的な一面を語っている。

以上のかの子追悼言説の分析から、なぜ没後にかの子が高く評価されていったのかという問いに対しては、次のような考察が可能である。作品個々の同時代受容については本章Ⅱですでに検討したが、もう一つには死のタイミングがあげられる。「鶴は病みき」（『文学界』昭11・6）以来、一定の評価を得てきたかの子は、「老妓抄」（『中央公論』昭13・11）、「鮨」（『文藝』昭14・1）、「家霊」（『新潮』昭14・1）といった後に代表作ともなっていく短編をたてつづけに発表した直後に没している。そのことで、（こと、それまでかの子を評価していなかった者にとっては）生前にかの子を正当に評価する機会はごく短期間に限られ、また、最晩年の傑作ラッシュが将来に期待を抱かせたこととも相まって、そうした評価・期待が追悼言説に流れこみ、かの子評価を押しあげていったのだ。

そこに、多面的で摑みきれない人物像も重ねられることで、かの子は、多くの文学者にとって、十全には理解し得ないままに死んでしまった重要な対象として、存在感を増していった。それゆえ、その死を契機に、成し得なかった理解＝評価の代補として、かの子の再発見＝再評価が短期間のうちに進み、かの子評価も瞬く間に高められていったのだ。これが、岡本かの子に関する《「神話」》生成の過程・内実である。

Ⅵ

熊坂敦子編「年譜（昭和十四年四月の項）」に《遺稿としておびただしい分量のものが発表され、瞠目された[15]》とある通り、かの子の死後、追悼言説にくわえ、小説（遺稿）の発表が相次いだ。雑誌の四月号をみわたせば、短編「河明り」（『中央公論』）、連載最終回の「丸の内草話」（『日本評論』）のほか、長編「生々流転」（『文学界』）の連載第一回が発表されている。《この三篇を通読して、惜しい女流作家を死なせたものかなと、遅ればせながら嘆息した》という「文芸時評（2）惜しい女流作家」（『東京朝日新聞』昭14・3・30）の杉山平助は、遺稿を通じて発見したかの子の文学的価値を、次のように語っている。

岡本かの子は、私にとつて、一個の社会人的女性にすぎず、曾て作家として考へたことはなかつた。〔略〕しかし、今月の三篇を通読した時に、始めて、これくらゐの女流作家は滅多に出ないな、といふ感にうたれたのである。（7面）

同様に、改めてかの子の死を惜しみつつ、未完成ながらも魅力に満ちた遺作を絶讃した茅野蕭々「文学に踊るもの――文芸時評――」（『科学知識』昭14・5）も引いておく。

『中央公論』に載つた『河明り』と、『日本評論』にある『丸の内草話』の二篇を読んで、私は前途ある有力な女流作家を失つたことを、人々と共に心から悲しむ者である。これはこの作家と私とが古い知り合ひであるとの私情から言ふのではなく、批評家としての資格？　に於て敢て公言したいのである。この二篇に於ても明かであるやうに、作物そのものは未だ完成の域には至つてはゐない。其処には旧文学趣味の遺産と、稚拙といふを憚らない手法や表現が多分に残つてゐる。構成の上でも抜けてゐるところがあると思はれる。

しかしこの両作の何方を見ても、作者の内から溢れて来る油のやうなものがあつて、それが作全体を艶かにしてゐる。型に従つてゐながら型からはみ出てゐる所がある。作品を作らうとしないで産み出してゐる。惜しいところで死なれたものである。（196頁）

また、上林暁は「文芸時評　岡本、火野、中山、志賀氏など」（『帝国大学新聞』昭14・３・31）で、右の三作を目にして《最後の光焔のやうな気がして痛ましい》と感じ、《かの子女史が死の前僅々数年の間に示した光輝は、たしかに死の予兆であつた》（９面）と、晩年のかの子の活躍をその死から新たに意味づけていく。《あとからあとへ遺稿がとび出して来るのには、驚いてゐる。まるで一生かかつて遺稿を書いてゐたやうな変な気持もする位ゐだ》という「女流作家論」（『新潮』昭14・5）の丹羽文雄は、《岡本かの子の存在は、日本文学の一つの刺戟剤になつてゐたことは確》で、《私達のもつてゐないものを女史は多分に持つてゐた》（185〜186頁）と、その特異性を確認している。このように、死後に発表されたかの子遺稿群は、次に引く神田鵜平「創作時評」（『新潮』昭14・5）の指摘によれば、改めて多様な読者（層）に対してかの子作品に向きあう機会の提供ともなったようである。

彼女〔かの子〕の生前には、彼女の作品を見向きもせず、または見向いても悪口ばかりいつてゐたものが、彼女の死後その遺稿に接して、にはかに彼女の偉業に感嘆し、その死を惜しむやうな語を発してゐるのを見受けて、人生のままならぬ不可思議さを、今更ながらに覚えるのである。（200頁）

雑誌五月号には、「生々流転」（『文学界』）にくわえ、「雛妓」（『日本評論』）、「ある時代の青年作家」（『文藝』）が発表される。これを受けて、《今月は創作欄でも女流作家は、なか〳〵活躍してゐる》という「文芸時評（３）女流作家の活躍」（前掲）の古谷綱武は、《殊に死んだ岡本かの子氏は、男の作家も入れて、相変らずいちばん活動してゐるが、書き残した作品が、こんなにたくさんあるといふことは、とにかく最近の作家にとつては驚異》（4面）だと、文学場の中心に、死んだかの子を配置する。生前からかの子を高く評価していた武田麟太郎は、「文芸時評（1）未完の青年作家」（『中外商業新報』昭14・5・3）に次のように記す。

すでに肉体は滅んだ同氏の書き残して行つた未発表作品は、いよいよ数多く見出されて、いかに彼女が名誉ある小説家の名にふさはしい存在であつたかを物語つてゐる。まるで「遺稿」をなすためにすべてを小説に打ち込んでゐたやうで、時々は限りない愛惜の念が、私の胸のうちで彼女がまだ生きてゐるのではないかと錯覚を起させる位だ。（5面）

こうした遺稿群の継続的な発表は、文学場におけるかの子の存在感《プレゼンス》を維持させるばかりか、以下の同時代評からみる限り、さらに文名を高めていくことにも寄与していった。しかも、当人がすでに死去しているという事実があり、かの子の潜在的能力《ポテンシャル》の奥深さは改めて想像されていく。その奥深さは、「女体開顕」（『日本評論』昭15・2〜12）連載開始時に付された、川端康成「「女体開顕」について」（前掲）によく示されている。

生前に私達が見た作品は、いはば氷山の水面に浮ぶ部分に過ぎなくて、その巨大な姿は、死後までかくれてゐたのである。古今に類を絶する異常な作家生活であつて、私はただならぬ驚きに打たれる。

しかも、遺稿の発表がつづく以上、氷山の全体は常に不可視の潜在的能力《ポテンシャル》として死んだかの子に幻視されることになり、したがって川端も右の引用につづけて《死の近づくにつれて、このやうに豊麗絢爛な開花を見せたといふことは、日本離れのした大天才のしるしでなくて、なんであらう》（376頁）と、その才能に手放しの賛辞を送る。同様の感想は、「文芸時評」（『三田文学』昭15・4）の山本健吉によっても言表される。

岡本かの子が逝いてからまだ一年余りを経過したばかりだが、既に彼女の多彩豊富な生涯は、伝説上の人物にも相応しいやうなヴェエルを卸して、我々にははつきり見えない。人々は死の前の数年間に於ける彼女のたくましい生産力に驚異の眼を見張つたが、死後なほ無尽蔵に残されてゐる遺作の山を見て、言ふべき言葉を知らないのである。（160頁）

遺稿として新作が発表されつづけ、しかもその《生産力》が生前晩年の短編や『生々流転』によって提示された〝いのち〟というテーマとも重なることで、没後かの子像の神話化は進んでいく。

この時期に、《故岡本かの子氏の小説が生前よりも今盛に発表されてゐる秘密は何であらう》という問いを立てた「作家の姿勢（文芸時評）」（『文藝首都』昭15・8）の西村時衛によれば、《人々は情熱がほしいのだ。世の中を理論的には容認できても、これを動かして自己を行動にまでもつてゆくだけの情熱をみつけたいのだ》（110頁）と、かの子作品に、他作家・他作品には求め得ない《情熱》を見出し－希求していく。

もちろん、かの子の死後、遺稿は夫・岡本一平による整理を経て発表されていく以上、どこまでがかの子のオリジナルで、どの程度一平の手が入っているのかという、本文をめぐる難問《アポリア》が常につきまとうことにはなる。[16] ただし、同時代において、そうした論点がことさら問題化された形跡はなく、作品内容はもとより、間断なく遺稿が発表されていくというその物量に裏打ちされた事実が大きな意味をもち、かの子評価を支えていく。

Ⅶ

最後に本章の議論を改めて整理しておこう。

短期間における飛躍的なかの子評価の上昇（神話化）は、同時代の視座からの見取り図として次の三段階に整理できる。

第一に、毀誉褒貶相半ばしながらも、「鶴は病みき」、「母子叙情」、「老妓抄」などをメルクマールとして段階的に賛同者を増やしていった現役小説家時代が、まずある。こと昭和一四年には、素材派芸術派論争や女流作家の隆盛といった文学場の動向との相関関係の中で、その絢爛たる文彩、強烈な自己肯定（作家性）、審美的なテーマが評価され、次第に文名を高めていった。第二に、本章Ⅳ・Ⅴで検証した、かの子の死を与件として紡がれた、かの子追悼言説による再評価がある。ここでは、生前からの評価にくわえ、かの子への期待や潜在的能力《ポテンシャル》までもが掘りおこされていく。あるいは、かの子の死を契機とした再発見、作家・作品評価を好転させたケースも少なからずあり、支持の裾野はひろがっていった。第三として、本章Ⅵで素描した、発表されつづけていく遺稿とその同時評による、断続的な評価の深化・好転があげられる。[17]

最後に、かの子評価の推移から浮上してきた論点について検討することで、本章のまとめにかえたい。まず、佐々三雄「文芸時評」（『早稲田文学』昭14・5）を引いておく。

> このひとの沢山の小説を、ぼくは殆んど読んでゐなかつた。それに、ある偏狭な気持から、さほど関心もよせず遠い気持でゐた。〔略〕それを今度は感心したのだつた。文学界の生成流転《ママ》を読み始めた時には、まだ承前の先入感があつた。が、これを読み、中央公論の「河明り」を読むに至つて、ぼくはいろんなことを考へだし、今月作品のなかではともかく一等だと思つた。今ごろの作品で、部分の完璧さで以て読ませる作品といふものはない。描写、といふよりは表現であらうが、部分の映像の完璧な持続は、大正の少数の作家以外に、ぼくらは出会はなかつたのである。（73〜74頁）

まさに、その死を契機に、しかも《先入観》をもってかの子を読んだ佐々ではあったが、いざ「生々流転」と「河明り」を読んだ結果、高く評価している。その際のポイントとして注目したいのは、佐々が《今月の二つの作品から受けたものは、なにやらどつしりした爛熟した文化といふもの》、《この作品の趣味と背景は、東京の下町の江戸の昔から明治を経て蓄積された、重量のある文化》(74頁)だと繰り返し指摘した《文化》の内実である。佐々はそれを大正期(以来)のものと見立てるのだが、振り返ってみれば、上林暁も「丸の内草話」、「河明り」、「生々流転」を評した「文芸時評　岡本、火野、中山、志賀氏など」(前掲)で、《かの子女史の感覚や人生観は、明治の育ちと下町の人情の方が勝ってゐて、やゝ古風で大時代的な感じがする》(9面)と指摘していた。また、生前晩年の「鮨」や「家霊」の同時代評では、谷崎潤一郎の名を参照しつつ、古さが頻りに論及されていた。[18]

してみれば、肯定的な意味でかの子(作品)は古く、谷崎風であったということになるが、逆にいえば、それは昭和初年におけるプロレタリア文学や昭和一〇年前後における多様な表現を通過した青年世代の文学とは、およそ文学観を異にするということでもある。多くの文学者が抱えた歴史的な体験を欠落させることによって、かの子(作品)は、大正期の系譜をつぐ者として文学場に映じていたということになる。ただし、別言すれば、こうしたかの子のやりすごし方自体が歴史的な振る舞いでもあり、また、独自の作家性を、社会状況や文学場の動向に左右されずに貫いたがゆえの強みでもあった。

総じて、かの子追悼言説に注目した同時代の視座からの調査・分析に即すならば、没後かの子像の形成は、必ずしも岡本一平・太郎や《身近な者》に限られていたわけでない。ひろく文学場からよせられた、生前を振り返っての作家・作品評価や、愛惜、期待、さらには文学場における配置などが集積されることで、歴史的に、しかし短期間にかの子神話は形成されていったのだ。それは、一人かの子の問題であると同時に、文学場の動向をも浮かびあがらせる、一つの歴史的な事例でもあった。

注

1　松下英麿「岡本かの子」（同『去年の人　回想の作家たち』中央公論社、昭52）、28頁。
2　伊藤整「解説」（同編『現代日本小説大系　第五十三巻』河出書房、昭26）、327、342頁。
3　熊坂敦子「岡本かの子研究史」（同編『岡本かの子の世界』冬樹社、昭51）、201～202頁。
4　宮内淳子「序　花の寺・ベネチアの橋」（同『増補版　岡本かの子論』EDI、平13）、20～21頁。
5　三枝和子『岡本かの子』（新典社、平10）、123頁。
6　注3参照。
7　「「日本」なるものに関する論調――民族・伝統・国民文化・日本学の問題――」（『出版警察資料』昭13・2、3）参照。
8　「老妓抄」については、拙論「あふれる〝いのち〟の文学――岡本かの子「老妓抄」Ⅰ」・「老妓の物語から「作者」の物語へ――岡本かの子「老妓抄」Ⅱ」（同編『テクスト分析入門　小説を分析的に読むための実践ガイド』ひつじ書房、平28）参照。
9　拙論「女流作家の隆盛／〝喪の仕事〟――「女生徒」」（同『昭和一〇年代の文学場を考える　新人・太宰治・戦争文学』立教大学出版会、平27）参照。
10　拙論「富澤有為男『東洋』の場所――素材派・芸術派論争をめぐって」（同『昭和一〇年代の文学場を考える』前掲）参照。
11　圓地文子「かの子変相」（『短歌』昭30・7）、108頁。

12　注4に同じ、23頁。

13　一例として近代浪漫派文庫『岡本かの子／上村松園』（新学社、平16）があり、高須芳次郎「岡本かの子の芸術」（『月刊文章』昭15・3）では《かの女の小説、戯曲は、いづれも、新浪曼主義に起ち、極めてそれを鮮明に表現してゐる。『河明り』などにもこの傾向が強い。『老妓抄』とても、同一系統に属する作品である》（40〜41頁）と評されている。ほかに、《故岡本かの子氏の作品など、なかなかよい文章であつた》と論及する日本浪曼派同人の淺野晃は「強い文章を」（『新潮』昭14・9）において、《あの鋭い機鋒を蔵した粘液質の文章は、奇妙に力づよいものであるが、その一つの原因は伝統和歌の底力から来てゐる》（53頁）と推測している。

14　同書は、「生命の娘かの子」、「エゲリアとしてのかの子」、「かの子と観世音」などのキーワードをうちだすと同時に、そうした作家像を象徴したキーワードの提供源ともなった。

15　熊坂敦子編「年譜」（『岡本かの子全集　別巻二』冬樹社、昭53）、334頁。

16　かの子にくわえ、岡本一平、新田亀三、恒松安男が関わった《いわゆる〈岡本工房〉の機能》（2頁）を問題化すべきだとする、田中厚一「交響するテキスト——岡本かの子の〈書き方〉をめぐって——」（『帯広大谷短期大学紀要』平9・3）参照。

17　かの子遺稿群の同時代受容については、拙論「岡本かの子「生々流転」同時代受容分析」（『人文研究』平30・3）参照。

18　《同時代の精神的状況に深く関わり、その懐から勢いよく奔《はし》り出て、それ自体で同時代にたいする批判的な存在になり得る、万華鏡さながらに豊麗で多彩な夢——それこそ昭和十年代のかの子の小説の実現であった》と捉える「解説　生命の更新術」（松山俊太郎ほか編『新編・日本幻想文学集成3』（国書刊行会、平28）の堀切直人は、《岡本かの子は一体なぜこのようにほとんど例外的に、不毛な「荒地」にまばゆいばかり美しい大輪の花を咲かせることができたのか》という問いに対して、《昭和期のかの子がかつて親んだ大正文学を早計に見限ることなく、またその追憶に未練たらしく恋々とすることもなく、そのなかに蔵されている、いまだ汲みつくされていない文学的思想的可能性を人知れず粘り強く着実に育て上げていったからであるにちがいない》（493頁）と見立てている。結句、堀切はかの子を《大正文学の遅れてきた、時節はずれの大成者ともいうべき岡本かの子》（504頁）と称することになる。

第6章
井伏鱒二を支える〝わかる読者〟の登場——「多甚古村」同時代受容分析

I

大正末のデビュー以来、たとえば井伏鱒二は、《「昭和」の初頭、文芸の血脈千々に乱れるさなかにジャーナリズムに顔を出し、ひとがよく口にするように、いつの間にか大家になりおおせた作家》[1]だと評される作家である。しかも、すでに昭和一〇年代半ばには[2]、井伏鱒二は〝流行作家〟と称される地位にまでたどりついている。山時鳥「流行作家の実体（5）井伏鱒二の巻」（『読売新聞』昭15・5・24）では、《井伏文学の流行は、大部分そのユーモラスな希有な感触に基くと見てよい》と、何よりそのユーモアが注目され、つづいて次のように論じられている。

　井伏の発散するユーモアは、孤独にあつて静かに愉しめる性質のもので、文学のみが与へ得る清純なユーモアといつていゝかも知れない。井伏の流行を支へてゐる読者層は簡単に見究めはつかないが、想ふに、笑ふ群衆のなかでは苦虫を噛みつぶしてゐて、独りになつて初めて澄んだ心で笑ひを求める気むつかしい、しかし気持に或る余裕のある現代人の一部であらう。

作家一流のユニークなユーモアによって支持される井伏は、さらにモチーフとその捉え方、文章も特筆に値するという。

彼の作中には多く世俗のそれ自身別に特色もない人物が描かれてゐるが、それらに対す彼の照明の当て方が面白く、一見簡素に見えてその実、微妙な屈折とリズムをもつた彼の文章がその面白さを二重にも三重にもしてゐる。そして時として、これは愚かしくも文章にバカされてゐるのではないかと、ハツと周囲に眼を外らすやうな変つた経験も、井伏文学のみが味はせて呉れるものだ。（5面）

《一見／その実》といった井伏をめぐる語り方は、本章でも追って検証していくが、昭和一三年には「ジョン・万次郎漂流記」其他《ママ》ユーモア小説による第六回直木賞受賞があり、それは《「大衆文学」と「純文学」の境界が再定位され始めていたこの時期、「大衆文学の新生面」を待望する動きの一環[3]》だと位置づけられている。また、『多甚古村』の舞台化、映画化が、井伏を〝流行作家〟にみせたことも確かだろう[4]。ただし、それは小説評価の後の話である。

ならば、井伏が流行した契機（転機となった出来事・作品）はどこに見出せばよいのか。こうした興味関心からK・F（中島健蔵）「文学的人物論　井伏鱒二」（『文藝』昭14・11）を参照すると、そこには次の一節がみられる。

時が経つた。
民衆の智恵を軽んじた者が退くべき時が来た。井伏鱒二の名を圧してゐた名が、一つ二つ、小さくなつて行つた。その時である。再び彼が新しい姿で立ち現れたのは。（208頁）

井伏の潜在的能力《ポテンシャル》を抑圧してきた《名》が時の経過によって消え、《『多甚古村』は、再び民衆の智恵の明るさを、前よりもしつかりした腰つきで我々に示すことになつた》（209頁）というのが、右の引用に孕まれた具体的な内実である。そうであれば、この時期に井伏の名を高らしめた直接の契機は、やはり「多甚古村」だということになる。同作については、東郷克美に研究史上の論点をも集約した、次の概評がある。

この作品はよくも悪くも戦前の井伏文学のひとつの到達点であった。庶民的なるものへの強い関心、非情と詩情との混淆、庶民生活に接する機会の多い職業の人物を中心にすえての連鎖的方法などその後の井伏文学、とりわけその長篇小説の根幹になるものが、ここに出揃っている。しかも、この作品には日中戦争下の、いわゆる「非常時」体制の影が落ちていて、時局に対する作家の姿勢を窺うこともできる。[5]

こうした評言をふまえ、本章では井伏鱒二「多甚古村」をめぐる同時代受容の地平－モードに注目していく。というのも、小説表現に即して《出揃っている》とされた東郷の指摘は、それと連動しつつ、同時代の作品受容・作家評価についてもいえ、そこには戦後とは異なる井伏評価（論点）も原型として出揃っているのだから。

ここで、以下の議論の前提として、同時に井伏鱒二評価のポイントを探る意味も含めて、主要先行研究を発表順に検討しておく。

『多甚古村』について、《この作品は面白くはあつたけれど好きになれなかつた》という寺田透は《作者の世俗的興味が弾みすぎてゐる》点を難じて、次のように論じている。

> ここにあるのは人間に対する愛情といふより、世態人情の面白さに釣られた興味の動きなのだ。〔略〕話の種は深刻であらうと多彩であらうとそれらを扱ふ井伏は、世間話に身を入れた人間の心のやうにひどく通俗的で大まかなのだ。ただ一つの美点は、その興味の度の強さと、一人一人の人間が持つ善のかけらに対する彼の愛情だけである。

寺田は通俗にすぎる点を難じた上で、それに対する作家の興味の《強さ》と《愛情》とを《美点》[6]だとして救いだす。

《中日戦争の中で書かれた作品の大部分》について、《文学的形象化ではなくて、いわばレビユウ化》だと否定的な見解を示す杉浦明平は、《全作品の中で最も有名だがしかし凡作》という評価を付しながら『多甚古村』に言及していく。《主人公、語り手として「年のころ三十前後の（駐在所の）巡査」がえらばれたことは意味が深い》と指摘する杉浦は、《それはこの作品の性格を決定して人情噺たらしめたから》だとして、《中日戦争の下にある小さな田舎町に次々におこる諸事件はそれぞれに日本社会の大破局を暗示する深刻な悲劇の相を帯びていたはずなのに、この作品では、正に人情巡査の眼をとおして映つたままに、愛国美談の変種、新聞の雑報記事の蒐録以上には出ることができない》[7]という限界を抱えこんだ点を批判している。

『多甚古村』を《井伏鱒二の作品の中で、いちばん通俗的に成功した作》だと紹介する佐々木基一は、《それだけにまた主人公たる駐在巡査の正義感や人情の通俗性を指摘する評家がたえない》のだとしながら、さらに次のように述べている。

作者は戦時下の、ものを書くことが多分に窮屈になりはじめた時期に、権力の代行者たる駐在巡査に自らを仮托し、国家非常事という大義名分をかかげることでかえって、これら名もなき民衆の悲惨と愚行の数々にあくなき興味をそそぐ自由をかちえたかの如くである。

ここで佐々木は、時代背景を積極的に導入しながら、巡査という視点人物と《非常時／民衆生活》という作品設定に、作家の《窮余のはてに考えついた苦肉の策、一種の韜晦戦術》を見出しては、《戦時下の片田舎の風俗絵巻》[8]だと要約している。

また、〝流行作家〟となった井伏鱒二の読者層（支持層）に論及する中村光夫は、《氏は昭和の初期に出発したいはゆる純文学の作家のうち、新聞小説に成功しなかつた、或ひはしようとも試みなかつた唯一の作家》だとその独自性を指摘した上で、《広い女性の読者を捕へなかつた代りに、氏は男性の選り抜きの読者を持つてゐます》[9]と論じており、山時鳥評に重なる。

《氏は賢明にも摩擦を避けて、干潟にはさざら波、梅の村に入るという牧歌的な農村に舞台を設定し、およそ警察官という概念に当てはまらないような、善良で無邪気な巡査を持ち出す》と、『多甚古村』の設定に言及する杉森久英は、その巡査に《当時の支配者たちへの作者のちよつとした嘲笑や蔑視の気持の痕跡》を見出しつつ、それが《どんなに疑い深い目にも気取られないくらい、隠微なもの》だと述べ、《それほど重苦しい》、《時代の空気》[10]をかいくぐる、井伏の戦略的抵抗を見出している。

このような『多甚古村』への批評言説の蓄積の後に、研究史は展開されていく。田辺健二は《『多甚古村』は戦争を謳歌する国策文学ではないにしても、批判精神を欠いた、間のびした風俗小説に堕してしまった》[11]という否定的な評価を下したが、田辺同様、日中戦争下における井伏の姿勢《スタンス》に注目した前田貞昭は、作品内外の要素をていねいに検討した上で、次のように論じている。

井伏は、一方では「非常時」「時局柄」「戦時中」といった類の語彙を安易に使用して、国家権力の指向するところに、(決して積極的とはいえないのであるが)知らず識らずのうちに同調すると同時に、他方では、貶価していえばジェスチュア次元であるにしても、身近なところに見うる権力的存在に対する批判の目も持っていた。「多甚古村」〈本編〉は、このような中途半端なところに成立している。

つまり前田によれば、《国家権力との関係を視野の外に遠去け、問題を巡査という身近なところにとどめ》たことで、《〈多甚古村〉という人間模様を描く舞台背景を確保した》のだが、それは同時に《国策宣伝でもなく、暗い農村ルポルタージュでもない、「多甚古村」〈本編〉の場[12]》を成立させることに成功し、それゆえに時代への同調を余儀なくされもしたという。

前田の歴史的な「多甚古村」理解の対極に位置するのが、『多甚古村』に《永久不変性》を見出す山田有策の理解である。《甲田巡査は一貫して老熟した男であり続け、少しも変容しない》ことが《〈多甚古村〉が〈都市〉の侵入にも時代や時間の推移にも変容しないことと同一》だとみる山田は、こうした普遍的な相貌を『多甚古村』の《最大の魅力[13]》だと評している。

その一方で、歴史的な読解も示されてきた。《さまざまな試行錯誤を重ねていくなかで、井伏は『多甚古村』によって時代のモードに乗り、「流行作家」と呼ばれるようになった》と指摘する滝口明祥は、さらに《井伏もまた文学大衆化から「風俗小説」へという同時代の大きな流れのなかに位置して》おり、

《その限りで総力戦体制に適合的に見える》[14]と論じる。さらに滝口は、『多甚古村』のエピソード分析を通じて、《たとえ井伏がどのような意図を持っていたにせよ、『多甚古村』の構造を捉えて読む限り、どのような意味によってもそれを「抵抗」とは言いがたい》[15]と、井伏の戦争に対する姿勢《スタンス》を判じている。

以上、『多甚古村』先行研究をまとめておく。全体としては、一定以上の『多甚古村』の人気・評価を承認した上で、戦時下という時代状況と、その中で駐在巡査を語り手とした設定が注目された。内容に関しては、両義的な評価が示されてきた。モチーフとされた庶民の人情とその書き方（の通俗性）も、研究史で争点となった時局に対する作家の姿勢《スタンス》も、普遍性（非歴史性）を顕揚する立場も含めて、見解・賛否は割れている。その意味では、『多甚古村』の評価・位置づけはまだ固まっておらず、右に検証してきた一連の評言も含め、戦後井伏評価の関与も想定できそうである。[16]

しかも、井伏鱒二研究史において、〃流行作家〃となった契機として注目すべき『多甚古村』とは、《ベストセラーになった割合に、作品享受の実態が未解明》[17]だという。本章でとりあげるゆえんである。

Ⅱ

本節では、初出「多甚古村」連作の同時代評を分析していくが、それに先立って各編の初出を確認しておく。

・「多甚古村（一）」（『文体』昭14・2）
・「多甚古村駐在記」（『改造』昭14・2）
・「多甚古村（二）」（『文体』昭14・3）
・「多甚古村の人々」（『文学界』昭14・4）
・「多甚古村」（『革新』昭14・5）
・「多甚古駐在記」（『文学界』昭14・7）

これらがまとめられて『多甚古村』（河出書房、昭14）として刊行されるが、その際、初出未詳の箇所が含まれる。

あらかじめ「多甚古村」評の主な論点を示しておくと、**a**作品評価（面白さ）、**b**設定・形式（舞台・巡査・日記体）、**c**作家性（井伏調）、**d**ユニークさ（ユーモア、ペーソスほか）、**e**芸術性（紙背の苦心）、**f**批評性（作家の眼）、**g**時局・戦争の七つである（以下、同時代評にみられた論点を、亀甲括弧内にa〜gで示す。）。

第一作「多甚古村（一）」については、同時代評未確認。

同月発表の第二作「多甚古村駐在記」には、一一本の同時代評が確認できた。豊島與志雄は「文芸時評（2）作者のモチーフ」（『東京朝日新聞』昭14・1・31）で、《独り楽しまれた余りにか、却て面白みが少い》（7面）と、いつもの井伏による《面白み》を想定しながら作家性を指摘している〔a・c〕。「文芸時評（4）筋と描写」（『中外商業新報』昭14・2・3）の高見順は、《氏の小説はいつも趣味的な小説だが、いつものやうに趣味を通して人生とぶつかつてゐるといつたところが、この小説には欠けてゐる》（5面）と作家性を見出しつつも、井伏作品にあるはずの批評性の欠如を難じている〔a・c・f〕。同様の批評は、《さして傑出した作品とはいへないまでも、この作者の持ちまへの人生や人間に対する、人情の温かさを示した作品として、好個の出来栄え》だと、同作に一定の評価を示す立野信之「文芸時評（4）愛情と風俗」（『都新聞』昭14・2・5）にもみられ、《以前の作品にあつた、無理な作為もなくなつて、気持よく従いて行ける》が、《その代り以前にあつた人生に対する皮肉や諷刺が無くなつてゐる》（1面）点が批判されている〔a・c・f〕。対照的なのは、《作者井伏鱒二氏のお家芸に接する愉しさと気楽さを感じる》と、同作の井伏らしさを好意的に評する「文芸時評（3）文芸雑誌の行方」（『読売新聞』昭14・2・5夕）の武田麟太郎で、《駐在所巡査の日記の抄録めかしてある》が、《この人はいつも自由作文または綴方を書いて読者に、さうしたものが自然に持つ皮肉な批判を聞か《ママ》せてゐる》（2面）と指摘し、従来通りの批評性を読みとっている〔a・b・c・f〕。他に短評ながら、深田久彌「二月の創作（3）『養蚕』と『木と金の間』」（『北海タイムス』昭14・2・9夕）で《印象に残つた》（3面）〔a〕、神田鵜平「創作時評」（『新潮』昭14・3）で《相変らずの井伏調》（115頁）〔c〕、上林暁「文学の歓びと苦しみについて　文芸時評」（『文藝』昭14・3）で《牧歌的な明るさが見える》（231頁）〔a・d〕と、それぞれ論及された。

　雑誌評においても、田邊茂一「文芸時評」（『文学者』昭14・3）では《鱒二ものと云ふべきもの》

（159頁）と、いつもながらの作風が読みとられ〔c〕、あるいは無署名「改造」（『三田文学』昭14・3）では《ただこれだけのもの、面白いが、しかし取り上げて何かを云ひたいといふ切実さは何も起させない》（17頁）と、同様の論点が否定的に論及されてもいた〔c〕。

ただし、同時に絶賛評もみられる。その一つが、次に引く天下泰平「創作月評」（『文藝』昭14・3）である。

田舎の駐在所の巡査の日記の形で、歳末年始に起つたその近傍のさまざまなユーモラスな事件を描いてゐるのだが、努めてユーモアに溺れず書いてゐるので、ユーモアの味が一層イキイキと輝いて来てゐる。人間の哀しみが出て来てゐるのだ。同時に、筆触も厳しくなつて清新さと溌剌味を加へて来てゐる。この作者一時スランプに陥つてゐたが、最近完全にそれを突破したやうである。実際、続けて雑誌小説を読んで来て偶々この作品にブッつかつた時、本当に救はれたやうな気になつた。（260頁）

ここでは、同作の設定・形式から内容、作家性までが顕揚され、スランプからの脱出を認めるに十分な、読者を《本当に救はれたやうな気》にさせるほどの芸術性が読みとられている〔a・b・c・d・e・f〕。もう一つは、《駐在巡査といふ観察上の便宜な立場を持つて来て農村を見ようとしたこの作者の思ひつきのよさには感心する》とその設定を絶賛する、岡澤秀虎「文芸時評――二月の小説――」

（『早稲田文学』昭14・3）である。岡澤は同作の内容を、《農村（集団）の生活でなく、人間風俗》だとした上で、《だが相当立派な「芸」であり、相当練れた心境》、《ユーモラスのものも、生ではなく、くすんだ渋い芸術的な味ひを持つてゐる》と、作家の興味や芸術性、それを支える心境を、《然し高いものではない》と留保をつけつつも評価している。また、《題材がいいからこの芸術境が生きてゐる》という同作の評価に即して《成長》を指摘し、さらに《時代を自然に（無意識的に）受容してゆく天分は、瀧井孝作などより遥かに柔軟性があり、立派》（66〜67頁）だと評して、時代性にも論及していく〔a・b・c・d・e・g〕。

このように、「多甚古村駐在記」は総合雑誌『改造』掲載だったこともあり、多くの同時代評が産出され、井伏らしさをベースに多彩な論点から好意的に論及され、復活を印象づけていった。

第三作「多甚古村（二）」については、同時代評未確認。

翌月発表の第四作「多甚古村の人々」には、五本の同時代評が確認できた。同作を読んだ「文芸時評日記」であるが、私は二、三ヶ月前に同じ作者の同じ題名の小説を読んだ記憶がある》と、初出「多甚古村」の連作という発表形態にふれ、《今月のものはその続篇であらう》と推測しつつ、次のような指摘をしている。

【完】美しい心境」（『東京日日新聞』昭14・4・2）の水原秋櫻子は、《さういふ名の村に駐在する巡査の

この駐在日記は、どこから読んでもよいものだし、又どこを読んでも微笑することが出来る。これ

がこの作者の筆の徳であるが、かういふ行き方をして読者を飽きさせないやうにするには、必ずそれだけの苦心が費されてゐるのであらう。（5面）

水原は《どこから読んでもよい》という特質を好意的に捉え、それが《読者を飽きさせない》理由を、作者の紙背の《苦心》にみている〔a・b・c・d・e〕。もっとも、そうした特質は、神田鵜平「創作時評」（『新潮』昭14・5）のように、《例によつて例の如し》（200頁）、つまりはマンネリズムと捉えられもしたが、田邊茂一が「文芸時評」（『文学者』昭14・5）で《駐在巡査の日記、井伏調のかぎり乍ら、技神に入ると云つても過言でない》（217頁）と評したように、作風はいつも通りながらも、その成果が高く評価されてもいた〔a・b・c・e〕。他にも、「文芸時評」（『早稲田文学』昭14・5）の佐々三雄のように、《おもしろい、愉快な作品》であるがゆえに《かういふ特異な作家の存在は守られてい丶》（76頁）といった率直なエールもみられたし〔a・c〕、逆に、《のどかな村の、駐在巡査の日記体を借りた世相ニユウスで、鱒二独得のペエソスに充ちた世界》だと同作を要約するS・Y・Z「文学界」（『三田文学』昭14・5）のように、《楽しく読めるが、神経質な氏としては珍らしく粗奔なところが目につい た》（164頁）と、批判されもした〔a・b・c・d・e・f〕。

総じて、本作では一定以上の作品評価を前提として、e芸術性（紙背の苦心）が注目を集め、このポイントが評価される場合は好意的な評価、そうでない場合は否定的な評価となる傾向にあり、つまりは、評価の分岐点がはっきりしてきたといえる。

第五作「多甚古村」については、同時代評未確認。

第六作「多甚古駐在記」(『文学界』昭14・7)については、六本の同時代評が確認できた。新聞評は、短評ながらいずれも好評であった。古谷綱武は「文芸時評(四)」(『国民新聞』昭14・6・29)で、《私の愛読してゐる文章》だとした上で、《なにか親身な愛情のしみたものを書くひとは、今日井伏氏をおいてはない、私は尊重すべき才能と信じてゐる》(6面)と、文章とそこに孕まれた作家性を顕揚する〔a・c・d・e〕。《「干潟にはさざら波、梅の村に入る」と云ふ句がそつくりあてはまる風景を持つ多甚古村の駐在巡査、甲田なにがしの日記の体裁を借りた聯作の一つ》だと同作を紹介する武田麟太郎は「文芸時評(4)詩と散文芸術」(『東京朝日新聞』昭14・7・2)で、《ここで、読者は十分、井伏鱒二の描くペエソスある人間と事件を楽しむことが出来る》(7面)と、内容の面白さを読者に保証する〔a・b・c・d〕。他に、宇野浩二「八月の創作(4)我流文芸観」(『北海タイムス』昭14・8・11夕)でも、《可なり委しく書きたかつた》(3面)作品として論及された〔a〕。雑誌評では、神田鵜平「創作時評」(『新潮』昭14・8)では《相変らず飄々として面白い》(108頁)と、いつもながらの井伏調が評価された〔a・c・d〕。その反面、《フイリツプの「小さな町」を思はしめる配列で、此作家独特の作話は、相変らず面白いもの》だとする無署名「文学界」(『三田文学』昭14・8)では、《少し千辺一律の嫌ひがある》(207頁)とマンネリズムに対する危惧が表明されてもいた〔a・b・c〕。《一篇一篇が読切りになつてゐて方々に発表され、全体を通しても一篇になるといふ、日記体の小説》と同作を紹介する大井廣介「長篇中篇　時評」(『槐』昭14・6)では、次のように絶賛された。

益々井伏文学の妙味を発揮してゐるが、観照者である駐在所巡査が、井伏調の余裕のうちに、素朴な正義感を蔵し、時おり意外に辛辣な批判精神を発散し、従来の井伏文学の『そらとぼけ』や『あはれ』の境地から一歩進み出てゐる。

ここで同作は、発表形態・形式への論及から、作家性、批評性など論点網羅的に評価され、《事大主義な非文学の横行の中に超然として、一種の清涼剤たるを失はない》（49頁）と、時代状況との対比からも評価された〔a・b・c・d・e・f・g〕。

ここまで検討してきた、初出「多甚古村」連作をめぐる同時代受容の地平－モードについてまとめておく。論点は、あらかじめ提示した七つにほぼ収まっているが、設定・形式〔b〕と井伏調〔c〕については多くの同時代評で論及がみられた。後者については、肯定／否定のニュアンスがもりこまれるケースもあったが、いつもながらの井伏調のうちに心境の深化や成長が見出される同時代評が注目される。というのも、ユニークさ〔d〕、芸術性〔e〕、批評性〔f〕といった論点に関しても、同様の作品評価がみられるからだ。一見凡庸な様相を呈した井伏らしい小説表現は、ある見方からすればいつも通りなのだが、別の見方からすれば、従来よりも高く評価すべき何かとして受容されているのだ。

つまりは、結果的にせよ井伏作品が〝わかる読者にはわかる／わからない読者にはわからない〟という二分法で、読者を前者へと卓越化していくという事態の進行がみられるのだ。もっとも、いつもながらの井伏調と読まれても一定の評価はされるのだが、読者が初出「多甚古村」連作に何かを見出した時、その評価は飛躍的に高まっていくことになる〔g〕。

Ⅲ

本節では、単行本『多甚古村』（河出書房、昭14）についての書評九本をとりあげて、同時代受容の地平‐モードの分析を進める。なお、先の論点に**h**初出‐単行本間の印象をくわえておく。

管見の限り最もはやい書評は、《井伏鱒二の「多甚古村」は、言葉どほり、私が近頃で最も愛読した本の一つ》だと同書を絶賛する、宇野浩二「文芸好著三種」（『読売新聞』昭14・8・18夕）である。《遠く「朽助のいる谷間」「丹下氏邸」その他の頃からの愛読者である私は、単調であるやうに見えて単調でない、変化ないごとくに見えて変化のある井伏の作品は殆ど欠かさず読んでゐる》という宇野は、（本章Ⅱ末でも指摘したように）〃わかる読者〃として自らを卓越化しながら、同時に井伏の変化＝成長を指摘する。さらに、その論点は、次のような菊池寛との会話によって、より深められてもいく。

　先達て菊池寛に会つた時、菊池が、「多甚古村」が如何にも面白いと述べた後で、「実に楽に書いてゐるね、」と云つたので、私が「あれで可なり骨を折つてゐるだらう、」と云ふと、「さうかね、」と菊池は云つた。この菊池の「さうかね。《ママ》」に肯定の気持があつたので、私は嬉しかつた。私が「可なり骨を折つてゐるだらう」と云つたのは「多甚古村」を差すと共に、数年前の傑作『集金旅行』から井伏がこゝまで進まないやうに見えて進んで来たことをも意味するのである。（２面）

ここで宇野は、菊池寛を召喚しては〝わかる読者〟であることを相互承認しつつ、表面的な読解にとどまらず、芸術性（紙背の苦心）まで読みとったことを強調している〔a・c・e〕。ちなみに、菊池寛も「話の屑籠」（『文藝春秋』昭14・9）において『多甚古村』を《面白くよんだ》として、《読後二、三日楽しかった》（319頁）と手短に賞賛しているが、宇野評をふまえて読めば含みのある評価といえるはずだ〔a・e〕。

こうした、井伏の一見凡庸な小説表現に、読者が積極的に論点e芸術性（紙背の苦心）を見出していく『多甚古村』評価に特徴的な規則に気づけば、無署名「新刊紹介　多甚古村」（『文学者』昭14・9）における、《片田舎の駐在巡査の日記の形式をかりて、飄々たる作者のユーモラスな目が、到るところに光つてゐる》、《この作者の特質をもつともよく現はして、いよ〳〵円熟の境地に達した感じ》（142頁）という評言も、〝わかる読者〟による評価と捉えられる〔a・b・c・d・e〕。

《井伏鱒二は一見何でもなささうな市井の些事から、ペーソスを湛へた人生詩を拾ひ上げてくる名人》だという「井伏鱒二著「多甚古村」」（『早稲田文学』昭14・9）の浅見淵は、「多甚古村」初出－単行本間の印象を次のように述べている。

僕は大部分雑誌で読んでゐたのであるが、単行本になつたのを改めて最初から読み返してみて、雑誌で読んだ時よりも大きな感じを受けた。個々の面白さがいくらか相殺されてゐる気味はあるが、その代り山あり谷ありといつた感じがした。つまり、ジグザグした人生縮図、或ひは人生模型図を生彩を伴つて展開してゐるのである。

さらに《作品の出来栄え》については、次のように《井伏鱒二最近の傑作》だと激賞していく。

いろいろな事件のうちどれ一つも上ずつて書かれてゐないし、出来るだけ流露しようとするペーソスを抑へてゐる。そして、余情に深い味を滲みださしてゐるのである。

のみならず、作者の眼と駐在所の巡査の立場とがよくマッチしてゐる上に、背景を多甚古村といふ小さな村に限つたことが、この人生図をよく象徴的にしてゐる。（73頁）

こうした浅見評は、『多甚古村』をめぐる論点を網羅的に顕揚する評言となっている〔a・b・c・d・e・f・h〕。上林暁「井伏鱒二著　長篇多甚古村」（『知性』昭14・9）も同様で、《甲田巡査といふ、三十歳位で、まだ独身の、一駐在巡査の駐在日誌》に《記載される人物達》は、《多種多様で、数十人に及んでゐる》（190頁）と登場人物を紹介した上で、上林は《それらの人々の醸し出す事件《アフェア》の大部分は、決して牧歌的と言へるほど暢気なものではなく、むしろ深刻な社会相の縮図を示してゐる》のだが、《読み過しながら、或は読み終つてから、われ〳〵の頭に浮ぶものは、そのやうな深刻な社会図ではなく、作者の歌声》だとして、作家性を読みとってみせる。さらに、それが《現代くらゐ作家が自分の歌を歌はない時代はない》状況下で、《何等の主張も立言もなく、只管人間の像を彫みつゞけてゐる井伏氏の作品は、現代において最も信憑すべき作品》だと意味づける上林は、単行本化による受容を次のように語る。

僕は「多甚古村」が雑誌に分載されてゐた時分その一部分を読んで、あまりに面白可笑し過ぎはしないか、作者の関心がその方に走り過ぎて、従来の作品よりも底が浅くなつてゐやしないかと井伏氏のためにひそかに危惧してゐたが、今度全部を通読してみると、目釘はちやんと打たれてゐて、微動だもしない井伏氏の世界が展開されてゐるのを見て流石に感服した次第であつた。（191頁）

淺見同様に上林も、〝わかる読者〟として網羅的な論点から『多甚古村』を顕揚していた（a・b・c・d・e・f・h）。また、S・A「井伏鱒二著『多甚古村』」（『東京朝日新聞』昭14・10・15）では、《「年のころ三十前後の巡査」の駐在日記の形》で、《そこに描かれてあるのは、この巡査の眼で捉へた村のさまざまの出来事》だと『多甚古村』を紹介しながら、しかし《巡査の眼は、制帽の廂に隠れた眼ではなくて、一個の丸坊主の人間の眼であり、また同時に作者の眼》だとして、《井伏鱒二と云ふユニークな作者の眼がそのまま人間の眼の広さをもち、それが一巡査の眼を借つて、作品の世界を遍照してゐる》という見方を示していく。さらに、《この眼ほど厳しい選択と渋滞のない独断に恵まれた眼は珍しく、そこに、この作者独自の文学境が出現する》のだとして、《さまざまな出来事を通じて、多甚古村に交錯する人生の横顔が洗はれたやうな明徴さで描き出されてゐる》と、やはり一見凡庸な小説表現から《文学境》、《人生》を読みとり、《井伏氏の文学の昂揚》と位置づける。さらに、この評では《井伏氏の文学の与へるほのぼのとした悦びが、現代生活に如何なる意義をもつか》(8面)という時代背景(時局)に関する示唆までが提示される〔a・b・c・d・e・f・g〕。

もっとも、書評欄でとりあげること自体が評価なのだから当然でもあるが、『多甚古村』書評には、〝わかる読者〟としての論点網羅的な顕揚の傾向が顕著である。こうした評価ゆえか、少し時期を空けてもなお、論及が途切れることはない。

大井廣介は「最近の小説に於ける諸傾向」(『槐』昭14・11)において、『さざなみ軍記』と併せて『多甚古村』を《絶品》、《井伏氏以外の誰もがなしとげ得なかつたある域に達してゐる》と評価した上で、特に《文学的表現の特長に天才的なこと》に注目して、《書いても効果のないもの、労してその甲斐ないもの、文学的表現にわづらはしいもの、適しないものの一切合切が綺麗さつぱり払ひおとされ、読んで容易に豊かに形象を想像させる無類の配置がほどこされてゐる》(82頁)と絶賛している〔a・c・e〕。《此の作者の近来の傑作》だと『多甚古村』を評す「最近の長篇小説　完　完璧の仮構」(『帝国大学新聞』昭14・11・6)の河上徹太郎は、《材を一寒村の若い巡査の駐在日誌にとり、その村の老若男女あらゆる種類の人々の行状を写すことによつて、世相と良識と詩情を現さうとしたもの》だと同作を要約した上で、その《形式》が《わが文壇でユニックなのはいふまでもない乍ら、さうかといつて外国文学には尚更類例のないもの》で、《氏の感受性を築くもの》は《その古風な無学な田舎者めいた扮装にも関らず、都会的で、文学的で、近代人の感覚》（7面）なのだと、〝わかる読者〟としてその特徴を指摘する〔a・b・c・d〕。《創作を日常のこゝろの糧として生きてゐる人間には、ときどき創作の形で与へられるレクリエーションが必要》だという「長篇小説評③芹澤と井伏」（『都新聞』昭14・11・23）の青野季吉は、《さういふ作品を恵んでくれる作家は滅多に無く、井伏氏などは稀有な存在》だと位置づけて、『多甚古村』を《ほのぼのとした悦びをあたへる長篇》だと評している。具体的には、《一駐在巡査の日記の形をとつたもので、時局下の村の空気、生活、さま〴〵な出来事が描かれ、随筆式の行方のうちに統一のない統一を見せ、次第にその若い駐在巡査の人柄のなかに読者をゆつくりと坐り込ませる、至妙な作品》だと、やはり〝わかる読者〟としてその理解を示しながら、《現在の『時』の感触なども、大上段に構へた作品よりも、反つてかゝる作品に濃厚にあらはれてゐるのは、皮肉》（1面）だとして、時代状況の反映までを読みとっている〔a・b・c・d・e・g〕。ほかに、宇野浩二が「文芸時評【2】井伏、高見の市井人」（『読売新聞』昭14・12・27）で、《井伏鱒二と高見順の作品》に、《その味はまつたく違ふが、持ち味を賞味されるところに共通するもの》を見出しては《好んで「市井の人」を題材にする事》にふれ、井伏に関しては『多甚古村』と『集金旅行』を例示し、《井伏は井伏流の見方で、外から、書き、高見は、高見流の見方で、内から、書く》（6面）と指摘している〔a・c・f〕。こうした、個別の論点にふれた『多甚古村』評においても、初出「多甚古村」連作〜単行本間の論点a〜hについて、それそれのアクセントからの評価が蓄積されていった。

この後も、作家論の中で、『多甚古村』への言及‐評価が進んでいく。《現代作家の中で最も好ましい特異な作家の一人として私は井伏鱒二氏を挙げるに躊躇しない》（190頁）という「井伏鱒二論」（吉田精一編『展望・現代日本文学』修文館、昭16）の酒井森之介は、次のように論じて、井伏鱒二の《本道》（エッセンス）として『多甚古村』を位置づけている。

常に作者としての人間味を赤裸々に曝して作品して来た井伏氏は、初期から第一人称で書くのを本領とし、そこに面目も躍如とすれば、作品の進展も示されて来た。村の駐在所の若い巡査の日記として書かれた最近作「多甚古村」の正続篇もさうした点で作者の本道にあつて成功した微笑ましい一篇である。（205頁）

また、《第一人称で書かれてゐるものが多い》（250頁）という井伏作品群にあって、《この「私」は、性格の造立をではなくてむしろ人間類型の風俗誌的描叙を建前としてゐる井伏においては、風変りな世界に吾吾を導き入れ且つ傍看させる「眼」としての役割を演じてゐる》（250〜251頁）と指摘する「井伏鱒二論」（佐藤春夫・宇野浩二編『近代日本文学研究　昭和文学作家論　上巻』小学館、昭19）の長谷川鑛平もまた、次のようにして『多甚古村』の井伏作品史上における位置を論じている。

井伏は作品の脊梁とし龍骨として首尾一貫すべき世界観的原理をもたないので、何か偶然的なものに機縁を求めて並列的構成を探り、前後の対象に思ひがけぬ効果を挙げてゐることを述べたが、この駐在日記の体裁を籍りて、戦時下農村の世相を浮き上げた『多甚古村』は、その意味でいかにも井伏的な作品である。（251頁）

以上を総じて、本章Ⅱ・Ⅲで検討した一連の同時代評が、言表の前提としてゆるやかに共有していたのは、一見凡庸な、しかし〝わかる読者にはわかる／わからない読者にはわからない〟『多甚古村』の小説表現を前に、評者＝読者が自身を〝わかる読者〟へと卓越化しながら、同作への賛辞を連ねていくという言表のパフォーマンスである。それは、《僕は多読の方ではないのでよく判りませんが》と謙遜しながら田畑修一郎が「井伏氏その他」（『早稲田文学』昭14・12）において《あまり目立つことなしに根のある仕事をしたのは井伏鱒二氏の「多甚古村」ではありますまいか》（4〜5頁）［a］とした言表にしても、《井伏鱒二は当代稀れに見る作家》だと断じる林房雄が「「我」と小説――文芸時評――」（『文学界』昭15・2）で《「多甚古村」を昨年度の最高傑作として推す。文学にオリムピックがあるならば、「多甚古村」を選手として出す》（159頁）［a］とした言表にしても、等しく共有されている。

こうした、一見凡庸な『多甚古村』の小説表現の紙背に、〝わかる読者〟として読みとった芸術性の読解＝言表こそが、先にあげた論点を支え、一連の井伏評価を産出していく基底となった、「多甚古村」─『多甚古村』受容を通じて顕在化した最大の特徴なのだ。逆にいえば、本章での同時代評調査・分析の限りでは、「多甚古村」‐『多甚古村』評を通じて、当時の文学場における論題《トピック》との直接的な切り結びは確認できなかった。そうであればむしろ、文学場での文脈・動向以前に、本章で検証してきた〝わかる読者〟の顕在化‐受容の変容こそが、井伏を〝流行作家〟へとおしあげていった基底的な要因だったと考えられる。

Ⅳ

本章冒頭で掲げた問い――井伏鱒二は、いつ・何(作品)を契機として〝流行作家〟となったのか、(戦後からのまなざしではなく)同時代の視座からみた時、『多甚古村』は具体的にどのように評価されていたのか――については、すでに本章Ⅱ・Ⅲでの検証を通じて、「多甚古村」‐『多甚古村』の発表‐受容を契機として、昭和一四年に井伏鱒二が〝流行作家〟へと変貌していったことは、論点a〜hに即して明らかにできた。

その上で、「多甚古村」受容に特徴的な、〝わかる読者〟による支持は、いつ‐いかにして成立したものか、という新たな課題が浮上する。この問いに直接こたえる準備はないが、足がかりは築いておきたい。まずは、《井伏鱒二の「多甚古村」は面白い》と断じる、小林秀雄「長篇小説評(3)井伏鱒二の本領」(『東京朝日新聞』昭15・1・16)を次に引いておく。

多甚古村といふ村は、『某氏の句に「干潟にはさゞら波、梅の村に入る」といふのがあつて、まだ梅は咲かないが、やがて咲けば、その句は多甚古村の一部の景色にそつくりあてはまる』さういふ村で十分であり、登場人物すべて単純化されてゐる。単純化と言つても概念化ではなく〔略〕独特な手法で行はれ、之は修練の末の手法であるから、文章は一見軽そうで目方はあるのである。井伏氏は「ジョン万次郎」の漂流談で直木賞を得たが、通俗小説家にはなれない人である。この人のなかにある詩人が許さない。（7面）

ここで小林は、《一見》、《人は直ぐ言ひたがるが》といった修辞《レトリック》を用いて表面的な井伏理解を排しながら、自らを〝わかる読者〟へと卓越化した上で、内容よりは書き方＝《手法》を論じ、その紙背に《詩人》たるエッセンスを見抜いていく〔a・b・c・d・e〕。すでに小林は、「定説是非　井伏鱒二の作品に就いて（一）～（三）」（『都新聞』昭6・2・24～26）において、同様の論法で井伏評価を示していた。《作品を読む人々は、各自の力に応じて作者が作品に盛つた夢を辿ります》という前提を示した上で、《井伏鱒二の作品は、みな洵に平明素朴な外観を呈してをります、かういふ外観を呈してゐる作品は、深く辿る余地がない様に思はれ勝なもので、事実、彼の作品に対する世評はみな、この平明素朴とみる世間に展開されてゐる》（24日、1面）と整理する。さらに、井伏の文章が《大変乙に絡んだもの》、《意識的に、隅々まで構成されてゐる》ことに注目し、次のように論じている。

人々は、彼の文章の複雑を見ないのでせうか。そりや見ない事はありません、少し注意すれば、厭応なく眼に映るのですから。併し、つまりは見ないのと同じ事になるのです、と言ふのは、彼が文字をあやつゝてゐる手元を少しも見ようとしないからです。手元をみないから、彼の文章の独特な機構をナンセンスと断じて了ふのです。もつと簡明な言葉で申すなら、彼の独特な文字を彼の心の機構として辿らずに、単なる装飾とみて了ふのです。（25日、1面）

ここで小林は、井伏の小説を対象としながら、読者の非を難じている。〃わかる読者にはわかる／わからない読者にはわからない〃という二分法は、実は同一の作品に対する、二様の読者によるアプローチなのだ。したがって、本章の検証に即せば、小説表現の変質に伴って受容が変じたのではなく、同一の小説表現に対して受容の仕方が変じたと捉えるべきである。何しろ、戦後に中村光夫が指摘するように、《三十数年のあひだ、氏ほど一貫して変らぬ作風の人は他にゐない》[18]ほどなのだから。

時期を下って「直木三十五賞経緯」（『文藝春秋』昭13・3）も参照してみれば、大佛次郎の《終始、人生に対する作家の瞳が行間に輝いてゐる》（362頁）、小島政二郎の《行間に聞える井伏君の息使ひに、僕は詩を感じ、詩人を垣間見た》（362頁）という評言が読まれる。いずれも一見凡庸な様相を呈した井伏の小説表現に対して、〃わかる読者〃として芸術的に卓越した何かを《行間》に見出すという語り方になっているのは明らかである。

そうであれば、戦前期の井伏とは、少なくとも昭和初年代から〃わかる読者〃の間では高く評価されていたのだ。それが、「多甚古村」-『多甚古村』を契機として前景化していくことで、〝流行作家〟となっていったのだ。別言するならば、「多甚古村」-『多甚古村』を契機として、井伏に関して、自らを〝わかる読者〟だと言明する評者が増え、そうした言表の集積が、井伏作品に対する同時代受容の地平-モードの変容をもたらしたのだ。

ならば、なぜその契機が昭和一四年の「多甚古村」-『多甚古村』だったのか。本章の域をこえることの難問に際してこそ、改めて同時代の文学場における複数の文脈・動向（の交錯）へと視野をひろげる必要が生じるはずだ。その際、先行研究で指摘されてきた大衆文学、風俗小説、農民文学、国民文学等々にくわえ、文化統制-検閲の進行にも配慮する必要がある。何しろ、井伏の書法によれば、表面的には書かないことが読まれ得るのだから。

注

1　鈴木貞美「井伏鱒二の文学的系譜」（『解釈と鑑賞』平6・6）、38頁。
2　涌田佑「文芸時評にみる昭和十年までの井伏文学」（同『私注・井伏鱒二』明治書院、昭56）参照。また、井伏研究全体の素描として、石﨑等「解説」（『日本文学研究資料叢書　井伏鱒二・深沢七郎』有精堂、昭52）もあわせて参照。
3　滝口明祥「「純文学」作家の直木賞受賞――『ジヨン万次郎漂流記』から『多甚古村』へ」（同『井伏鱒二と「ちぐはぐ」な近代　漂流するアクチュアリティ』新曜社、平24）、185頁。
4　昭和一四年に新国劇で舞台化され、昭和一五年には東宝で映画化（今井正監督）された。
5　東郷克美「「多甚古村」の周辺――谷間から海辺へ」（同『井伏鱒二という姿勢』ゆまに書房、平24）、128頁。

6 寺田透「井伏鱒二論」（『批評』昭23・3）、117頁。
7 杉浦明平「庶民文学の系譜――井伏鱒二について――」（『午前』昭24・2）、114頁。
8 佐々木基一「解説」（井伏鱒二『多甚古村』岩波書店、昭31）、187～188、190頁。
9 中村光夫「井伏鱒二論（一）――自然と人生――」（『文学界』昭32・10）、193頁。
10 杉森久英「解説」（井伏鱒二『多甚古村』角川書店、昭32）、180頁。
11 田辺健二「『多甚古村』論」（『近代文学試論』昭47・9）、33頁。
12 前田貞昭「二つの「多甚古村」――日中全面戦争下の井伏鱒二――」（『近代文学試論』昭59・12）、53～54頁。なお、前田貞昭「「多甚古村補遺」初出覚え書――二つの「多甚古村」補説――」（『言語表現研究』平3・3）では、そうした《〈本編〉を改変しようとして採ったのが、「多甚古村補遺」に見られるように、支配権力の末端に連なる甲田巡査や〈多甚古村〉の〈顔役〉たちを、また、かれらの住む農村共同体の偏狭を諷刺する、という方法》（10頁）だと指摘している。
13 山田有策「『多甚古村』――古くて変らない世界――」（『解釈と鑑賞』平2・6）、125頁。
14 注3に同じ、193～194頁。
15 滝口明祥「戦時下における「世相と良識」――『多甚古村』」（同『井伏鱒二と「ちぐはぐ」な近代』前掲）、227～228頁。
16 東郷克美「解説」（井伏鱒二『徴用中のこと』中公文庫、平17）に、《今日みる井伏文学総体の鬱然たる印象は、量質ともに戦後の作品をぬきにしては考えられない》（374頁）という指摘がある。
17 堀部功夫「多甚古村」（東郷克美編『井伏鱒二の風貌姿勢〔『解釈と鑑賞』別冊〕』、平10・2）、230頁。
18 注9に同じ、193頁。

※原則として、初出の「多甚古村」は一重括弧、単行本は二重括弧表記として区別した。

第Ⅲ部　戦場——描かれた戦場／銃後の受容

第7章　火野葦平「土と兵隊」の同時代的意義──文学（者）の位置

I

昭和一〇年代の文学（史）研究、ことに日中戦争開戦後の文学場を問題化しようとする場合、キーパーソンの一人は、間違いなく火野葦平（本名・玉井勝則、明40〜昭35）である。その最大のメルクマールは、「糞尿譚」（『文学会議』昭12・10）による芥川賞受賞を経て後の、〝戦場にいる文学者〟からのメッセージ＝「麦と兵隊」（『改造』昭13・8）である。ベストセラーとなった『麦と兵隊』（改造社、昭13）は、文学場内／外に大きな衝撃を与え、昭和一〇年代の文学場を方向づけることにもなった。それは、単に日中戦争開戦から一年後の《期待の地平》（ヤウス）に応じた作品だったというにとどまらず、中島健蔵が指摘する次のような意義も見逃せない。

石川達三の筆禍事件に対して、戦地にあった火野葦平が、陸軍報道部の許可を得て『麦と兵隊』を内地で発表できたことも、戦争文学を発生させる最初の突破口を作ったと考えられる。それまでは、戦争についての文学は、一切許されないのではないか、ことに、いつわりのない事実に基くものは、とても許されまいという感じであったが、『麦と兵隊』は、許される線を明かにしたともいえよう。[1]

近年は研究対象となることも増えてきた火野葦平ではあるが、その重要性にみあった研究が展開されているとは、今なおいいがたい。

そこで本章では、「麦と兵隊」、「土と兵隊」、「花と兵隊」から成る兵隊三部作のうち、「土と兵隊」に注目する。「土と兵隊」は、現実世界の時間軸からいえば「麦と兵隊」に先立つもので、火野自身が分隊長として参戦した杭州湾敵前上陸前後の出来事を、弟宛の書簡七通として構成した戦争文学である。その執筆企図については、火野葦平自身が、後年次のように語っている。

> 「土と兵隊」を書いているときは、従軍ペン部隊が殺到しているときで、勢い原稿を書く時間も、その閑々だつた。「土と兵隊」は「麦と兵隊」以上に骨が折れた。「麦と兵隊」の方は、はじめからなにか書くための準備という心があつたので、日記も割合にきちんとつけていたが、「土と兵隊」の杭州敵前上陸以後は、まつたく泥んこの中で戦闘しながらだつたので、日記もほんのメモ

程度、その手帳は汗と泥とでよごれ、糸も切れかかつてボロボロになつていた。鉛筆の字はすつかり消えている。それを整理按配することは容易ではなかつた。わからないところを訊ねたい私の兵隊たちは杭州にいる。結局、自分の記憶だけがたよりで、「麦と兵隊」のようにはスムースにペンが進まなかった。[2]

本章では、同時代読者にとって「麦と兵隊」との比較が前提となる中で発表された「土と兵隊」(『文藝春秋』昭13・11)について、文学場内／外における同時代受容の地平‐モードを検証していきたい。それに先立ち、これまでの「土と兵隊」研究史を素描し、また、「土と兵隊」受容の前提ともなる「麦と兵隊」同時代受容の地平‐モードについても確認‐整理しておく。

「土と兵隊」研究は、イデオロギー的裁断によらず、火野葦平「土と兵隊」、「麦と兵隊」を研究対象として(再)設定するところから出発した。[3] その後、削除箇所に関する本文の検討は進んだものの、論及される機会は少なかった。近年の顕著な傾向としては、形式への着目があげられる。『麦と兵隊』と『土と兵隊』をあわせて論じる池田浩士に、次の指摘がある。[4]

『麦と兵隊』の日記体と、『土と兵隊』の書簡体は、いずれも、作者が戦地の現実を真実味をこめて伝えるのに適した表現形式であるばかりでなく、銃後の答えを思い描きながら、あるいは先取りしながら、銃後との対話を重ねるための、きわめて効果的なスタイルでもある。この表現形式を通して、火野葦平は、兵隊作家である自分に読者が期待するものを、銃後に送り届けたのだった。[5]

ここで池田は、二作品の差異と通底性を、表現形式とその対読者戦略に見出している。また、兵隊三部作を分析する成田龍一も、『土と兵隊』に関して《出征した火野が弟に宛てた書翰という形式》と《火野は戦場と戦闘の当事者》だという条件を重んじ、次のように論じている。

書翰も日記も個人の言説という形式をもち、リアリティを喚起しやすいが、戦闘の当事者としては「手紙を書く」ということがいちばん自然な行為だろう。当事者としては戦闘に専念せねばならず、戦闘の記述は二次的な行為となる。しかし、リアリティをもつ戦闘の叙述は、書翰形式ならば自然に感じられ、書翰の受信人《アドレッシー》が肉親であればいっそう読者の抵抗感がなくなる。[6]

その上で成田は、《偶然的・個別的であった分隊の結成が、同様に偶然的・個別的でありながら共同的である戦場＝戦闘の体験をへて、手応えのある必然的な「高いもの」へと昂進《こうしん》して》いき、それが《「祖国」とむすびつけられていく》回路を析出し、弟の役を読者が引き受けることで、『土と兵隊』は《読者をも巻きこんだ体験》と化すのだと論じる。さらには、そうした『土と兵隊』の形式によってもたらされた《戦場の絆》は、《日本国内（銃後）へと拡大され、狭義の戦場をはなれ、前線／銃後をおおう戦場の絆》に変じていくのだとして、その社会的機能にまで論及し、《『麦と兵隊』『土と兵隊』で探究された戦場の思考と戦場の絆とは一九三〇年代の思考となる》[7]のだと結論づけている。

これらの研究は、『麦と兵隊』と『土と兵隊』が、銃後の読者をまきこみつつナショナリズムの醸成に関わっていくメカニズムを、小説の形式を手がかりに明らかにしてきたことになる。

他方、増田周子は『土と兵隊』の執筆資料である、『清水隊江南戦記（草稿）』、『土と兵隊　創作ノート』と『土と兵隊』との《比較検討》によって、同作における《火野葦平の記録と作品表象の問題》を具体的に検討している。[8]さらに越前谷宏は、『土と兵隊』の文学性がどのように構成されているかについて、多角的に検討している。[9]

ただし、「土と兵隊」先行研究においては、作品の書き手サイドからの生成過程や、その帰結としての言語表現、他の従軍記や兵士の日記との比較については検討対象とされながらも、「土と兵隊」の同時代受容やその社会的意義・役回りについての検証はいまだなされていない。

「麦と兵隊」をめぐる同時代受容の地平‐モードについては、すでに拙論で検討を試みた。その前提としては、日中戦争開戦後の報告文学《ルポルタージュ》およびそれをとりまく批評言説——報告文学言説《ルポルタージュ》によって再編成された文学場について、『悲風千里』（中央公論社、昭12）を上梓した尾崎士郎に即した事例分析から、《①文学者として、②従軍体験に即して、③〝当事者性〟を重視した上で、④自身の体質‐個性（〝人間（性）《ヒューマニズム》〟）をも前面に出したもので、⑤（戦場との／体験と執筆との）〝距離〟が問題にされていた》ことを明らかにした上で、次のように論じた。

時局を関数とした文学者‐作品の構造的な近接――文学者は時局に対する明確な姿勢をもつべきで、それを作品にも体現することで、作品が作家の《心》に直結された反映と化していく事態――こそが、事実性／芸術性、体験‐〃当事者性〃‐〃人間（性）《ヒューマニズム》〃、〃距離〃などを主な論点として（再）編成されてきた報告文学《ルポルタージュ》言説の帰結なのだ。[10]

したがって、《戦場を体験した〃当事者性〃に即して戦争を書けば、社会性は担保されるものの、文学性は高く評価されにくい》、《逆に、戦場から〃距離〃をおき、あるいは体験のないままに戦争を書けば、文学性は高く評価され得るものの、社会性からは乖離してしまいがち》だという《日中戦争下における文学者の抱えたジレンマ》[11]を超克することは、いかにも困難だった。そうした状況下で発表された火野葦平「麦と兵隊」とは、右の歴史的な条件を一挙にクリアしてみせた、時代の表徴たるにふさわしい一作だったことは間違いない。

実に多くの同時代評にとりあげられた「麦と兵隊」だが、拙論ではそれらの論点を集約した同時代評・間宮茂輔「文芸時評（1）戦争文学の出現」（『中外商業新報』昭13・7・30、5面）に即して、次のように同時代受容の地平‐モードを指摘しておいた。

書かれるモチーフ（戦場）が言語を絶するものでありながら読者にも実感可能で、それを書き手自身が戦場にいるという事実が支え、前作からの成長した筆法により、リアリティが醸しだされていく。さらに、解釈を排した観察が徹底され、技巧よりむしろ素朴な筆致を特徴とする言語表現——これが、同時代の一作家の眼に映った「麦と兵隊」の相貌である。[12]

次節以降、「麦と兵隊」現象とでも称すべき大好評のうちに発表された、「土と兵隊」が、「麦と兵隊」と比較されながら、どのように位置づけられていったかを検証していく。

Ⅱ

「麦と兵隊」以降の火野葦平への高い注目を示すかのように、次に引く、無署名「展望台　火野葦平の第二巨弾」(『読売新聞』昭13・10・12夕)のような記事が出る。

某書房が火野葦平こと玉井軍曹に書下し長篇「戦塵」の出版を契約したといふ快ニユースも伝はつてゐるが、それよりも一足先に「文藝春秋」に〝土と兵隊〟(百七十枚)を書き送つた。麦と兵隊から土と兵隊へ。巨弾に次ぐに巨弾を以てする彼の精力には驚くべきものがある。この分だと当分読者も批評家も不自由すまい。火野葦平、万歳!(2面)

図１　『読売新聞』S13/10/16

実際、数日後には、「土と兵隊」を前面に押しだした広告「『文藝春秋』」（『東京日日新聞』昭13・10・16）が掲載される（【図１】参照）。《麦と兵隊を凌ぐ傑作》、《堂々二百枚の巨篇!!》といった見出しのほかに、次のような紹介文も付されている。

◇芥川賞受賞火野葦平の従軍三部作の第一部成り文藝春秋誌上に発表さる
◇名作「麦と兵隊」を発表して洛陽の紙価を高からしめた火野葦平再びこの巨篇を提げて「麦と兵隊」の名声を圧倒せんとす!!
◇報道部員としてでなく一分隊長玉井勝則としてトーチカ攻撃に、クリーク渡河に江南戦線を鬼神の如く馳駆する壮烈さ!!更に中支の泥濘の中を往く黙々たる皇軍将士の崇高さ!!眼前に彷彿たり!!
◇本篇を書き上げた火野葦平は原隊に復帰する

と共に勇躍○○攻略の第一線に立つた!!朝には熱血の文を綴り夕には戎衣を腥々たる戦場の風に靡かせる!!これぞ真に事変最高の戦争文学だ。（3面）

翌日には、その別バージョンとして広告「火野葦平の土と兵隊」（『東京朝日新聞』昭13・10・17）が掲載され、そこで「土と兵隊」は《麦と兵隊を凌ぐ傑作！　堂々二百枚の巨弾!!》、《麦と兵隊で全読書界を席巻した火野葦平は更に全精魂を籠めて土と兵隊を書き上げ、心置きなく、直に南支攻略の第一線に出動した!!　朝にペンをとり夕に十字砲火に身を曝す！　而も描くは事変最大の激戦記!!　読め！硝煙の中に盛り上る魂の記録を!!》（1面）と紹介される。

以下、火野葦平「土と兵隊」（『文藝春秋』昭13・10）をめぐる同時代受容の地平－モードを検証していく。

まずは、年次総括にあたる「昭和十三年文壇の人・作品・評論」（『早稲田文学』昭13・12）で、「土と兵隊」が論及された際の、語られ方を確認しておきたい。岡田三郎「小説作品について」では、《火野葦平氏の「麦と兵隊」「土と兵隊」上田廣氏の「黄塵」も忘れ得ないものだ》（7頁）、細竹源吉「寸評」では《火野葦平氏の「麦と兵隊」「土と兵隊」は、狭い文壇の問題以上に今日では国民的な注視の的となつて、本年最大の収穫を成した》（10頁）、寺岡峰夫「報告文学その他」では《戦地からの報告文学がジヤーナリズムを賑はせたが、火野葦平の「麦と兵隊」及び「土と兵隊」が何といつても圧巻だつた》（11頁）、田邊耕一郎「本年文壇の人・作品・評論」では《火野葦平氏の「麦と兵隊」や「土と兵隊」は、文学の純粋な意味において事変が生んだ今年最高の収穫だつた》（13頁）と、それぞれ評されているが、〃火野葦平－「麦と兵隊」－「土と兵隊」〃というキーワードを連ね、抽象的な言辞で絶賛するという点で、著しい近似は明らかである。

もちろん、両作の発表時期が近かったせいもあるが、火野葦平による戦場からの報告文学《ルポルタージュ》として「麦と兵隊」と「土と兵隊」は並置－比較されてもいった。比較に及ばない場合でも、唖鳥「大波小波　表現の相違」（『都新聞』昭13・11・1）のように、《「麦と兵隊」と「土と兵隊」と、どつちがいいか、どつちが感動をよびおこすか》と問題提起がなされ、賛否は示さずとも、《ただ、どつちもやつぱり、戦争をしてゐる兵隊そのひとの書いた文章といふ感がふかい》（1面）と、意識自体はされていく。

「土と兵隊」同時代評における第一の論点は、日中戦争開戦以降の報告文学《ルポルタージュ》（言説）同様、書き手が実際に現場を経験しているという了解に基づく、当事者性である。

《ぐいぐいと文句なしにぼくをその世界にひきずりこんでゆく力「土と兵隊」はたしかにそれをもつてゐる》という「「土と兵隊」について（上）」（『信濃毎日新聞』昭13・10・27）の上田進は、《その力》の発生源を《作者火野君が、命をかけて戦争の場をつきぬけてきた》（4面）ところにみている。森山啓も「文芸時評【二】「土と兵隊」と純文学」（『国民新聞』昭13・10・30）で、《作者自身が分隊長として部下をもつた体験の内面から書いてゐる》点を以て《それだけに一層自然だ》（6面）と「土と兵隊」を評している。火野の創作事情に即して当事者性を強調したのは、「文芸時評（一）我流文芸観」（『中外商業新報』昭13・11・1）の宇野浩二で、次のように論評している。

「糞尿譚」は褒貶相半したが、「麦と兵隊」は圧倒的に好評であつた。恐らく今度の「土と兵隊」は「麦と兵隊」以上に好評であらう。それは、一口にいふと、「麦と兵隊」は中に切迫詰つた場面が十分に書かれてはゐるが、筆者の立場が報道部員であり、「土と兵隊」では、筆者が一人の兵隊となつてゐるので、読む者に戦争其ものの実感が生生しく迫つてゐるからである。

つづいて宇野は「麦と兵隊」と対比しつつ、しかし《「麦と兵隊」「土と兵隊」――共に戦争文学として、これ以上の物は先づ当分現れないであらう》（5面）と、両作を並置する。三戸斌「創作月評」（『文藝』昭13・12）においても、《この作品では、刹那々々に死を覚悟してゐる戦闘参加者の気持の陰翳を描いてゐるところ》に《前作とはちがつた特色》を見出し、《それだけ作者は戦争その者を味得してゐるからであらう》と当事者性を強調した上で、《今月では最も読みごたへのあつた作品》（225頁）だと顕揚していく。

こうした言説に交差するのが、「土と兵隊」を報告文学《ルポルタージュ》とみなす言説である。《火野葦平氏の「土と兵隊」を読み、感動した》という「記録文芸の現代的意義　「土と兵隊」を礼讃する」（『早稲田大学新聞』昭13・11・2）の岡澤秀虎は、《今月の諸雑誌には「ペン部隊」の人々の書いた多くの従軍通信が掲載されてゐるがそのすべてをもつてしても「土と兵隊」一篇に及ばない》（5面）と断じているが、その根拠は、上田進「「土と兵隊」について（中）」（『信濃毎日新聞』昭13・10・28）が示した通り、「土と兵隊」が《身をもつて戦争を経験した行動者の記録》であり、《その点、「土と兵隊」は他の従軍記と質的な違ひをもつてゐる》（6面）ところに求められる。より端的な言表としては、高沖陽造が「文芸時評『土と兵隊』と〝第八路軍従軍記〟」（『日本学藝新聞』昭13・11・1）で《文学的感興といふよりはニュース的感興といつた方がよいほど》（4面）と、伊藤整が「文芸時評（1）文学の持つ力」（『信濃毎日新聞』昭13・11・3）で《これが戦争だ、これが戦争といふものの実体だと、読みながら幾度かうなづかねばならぬぐらゐ、見事な記録》（4面）だと評し、「土と兵隊」を当事者による記録と位置づけていく。

それゆえに「土と兵隊」は、銃後の読者にも戦場を幻視／実感させるような読書体験を提供していく。たとえば本多顕彰は、「文芸時評【2】「土と兵隊」の真実性」（『読売新聞』昭13・10・28夕）において次のような感想をもらしている。

「土と兵隊」特にその中でも杭州湾敵前上陸のところなどは、面白かつたとか、よく描けてゐるとかいつては相済まないやうな気がする。〔略〕そしてほつとひと息いれる時、「兵隊さん、よくやつてくれたなあ」と肩を叩きたく思ひ、熱い涙がふり落ちるだけだ。批評など、少くとも今は、入り込む余地はない。（2面）

こうした心情については、無署名「文藝春秋」（『三田文学』昭13・12）において、《この作品が、現在、日本が戦つてゐる戦争について書かれたものであり、又実際、戦争に従事してゐる兵士の手記である故に我々、日本人である読者は、その作品の背後にある現実に対する好奇心の為めに、冷静な眼を持つて、この作品に向ふ事は困難であり、いやむしろ批評することは不可能なのだ》（19頁）と解説されている通りとみてよいだろう。

こうした「土と兵隊」が国民にもたらす感動は、当事者性に連なる第二の論点、〝人間（性）《ヒューマニズム》〟に拠る。森山啓「文芸時評【二】「土と兵隊」と純文学」（前掲）に、《人が、民族感情の中における「ヒューマニズム」「兵隊の人情」と呼んでゐるところのものが、この作品〔「土と兵隊」〕の体験記録性と共に文学上の特色をなしている》（6面）と言表されているのがその代表である。本多顕彰「文芸時評【一】圧倒的な報告文学」（『読売新聞』昭13・10・26夕）における《そこ〔「麦と兵隊」・「土と兵隊」〕では、作者の文学的素質と文学的鍛錬と、砲火の中にあつてすらも失はれない文学的良心とが強く物をいつてゐる》（2面）という言表はその変奏であるし、より素朴に換言すれば、「文芸時評（四）死ぬる覚悟」（『東京日日新聞』昭13・11・5）の大熊信行による、《国のために死ぬる覚悟をきめた日本兵の心、――この心をちよつとでも離れて『麦と兵隊』も『土と兵隊』もない》、《いかなる従軍記も現地報告も及ばざるゆゑんはこゝにある》（5面）といった言表になる。武田麟太郎も「小説「土と兵隊」――文芸時評――」（『文藝春秋』昭13・12）で、《卑近な日常性を起点に、非常な場合の兵隊と云ふ大衆に触れようとして、ヒユーマニズムの匂ひを旺に撒布してゐるのは注目すべき》（322頁）と評しているし、市川為雄も「文芸時評　戦争文学の様相」（『政界往来』昭14・1）で、《この作品では現実の生々しさよりもむしろこの美しい友情、いひかへればある瞬間に於ての美はしい人間性――これが胸を打つ》（294頁、傍点原文）と同様の論点を顕揚している。さらには、田邊耕一郎も「戦争とヒューマニズム」（『早稲田文学』昭14・

3）で、《私は火野葦平氏の「土と兵隊」をよんで、その高揚された戦ひにおける人間の純粋感情の豊かさや美しさに心をうたれた》（16頁）と述べている。その田邊は「火野葦平の文学」（『中外商業新報』昭13・12・25）でも、《「麦と兵隊」「土と兵隊」などの一聯の火野葦平氏の文学は、たしかに傑れた戦争文学で、深く敬意を感ずると同時に、これらの文学にある人間の美しい純粋感情は、素質として私は好き》（5面）だと言を重ねていたが、戦争文学と〝人間（性）《ヒューマニズム》〟という二つの論点を重ねた同時代評として、次に引く北岡史郎「文壇時評　十一月の創作」（『若草』昭13・12）がある。

「麦と兵隊」の記録のもつ文学的感動と、「土と兵隊」の小説のもつ文学的感動と、いづれもこれは最高の立派な戦争文学である。そして、欧洲大戦のときの塹壕から生れたドルヂュレスの「木の十字架」やルマルクの「西部戦線異状なし」やレンの「戦争」などにつらなる世界の戦争文学の連峰としてのレベルの高さと、純粋さと、身をもつて表現した文学の共通にもつ人間的誠実や大きな愛が感じられる。（66頁）

このように、「土と兵隊」は（戦争）文学－芸術としても高く評価され、しかも、その際には「麦と兵隊」と比較されていく。無署名「新潮評論　時局・芸術・文芸」（『新潮』昭13・12）では、《「麦と兵隊」からみると「土と兵隊」は、芸術作品として遙かに良くまとまつてゐる》がゆえに、《この年若い作家の作品は、他の有名無名の文壇人がこれまでに書いた一切の事変物に比べて格段の効果を示し、広範囲の読者の心に深い感銘を与へた》（151頁）と評される。神田鵜平も「創作時評」（『新潮』昭13・12）で、《「土と兵隊」は悠然としてゐて、重厚味があり、はるかに芸術的完成に近づいてゐる》、《前作一般に比して作品の緊密性を増し、整つてゐるのが、この作の長所だ》（230頁）として、文学・芸術（性）という観点から「土と兵隊」を顕揚していく。両作品の賛否は割れるものの、これが第三の論点をなす。二作を対比した、阿Z「大波小波　葦平の力作」（『都新聞』昭13・10・27）を次に引いておく。

▼もし「土と兵隊」を「麦と兵隊」より佳しとするならば、その「小説的」である点であり、「麦と兵隊」より、印象稀薄とするならば、「記録」でありながら、「記録」が潤色化されてゐる点である。〔略〕「土と兵隊」も驚嘆すべき作品である。人の肺腑を抉る文字である。（1面）

このように、記録（性）／虚構（性）を「麦と兵隊」／「土と兵隊」両作品の対照的な特徴[13]として見出す同時代評は多い。《「土と兵隊」は日本をでる船中からの手紙に描写が始まり、後になると日記体の長い手紙になつてゐる》点を以て《筋そのものゝ自然な進行が最初から読者の注意を動的に捕へる》と指摘する「文芸時評（3）戦争の真実」（『都新聞』昭13・11・2）の板垣直子は、次のようにして二作品の特徴を整理している。

第二作〔「土と兵隊」〕では意識的に小説的構成が企てられてゐる。それは明らかに、戦争文学としては前者〔「麦と兵隊」〕より有利である。前作は陣中で書かれた儘を発表したのであるが、第二作はゆつくり手を入れたといふことである。〔略〕二つの作品の優劣を議論する人人もゐるようであるが、内容は同じく優れてゐて、形式は後者の方が小説らしく整つてゐる。（1面）

同様の特徴を《戦争文学の散文形式》という観点から整理したのは、瀬沼茂樹「戦争文学の検討（二）戦争文学の類型」（『中外商業新報』昭13・11・19）で、次のように論じている。

> 陣中忽忙裡、作家が戦争の体験を伝達する形式としては、書翰体と日記体とが最も自然な形式であるからである。火野葦平氏の二作が一つは書翰体で、一つは日記体で、描かれたことも偶然ではないのである。しかも「土と兵隊」が「麦と兵隊」に優れてゐる点は、作者の体験の痛切さを異にし、またその驚きの生々しさにあるのであらうが、またこの文学形式の差が生んだものともいへる。日記体における回顧性と、書翰体における現在性との差とも考へられる。（5面）

となると、日記体「麦と兵隊」＝記録（性）／書簡体「土と兵隊」＝虚構（性）というのは、あくまで両者を対比した場合の特徴で、そのどちらを重視するかによって微妙な評価の差異が生じてくる。たとえば、上田進は「「土と兵隊」について（下）」（『信濃毎日新聞』昭13・10・29）で、《「麦と兵隊」にくらべて、「土と兵隊」は非常に小説に近づいてゐる》がゆえに《「土と兵隊」の方がおもしろくは読めるけれど、迫つてくる力は「麦と兵隊」に比べて、やや直接的ではない》（5面）と評しているし、北岡史郎も「文壇時評」（『若草』昭13・12）で《「土と兵隊」で小説的構想や表現をとつてゐることに、そこにみじんの嘘はなくとも小説化さう《ママ》としてゐる意識がやや気になる》（66頁）と、虚構（性）を難じている。他方、《恐らくは、前作よりも「土と兵隊」の方がより多く人々を直接に感動させるだらう》というのは「小説「土と兵隊」――文芸時評――」（『文藝春秋』昭13・12）の武田麟太郎で、《その形式もまた前作より「ぐんと小説」になつてゐる》ところに注目し、《多くの観戦記がとまどつて据ゑ方を自失した小説家の「眼」が、ここでは現実との間に密接な相互依拠の位置を保つて、一切の現象はそこから発し、そこへ収められるやうなメカニズムが形成されてゐた》（321頁）と評して、対象を《小説家の「眼」[14]》を通して形式化（虚構化）した、小説としての構成を高く評価している。

　以上を総合しつつ、第四の論点として、火野葦平による戦争文学（「麦と兵隊」「土と兵隊」）を、文学領域にとどまらない社会的意義として意味づけていく言表が散見される。《今度の事変を扱つたものの中で、最も名声を高め且普及した火野氏の戦争文学が、通俗ものではなくて、純文学に属してゐること》を《面白い事実》として注目する板垣直子は、「槍騎兵　土と兵隊」（『東京朝日新聞』昭13・10・26）において《これは文学史上特記されるべきであるし、また、純文学の社会性と連関しても意味深い問題を投げてゐる》（7面）と、戦時下においてその存在意義を問われていた純文学が、実は社会性をもち得るという実例として、火野葦平の戦争文学を意味づけている。板垣直子は「文芸時評（3）戦争の真実」（前掲）でも、《武漢三都占領の公表をきゝながらこれをかいてゐるが、純文学系統の偉大な二つの戦争文学をえたことも、国の大きな喜びでなければならぬ》（1面）と、文学領域の成果を国家レベルへと媒介しながら、その意義を強調している。《▼それにしても戦争についての認識を深く人々の頭に印刻するものは、つひに文学以外にはないことも痛感される》という阿Z「大波小波　葦平の力作」（前掲）においても、《かう云ふ時局下で文学の価値がはつきりと示されたことは、文学者が誇りとしてもいゝことである》（1面）と言明されるが、その契機となっているのは、火野葦平の戦争文学である。《事変ジヤーナリズムの全分野を通じて、火野葦平の文学ほど国民の心に愬へたものがないといふことは、いまさらながら文学の力を思はしめるものだ》とその影響力に言及する大熊信行は、「文芸時評（五）一つの正当派」（『東京日日新聞』昭13・11・6）で、次のように論評している。

> 『麦と兵隊』『土と兵隊』の一つの価値が生死の境にあつて闘ひつゝ書かれたといふ事実とその形式にあるのはいふまでもない。しかしそれが闘ひつゝ書かれつゝあるあひだに銃後の国民に発表されつゝあるといふ文学形式そのものに、いかに重大な国民的意義があるかをおもはなければならぬ。（5面）

ここで大熊は、書き手の当事者性や小説の形式にも論及しながら、それが読者＝《銃後の国民》に果たした意味作用をもって《国民的意義》を強調している。あるいは、川端康成は「文芸時評（4）葦平の「土と兵隊」」（『東京朝日新聞』昭13・11・6）において、《「麦と兵隊」や「土と兵隊」は、戦争のなかから、戦後の生活や文学にも、強い暗示を投げてゐる節がある》（7面）と、簡潔に、しかしやはり火野葦平の戦争文学がもつ広範な影響力に論及する。「土と兵隊」を《「麦と兵隊」よりも傑れてゐる》と判じるR「公論私論」（『早稲田文学』昭13・12）においても、《最も重要な点》として《かういふ記録文芸が今や日本文芸に極めて必要であり、大きな歴史的意義を持つといふこと》（30頁）が強調されていくし、北岡史郎も「文壇時評　十一月の文壇」（前掲）で次のように論じている。

この月の文壇で、最大の収穫は、なんといつても火野葦平の第二作「土と兵隊」（文藝春秋）であつた。この月の圧巻であるばかりでなく、前作の「麦と兵隊」以上に、ことしの文壇を通じて、文学がこの事変の大きな歴史的意義に協力し、体得して、それを純粋な文学的表現において高く開花させた意味深い大収穫といふことができる。（66頁）

こうした同時代評の延長線上に、雷鳥「大波小波　一年間の変化」（『都新聞』昭13・12・24）が示す、次のような文学場の動向も描きだされるだろう。

▼当局者と文学者との会談は、近頃の眼立つ現象の一つであるが文学は確かに一般からも重要視されて来てゐる傾向にある。

▼火野葦平の出現や従軍作家たちの仕事や農民作家たちの仕事がさういふ傾向を持ち来す契機に

なつたことは認めねばならぬ。今日では作家たちは、殆ど「文学の力」を信じてゐるやうである。（1面）

事実、「麦と兵隊」とその影響力が、従軍ペン部隊[15]や農民文学懇話会の契機となったのだが、それは別言すれば、国家権力によって《「文学の力」》が時局において有用だと判じられたことの帰結でもあり、その中心には、戦争文学の書き手である火野葦平が位置している。もとより、小説「麦と兵隊」の発表がその端緒には違いないが、同作が世に出て後、単行本として売れつづけ、翻訳、舞台化といったメディアミックス的展開をとげていくさなか、より当事者性を増した「土と兵隊」が発表され、しかも優れた戦争文学だという評価と併せて、文学（者）の社会的意義として意味づけられていったことが、当局が文学（者）への関心を示し始めた時機とも重なり、重要な役割を果したと思われる。

したがって、《葦平の「土と兵隊」が相変らず、問題のない文壇の随一の話題となつてゐるやうだ》という無署名「六号雑記」（『三田文学』昭13・12）において、《「土と兵隊」が、戦記文学として相当なものであることは、もちろん認めなければならない。しかし、戦争文学の最高峰かどうかは、もつと冷静に考へていゝ》（155頁）という批判[16]はあり得るとしても、「土と兵隊」がもつ《「文学の力」》はこの時すでに、文学場をこえ、よりひろいシーンにおいて、社会的‐国民的意義を果たしていたのだ。

もちろん、文学場においても「麦と兵隊」と「土と兵隊」は、既存の枠組みを打ち破る画期的な作品として衝撃を与えていった。こうした状況は、次に引く「佐藤観次郎宛眞船豊書簡〔十月二十八日付／

ているだろう。

受信地　黄陂（昭和十三年十一月三十日）」（佐藤観次郎『自動車部隊』高山書院、昭15）に、端的に示され

東京は、いや銃後は、今、火野葦平の「麦と兵隊」「土と兵隊」で持ちきりです。もう大した騒ぎです。事実、この二書によつて、われ〳〵のやうな人間は、始めて、戦争といふものを直かに知つたのです。現在の月々の作品は、この前に小石のごとく無力に見えてゐる様な次第です。（386頁）

その具体的な内実については、《「麦と兵隊」「土と兵隊」についてはあらゆる批評家が、筆を揃へてほめた》ところの理由を「文芸時評（3）戦争小説と従軍記」（『中外商業新報』昭13・12・6）の木々高太郎は、次のようにして三点にまとめている。

第一の理由は、前記の大衆の満足を代表した一つの大きな満足から出たものである〔／〕そして第二の理由は、戦争に従ひつゝある苦楚のうちから、生命を砲火に曝らしながら書いてゐる筆者に対する尊敬である。この尊敬は文学以外のものである。〔略〕第三の理由は、純文学は私小説しかないと言ふ過去十数年の日本文壇特殊の常識で育てられて来た批評家が、私小説、即ち身辺雑事のうちで、最も偉大なる私小説に打たれて了つたことに起因する。

戦争小説は、今や我々に、この三つの重大な点の自覚を齎したのである。（5面）

総じて、「麦と兵隊」を前提とした「土と兵隊」の登場は、書き手の当事者性や〝人間（性）《ヒューマニズム》〟の裏づけをもつ戦争文学の傑作にして、国内外の社会情勢との相関関係において《「文学の力」》を示す意義を果たしつつ、しかも文学場においては《偉大なる私小説》（木々高太郎「文芸時評（4）第二の大きな問題」、『中外商業新報』昭13・12・7、5面）でもあり、多方面に影響力を発揮し、その意義を承認されつつ、文字通りの画期を成したのだ。

Ⅲ

本節では、単行本化された『土と兵隊』（改造社、昭13）をめぐる新聞広告を、特にそこに添えられた言葉に注目しながら分析していく。刊行に先立ち、次に引く「「土と兵隊」発行延期につき」（『東京朝日新聞』昭13・11・15）が掲載される。

「単行本は絶対にこの稿本によつてくれ。十一月八日、広東にて　葦平」と雑誌に登載されたものを全面的に朱書訂正した原稿を送つて来た。その為め我社は印刷した幾十万冊の単行本を寸断し、茲に改めて再印刷するの犠牲を止むなくされました。それが為め十一月廿日発売の予定を十二月一日に変更延期しました。この間の事情を諒とせられ期待を願ひます。（11面／ゴシック原文、以下同）

これは、事務連絡であると同時に、今なお戦場にいる書き手＝火野葦平の存在感を『土と兵隊』に備給するとともに、それが慌ただしい戦場（広東）で書かれたものであることを想像させもする。もとより、最後まで作品に手を入れつづけていく火野の作家性も強調されるだろう。

予告通りの発売日には、新聞各紙に広告が掲載される。ここでは、一面に掲出された、広告「火野葦平著　土と兵隊」（『東京朝日新聞』昭13・12・1）を引いておく。

出た!!!!『麦と兵隊』の姉妹篇全国一斉本日発売
前線銃後を感激と興奮の渦にまきこんだ世界的巨篇『麦と兵隊』!!　――その姉妹篇が出た!!!
昭和十二年十一月五日、朝霧深き杭州湾に決行された戦史未曾有の敵前上陸の凄絶な光景を序幕として、そこに涯なくつらなりつづく十字砲火に曝された泥濘の悪路を馬は横倒しになり兵はクリークに辷りこみ、昼となく夜となく全身血と泥の中に眼だけを光らせた皇軍精鋭の、硝煙弾雨を衝いて進む大進軍だ!!
「今日も生きてゐた。また書ける」と、作者は難行軍に明け敵襲に暮れる其日々々を文学者としての精根を傾け尽して描きつづけ写しつづけ、つひにこの驚くべき名作は完成された!!!（1面）

右の引用は『麦と兵隊』との連続性を強調しながら、直接戦闘に関わった書き手＝火野葦平が、文学者としてその渦中で書いた作品であることが強調された宣伝文となっている。また、広告左端のスペースでは『麦と兵隊』についても、《日本で一番よく売れる本！／どこまで売れるかはてしがない!!》という文言とともに《大増刷出来》とアピールされている。

広告「火野葦平著　土と兵隊」（『東京朝日新聞』昭13・12・7）では、《売行の最高記録、姉妹篇「麦」と両々並進　見よ歴史的名作の此物凄い一大壮観を》（1面）という宣伝文にあわせて、水原秋櫻子「文武兼備の魂の輝き」、板垣直子「全人類の宝」、室生犀星「満点の頭脳」、谷川徹三「描写の立体性」、武田麟太郎「思考感情の美事な単純さ」といった『土と兵隊』批評（＝『土と兵隊』讃）がレイアウトされている。これらの多くは、文芸時評として書かれたもので、それが単行本の新聞広告に再利用《リサイクル》されることで、文学場内部の言表が、よりひろい読者に向けて発信されていくことにもなる。

同様の批評を配置しながらも、広告「火野葦平著　土と兵隊」（『東京日日新聞』昭13・12・8）では、《数十万部の準備を以て火蓋を切った本書配給陣発売即日にして脆くも潰滅！全国書店よりの追加注文連日殺到!!昼夜強行軍の増刷中!!!》（3面）といった、戦争の修辞《レトリック》を流用した宣伝文もみられる。

増刷のタイミングにおいても、広告「火野葦平著　土と兵隊」（『読売新聞』昭13・12・16）では、《麦と兵隊姉妹篇》ということを掲げつつ、《『麦』と堂々並進／一億同胞の胸から胸を燃えぬけ灼き続ける感激の名作！／炎の巨篇!!／是ぞ東亜建設の聖旗の下怒濤とい征くみいくさの血と泥濘の戦列に建てられた聖戦日本の表忠塔だ!!》（2面）と国策イデオロギーに近接した宣伝文がみられるほか、広告「火野葦平著　土と兵隊」（『東京日日新聞』昭13・12・17）では、《「麦と兵隊」姉妹篇》、《大増刷出来!!》という見出しにくわえ、《われわれの心臓を迫撃砲の迫力でぶち抜くもの「麦」に続いて独り「土」あるのみ曰く「○と兵隊」曰く「×と兵隊」等々の群小流行語を尻目に、戦ふ兵隊の真の相をズバリと截ち割つて見せたのが本書だ!!》(3面)と、戦争文学として『土と兵隊』の魅力を積極的にうちだしていく宣伝文もみられる。

月末になると、広告「火野葦平著　土と兵隊」(『東京朝日新聞』昭13・12・24)において、《血と泥土の戦列に聖化されゆく人間性の頌歌》(1面)という宣伝文に、川端康成「国民皆読の文学」、豊島與志雄「「土と兵隊」の特殊性」が添えられる。そこで川端は、《火野葦平氏の「土と兵隊」が、国民皆読の文学である所以は、杭州湾敵前上陸とその後の進軍の戦記でありながら、それは同時に、日本民族が苦難を超えて発展して行く姿の、実に適切な象徴となつてゐるからである》と、『土と兵隊』を国民(皆読の)文学へと位置づけていく。《火野葦平氏の「土と兵隊」》を《特異な戦争文学》だとみる豊島は《異常事が凡て日常事であり、また日常事が凡て異常事である》局面をとりだし、《全身的な体験と責任とを持つた、平凡なやうで而も深い思惟》を探りあて、それを《日本的なものゝ一面の現はれ》、《日支事変の聖戦たる特質の一面の現はれ》だと意味づけている。両者とも、『土と兵隊』とその書き手、そこに書かれた戦場の様相を、(当事者性、〃人間(性)《ヒューマニズム》〃を備えた)個別の体験であると同時に、銃後の国民が共有することで、聖戦へとつながり得る文学なのだと意味づけている。これが高じれば、《聖戦第三の新春、この国民の書を熟読して民族の決意を浄めよ!》(広告「火野葦平著　土と兵隊」、『東京朝日新聞』昭13・12・31、1面)と、わかりやすいイデオロギー装置としても位置づけられることにもなっていくだろう。

年が明けても、広告「火野葦平著「麦と兵隊」姉妹篇　土と兵隊」(『東京朝日新聞』昭14・1・5)では《天井しらずの人気！　底なしの売行！》(1面)と謳われていく。ただし、新年からは『土と兵隊』をメインとした広告から、『麦と兵隊』と『土と兵隊』を並置したものへと明確にシフトしていく。紙面上も、左右対称に『麦と兵隊』(右)と『土と兵隊』(左)がレイアウトされ、中央に火野葦平の顔写真が配置されている。広告「火野葦平著　麦と兵隊／土と兵隊」(『読売新聞』昭14・1・13)では、右側(『麦と兵隊』)には《事変下出版界の無敵帝王篇‼陣中文学の先駆‼》と、左側(『土と兵隊』)には《日本的兵隊魂の最高表現‼聖戦描写の絶嶺‼》(3面)と宣伝文が添えられる。別バージョンとしては、広告「火野葦平著　麦と兵隊／土と兵隊」(『東京日日新聞』昭14・1・27)において、右側(『麦と兵隊』)には《最初最高の聖戦実記！世界戦争文学の王者‼》と、左側(『土と兵隊』)には《「麦」と堂々雁行する出版界の無敵部隊‼》(3面)と宣伝文が付され、中央に《火野葦平著》の文字が配置される(【図2】参照)。あるいは、広告「火野葦平著　麦と兵隊／土と兵隊」(『読売新聞』昭14・1・24、2面)ではこれが上(『麦と兵隊』)・下(『土と兵隊』)にレイアウトされている。

ほかにも、広告「火野葦平著　麦と兵隊／土と兵隊」(『読売新聞』昭14・1・29)では、《聖戦文学の最高峰・出版界の無敵部隊》という一文が上部に横書きでレイアウトされ、右側(『麦と兵隊』)に《聖戦記のトップを切り全日本を感動させ全世界に熟読される名作。》、左側(『土と兵隊』)に《「麦」と堂々並進、疾風枯葉を捲いて聖戦文学の王座を争ふ巨篇。》(2面)と、《麦／土》という文字を強調した広

図 2　『東京日日新聞』S14/1/27

図 3　『東京朝日新聞』S14/2/7

告「火野葦平著　麦と兵隊／土と兵隊」（『東京朝日新聞』昭14・2・7）では、右側（『麦と兵隊』）に《徐州へ徐州へ一望千里の麦畑を兵隊は怒濤と進む民族精神の行進曲》、左側（『土と兵隊』）に《杭州湾の敵前上陸血と泥土の戦列に聖化されゆく兵隊の魂の発展史》（1面）と、それぞれ宣伝文が添えられていく（【図3】参照）。

ここまでの新聞広告分析を総合すれば、『土と兵隊』は同時代評の延長線上において、〝戦場にいる文学者〟からの当事者性・〝人間《ヒューマニズム》（性）〟を兼ね備えた戦争文学として紹介されるとともに、戦時下の国民文学として、また、当初から売れる本（＝多くの国民が買うべき本）としてアピールされていったことが明らかになった。すでに、『麦と兵隊』現象以降、〝火野葦平－「麦と兵隊」－「土と兵隊」〟というトライアングルの連携は強力に作用しており、『土と兵隊』にも火野葦平『麦と兵隊』という含意は明らかだが、昭和一四年に入ると、その配置にも転換がみられた。火野葦平による戦争文学として、並置された『麦と兵隊』－『土と兵隊』が火野文学を体現する二つの作品と位置づけられていったのだ。その際には、《聖戦（文学）》という意味づけも強調され、『土と兵隊』は『麦と兵隊』と、（文化的価値としても紙面配置としても）並んで、国民文学[17]として位置づけられていったのだ[18]。

以上、火野葦平による初出「土と兵隊」‐単行本『土と兵隊』をめぐる同時代言説の分析から明らかになったことをまとめておく。火野葦平『麦と兵隊』現象を受けて、昭和一三年に発表された「土と兵隊」は、前作の延長線上で高く評価されつつ、はやい段階からその社会的意義（《文学の力》）が文学場内部から積極的に発信され、文学（者）の社会的有用性を担保・アピールする実践‐作品としての役割を担いつつ、単行本化された『土と兵隊』広告に付されていく言表の効果も相俟って、戦争文学の傑作という評価にとどまらず、聖戦下の国民文学として『麦と兵隊』と相補的な関係を結びつつ、昭和一三／一四年をまたいで広く国民に〝戦場にいる文学者〟からのメッセージを発信していった。

注

1 中島健蔵「解説」（同編『現代日本小説大系　第五十八巻』河出書房、昭27）、365頁。
2 火野葦平「解説」（『火野葦平選集　第二巻』東京創元社、昭33）、424〜425頁。
3 水谷昭夫「戦後文芸の対位者たち——火野葦平「土と兵隊」「麦と兵隊」をめぐって——」（『日本文芸研究』昭42・6）。
4 矢野貫一「戦後版「麦と兵隊」「土と兵隊」補訂に関する存疑」（『無差』平7・3）、長野秀樹「「具体的な現実」の諸相——兵隊三部作論」（『敍説』平8・8）ほか参照。
5 池田浩士「兵隊たちの戦中・戦後」（同『火野葦平論［海外進出文学］論・第1部』インパクト出版会、平12）、548頁。
6 成田龍一「「戦争」の語り　日中戦争を報告する文体」（同『増補　〈歴史〉はいかに語られるか　一九三〇年代「国民の物語」

批判』ちくま学芸文庫、平22）、160頁。

7　注6に同じ、164～165頁。

8　増田周子「火野葦平『土と兵隊』研究――記録の検証と表象の問題――」（同編著『戦争の記録と表象――日本・アジア・ヨーロッパ――』関西大学出版部、平25）、51、57頁。

9　越前谷宏「火野葦平『土と兵隊』論――文学性とその限界――」（『国文学論叢』平29・2）。

10　拙論「昭和一二年の報告文学《ルポルタージュ》言説――尾崎士郎『悲風千里』を視座として」（同『昭和一〇年代の文学場を考える　新人・太宰治・戦争文学』立教大学出版会、平27）、395、404頁。

11　注10に同じ、403頁。

12　拙論「〝戦場にいる文学者〟からのメッセージ――火野葦平「麦と兵隊」」（同『昭和一〇年代の文学場を考える』前掲）、427頁。なお、原著で同時代評に付した丸囲み数字は削除した。

13　菊池寛・横光利一「火野葦平と語る3兵隊の不満」（『東京日日新聞』昭14・11・22）で火野葦平は、《私が一個の兵隊の気持で書いたのは「土と兵隊」です。あれは分隊長として書いたのですが、出た当時は、一字一句、本当のことばかりだといふやうなことで、いろいろいはれたんですけれども、造つた話も大部入つてゐるのです、余りいふと怒られるかも知れませんが……》（5面）と語っている。

14　報告文学《ルポルタージュ》（言説）における《眼》については、本書第2章参照。

15　ペン部隊については、櫻本富雄『文化人たちの大東亜戦争　PK部隊が行く』（青木書店、平5）、五味渕典嗣「文学・メディア・思想戦――〈従軍ペン部隊〉の歴史的意義――」（『大妻国文』平26・3）、本書第3章参照。

16　ほかに、《戦争と兵士との本当の姿を知らうとするものには一つの疑問を感じさせないか》と「土と兵隊」に疑義を示した田邊耕一郎は「火野葦平の文学」（『中外商業新報』昭13・12・25）で、《火野葦平の文学は、つまり戦争を歌つてゐる》（5面）と難じている。また、柴田賢次郎は「戦争文学について」（『三田文学』昭15・4）で、《私も戦線にゐて土と兵隊までを読んだ実によい戦争文学であると思ふが、一般から歓迎されたほど戦線では喜ばれてゐなかつたやうである》、《常時も火線の中にゐる第一線の兵の言ひ分》として《彼等は麦と兵隊、土と兵隊を生ぬるいルポルタージユぐらひにしか思つてゐない》という声を紹介し、《無理のない正しい批判》（150頁）と評している。

17　日比野士朗「戦争と日本文学」（加藤武雄ほか『国民文学の構想』聖紀書房、昭17）参照。

18　蒲豊彦は「一九三八年の漢口（四）——火野葦平と石川達三——」（『言語文化論叢（京都橘大学）』平23・9）で、石川達三『生きてゐる兵隊』と『麦と兵隊』が《いずれも精神総動員の一助》（30頁）となったことを指摘しているが、時期を考慮すればなおのこと、火野については『土と兵隊』が果たした役割も見逃すべきではない。なお、海外（フランス）での受容について、渋谷豊「フランスにおける日本文学受容の一側面　火野葦平の場合」（『信州大学人文科学論集』平29・3）参照。

※原則として、初出の「土と兵隊」は一重括弧、単行本は二重括弧表記として区別した。

第8章　戦場における〝人間（性）《ヒューマニズム》〟——火野葦平「花と兵隊」序論

I

日中戦争開戦以降の文学場において重要な意義を担った〝戦場にいる文学者による戦争文学〟を考えた場合、火野葦平『麦と兵隊』（改造社、昭13）は、その端緒にして最大のベストセラーである。その後、第二作「土と兵隊」、第三作「花と兵隊」が書きつがれ、兵隊三部作が出揃うことになる。

ただし、兵隊三部作それぞれには、顕著な差異が存在する。第一作の「麦と兵隊」（『改造』昭13・8）と第二作「土と兵隊」（『文藝春秋』昭13・11）[1]にしても、日記体と書簡体という形式の差異はもとより、その内容や受容にも変化がみられたし、第三作「花と兵隊」（『東京朝日新聞』昭13・2・20夕〜昭14・6・24夕／『大阪朝日新聞』昭13・12・20夕〜昭14・6・27夕〔休載含、全一三〇回〕）に至っては、虚構が謳われ、かつ掲載メディアも大手新聞になるなど、初期設定からしても前二作との差異は明らかなのである。

そこで本章では、その重要性に比して論じられる機会がきわめて少ない「花と兵隊」をとりあげ、基礎的な検討を試みておきたい。具体的には、執筆企図や発表の楽屋裏などの基本情報を整理した上で（Ⅱ）、先行研究／同時代受容を批判的に検討し（Ⅲ）、初出／初刊単行本間の本文異同を確認すると同時に物語内容の分析を行うことで（Ⅳ）、研究のスタートラインを引くことまでを目指す。

Ⅱ

まずは、連載予告「夕刊の新小説『花と兵隊』　戦争文学の巨篇」（『東京朝日新聞』昭13・12・16）から確認しておく。「作者の言葉」として、火野葦平による次の文章が掲載される（【図1】参照）。

この「花と兵隊」は時間的にいへば前に発表致しました杭州湾敵前上陸記「土と兵隊」と、徐州会戦従軍日記「麦と兵隊」の中間に位置する杭州湾警備駐留記であります、杭州は詩韻馥郁美しい街でした、殊に西湖の美しさは格別でした、戦火に見舞はれて空洞になつた杭州はわれ〳〵の部隊が入城し駐留してゐた五ヶ月の間に、春と共に目覚ましく復興しました、銭塘江の対岸や四囲にはなほ多くの敵を控へ、屢々討伐にも出で市内では便衣隊狩りも数回行はれましたが、われ〳〵兵隊にとつて杭州警備の思ひ出はたぐひなく美しい西湖と、咲き乱れる桜や杏や木蓮などの花々と様々な支那街の風景とその中にゐるいろ〳〵の支那人と艶麗なる姑娘と、その他さういふものゝ中で先

図１　『東京朝日新聞』S13/12/16

づ楽しいといはれる生活でした、それらの生活を敍しつゝ戦闘と戦闘との間に坐つてゐる兵隊の姿、戦争と人間との関係、兵隊の見た支那の横顔、さういつたやうなものを謙虚な方法で探つてみたいと思ひます【広東にて】（11面／全面）

ここでは、火野自身の体験に即して「土と兵隊」→「花と兵隊」→「麦と兵隊」という時系列が示された上で、杭州という街がクローズアップされている。もちろん、主語は火野も含めた「われわれ兵隊」であり、戦闘場面が書かれないわけではないが、西湖に代表される支那の風物や姑娘をはじめとした中国人との交流――「先づ楽しいといはれる生活」が前面に押しだされていることは明らかである。それは、新聞社による次の紹介文でも同様である。

今回、硝煙の中にあつて、文名高き火野葦平こと玉井軍曹は長篇「花と兵隊」を特に本社のために陣中で執筆、これまた近日の夕刊紙上より連載することになりました、既に発表された作品はいふならばいづれも単なる戦争実記でありますが、この「花と兵隊」は日記体でも書翰体でもなく、陣中初めて執筆する戦争小説であります、氏の素朴にして強靭な表現に漲る正義歓《ママ》と美しい親愛は鬼神も泣く壮絶なる皇軍の奮戦と、建設途上にある新支那の朗景を活写して余さず、戦争が鍛錬する純粋にして健康な人間の姿は、人々の心の隅々迄も揺り動かさずにはおかないでありませう、（11面）

ここでも、《皇軍の奮戦》という一句こそみられるものの、火野の前二作を《単なる戦争実記》と相対化した上で、「花と兵隊」については《陣中初めて執筆する戦争小説》として、《新支那の朗景》と《純粋にして健康な人間の姿》がクローズアップされている。もちろん、従軍経験をもつ中村研一の挿絵[2]が添えられもする新聞連載である以上、いわゆる戦争らしさが「花と兵隊」にも付随されてはいくが、火野はそこからある程度の距離をとろうとしている。

後年の火野自身による、当時の執筆背景も参照しておこう。

或る日、朝日新聞広東支局長の木下宗一氏がやって来て、「花と兵隊」を朝日の連載小説としてぜひ書いてもらいたいという。むろん、それは本社の意向で、もし書いてくれるなら、原稿料は菊池寛氏と同じに出す、と、強硬である。私は考えた。まだカケダシの作家として、天下の大新聞朝日に小説を書くということは、なんといっても光栄だ。できるなら書きたいと思った。しかし、菊池先生から、「花と兵隊」も「文藝春秋」にといわれていたので、木下氏に率直にそれを伝え、菊池先生へお願いの手紙を出すから、その返事が来るまで待つて欲しいと申し入れた。私はすぐに飛行便で先生に、私の希望を打ちあけた。すると、折りかえし返事が来て、「君が檜舞台である朝日へ書きたい気持はよくわかるから、惜しいけれども「花と兵隊」はそちらへ譲る。しかし、そのあと、なにか書くならば、ぜひ『文藝春秋』にくれたまえ」とあつて、私は菊池先生の寛宏な心がうれしくありがたかつた。[3]

ここからは、各メディアがこぞって火野の原稿をほしがった当時の状況が伺える。事実、同じ時期に東京日日新聞（久米正雄）からの原稿依頼もあり、火野は「海と兵隊　広東進軍抄」（『大阪毎日新聞』昭13・12・19〜昭14・1・30／『東京日日新聞』昭13・12・20夕〜昭14・2・15）も同時並行して執筆することを余儀なくされた。もとより、人気に応じた厚遇で迎えられ、「花と兵隊」は《一回の稿料三十円》[4]であったという。

また、執筆に際しての火野の企図も確認しておこう。

新聞小説となると、これまでとまつたく変つて来る。「麦と兵隊」「土と兵隊」はルポルタージュ的要素が濃厚であつたが、「花と兵隊」はフィクションをかなり入れて、純粋の小説にしてみようと私は考えた。もちろん、警備駐留生活における兵隊のルポルタージュは排することはできないが、西湖のある杭州の風物をふんだんに折りこみ、中国人や、姑娘《クーニャン》もたくさんに登場させて、人間の体温のふれあう美しい物語を書いてみたいと思つたのである。〔略〕杭州生活での私にとつてもつとも大きな思い出は、芥川賞受賞と陣中授与式ではあるが、自分の宣伝じみたことを書くのはいやなので、それはこの小説からは省くことにした。検閲でやかましくいわれている兵隊と現地の女との接触、恋愛などがどこまで書けるか、その実験をしてみたい野心もあつた。[5]

ことの帰結としては、この試みは挫折を余儀なくされた。

連載中、「語学について」の章で、河原上等兵と拱宸橋《こうしんきよう》の仕立屋の娘鶯英との恋愛を書いたのだが、二人が仲よくなつて、河原が惚れた女と話がしたいばかりに、突然、支那語の勉強をはじめ、たちまち上達したという箇所に来たとき、大本営報道部から電報が来た。「コノカワハラトオウエイトイウクーニャントノコト、コレカラサキ、ドウナルカ」ソレガハッキリセネバ、アト、キョカセヌ」私はおどろいて、朝日を通じて、「コノフタリノコト、モウカカヌ」ヨロシクタノム」という返電を打つた。この程度のきれいな恋愛ですら、検閲にひつつ《ママ》かかるのならば、男女の問題を突つ込んで書くことなど思いもよらない。そこで、「花と兵隊」では、この二人の恋愛をはじめ、私と青蓮とのことも中途半端になつてしまつている。しかし、とにかく、書き得るギリギリの線までを表現することに努力した。[6]

それでも、戦場を舞台として、日本人／中国人、男／女の関係を書いたことは「花と兵隊」の特徴の一つであり、火野の作品史という観点からも、前二作で火野が書かなかったモチーフがとりあげられており、重要な一歩であったことは疑い得ない。

しかもそれは、戦場で書かれる新聞連載小説であるがゆえに、楽屋裏では技術を駆使して時間との戦いが展開されていたようである。まずは、火野自身の回想によって当時の状況を確認しておこう。

朝日の藤村安吉くんが「花兵係《はなへいがかり》」で、原稿をとりに来る。できていないと「へいたい」編集室で、私が一回書きあげるのを待つて、大急ぎで帰つて行く。これは後で聞いて、相すまないと思つたのだが、毎日、原稿紙四枚の小説を無線電信で送るのは大変だつたらしい。普通の新聞記事ならともかく、小説であるから、句読点、行替、漢字と仮名など、原稿どおりにしなくてはならない。四枚として千六百字、これを全部片仮名で打つて、向こうであらためて翻訳するのである。しかも、広東からまつすぐ東京に行くのではない。いつたん上海支局で中継し、さらに台北へ、或いは大阪へ、ときには、長距離電話で送つたこともあるという。到着した片仮名文を翻訳する苦労もなみたいていではなかつた模様だ。ときには、私は朝日支局につれて行かれ、一枚ずつ書くはしから、送信したこともあつた。しかも、二月には海南島作戦がおこなわれ、私もこれに従軍したので、海南島滞在の十日間は、海口《かいこう》から「花と兵隊」を無電で送つたわけである。[7]

そのことは、帰国後の火野を囲む座談会などでも、苦労話として回想されていく。菊池寛・横光利一「火野葦平と語る３兵隊の不満」（『東京日日新聞』昭14・11・22）を引いておく。

菊池　東日は「広東進軍抄」、朝日は「花と兵隊」と、同時掲載で、君の方も苦しかつたらうが、新聞社の方も困つたらしいね

火野　あれは困りました、大変迷惑をかけました

菊池　しかし世界的迷惑だつたね

火野　あれは電報で送つたりして間違ひもあつたので、本になる時に切抜を新聞社から送つて貰つて訂正して出すことにしてをつたのですが、丁度私が海南島作戦に行つた留守に切抜が届いて間に合はなかつた

菊池　あれは毎日両方並べて書いてゐたのですか

火野　あつちを書き、こつちを書きしてをりました、書き溜めといふことはなか〳〵出来ないものですね、書き溜めして送らなければ御迷惑だらうと思つてゐたのですがとても出来なくて……（５面）

同様の事情は、火野葦平・三島正治・中山省三郎・進藤次郎・末常卓郎・竹田道太郎・菊池侃・櫻木俊晃「帰還の火野葦平にきく」（『週刊朝日』昭14・12・３）においては、次のように語られている。

竹田　〔略〕締切は切迫してゐるし、片つ端から無線で送らねばならないといふので、もちろん十分に推敲して貰ふ余地もない、で一枚出来るとすぐ無線にまはすといふ没義道を敢てした（笑声）んですが、火野さんは兎に角すら〳〵と大して考へもせずに筆を運んで行かれる。あれで文芸作品が出来るのかなと、実は内心に思つたんですが、出来上つたものは実に立派なものなんです。その時僕は、火野さんはペンを持つて紙に書かない時は、どんな仕事の時でも、行軍の時でも、常に頭の中で書いては消し、消しては書いてゐて、いざ紙に向ふと、すつかり構想が成つてゐてすら〳〵といくんだと、実際感心してしまつたんでした。（12頁）

もっとも、事後的な回想では雰囲気が異なるので、連載期間の《百三十日が、朝日新聞関東前線本部にとっては、実戦に従軍するよりも遥かに苦しい毎日となった》という、新円修三の回想（前段は前線本部長・木下宗一からの伝聞による）も参照しておこう。

火野は、毎日酒ばかり喰らっていたそうである。そしてやがて興が乗ると、やおらペンを執って小説の執筆をはじめる。これが、いくらやかましくいっても、こちらの思い通りに書いてくれない。〔略〕やがて原稿が出来上ると、電送である。広東―上海―大阪とリレーする軍の無電を利用してである。

全文をカタカナに書直して、大阪本社に打電するのであるが、人名や地名に、中国のそれが出てくるので、括弧して字の説明まで書き加えなければならなかった。

大阪本社では、いま日中文化の主役を勤めている白石凡が、学芸部にいて、今度はカタカナ電報を、漢字入りの普通の文章に書き直す。漢電装置がまだなかった時代だから、時間がかかった。そいつを、さらに連絡部の電話に乗せて、東京に送って来る。連絡部はまず速記者が原稿を速記にとって、それから原文に書上げて僕のところへ届けて来る。僕は精読し、さらに疑問の点は、支那の地図を拡げたり、速記をよみ直してもらって万全を期する。[8]

ならば、このようにして構想－執筆－発表された火野葦平「花と兵隊」は、発表当時、どのように読まれ、また、今日どのように評価されているのだろうか。次節ではそのことを検討していきたい。

Ⅲ

まず、「花と兵隊」に関する先行研究から検討していこう。

亀井勝一郎は、「花と兵隊」を《戦場における言わば日常性の記録》と性格づけた上で、中国人表象について次のように述べている。

当然のことながら被占領国民としての当時の中国人の様々な生活も描かれている。日本人と中国人の交わりが始まる。そこに生じた恋愛や滑稽さや卑屈さや、また信頼していた召使の中国人がスパイであつたり、様々の小事件を短篇風にならべた一系列の作品である。

さらに、《中国遊記とでも呼びたいようなのどけさ》、《死と死の谷間にひろがつた生の屈托のない楽しさ》を以て、《はじめて戦陣にのぞんだときの緊張と切迫感をもつた「土と兵隊」とはあざやかに対照的な作品》[9]だと捉えて、兵隊三部作に位置づけている。

「麦と兵隊」と「土と兵隊」について《人間の本質をみつめる彼のまなざしは共感にあふれていた》と高く評価する川本彰は、しかし《『花と兵隊』における火野はすでに「観念の奴僕」となっていた》と、その変化を指摘し、次のように批判している。

『花と兵隊』には、観念的、図式的、国内宣伝用のきらいがある。綺麗事すぎるのである。いずれの登場人物にも、いわば生命が通っていない。観念的な人物ばかりである。[10]

つまりは、当初からそうした枠組みの中で公表された火野の兵隊三部作ではあるが、前二者に比して「花と兵隊」は現実性が後退し、その分、国策との距離が近接しているという理解である。

こうした見解に対置するように、次に引く長野秀樹は具体的な作中の挿話にふれつつ、同作に〝人間（性）《ヒューマニズム》〟を見出している。

この「奇蹟」〔飛躍的な読み書き能力の向上〕の一つが中国女性との恋のために、中国語に長足の進歩を見せる「粋主義者」の兵隊であり、息子に手紙を書くために字を覚える母である。その一つを「語学について」と題して、火野は同列に語るのである。そこには「愛情」という人間の感情について、国や民族の違いはないはずだという火野の考えが働いていることは間違いがないだろう。こうして火野は、戦争という巨大な歴史の運動の中に、逆に微視的な日常性の原理を持ち込むことで、戦争が日常と化した兵隊の姿を描き出して行く[11]。

ここで長野は、兵隊三部作に通底する戦場の日常というモチーフを指摘しつつ、「花と兵隊」に《国や民族の違い》をこえた《人間の感情》を指摘している。具体的にいえば、日本（軍人・男性）と中国（民間人・女性）の関係（恋愛）を描いた「花と兵隊」後半のモチーフを、好意的に捉えた評言だといえる。この論点には、歴史学者の成田龍一も注目している。《占領の様相を描いた小説『花と兵隊』でもっとも特徴的なことは、さまざまな中国人が登場し、彼らと「私」たちが関係をもつこと》、《中国の街のにぎわいが記されていること》だと指摘した上で、成田は次のようにして、そこに書かれた恋愛の様相に権力関係を見出していく。

河原／鶯英というくみあわせは、侵略者の男性／被侵略者の女性のくみあわせということであり、植民地支配の典型的な構図となっている。「外部」からやってきた支配者が、「内部」の住人を無力化し従属させるという力関係が、男性／女性の関係に重ねあわされているのだ。[12]

以上を総じて、「花と兵隊」については国策イデオロギーとの距離が陰に陽に評価軸として敷かれた上で、戦場の日常というモチーフにおいて書かれた日本人／中国人、男／女の、権力と不可分な関係性が争点となってきたのだ。また、作品評価は、争点に対する著者のスタンスによって賛否が割れたまま今日に至っている。その争点も、日本人と中国人の恋愛が書かれたがゆえに、そこに集中した感があり、他の重要なモチーフが十分に議論されてきたとはいいがたい。したがって、作品評価の前提がまだ整っていないというのが研究の現状である。

次に、「花と兵隊」同時代受容の地平－モードを検討していく。それは、火野ブームの渦中の出来事であり、それゆえ、「花と兵隊」は発表前からあの火野葦平の新作として期待と注目を集めていた。十返一「本年文壇回顧」（『文藝汎論』昭13・12）に、次の作家論的評価がある。

> 圧倒的な成果を呈した「麦と兵隊」につづけて火野葦平は、十月号の文藝春秋に再度二〇〇枚の「土と兵隊」を発表した。きけば更に「花と兵隊」を書き三部作とするといふことである。このエネルギツシユな製作行為は内地にゐる作家達に一脈の恐怖感を、どこからともなく与へずにはゐないであらう。而も対象に対する筆者の態度には微塵の混迷もなく戦火の唯中に客観する眼を持ちつゞけてゐるところ誠に偉とせざるを得ぬ。（32頁）

さらに、火野作品のセールスに注目した、Ｊ・Ｉ・Ｎ「匿名時評　文芸　新春文壇」（『日本評論』昭14・1）も引いておこう。

> 最後に、火野葦平の兵隊三部作の最後の作「花と兵隊」は朝日新聞が獲得したことを報告して置く。最初の作品「麦と兵隊」は「改造」が獲得して、菊池寛をカンカンに怒らせた。芥川賞作家の第一回作品だから当然「文藝春秋」のものだといふ訳である。そこで第二作「土と兵隊」は「文藝春秋」で獲得した。「麦と兵隊」の載つた「改造」は大変な売行だつたが「土と兵隊」を載せた「文藝春秋」も凄く売れた。雑誌だけで足りないで、それぞれの単行本がまた大変な売れ方だ。そこで第三作はどこへ行くかが興味の的だつたが、遂に朝日が獲得した。「改造」や「文藝春秋」としては、まるで大損をしたみたいに口惜し涙にくれてゐることだらう。これで見ても、新聞社の力といふものが、雑誌社の力より比較にならぬほど大きいことが分る。ともあれ「花と兵隊」は今年の最も大きな楽しみのひとつである。（224頁）

ここには、火野作品が争奪戦の様相を呈していたことが確認できるが、あわせて、こうした火野をめぐる楽屋裏が言表される価値をもっていたこともわかる。ところが、「花と兵隊」連載開始後の同時代評においては、総じて評価が低い（もちろん、雑誌中心の月評で新聞連載小説が論及されること自体、注目を集めていた証左ではある）。

さて、早くは青柳優「文芸時評　戦争小説について」（『早稲田文学』昭14・2）が、「煙草と兵隊」とあわせて連載中の「花と兵隊」に論及する。

火野葦平氏の「煙章と兵隊」東京朝日連載の「花と兵隊」は、戦争が日常茶飯事となり、兵士達が戦争に馴染んで了つたところから出発する、新しい驚きとその意味での通俗平凡な落着きとを描き雑ぜた印象を与へる。火野氏の作品も徐々に転換とマンネリズムの時期を経過しつゝある様に思はれるし、氏の作品の判つきりした批評もこれからであらうと思ふ。（165頁）

戦場の日常というモチーフを指摘した上で、青柳は作品の評価を留保している。それればかりか、同文は遡行的に火野作品への《批評》を期待し、喚起する言表となっている。こうした姿勢《スタンス》は、次の同時代評にも共通している。淺見淵「文芸時評（2）二つの戦争小説」（『信濃毎日新聞』昭14・2・3）を引いておく。

この一文〔火野葦平「東莞行」〕を読んで、同時に「花と兵隊」といふ作品を読みながら感じたことを憶ひ出したが、火野葦平が次第に作家的余裕を獲得すると共に、書くものが、へんに間延びがして来て、悪達者なユーモアだけが次第に目立つて来たといふ事である、つまりその中に、感動的なペーソスを織込むことによつて効果を挙げるといふマンネリズムが、意識的にか無意識的に出来て来てゐるのだ。真の戦争小説の困難は茲にもひそんでゐる。（６面）

ここで淺見は、最近の火野に《作家的余裕》と同時に《マンネリズム》を指摘する。次に引く徳田一穂「嵐の中の無風帯　文壇一年の回顧（１）」（『信濃毎日新聞』昭14・12・20）も、同様の観点から火野（作品）の停滞感に論及していく。

時流に投じて勢ひを恣にしてゐる観もあつて戦争文学はなかなかの隆盛であつた。火野葦平氏は『花と兵隊』『海と兵隊』『煙草と兵隊』等を書いてゐるが、去年の『麦と兵隊』『土と兵隊』の二つの傑作に比較して今年の諸作品は甚だしく見劣りするといつてよからう（４面）

もちろん、火野を酷使したのはジャーナリズムでもあり、そのことに同情的な、次に引くX・Y・Z「スポット・ライト」（『新潮』昭14・３）のような声もある。

いつたい日本のジヤーナリズムでも、出版界でも、その流行が、とかく一方に片寄るクセがある。〔略〕斯くて日日新聞には「海と兵隊」が載れば、朝日新聞には「花と兵隊」が載るし、主婦之友には「妻と兵隊」までが載るといふことになるのである。が、これはどうも、余りいい傾向とは言へない。一人の作家をすべてのジャーナリズムが寄つて、たかつて食ひものにするのである。火野氏は戦地で働いてゐる軍人である。いくら執筆の時間があるとしても、こんなにも方々で書かせるのは、少し気の毒ではないか。（26頁）

ただし、これは火野に同情的な言表で、読者からすれば厳しい評価もやむを得ない。幾山河「豆評論明日の戦争文学」（『信濃毎日新聞』昭14・2・25）には、次の論難がみられる。

▼火野葦平も「花と兵隊」「海と兵隊」を書くに至つて聊か食傷のていである。「花と兵隊」「海と兵隊」が前作「麦と兵隊」「土と兵隊」より文学的に優れてゐるのならとに角、いやに大家然として来てしまつて一兵隊一人間としての赤裸なものが余程なくなり、筆ばかり達者に運ばれるので面白くなくなつた。「麦」「土」に見られる神々しさの代りに、戦争文学ずれした火野を見るに至つて読者は顔をそむけ出した。（6面）

ここでは、量産だけでなく、それに伴う火野の作風の変化が論難されているが、これは当初からの火野の企図でもあった。また、作品評価は低いながらも、伊藤整は「四月の創作（中）岡本かの子の作」（『北海タイムス』昭14・4・11夕）において、同じ戦場を舞台としつつも、転換されたモチーフについて正確に捉えてはいた。

目下朝日新聞に連載中の『花と兵隊』では、今までの作品と別な小説の行き方を試みてゐるが、これは複雑な治安工作団のことを描いてゐるせゐか、作品としての印象はやゝ中途半端である（3面）

つまり、日本人男性／中国人女性の恋愛や、日本語／中国語の読み書き能力《リテラシー》といった要素も含めて、「花と兵隊」は正しく文化工作に切り結んだ小説なのだ。火野としては、新たな領野を切り開いたつもりの「花と兵隊」が、おそらくはそれゆえに批判されていく現実にあって、同時代評として提示された二つの処方箋がある。

一つは天地人「豆評論　葦平文学は何処へ」（『信濃毎日新聞』昭14・3・10）で、《▼火野がルポ書きとしての人気は落ちても、彼ほどのものが、戦場を離れて今後どんな文学を生むか天下の関心の集中されてゐるところであらう》、《あれだけの偉材が戦争文学以外の天地に踏こめない筈はない》（4面）という、さらなるモチーフの変更である。

もう一つは、宇野浩二が「文芸時評（3）二種の戦争文学」（『読売新聞』昭14・5・3夕）で示した、次のようなものである。

火野の文学の中に初めから何か危な気があるのが気になつてゐた私は、「海と兵隊」以後の作品を読んで〔略〕火野の文学に余り感心できない調子がつき出したのを見て、近頃は幾らか（可なり）

落著ける所にゐるといふ火野に少し落著いて愼重に仕事をしては、と切に望みたいのである。（2面）

陸軍報道部－ジャーナリズムのしかけもあり、「麦と兵隊」の際には、戦場で時間的余裕のないままに書き、発表されたがゆえに評価された当の作家が、一年もたたないうちに、ルポルタージュの迫真性とは相容れない《愼重》さを要請されるに至っている。

こうした火野評価の低下は、この時期、不可逆的に進行しており、皮肉にも、新聞に発表された「花と兵隊」（と「海と兵隊」）が、そうした評価の主な根拠とされていったようである。そのことは、次に引くD「閃光　短篇小説全盛期を迎へるか……」（『国民新聞』昭14・7・12）において端的に語られている。

一時流行のトツプを切つてゐた戦争文学と云つても戦線ルポルタージユ（従軍観戦記に過ぎないが）は早くも凋落の色が濃い、「麦と兵隊」で売出し「土と兵隊」と真実味を発揮した葦平文学も「花と兵隊」「海と兵隊」等々となるに及び遂に大衆から突き放されてしまつた〳〵これは作者の未熟の故か、ジヤーナリズム宣伝の罪か或は読者のあきつぽさに依るか兎に角慌たゞしい現象ではある（6面）

そもそも、戦争文学／ルポルタージュの混乱、火野作品を一方的にルポルタージュと見なしての批判など、乱暴な議論ではあるが、これもまた同時代における火野葦平理解の一つではある。もちろん、同時代に言表されただけでも、ことは作家の問題ばかりでなく、モチーフ‐作風の変化、読者、ジャーナリズム〈期待／酷使〉との相関関係の帰結として、評価が変じていったのだ。

その後、単行本『花と兵隊　杭州警備駐留記』（改造社、昭14）が刊行される（【図2】参照）が、その際のパラテクストもみておこう。

改造社の広告「火野葦平著　花と兵隊」（『文藝』昭14・9）では、《葦平戦記の三部作》、《「花と兵隊」は私の今までの戦記もの丶うちで最も骨を折つたものだと葦平は語りました。》といったコピーとあわせて、次のような広告文が掲載されている。

図2　『花と兵隊』

『土』『麦』の二作が凄絶な戦闘・進撃と言つた生死ギリ〴〵の時間における兵隊の魂の発展史ならば、これは戦塵遠き江南の風光に擁かれた駐留警備の兵隊の心の抒情詩だ。頑敵と一歩もひかじと死闘して来た兵隊も、ここでは一人々々が優雅な日本の心を連ねて民衆の生活の中へ流れ入り、西湖に水もぬるめば姑娘の蓮歩に青春の夢を追ひ、杭州の花蔭に隣那知識人らと東洋の運命を語るのだ。大陸に建設の銃を握つて冬を越し、雪を割る一茎の花に亜細亜の春遠からじと想ふ兵隊の心が銃後一億の心にしみじみと通ふ名作。

（折り込み・頁表記なし）

ここでは、「麦と兵隊」、「土と兵隊」を《兵隊の魂の発展史》、対する「花と兵隊」は《兵隊の心の抒情詩》と評して、兵隊三部作中の特異性がうちだされている。版元の雑誌に掲出された無署名「出版だより」（『文藝』昭14・9）も、次に引いておく。

火野葦平氏の「花と兵隊」が愈々出来ました。これで葦平の「我が戦記」三部作が完成された。「花と兵隊」は杭州警備駐留記。敗残兵や便衣隊の出没はあつても麦や土の如き進撃や激闘はないが、多くの支那人との接触があるのが特徴だ。一つの戦闘が済んで次の戦闘に移る迄の滞陣中の兵隊の心の動きや、行動や、生活を描いて見たいといふ著者の意図がすばらしく成功してゐる。三部作中最も場面も人物も多彩な大作です。装幀は中川一政氏、挿絵は中村研一氏。（117頁／ゴシック原文）

ここでもやはり「麦と兵隊」、「土と兵隊」と差異化しつつ、「花と兵隊」は《多くの支那人との接触があるのが特徴》だとされている。

こうした「花と兵隊」の性格づけは、しかし火野の当初の企図に沿うものでもあり、また、同時代評によってそのように読まれてきた受容とも重なる。したがって、杉山平助が「火野葦平論」（『改造』昭14・10）で次のように評すのも、ごく自然ではある。

「花と兵隊」は、彼の従軍作のうち、最も文学的なものであり、彼もおそらく最も文学的に骨を折つたものであらう。そこには仮構の感じられるやうな弱い部分もあるが、しかし、いつたいには充実して、のびのびと逞しい。兵隊服を着せられた彼が何とか、本来の芸術家としての芸術に帰りたいといふ郷愁のやうなものが感知される。（314頁）

これは、火野によりそい、その文学性‐芸術性を評価した一文ではあるが、文学場の期待と齟齬を来したがゆえに、低評価となったことは既述の通りである。廣津和郎・保高徳蔵「上田廣帰還座談会」（『文藝』昭15・1）では、その文学性すら、《書かされてをる》がゆえに物足りなく感じられている。

保高　〔「花と兵隊」を〕読んで見て、面白いことは面白いです。いろ〳〵警備地の状況とか、兵隊の模様がよく判るのですけれど、しかし、あれは日記のやうにして書き綴つた感じね。
廣津　やつぱり稍々書かされてをる感じがあるでせうね。
保高　さう〳〵。（204頁）

これらを総じて、《▼「麦と兵隊」以下の「―と兵隊」もので一世を我もの顔にした火野も「花と兵隊」あたりから飽きられて来てゐる形》（幾山河「豆知識　気短かな戦争文学の流行」、『信濃毎日新聞』昭14・

11・21、6面）ということになるが、年次総括をみると、「花と兵隊」が一定の存在感を示していたことも間違いない。河上徹太郎「今年の文壇への回想（1）明暗二様の感想」（『東京朝日新聞』昭14・12・10）には、次の一節がみられる。

それ〔本年度の文壇〕は全く文運隆盛といふ御芽出度い四字に尽きる。昨年度から持ち越した戦争文学、従軍文学が漸く本道に入つて、火野葦平氏の三部作は、最後の「花と兵隊」が本年の初頭に現れたし、昨年の漢口攻略に大挙従軍した文士達の仕事も、材料本位の報告や日記から転じて、漸く長篇の中に盛り込まれるやうになつたし、一方日比野士朗氏の「呉淞クリーク」も出た。（7面）

昭和一四年の文学場の動向として、《戦争文学、従軍文学》がまずは論及され、具体的な作家・作品名として火野葦平「花と兵隊」があげられている。細かい賛否とは別に、文学場の成果として逸せない、という判断にみえる。もちろん、次に引く徳田一穂「嵐の中の無風帯　文壇一年の回顧（1）」（前掲）のように、否定的にとりあげられたこともある。

火野葦平氏は「花と兵隊」「海と兵隊」「煙草と兵隊」等を書いてゐるが、去年の「麦と兵隊」「土と兵隊」の二つの製作に比較して今年の諸作品は甚だしく見劣りがするといつてよからう。（4面）

以上、「花と兵隊」同時代受容の地平－モードの検討を総じて、同作は火野葦平の新作として、また昭和一四年の代表作として注目を集め、一定の評価を得てはいた。ただし、前二作と比べれば評価の低下は明らかで、その要因としては、モチーフの変容、それに伴う火野に対する読者の期待とのズレ、ジャーナリズムの酷使によって火野がマンネリ化して映じたことなどが考えられる。逆に、初出紙で読んだ際、火野の企図でもあり、挿絵の効果も含め、クローズアップされていることが明らかな西湖を中心とした中国の景観に関する議論は、同時代評／先行研究いずれにおいても論及がなかった。

Ⅳ

「花と兵隊」について、書誌の観点から第一に確認しておくべきなのは、新聞連載がそのまま単行本化されたわけではない、ということである。本文異同にくわえ、この連載は二つの作品にわけて書籍化された。著者自身は次のように述べている。

「花と兵隊」は百三十回、昭和十四年六月二十四日、土曜日の夕刊を以て完結したのである。その後時を置いて、続篇として、さらに、三十回を書きついだ。しかし、その続篇は、「花と兵隊」を単行本にするときには省き、別に「兵隊について」（昭和十五年十二月）という題にして、やはり、改造社から刊行した。[13]

記憶違いかと思われる部分もあるので、以下に確認しておく。

新聞連載状況からいえば、昭和一三年一二月二〇日付けの夕刊から、東京／大阪の両『朝日新聞』で始まった「花と兵隊」は、休載日を異にしながらも、それぞれの一〇一回分が昭和一四年五月七日に掲載され、ここまでが『花と兵隊』（改造社、昭14）として単行本化される。ただし、「花と兵隊」というタイトルの新聞連載は、両紙とも一〇日間の休載を経て、五月一八日付け夕刊＝一〇二回目から再開されていく。ここから、やはり休載日を異にしながら、『東京朝日新聞』では六月二四日付け夕刊まで、『大阪朝日新聞』では六月二七日付け夕刊まで、二九回連載がつづき、双方一三〇回を以て連載終了となっている。この二九回分については「兵隊について」と題され、単行本『兵隊について』（昭15）に収録される。ちなみに、初出連載時、第一回～第二八回まで「敵国の春」と題されていた章題に関しては、初刊単行本では、第一回～第一三回分は「雪深く」と改題され、第一四回～第二八回までが「敵国の春」と題されていた。

総じて、新聞紙面をみる限り、タイトル、通し回数、挿絵画家など、いずれも一三〇回を一作品として扱っていることは明らかで、これまでの研究史では初出本文が問題化されてこなかった。

以上の事実をふまえ、初出「花と兵隊」と単行本『花と兵隊』の間の本文異同についてもふれておく。全体としては、政治的な表現や軍関連の情報まで含め、大きな異同はない。その反面、細かな異同は多々あり、それは主に本章Ⅱでふれた執筆事情に由来するものだとみられる。頻出する異同としては、漢字・平仮名等の表記、句読点、改行箇所、直接／間接話法などに関するものがある。

いくつか例示しておく。[14] 初出第二回、「嘉善」以下、二〇の地名が列挙される箇所に関して、初出では読点で追いこまれていた地名が改行されたほか、「慈湖鎮」が「慈古湖鎮」と改められ、「水郎渓」が削除された（昭13・12・12夕／7～8頁〔初出掲載年・月・日／単行本掲載頁、以下同〕）。

また、少しく戦況に関わる箇所として、二つ紹介しておく。

> 負傷者が傷々しく白い繃帯に〔つゝ〕包まれて、前線から〔われわれ〕我々の宿舎の前を通つて帰つて来る姿も見られた。〔／濱田少尉は、私に数度、近く討伐に出なければならないと語つたが、〕私〔たち〕達の部隊がいよ〔〳〵〕いよ討伐隊として出発する日もそんなに遠くないやうに思はれた。（昭14・3・10夕／161頁）

> 杭州奪還の夢が過ぎた頃、私達の部隊に警備の〔移〕異動があつた。八田少尉の〔第〇〕小隊は杭州市から二里ばかり離れた奏帝山附近の警備に〔就〕つき、中山〔少尉の第〇〕小隊は杭州駅の〔直〕すぐ前にある兵站衣糧廠の警備隊となつた。湖濱路の我々の兵営には、中隊本部と〔、〕我々の〔第〇〕小隊のみが残されたのである。（昭14・4・27夕／250頁）

こうした箇所は、軍務に関わる具体的な情報ゆえの削除にみえる。逆に、初出では書かれなかった情報の加筆もみられる。

今日は美しい西湖の畔にあつて〔話〕花を楽しんでゐる〔、〕。兵隊は面白いぢやないか。昨日は乞食のごとく、碌にものも食べずに泥たんぼの中にゐたのに、今日は、王侯のやうに、煉瓦とマホガニーの建物に住み、模様のある絹の蒲団に丸々と暖まる。（昭14・3・15夕／168頁）

これは、作中人物の台詞の一部が加筆されたケースである。

ほかには、フレーズの入れ替えに、作者自身も事後的に知った可能性のある情報が加筆された、次のようなケースもある。

青蓮は〔なに〕何か敬虔な面持を〔湛〕たたへてその墓の頭を静かに何度も撫で廻した。〔〕私にはそれが少し〔可笑〕おかしかつた〔のだが〕。後になつて知つたのだが、蘇小小の墓の頭を撫でると美人になるといふ伝説があるさうである。或ひは撫でれば、思ふ人に会へるとも、よい子が生れるともいふ。それで、このセメントの墓のいただきが、こんなに光つてゐるのである。〔その墓の頭を静かに何度も撫でまはした。それから〕堂宇を出た私達は湖辺にある〔、〕ベンチに腰を下した。（昭14・4・15夕／224頁）

河原と鶯英同様、私と青蓮に関しても、日本人男性と中国人女性の恋愛めいた関係が描かれており、当局からの注意があった（本章Ⅱ参照）ことから、初出時には筆を控えたのかもしれない。

総じて、右のような異同は散見されるものの、いずれも作品像／評価の変更を必要とするレベルものではない。

最後に、これまでほとんど論及されてこなかった、しかし、当時（文学場）／現在（研究状況）において重要だと思われる「花と兵隊」の物語内容について、少しく分析しておきたい。

これまで、戦場の日常というモチーフ、中でも日本人男性と中国人女性との恋愛関係は一定の注目を集めてきたが、この論点を深く掘りさげていくことで、〝交通《コミュニケーション》〟という「花と兵隊」の最も挑戦的な試み－主題にまで測鉛を下ろすことができる。

そうした主題がさりげなく示されるのが「敵国の春」中で、中国人の物売りがやってくることを書いた際の次の一節である。

> 竹籠に、野菜、大根、赤い〔円〕丸い大根、蕪〔等〕などを山盛りにして、奇妙な〔か〕掛け声に似た売り声を〔た〕立てながら早朝からやつて来る。〔略〕ところが、この取引は〔中々〕なかなか困難を極める。第一に言葉が通じない。〔然〕しかしながら〔、奇〕機智に富んだ兵隊はさして不自由もなささうに身振りや〔、〕手真似でこれを克服する。第二は貨幣問題である。我々は支那貨を持たず、支那人は未だ我々の日本金に対しては不安であつて、光輝ある我〔等〕々の貨幣を〔決して〕受け取らない。かくて交易は必然的に原始の昔に〔還〕返つた。（昭13・12・25夕／19頁）

ここには、商品の売買、身体／言語表現、翻訳（不）可能性など、さまざまな種類の〝交通《コミユニケーシヨン》〟が書れているが、「花と兵隊」においては、恋愛や戦争もまたその変奏として読める。たとえば、戦場を行軍する兵隊達は中国語（の使用－学習）を避けて通れない。

兵隊は誰も不便なので、日用語だけでも知らうと努めてゐた。〔／〕た〔ゞ〕だ河原上等兵だけが、さういふ兵隊の努力を笑つた。征服した支那の言葉を、勝利者である日本の兵隊が覚える必要はない〔、〕。あくまでも多少の不便を忍んで日本語で通すべきである。さうすると支那人の方が必ず日本語を習ふやうになり、一切のことは〔われ〳〵〕我々の言葉で通じるやうになるのだといふのである。〔／〕それは学説としては皆から首肯されたが、当面の問題としては少しばかりの支那語を知つてゐないと、どうにも不便だつたのである。（昭14・1・14夕／47～48頁）

もちろん、右の河原のような発想もあり得るのだが、「語学について」という章をもつ「花と兵隊」において、日本語の問題は重要なモチーフをなしている。その河原は鶯英と恋に落ち、中国語を習得する。その後、結婚までも考える河原は、上官の「私」に対して、関係の是非を問う。「私」の返答は、次のようなものである。

話はよく解つた〔、〕。〔略〕我々はなるほど現在は支那と戦争をしてはいるけれども、その戦争の目的はた〔ゞ〕だ徒らに人間同士が殺し合ひ、憎しみ合ふことにあるのではない〔、〕。我々はより一層両国民が手を握り合ふために、云はば兄弟喧嘩をしてゐるやうなものだ〔、〕。我々は現在ですら支那の軍隊とは銃火を交へえながらも、支那の民衆とは融和して行かなければならぬ立場にある〔、〕。自分はその意味で君とその仕立屋の娘とのことが、唯、相手が敵国の女であるといふことに依つて〔非〕批難されるとは思はない〔、〕。（昭14・3・29夕／199頁）

こうして、個人レベルでの恋愛‐言語の〝交通《コミュニケーション》〟にくわえ、当の戦争も日本と中国の〝交通《コミュニケーション》〟に向けての一階梯と位置づけられていく。もとより、日本人間でも、手紙による〝交通《コミュニケーション》〟を通して読み書き能力《リテラシー》の向上が喚起‐実践され、戦場と内地が媒介され、「私」は「各処において起る語学の不思議」に感慨を抱きもする。

中村上等兵の母親は息子が出征するまでは、全く一字も知らなかつたといふのである。〔／〕私は人間の愛情が如何なる奇蹟をも次々に成就してゆく〔様〕さまに、胸締めつけられる思ひであつた。〔／〕私は〔、〕私の母から来る平仮名ばかりの手紙に、この間から目に見えて漢字の増してゆくのに驚いてゐる〔、〕。〔略〕このやうなことは、私〔たち〕だけに起つたのではなく、私は同じやうなことを兵隊〔たち〕達からも聞かされた。（昭14・4・5夕／207〜208頁）

「花と兵隊」に関して特に重要なのは、こうして各所で展開される〝交通《コミュニケーション》〟を成立させる要件—急所として、〝人間《ヒューマニズム》（性）〟が前提とされている点である。これは、日本の立場から日中戦争を正当化する論理とも通底しており、また、日中開戦以降に書かれた広義の戦争文学を顕揚する際の最重要語彙[15]でもある。

こうした〝交通《コミュニケーション》〟の様相をふまえた上で、「花と兵隊」中で、中国人の登場人物が語る日中戦争の意義を、その代表例として「私」と親しくなった粛青年の発言を通して検証しておこう。

「私」からしてみれば、敵である日本軍に与する中国人は不思議な存在に映じているのだが、それに対して「中国は決して不真面目なのではない」、という粛青年は、次のように語る。

> 中国はほん〔た〕□うに新らしくならなければならないといふ熱意に燃え盛つてゐます。その方法が見つからなかつた。日本と戦争をはじめた。それは中国の更生のために、あまり手際のよい方法ではなかつたかも知れない〔、〕。しかし、結果においては、最も手際のよい方法であつたかも知れないと〔、〕私は思つてゐます。（昭14・3・23夕／185頁）

こうして戦争を一応は肯定する粛青年は、さしあたり高次の意義を「中国の更生」においていたが、その射程はさらにひろい。

私〔たち〕達青年は、皆、今や混乱の最中にゐます。〔略〕しかしながら、私〔たち〕達は新らしい中国の建設のために、この道を進まねばならないと決心したのです。日本軍と結ぶ私〔たち〕達は漢奸といはれ、常に刺客の剣の下にゐます。しかしながら、私〔たち〕達は新らしい中国の建設のために、〔ある〕或ひは東洋の更生のために、この荊棘の道を進むつもりです。（昭14・3・24夕／87頁）

こうした中国人による、日中戦争を介して「東洋の更生」を目指すという弁証法的な論理構成は、「花と兵隊」で日本人兵士が提示する戦争の意義と、〝人間（性）《ヒューマニズム》〟を基盤として、構造的な相似形を描く。その一例として、日本人の青柳伍長による次の発言を引いておく。

戦争は人間が集〔ま〕つて作つてゐる国と国とが戦ひ、戦場では人間と人間が戦ふ〔、〕。それは甚だしく〔狂気〕気狂じみて見えるが、それはやつぱり人間によつて行はれるものだ。人間が新に人間の道を探す〔、〕人間としての戦ひだ。〔略〕俺にはこの人間の成長が楽しみだ。〔／〕ところがこの人間の成長は何かの心の中での戦ひによつて、一層完成されなければならぬ〔、〕。〔略〕兵隊は戦場で銃を把つて戦はなくてはならん。同時に心の中の戦ひが〔為〕なされなくてはならん〔、〕。常に反省がなされなくてはならん、その反省が〔、〕人間を本当に鍛へ、本当に人間を〔反省〕完成し、日本を美しくすること〔が、〕だ。（昭14・3・15夕／168頁）

右は《『花と兵隊』というテクストが最も緊張する瞬間》[16]と注目されている箇所だが、こうして、この戦争の根底に〝人間（性）《ヒューマニズム》〟が担保され、日本人登の場人物を介して日中戦争が肯定され、しかもそれが日本＝国家の審美性へと回収されゆく回路が提示されている。したがって「花と兵隊」とは、日中両国人が東洋の未来を、人間として‐ともに語る場面が書きこまれた戦争文学ということになる。もとより、日本人兵士と中国人女性の恋愛も、こうした問題含みの〝人間（性）《ヒューマニズム》〟を前提とした〝交通《コミュニケーション》〟によって成立している。

となれば、初出版「花と兵隊」研究をめぐる次の課題（の一つ）は、国籍／性別を異にする人物が織りなす〝交通《コミュニケーション》〟の諸局面がどのように書かれたか、言語表現／挿絵の両面から、紙背／作中世界の権力関係に配慮しながら検討していくことであろう。

注

1　拙論「〝戦場にいる文学者〟からのメッセージ――火野葦平「麦と兵隊」」（同『昭和一〇年代の文学場を考える　新人・太宰治・戦争文学』立教大学出版会、平27）、本書第7章参照。

2　中村研一の挿絵については、他日別稿を期したい。見通しについては、拙文「複製／表象としての絵はがき（杭州西湖）――火野葦平作・中村研一画「花と兵隊」をめぐって」（『CAS News Letter』平29・7）参照。

3　火野葦平「解説」（『火野葦平選集　第二巻』東京創元社、昭33）、429～430頁。

4　注3に同じ、430頁。

5　注3に同じ、430頁。

6　注3に同じ、434頁。

7　注3に同じ、432～433頁。

8　新延修三「火野葦平」（同『朝日新聞の作家たち』波書房、昭48）、160～161頁。

9　亀井勝一郎「解説」（火野葦平『兵隊三部作』雪華社、昭37）、312～313頁。

10　川本彰「太平洋戦争と文学者――軍政下における火野葦平・井伏鱒二について――」（『明治学院論叢』昭55・3）、33頁。

11　長野秀樹「「具体的な現実」の諸相――兵隊三部作論」（『敍説』平8・8）、61頁。

12　成田龍一「「戦争」の語り　日中戦争を報告する文体」（同『増補　〈歴史〉はいかに語られるか　一九三〇年代「国民の物語」批判』（ちくま学芸文庫、平22）、170、177頁。

13　注3に同じ、433頁。

14　引用末尾のパーレン内には初出の掲載年・月・日／初刊単行本の頁数を略記する。初出と初刊単行本間の異同については、削除された部分は〔　〕で囲み、加筆部分には傍線を付して示した。

15　注1参照。また、〝人間（性）《ヒューマニズム》〟は上田廣「黄塵」受容に顕著な語彙である。この点については、拙論「文学（者）による文化工作・建設戦――上田廣「黄塵」の意義」（永野善子編『帝国とナショナリズムの言説空間――国際比較と相互連携』御茶の水書房、平30）参照。

16　五味渕典嗣「曖昧な戦場――日中戦争期戦記テクストと他者の表象――」（『昭和文学研究』平26・9）、40頁。

※「花と兵隊」引用に際してはルビを省略した。

第9章　戦争（文学）の〝実感〟――日比野士朗「呉淞クリーク」試論

Ⅰ

日比野士朗「呉淞《ウースン》クリーク」（『中央公論』昭14・2）は、一般的な知名度はともかく、戦争文学という枠組みの中では、今なお一定の存在感をもった作品である。こと、日中戦争をモチーフとした作品群においては代表作の一つといってよく、[1]そのことは同時代から承認されていた。《火野氏のものとは別に、新鮮なインテリ戦争文学として新風を樹てゝゐることは争はれない》（河上徹太郎「文学界後記」、『文学界』昭14・10、272頁）という評言が添えられて「呉淞クリーク」が第六回池谷信三郎賞を受賞したのはその一例であるし、翌昭和一五年には《戦争文学作家と云へば、もう火野氏、上田氏、日比野氏、それに里村欣三氏といふ定評がある》という「〝戦争もの〟その後　七月の創作」（『日本読書新聞』昭15・7・15）の金谷完治によって、次のような位置づけが示されてもいた。

今度の支那事変によつて生れた作品のうち火野氏の「土と兵隊」日比野氏の「呉淞クリーク」などゝいふ名作は、従軍した作家が書いたものでなく、応召した兵隊がたまく作家的天分に恵まれて居り、止むに止まれぬ人間記録を記したものに外ならないので、すぐれた文学であることは云ふまでもないし、我々銃後の国民は、これ等の作家の記録に依つて、どれだけ戦争といふものをはつきり認識出来たか知れない。（3面）

つまり、火野葦平、上田廣、里村欣三といった戦争が生んだ文学者による作品群と並んで、日比野士朗「呉淞クリーク」は特に《名作》の一つとして高い評価を得ていたのだ。[2]

だが、研究史においては、作家論、作品横断的な議論はみられるものの、「呉淞クリーク」に特化し、特にその同時代受容に着目された検討はいまだなされていない。そこで本章は、《日比野氏はこの一作を携げて文壇にデビューする新進〔◦〕呉淞クリークの激戦を描いてこれだけのものはない》（600頁）と無署名「編輯後記」（『中央公論』昭14・2）で謳われた「呉淞クリーク」に注目し、その基礎的検討を進めたい。具体的には、作品の成立経緯・表現上の特徴を確認した上で先行研究の論点を確認・整理し（Ⅱ）、発表直後の「呉淞クリーク」同時代受容の地平・モードを検討し（Ⅲ）、以上の議論をふまえた上で、発表後数年間の「呉淞クリーク」に対する批評を追いながら、その歴史的な意味づけを提示していく（Ⅳ）。

Ⅱ

昭和一四年に発表された「呉淞クリーク」ではあるが、そのモチーフは昭和一二年八月からの上海戦線、呉淞クリーク渡河戦である。自筆年譜[3]によれば、日比野士朗は当時、河北新報社に勤務していたが、昭和一二年九月に応召、加納部隊の一伍長として上海戦にくわわり、呉淞クリーク敵前渡河戦で左腕を負傷して帰還を命ぜられる。翌一三年三月、召集解除、復職する。日比野によれば、「「呉淞クリーク」は昭和十三年の九月頃からとりかゝり、幾回も書直しの末、翌年正月の四日未明に書き終へた」、「当時は既に帰還作家としての火野、上田両君の名が大きく現れてゐたが、私には自分の作風があるのだと信じてゐた。私は戦闘と人間心理との、白熱した火花のやうな美しさを描きたかつた」のだという。そして、『中央公論』昭和一四年二月号に「呉淞クリーク」は発表され、日比野は「いろいろな意味で、この一作は私にとつて一つの記念塔」だと位置づけるばかりでなく、「子供の着物にも事欠いた時代だつたから、生活の一切をこれに賭け、かなり苦心もした」と、当時の苦境を語ってもいる。また、「呉淞クリーク」を表題作とした単行本に付された「後記」（『呉淞クリーク』中央公論社、昭14）で日比野は、次のように執筆経緯・動機を語っている。

私は上海戦線に加はつたが、戦場の生活をしてゐる時に、後にこれを作品にしてみようなどといふことは全然考へなかった。ところが負傷して内地に帰つて来てから、ある日姉が病院に訪ねて来て、退院したら是非体験を書いてみよ、それがお前の戦友の方々の英霊に捧げる一番貴いものだ、と言つて熱心にすゝめた。私もその気になつた。その後今の職業に復職してから中央公論の青木滋氏と相識る機会があり、一つ何か書いてみないかとすすめられた。それで私は長年捨てゝゐた原稿紙にまた対つたわけである。私はいろ〳〵な意味で力いつぱいにやつてみた。〔略〕

私の考へとしては自分の体験を通じて戦争といふもののいろ〳〵な場面の姿を描いてみるつもりだつた。〔略〕これ等の戦ひの「姿」は、私の体験であると同時に、今度の事変で戦地に行つた沢山の兵隊さんが、何等かの形で体験したであらう「姿」である。（283〜284頁）

つまりは、帰還後に周囲の勧めで筆を執ったこと、日比野が自分自身の体験を書くことで「沢山の兵隊さん」のことを書こうとしたこと、さらに、「もし幸ひにしてこの作品集が戦友の遺族の方々のお目にとまり、いくらかでも英霊を偲ぶよすがにでもなつたら、私にとつては望外の喜び」（285頁）だと考えていたこと——以上は確認しておきたい。

日中戦争開戦後の文学場においては、平野謙が指摘するように、《空前の成功作》と化した火野葦平「麦と兵隊」（『改造』昭13・8）が《それ以後の良質な戦争文学のパターンを私小説的に規定し》、「呉淞クリーク」も《ニュアンスのちがいを持ちながら、「麦と兵隊」の切り拓いた道に後続したもの》[4]だという面を確かにもち、それは本文構成にもみてとれる。「麦と兵隊」同様、「呉淞クリーク」冒頭部には次に引く「前書」が置かれている。

前書　私は加納部隊に加はり、上海附近で負傷してまた東京で働く体になつた。

私の考へてゐることは、みんな丈夫でゐてくれといふことだけだ。だが、生きてゐるものはそれでいゝが、あの激戦で死んだ戦友のことを考へると、出来ることならあの戦闘の一端でも世間の人にわかつていたゞき、それが少しでも英霊のことをおもふ手がゝりになることが出来たら、といふのがかねがねの念願であつた。

加納部隊がほんとに苦労したのはこの記録から後の四五日間だが、それが書けないのは私の不幸である。しかし、私の頭のなかには死んだ戦友の顔がちらついてゐる。貧しい記録だが、これをさういふ戦友の霊に捧げよう。そしてお互ひが塹壕でやつたやうに、あのときはひどかつたなあと言つて、肩をたゝいて笑ひたいのだ。

尚、この記録に出てくる将校の名はみんな仮名である。（1頁／全文）

この「前書」は、「呉淞クリーク」の事実性を本文に先立って保証すると同時に、素直な書き手の執筆企図が明示されており、本文の読解コードとしても機能していくだろう。

呉淞クリーク渡河前後を回想した同作における「私」は、思索する人物として次のように造型されている。

私はあまり立派な体格でもないが、これでもなか〳〵強靭なんだぞといふ矜りはあつた。ほんたうに強い兵隊までが落伍しかゝるやうな強行軍にも、歯をくひしばつてついて行つた。〔略〕がそんなことより、彼等が塹壕で死んだやうに眠るとき、小隊指揮といふ役目を仰せつかつた私には、食糧の分配やら、命令の受領やらの仕事が多く、その上少しでも暇があると手紙や陣中日記をしたゝめ、そしてこの二冊の本〔万葉集と菜根譚〕を手にするのが楽しみだつたのである。さうだ。私は片意地なのかもしれない。だが、私は戦争のなかにあつても、「我」といふものだけは生かしきりたいのであつた。（4～5頁）

このように「私」が、読むこと・書くことを通じて「我」＝「自己」を保とうとするのも、ここが呉淞クリーク渡河という困難な作戦を控えた戦場であるからにほかならない。

正直に言へば、私たちは誰も、せめて今夜だけはこゝでぐつすりと眠りたかつた。上陸以来、ほんとうに足をのばして眠つといふのは、たつた一夜しかない私たちであつた。〔略〕けれども「戦争」は決して私たちをそんなふうに甘やかせてはおかなかつた。夕方になると、またしても敵前渡河の命令が下つた。（15頁）

そうではあっても／それゆえに、「私」は作戦行動の合間をぬうようにして思索にふける。

私は書いた――今、こんな戦場の塹壕のなかで、君に手紙を書いてゐるといふ事がすでに夢のやうである。〔略〕臆することもなく、大過なく日を送つてゐられる自分といふものを考へると、それはやはり日頃書物を読み、ものを考へたりしてゐたたまものだつたとおもはれる。戦争に来てみて、ほんたうに頼れるものは「自己」だけであるとしみぐ〳〵知つた。曲りなりにも、僕らしく生一本に「自己」を鍛へてきたことは決して無駄ではなかつた。(20～21頁、傍点原文、以下同)

こうした切迫した状況下で「自己」に向きあう「私」は、「死」についても考える。

正直のところ、戦場に来てみて、私が内地で考へていた「死への覚悟」などゝいふものは単なる観念の積木細工と言はうか、一つの感傷であつたやうな気がした。〔略〕私はほかの兵隊よりもいくぶん神経質なためでもあつたらうか、「死」といふものをずつと窮屈に考へる癖があつた。「死」を非常に厳粛な、冷やかなものに考へすぎてゐたのだつた。ところがある日、ふと私は考へた。どんな豪傑にでも、どんな弱虫にでも、死は平等にやつてくる。ちやうどそれと同じやうに、どんなに教養のある人間でも、どんなに無教育な人間でも、現に一様に男らしく立派に死に、男らしく立派に苦痛に耐へてゐるではないか。さうだ、「死」といふやつは案外ざつくばらんな簡単なものなのだ。(26～27頁)

そうした「死」をめぐる思索を展開する「私」に、容赦ない戦場の現実が襲いかかる。

最後の力をふりしぼり、舢先を担ぎあげ、体であつと乗り出す。乗り越える――。舢先がぽちやりと水に浮かぶ。危ふく水にのめりさうになるのを、ひらりと舟にとびこむと、誰かが、まだ乗つちやだめだと叫んだが、その瞬間、私は左上膊部に鞭でぴしつと叩かれたやうな衝撃を感じた。足場も悪く、中心を失つて横つ倒しに倒れた。おや、やられたのかなとおもひ、ひよいとそこに目をやると、軍服の袖に小さな鍵裂きのやうな穴があいてゐた。私はまだ乗れずにゐる木島上等兵の顔に、やられたと言つた。彼は必死な青い顔で、え？　え？　と言ふ。何だか焦れつたい。急に私は腰のまわりが重たくなつた。弾薬をぎつしりつめこんだ薬盒つきの剣帯が、私の自由を束縛しているやうな気がする。尾錠を片手ではづさうともがきながら、俺はもう死なゝいぞとおもつてゐる。一発くらへば、まさか二発はあたるまいと考へたからだ。その瞬間、また一発、御丁寧にも左手の肩の付根をがあんとやられた。全く不意うちだつた。おもはず、またやられちやつたと言ふと、その口調がよほど可笑しかつたのか、木島上等兵はにやりと笑つた。（木島上等兵はこの瞬間に戦死したらしい。私が内地還送となり、原隊復帰を命ぜられてゐるとき、図らずも私は彼の遺骨を抱いて葬列に参加した。それが彼の生前の恩義に酬いる私に可能なたつた一つの行ひだつたのだ。）（42頁）

生死の狭間にあるような実況中継的な戦場の描出もまた「麦と兵隊」と類似した特徴といえるが、周囲の死が書かれるばかりでなく、「私」自身も銃弾を、それも二発受ける。「呉淞クリーク」とは、文字通り、生命を賭した戦場の表象にほかならず、それが先のパーレン内に示された通り、一定の時差を孕んだ回想として静謐に綴られているのだ。

右に引いた負傷の場面を書いてなお、「呉淞クリーク」はさらに二つの重要な「私」の心理を書いていく。

一つは、傷病兵となって前線を去りゆく「私」の複雑な内面である。

　傷は次第に疼きはじめた。だが私には私らしい矜りがある。私は戦ひ、二発も敵弾を受けたのである。私はもう一人前の兵隊なのだ――。さうでもおもはなければ、戦場の落伍者の淋しい心持を、何が救つてくれるといふのだらう。（48頁）

もう一つは、「呉淞クリーク」結末部に置かれた、きわめて個人的な次の一節である。

　私の上にはまつ青に澄みかゞやいた空がある。その青空にもや〱とうすれて行く煙草の煙をぼんやり眺めながら、全くおもひがけなく、私の心は死んだ子供のことを考へているのだつた。みす〱重態の子をおいて私は入隊し、その翌朝子供は死んで行つたのである。みんなは私に、身代りになつたんですよ、と言つて、慰めてくれた。だが、さう言はれゝば言はれるほど、親の身としてみれば、何といふ不愍な子供であつたらうとおもふのである。

　突然、熱い涙がとめどもなく流れて来た。（49頁）

　いずれも、国民の代表たる兵士（の表象）としての英雄らしさからはほど遠く、ごく個人的な、しかし生死に関わる深い悲しみの感情が書かれ、「私」の造型に人間らしい厚みを備給しながら事実性をも高めていく、小説の意味作用上からもきわめて重要な細部である。

　以下、こうした特徴をもつ「呉淞クリーク」に関する先行研究を検討していく。

　大岡昇平は《すでに南京、漢口も陥ち、上海の苦戦がすぎ去ったものとして考えられた時期の作品》であること、つまりはモチーフとされた戦局と発表時の時差に注意を喚起した上で、《回顧的な感傷性のため、戦記文学の中の異色作として愛読された》[6]と紹介する。また、「呉淞クリーク」を手がかりに戦争文学を論じた川津誠は、次のように作品の概要を整理している。


　「呉淞クリーク」は非常に狭く限定された空間と時間の物語である。昭和十二年十月二日から六日に至る五日間。中国上海に近い呉淞クリーク（蘊藻濱）近辺。クリーク対岸の中国軍の執拗な攻撃に堪えながら繰り返し試みられる敵前渡河作戦が、小隊指揮を命じられた〈私〉の眼を通して描かれていく。

さらに、《「呉淞クリーク」の得た好評は、従軍作家と違う、戦いの実体験を描いている、ということに大きく負うている》と指摘した上で、《広く受け容れられ読まれ続けていく》要因を《物語と読者との間に通路が開かれている》からだとして、《彼ら〔身近な戦場に赴いた人間〕の戦う姿が見出せること》、《日本軍が敵を巧妙に打ち破っていく、無敵皇軍の物語ではないこと》[7]を具体的にあげている。矢野貫一は、単行本収録四編に関して《帝国軍人の、また銃後国民の建前に終ることなく、戦争にかかわる人々の心のありようを率直に描きえている点に注目したい》[8]と評している。《語り継がれずに消えてゆく記憶を保存するという使命を、戦争文学は担っている》とする浅田次郎は、《戦時中に書かれた作品の多く》は検閲や《社会の気運》による《制約》を受けて《戦争そのものを客観的に描いてはいない》中にあって、「呉淞クリーク」をその《白眉》として高く評価する。さらに浅田は、《戦争の実相を、言論の不自由な時代にありながら小説として読者に送り届けたという意味で、まさに「プロの技」》だと評し、《戦争についてすでに無知である今日の国民に伝えるべき作品》[9]だと位置づけている。

出発期の日比野士朗に照明を当てる白石喜彦は、「呉淞クリーク」について、《《私》が作者日比野士朗その人であることに疑いをはさむ余地はない》とした上で、その概要と文体を《《私》は間断なく飛来する敵弾に、恐怖や反撥を感じたり任務遂行への決心を固めたりと、さまざまな感情を触発されるが、それらは日比野士朗みずからの内に生まれた感情であり、自身の表現たり得ている》、《その場にいた者だけが感得できる感情、表現し得る文体》だと論じ、《自己が戦場という現実にどれだけ対処し得たか、を検証した。不安・恐怖・緊張・果敢、——自分の内に生起した感情を思い起こしつつ、それらと正面から向きあえたか、向きあえる《自己》があったか、を確認する動機《モチーフ》があった》[10]と指摘している。

以上をまとめてみると、先行研究においては、日比野自らの体験によって書かれた作品だという前提に立って、小説表現に即した特徴や主題、物語内容に即した読まれ方（推測）、戦争文学としての位置づけ、といった論点が一通り論じられ、いずれにおいても「呉淞クリーク」は一定以上の評価を得てきたようにみえる。

ただし、小説表現にしてもその読まれ方にしても、具体的な言葉に即した十分な検討は行われてはいない。同時代受容についていえば、一様に高評価だったわけではなく、複数の評価（軸）がせめぎあってもいた。さらに、《呉淞クリーク渡河の激戦に参加した兵士はすくなくなかったはずだが、日比野士朗だけがよく秀れた戦記を書きのこし得たのは、表現者としての、日比野士朗の優越のゆえ》[11]だとしても、純粋な作品の出来ばかりではなく、発表当時の受容やその評価に関わった歴史的な条件も視野に入れるべきだろう。そうであれば、「呉淞クリーク」を歴史の審判に耐えて今日まで生き延びた戦争文学として顕揚するばかりでなく、同時代の歴史の渦中でどのような相貌を呈していたのかを検証しておくことは、その小説表現や歴史的な評価を考えるためにも重要な契機となるはずだ。

Ⅲ

本節では「呉淞クリーク」同時代受容の地平－モードを探るために、同時代評を分析していくが、あらかじめ「呉淞クリーク」評の主な論点を示しておくと、a作品評価、b作者の戦場体験—〝実感〟、c作者の〝人間《ヒューマニズム》（性）〟・内省・文学修行、dジャンルとしての記録（手記）、eジャンルとしての小説（拙劣さ／素朴さ）、f「私」の書き方（私小説・身辺小説）、g他の戦争関連小説・ルポとの比較、h戦争文学としての評価、の八つに大別される。（以下、同時代評にみられた論点を、亀甲括弧内にa～hで示す。）

まずは、新聞評を掲載順に検討していく。「呉淞クリーク」を《感服して読んだ》という「文芸時評（4）作者の心の位置」（『東京日日新聞』昭14・2・1）の中村武羅夫は、《自から実戦の経験を持たない限りはかういふ作品は書けるものではないし、また、経験はしてもしつかりとそれを受入れる素直なこゝろと、表現する技能とがなかつたら、やつぱりこの作品は書けない》と同作の着目点をあげる。また、《すこし稚拙なやうなところもあるが、それだけ素朴な感じで、恐ろしい戦争の実感が、いかにも生ま〳〵しく書き現されてゐる》がゆえに、《実戦の感じが、読む者の胸にひし〳〵と迫つて来る》と、作品の（不）出来とそれゆえの実感を指摘する。さらに、《火野葦平氏の「麦と兵隊」などに比べると、作品のスケールは小さいし、表現の逞しさなども及ばないが、はげしい戦闘の実感としては「呉淞クリーク」の方が、一段と立ち勝つてゐる》（5面）と、戦争文学の代表作と比較しながら、その体験・実感を同作の特長として顕揚していく〔a・b・c・e・g〕。「呉淞クリーク」と同時掲載された尾崎士郎「ある従軍部隊」[12]について、《記録と小説との中間にある作者が、なほ脱しきれないでゐる「私」》に《何か薄濁りのしたもの》を感知した「文芸時評（4）大陸物と事変物」（『東京朝日新聞』昭14・2・2）の豊島與志雄は、《より多く記録的なもの》だとしながら、「呉淞クリーク」について《題名の土地の戦闘を述叙《ママ》し、筆致はさほど逞しいものではないが、遥によく「私」を脱して澄んでゐる》（7面）と、短評のうちに多くを語って、二作を比較しながら後者を高く評価する〔a・b・d・e・f・g〕。淺見淵は「文芸時評（2）二つの戦争小説」（『信濃毎日新聞』昭14・2・3）で、《作者が身を以て文字通り死線をくゞつて来てゐるところ》に「呉淞クリーク」の《魅力》を見出し、《文学作品と言ふよりはむしろ手記に近い》と捉える。その上で、《題材的には火野葦平の「麦と兵隊」や「土と兵隊」を凌駕する深刻さがある》のだが、《作者の眼が亢奮だけに憑かれてゐてコマカくない》ために《実感にイキイキ伝はつてこない》と、体験をうまく表現に反映できなかった点が、《この作者は作家としては未だ稚い》と難じられる。このようにして、体験、ジャンル（小説／手記）、表現／受容といった諸要素を勘案した淺見は、「呉淞クリーク」（評価）を通じて《戦争小説の難しさといふことが改めて考へさせられる》（6面）とも言表している〔a・b・d・g・h〕。「呉淞クリーク」を《小説と云ふよりは、切実な記録にすぎない》〔d・e〕と判じる「文芸時評（2）描かれた文士の神経」（『読売新聞』昭14・2・4夕）の武田麟太郎は、《あの激戦の数日、兵士の苦闘をつぶさに、しかも徒らな昂奮なしに静かに誌しとゞめてゐるところに価値があつた》と限定した領域での価値を高く評価し、《戦闘の実感をかくも素朴に書かれたあとでは、その風景と兵士たちの辛苦が身近に迫りすぎて来て、大袈裟な従軍部隊の記にはちよつと恥しい位だ》（2面）と、尾崎士郎「ある従軍部隊」と比較しながら「呉淞クリーク」を絶賛する〔a・b・g・h〕。やはり「ある従軍部隊」との対比を含めた同様の観点から「呉淞クリーク」に論及していくのは、「文芸時評（5）傍観者と実戦者」（『中外商業新報』昭14・2・4）の高見順である。《小説のなかに書かれてあることは、作者が生命をかけた体験で、それはあだやおろそかの体験ではない》、《従軍作家の従軍経験などとは比較に成らぬ》ことを強調しながら、《実戦者の小説であると同時に文学者の小説》だと捉えて同作の《静かな表情》を顕揚するばかりでなく、《無名時代の文学修業のなみ〳〵ならぬもの》（5面）を読みとってもいる〔b・c・e・g〕。奈知夏樹「フライムの子」（『新潮』昭14・2）とあわせて《二つとも仲々の力作》と評す「文芸時評（5）素材と文学」（『都新聞』昭14・2・6）の立野信之は、《体験と、素直な作家精神がなければ書けない迫真力は認められるが、然し文学作品としてはさう高く買へない》と判じつつ、《火野葦平氏の一連の兵隊もの》と《同様》に、《作品の素材性を踏み越えたところに文学の花を咲かせるのでなければ、文学が泣く》（1面）と、その評価軸とあわせた評価を明示している〔a・b・c・e・g・h〕。逆に、「呉淞クリーク」が《一伍長としてこの戦闘に加はつた》日比野による《尊い記録》だと位置づける「二月の創作（1）呉淞クリーク」（『北海タイムス』昭14・2・7夕）の深田久彌は、《これを読んで僕はいかなる戦争の報告も、その文学的表現にまさるものはない》、《飾り気のない素直な、それ故却つて我々を感動させる健康な作品》だとして、体験に即した文学＝記録、という観点から「呉淞クリーク」を高く評価し、今後求められる《ケレンのない、一時の興奮でない質実な戦記》の《模範》（3面）にさえ据えてみせる〔a・b・d・g・h〕。

つづいて雑誌評も検討していこう。

シンプルに「呉淞クリーク」を賞賛したのは、神田鵜平「創作時評」（『新潮』昭14・3）で、《実戦を伝へる感銘ふかき作品》、《蓋し第一期の戦争文学に列すべきもの》（115頁）という評言がみられる〔a・

b・h」。《尊い記録小説》、《無条件に頭がさがるもの》で、《これほどの激しい戦闘の場面の記録は、火野氏にもなかつた》と「呉淞クリーク」を評す岡澤秀虎は「文芸時評――二月の創作――」（『早稲田文学』昭14・3）で、作中に書かれた「我」に論及し、それが《現代の末期個人主義者の自我意識》ではなく、《健全なる「我」の意識》、つまりは《東洋的個人主義の積極的発露》（68頁）だとみている〔a・d・f・g」。X・Y・Z「スポット・ライト」（『新潮』昭14・3）でも「呉淞クリーク」は《ナカナカすぐれた戦争の記録》、《小説として見るよりも、実戦の記録であると考へた方がいい》と位置づけられた上で、《表現技術には、どこか幼ない感じがあるけれども、真面目で、一所懸命のところが、好感が持てる》、《人間的にも、文学者的にも、ちつとも摺れたところがない》、《極めて素朴なところが、感じがいい》（26～27頁）と、好感をもって迎えられている。さらには、《いかにも貴重な経験の貴重な記録であり、《一人の兵隊、一人の人間としての素直な感情と、インテリゲンチヤの一人としての理性と、誇りとを以て、恐ろしい激戦の中に、死生について考へたり、人間の運命について、戦争そのものについて考へたりしてゐる》、その《態度が、素直で、正直で、純粋であるところがいい》（27頁）と、「私」の内省の様相までが高く評価されている〔a・b・c・d・h」。

こうした高評価の一方で、厳しい評価を示したのは天下泰平「創作月評」（『文藝』昭14・3）である。「呉淞クリーク」が《火野葦平の『麦と兵隊』や『土と兵隊』よりも深刻な題材》を扱っていることを認めつつ、《それでゐて、その深刻さが頭で頷ける割りに実感に訴へて来ない》として、その要因を《完全な手記にせず、中途半端な小説にしてゐること》と《作者の眼の問題》＝《普通人の眼は持つてゐるが、それ以上を観る作家的眼が不足してゐる》ことに求め、それゆえ《題材が深刻なのにも拘はらず、火野葦平の前記の二作ほどの感銘を享けない》のだという。さらに、《この作品を読んで、皇軍の勇士に対する感謝の念は一そう募るのを覚えたが、芸術的感銘はまたそれとは別個のもの》(259頁)だと付言して、同作への複数の評価軸を明示してもいる〔b・e・g・h〕。また、紙屋庄八「中央公論」(『三田文学』昭14・3)でも「呉淞クリーク」は、大田洋子の「海女」(『中央公論』昭14・2)とあわせて《嘘が無さすぎる》と難じられ、《小説と云ふよりも記録で、かへつて生のまま投げ出してしまへば、もつと迫力のあるものに成つた事は間違ひがない》(52頁)と、ジャンル選択ミスゆえに素材を生かせなかった点が批判されている〔b・d・e〕。こうした批判を受けつつも、「呉淞クリーク」には絶賛評も少なくない。《この月の全創作を通じて〔略〕最も感銘の深いものだつた》と「呉淞クリーク」を高く評価する「文壇時評　二月の創作」(『若草』昭14・3)の北岡史郎は、《上海郊外における加納部隊の惨憺たる血と死闘と戦慄との一大苦戦のありさまを、一伍長として体験して、つひに左腕を負傷して送還されたこの作者が、当時を回想して描いたもの》と同作を正しく要約した上で、《たんなる体験の記録ではない》、《それ以上に、それが一つの内面生活の営みをへて、知性によつて高められ、純化されてゐる》と、体験・記録以上の価値を見出し、さらには次のように他の戦争文学や報告文学《ルポルタージュ》との差異もうちだしていく〔a・b・d・e・f〕。

火野葦平の「麦と兵隊」や「土と兵隊」に見られた素朴に高められた兵士の純粋感情ともちがつた

もの、上田廣の「黄塵」に見られた思想性ともちがつたもの、そして、同時に、従軍文学の持たぬものが、ここにはある。一兵士としての異常体験が、知性によつて清められ、内面的に深められ、そして、何よりも人間化されることによつて一つの思想と詩とをもつて高まつてゐるのだ。

戦場体験の描出された「呉淞クリーク」から《思想と詩》を読みとった北岡は、こうした達成の要因として、《体験を、ここまで純化した時間にもよる》としながら、《しかし、それ以上に作家の素質の問題》（61頁）だとみている〔g・h〕。北岡評と双璧をなすのが、《このユニックな戦争文学もまた、その「素直」さで完全に私の心をとらへた》（193頁）と「呉淞クリーク」への賞賛を惜しまない、岸田國士「一対の美果」（『文学界』昭14・3）である。岸田は、同時期に話題になっていた小川正子の手記『小島の春』（長崎書店、昭13）と同様の評価軸（＝《素直》）から「呉淞クリーク」を、《この「神経質な」兵隊の、類のない天真爛漫さは、所謂、逞ましい文学的表現といふやうなものと、凡てその感動の質を異にすることは云ふまでもないが、これも亦、一個の得がたい戦争記録、戦争文学の頂点である》（193頁）と最大限に評価して、次のように詳説していく。

日比野氏の場合は、自分が兵隊であることの責任を自覚し、その信念によつて立派に立ち働かうとする決意を示しながら、なほかつ、訓練を遠ざかつた一予備兵としての、そして同時にまた、都会人、文化人としてのある瞬間に於ける弱味を意識し、これをカヴアすべく「教養」の綱にすがる悲痛な足掻きを描いて、われわれの不覚な魂をゆすぶつたのである。これは、今度の事変を通じて、一番時代的な問題を残す記録であるかも知れない。しかもその記録は、現代に於て最も謙譲で伸びやかな青年の手によつて書かれ、その結果はおのづから人の涙を誘ふ一篇の美しく激しい物語になつたとみるべきであらう。（194頁）

岸田が注目するのも書き手＝作中の「私」であり、戦場の《記録》が日比野の《手》を経ることで《物語》へと昇華されたとみている〔a・b・c・d・g・h〕。この時、《記録》に否定的な含意はない。改めて確認しておけば、日中戦争開戦以降、報告文学《ルポルタージュ》が一挙に発表されていくと同時に、それらに対する評価軸も形成されていき、文学者は《戦場を体験した〝当事者性〟に即して戦争を書けば、社会性は担保されるものの、文学性は高く評価されにくい。逆に、戦場から〝距離〟をおき、あるいは体験のないままに戦争を書けば、文学性は高く評価され得るものの、社会性からは乖離してしまいがち》だという《ジレンマ》[13]に直面していった。

こうした文学場－文学者の課題＝要請を一挙に解決してみせたのが、兵士としての体験に即した日記体小説、火野葦平「麦と兵隊」であったわけで、同作は《〝戦場にいる文学者〟、実感、冷静な観察、日記体＝素朴な文章、ヒューマニズム、文学性といった論点とその共時的な連携》[14]が奏功することで、日中戦争開戦後の代表作としての地位を確保するとともに、戦場をモチーフとした文学作品の範型として評価軸を提供することにもなった。

その意味で、日比野士朗「呉淞クリーク」受容の前提は、火野葦平「麦と兵隊」によってすでに提供‐整序されており、また同時掲載となった尾崎士郎「ある従軍部隊」も含め、先行作品との比較は免れ得ないものでもあり、したがって、論点は相似形を描く。

ここで本節の分析をまとめておこう。論点a〜gを複合させた「呉淞クリーク」をめぐる価軸・評価は、多彩なものだったが、何より重視されたのは書き手の戦場体験であり、モチーフ自体の尊さ（社会的意義の高さ）である。何しろ、《従軍作家や視察作家のそれでなしに〔略〕戦傷により帰還した兵士の書いた小説》（幾山河「甘言苦言　戦争文学の優位性」、『北海タイムス』昭14・6・13夕、3面）なのだから。そのことを与件として、記録／小説かというジャンルが問題化され、それと関連しながら言語表現の拙劣さ（否定的評価）／素朴さ・素直さ（肯定的評価）が評価をわけていた。また、戦場をモチーフとした先行する文学作品との比較からは、火野作品との対比でいえば、日比野＝「私」が実際に負傷したゆえもあり、戦闘の激しさが体験の貴重さ・尊さへと接続され、モチーフ自体の価値がより重んじられている。また、そうである以上、尾崎士郎「ある従軍部隊」をはじめとした従軍作家による報告文学に比して、日比野が兵士として戦争を体験し、負傷まで負っていた以上、「呉淞クリーク」がより高い評価を得ることは当然でもあり、その要点もまた書き手の戦場体験、および、その体験を生きる人物の〝人間（性）〟《ヒューマニズム》にある。ただし、それを記録ではなく小説とした点については評価が割れ、体験の生々しさを生かし切れなかったと難じられもすれば、体験‐執筆の時差によってもたらされた静謐な筆致が、作者の人柄とも相まって称揚されもした。また、インテリの表徴としての「私」自身への自己批評も好意的に受けとめられた。

次節では、適宜「呉淞クリーク」本文も参照しながら、この時期以降の受容の様相を検討していくが、すでに新聞評／雑誌評の時差レベルでも変化が垣間見られた。賛否両論の評価はかわらないが、雑誌評では、「呉淞クリーク」の書き手＝日比野士朗と、その登場人物＝「私」への注目が高まり、その〝人間（性）《ヒユーマニズム》〟が積極的に肯定される傾向が顕著になっていったのだ。

Ⅳ

前節で確認した日比野士朗「呉淞クリーク」受容は、発表直後の同時代評においてである。発表翌月以降の「呉淞クリーク」受容‐評価はある一つの方向に向けて集約されていき、同時代受容の地平‐モードは再編成を遂げていく。それは、賛否も含めて多様だった観点が絞りこまれ、否定評への契機となる観点が消え、いつしか新たな観点がくわわっていく相互に関連した言説の動きである。その終着点をあらかじめ示しておけば、『推薦図書目録　第二十一輯』（大日本青年団本部、昭15）において「呉淞クリーク／日比野士朗著」が紹介される際の次の言表となる。

呉淞クリークは皇軍の将兵からいかに多くの貴重な犠牲を要求したことであらう。こゝに展開された戦闘がいかに激しいものであつたかは当時幾度か報道されたところである。そして今やその戦闘がこれに参加した一作家によつて物の見事に作品として描写されたのである。その息窒るが如き渡河戦の凄じさが、澄み切つた作家の心眼を通して再現されてゐる。戦闘といふものがどんな姿のものであるかは数多い従軍記の中で本書が最もよく伝へてゐるのではないかと思ふ。（33頁）

ここでの注目点は、第一に、呉淞クリークの戦闘およびその国家的な意義が積極的に参照されていること、第二には、「皇軍の将兵」という表現で、兵士の帰属が強調されていること、さらに第三に、同時代評のいくつかの論点が前景化されたことである。つまり、同作を小説と捉え、ともすればその表現の拙劣さを難じる視線は封じられ、体験の作品化＝記録として、しかも《報道》や《数多い従軍記》に比して、《澄み切つた作家の心眼》によって、戦場の様相を《最もよく伝へてゐる》、《見事》な成果として、意味・位置づけられていくのである。筆致の特徴にふれた次の一節も引いておく。

著者の特徴はその筆致がいかにも淡々としてをり、さり気ないところにある。著者は決して誇張した文字を使はない。そしてかうした素直な文章の底から戦闘の真実さが浮きあがつて来るのである。〔略〕火野葦平、上田廣と並んで戦争文学の最も優れた三人として指を折られるのも首肯することが出来る。（33～34頁）

つまりは、一兵士としての戦場体験が、《作家の心眼》を通して捉え直され、《素直な文章》によって言語化される時、そこに《戦闘の真実さ》が浮かびあがるのだ。そのことによって、書き手の日比野士朗もまた戦争文学屈指の書き手としての地位を保証されていく〔a・b・c・e・g・h〕。

少し先走った議論を戻して、「呉淞クリーク」発表翌月以降の論及を検証しておこう。後に単行本『呉淞クリーク』に収められることになる、日比野士朗による「野戦病院」（『中央公論』昭14・6）、「出帆」（『文学界』昭14・6）が発表された際の同時代評からみておく。武田麟太郎は「文芸時評（2）時局を孕む小説」（『東京朝日新聞』昭14・5・28）で「呉淞クリーク」にも論及し、《あくまでも日本的精神のうちに、あの歴史的な激戦を写さうと試みてゐたが、そして、その点に多くの戦争物とちがふ一線を画してゐた》（7面）と評している〔g〕。上林暁「六月の創作（1）野戦病院その他」（『北海タイムス』昭14・6・2夕）では、《一部の人たちに素直な感動を与へて好評のやうであつた》（3面）と振り返られていたし〔a・e〕、青柳優「文芸時評」（『早稲田文学』昭14・7）では、《激戦の中で削られてゐるインテリゲンチヤの精神といふものが美しく描かれてゐるのに心を惹かれた》（87頁）と、戦場で内省するインテリの主人公像がクローズアップされていた〔a・b〕。

その後も戦争文学の代表作として折々言及され、その特質が論じられていく。窪川鶴次郎「戦争文学の現状（2）三人の作家」（『都新聞』昭14・10・23）では、火野葦平、上田廣と並べて日比野士朗がとりあげられ、「呉淞クリーク」について《敵前渡河を決行するに至るまでの苦戦の記録は実に感動的で、描写の迫真性は、「麦と兵隊」の中の孫圩城の激戦の場面にまさるとも劣らない》（1面）と評された〔a・g・h〕。つづく「戦争文学の現状（3）戦場の経験」（『都新聞』昭14・10・24）では、火野、上田と、「呉淞クリーク」の差異に関して、《日比野氏がこの作品を帰還してから書いてゐる》という《極めて簡単な事実》に注目する窪川は、《火野、上田両氏のやうな客観性では割り切れないところ》が《私たち読者には却つてぴつたりするのかも知れない》（1面）と、同作の〝実感〟を喚起する急所を指摘した〔b〕。あるいは、「呉淞クリーク」評で頻りに参照され、戦場を体験した戦争文学者の先達である火野葦平は、菊池寛・横光利一「火野葦平と語る（3）兵隊の不満」（『東京日日新聞』昭14・11・22）で次のように語り、「呉淞クリーク」の事実性を保証する。

火野　私達は兵隊ですから解りますけれども、上海戦などの悲惨な戦争は想像もつかないやうなものがあつたのです。日比野さんの「呉淞クリーク」などを僕は読んで後半においてはなるほどと涙が出て来ました、さういふ上海戦あたりの兵隊でも想像もつかないやうな苦闘があるのです、（5面）

この時、火野は戦争文学の書き手というよりは、《兵隊》の一人として「呉淞クリーク」を読んでおり、表現の巧拙などを問題にすることなく、兵士としての体験を重視している〔b〕。

もとより、「呉淞クリーク」は戦争文学としての評価も高い。単行本『呉淞クリーク』への書評である「日比野士朗著「呉淞クリーク」」（『東京朝日新聞』昭14・11・26）において小林秀雄は、《戦争文学にしても何が書けないかといふ様な事より、書ける事に作者がその全精神を傾けてゐるか、ゐないかの方が寧ろ大事な問題だ》と前提した上で、次のように論じていく。

「呉淞クリーク」だけが戦争ではあるまい。だが作者は、この戦争の一場面に、自分の精神を一つぱいに隈なく使用してゐる。その事がこの短篇を最近の文学の一傑作としてゐるのだと思ふ。（8面）〔c・h〕

その小林は、右の一文以前に発表した「疑惑」（『中央公論』昭14・4）でも「呉淞クリーク」にふれつつ、《「麦と兵隊」以後、眼に触れたもので一番いゝ戦記》と高く評価しながら、同作の「前書」にふれて、《戦争といふ事件に不必要に気を奪はれずに読めば、其処で一人の人間が、物事に当つて自ら工夫し、どういふ風に思想といふものを獲得するか、そのまことに正常な径路が描き出されてゐる》（343頁）と、「呉淞クリーク」から《思想》をとりだしてさえいる〔a・b・g・h〕。この一文に論及した「本年度文学の概観――感情の通俗化――」（『中央公論』昭14・12）の窪川鶴次郎は、「前書」を《豊富な思想として認めるところに、実は日常卑近な実感に生きる心情が露呈してゐる》と小林の捉え方を批判しているが、《この日比野氏の文章〔「前書」〕こそ、異常な経験についての切実な実感を求めてゐる心の現はれ》（129頁）だということは認めており、異常な戦場をモチーフとして、実際に戦場体験をもつ日比野が書いた「呉淞クリーク」を受容・評価する際の観点＝キーワードとして、〝実感〟が肥大化していくのがわかる[15]〔b・c〕。

その後も、無署名「文壇余録」（『新潮』昭16・8）では、映画（映像）に比して《文学の方が、戦争そのものの持つてゐる不思議な力を――凄惨さにせよ、恐ろしさにせよ、不気味さにせよ、はるかに力づよく描いて、人々の心に強く感銘させるものがある》という文脈の中で、《たとへばそれは草葉大尉がノモンハンの戦争を書いた「ノロ高地」にせよ、日比野士朗氏が呉淞クリークの敵前渡河を書いたり、野戦病院を書いたりしてゐる文学などにせよ、火野葦平氏の「土と兵隊」などにせよ、戦争そのものの実感を描いて、力づよく人々の胸に感銘を与へるところがある》（11頁）と、〝実感〟を代表される文学作品の一つとしてあげられている〔a・b・g〕。あるいは、《『呉淞クリーク』一巻は私も愛読し、その印象はいまも鮮か》だという「文芸時評――文学者的思考について――」（『現代文学』昭17・4）の平野謙は、《ひとりの帰還兵の手によつて書かれた謙抑柔軟な作品だつただけに、その無垢な鮮烈さは、数多く輩出した所謂戦争文学のなかでも、眼にしみるやうな勁くやさしい印象を人の心に与へずにはおかなかつた》と評した上で、《戦争文学の一古典として今後もながく愛読されるであらう》（34頁）と、当時すでに《古典》へと位置づけようとしていた〔a・b・c・h〕。また、《徴用作家の報道文》から書き起こし、兵士の手記を読んで《身の引き緊る実感を受けた》という河上徹太郎は「前線へ出た「私」――文芸時評――」（『文学界』昭17・4）で、《真の激戦の想ひ出といふもの》について、「呉淞クリーク」の「前書」のように《当時の戦友に会つてその肩を叩き乍ら「あの時はひどかつたなあ」といふ一語以外にないのではあるまいか？》（15頁）と、同作に論及している〔b・c・g・h〕。いずれも、アジア・太平洋戦争期に入ってなお、戦争文学を論じるに際して日比野士朗「呉淞クリーク」を召喚‐参照し、そこに書かれた内容に共感を誘われ、戦争の〝実感〟を言表していくのだ。

そうした〝実感〟は、「呉淞クリーク」が単に戦争をモチーフとしているだけでなく、それが私小説として書かれた（と読まれた）ことにもよる。これもまた、火野葦平「麦と兵隊」が切り拓いた受容モードなのだが、板垣直子「上田廣の鉄道建設ものと日比野士朗の「呉淞クリーク」」（『現代日本の戦争文学』六興商会出版部、昭18）においても、《戦争以来氏のかいた作品は、全部氏の生涯の一時期の生活や思想を示す私小説》という把握の上に、《かゝれた戦争は私小説的なものとなつてゐるかといへば、さうではない》、《作品の精神は昂められたものとなり、作品の世界は客観化され》（105〜106頁）ることで、「呉淞クリーク」は肯定的な含意を孕んだ私小説と位置づけられていったのだ[16]〔f〕。

以上本節の検討を通じて、賛否はもとより、そもそも記録／小説いずれと捉えるのかをはじめとした多様な論点から読まれていた日比野士朗「呉淞クリーク」発表直後の受容は、その後数年のうちに論点の集約が進み、評価軸が再編成されていったことが確認できた。

改めてポイントを整理しておこう。「呉淞クリーク」は、発表当時も今日も一定（以上）の文学的評価があり、モチーフとされた戦争や書き手自身の戦傷・帰還といった体験も重視されてきた。ただし、本章の検証通り、「呉淞クリーク」の歴史的意義は発表当時から戦時下に蓄積されてきた批評言説の帰結という一面も色濃くもつ。第一に、日比野士朗が書いた「呉淞クリーク」という作品がある。それは、日比野士朗が自らの戦場体験（戦傷〜帰還）をモチーフとして、二年後に「英霊のことをおもふ手がゝり」たらんとして書いた「貧しい記録」である。第二に、同作は総合雑誌に発表され、主には翌月の文芸時評欄にて一斉に批評され、賛否を含めた多様な観点からの受容・評価が示された。その段階ですでに、火野葦平、上田廣につぐ戦争をモチーフとした文学の書き手としての評価は定まったとみてよいが、その後も単行本『呉淞クリーク』刊行や戦争文学論を契機として論及されつづけ、第三に、その間の批評においては「呉淞クリーク」評価の争点だった小説／記録という議論は後景に追いやられ、否定評は影を潜め、当初から存在していた戦争の〝実感〟を喚起する文学としての局面が積極的に評価されていった。それは時に、戦争文学や文学といった範疇をこえて、戦争に関するインテリ兵士による深い思索＝《思想》と位置づけられた。

総じて、日比野士朗「呉淞クリーク」は、戦争をモチーフとした小説／報告のいずれとも異なる特徴を、同時代の批評言説によって保証‐承認され、日中戦争下数年の内に、銃後の読者が戦争を〝実感〟できる優れた作品、という新たな相貌をまとっていったのだ。これこそが、「呉淞クリーク」の歴史的意義であり、それは作者・作品という要素のみならず、批評言説（による同時代受容の地平‐モードの再編成）の帰結でもあったのだ。

注

1　白石喜彦「作家・日比野士朗の出発」（『東京女子大学紀要論集』平24・9）では、『現代日本小説大系　第五十九巻』（河出書房、昭27）、『昭和戦争文学全集2　中国への進撃』（集英社、昭39）、『戦争の文学1』（東都書房、昭40）、『戦争文学全集　第二巻』（毎日新聞社、昭47）、『コレクション戦争と文学7　日中戦争』（集英社、平23）といったアンソロジーへの収録状況自体が《日中戦争初期の上海近郊最前線を活写した作品との評価は定着していることを示している》（127頁）と捉えている。ほかに、文庫版『呉淞クリーク／野戦病院』（中公文庫、平12）もある。

2　平野謙「解説」(『戦争文学全集　第二巻』前掲)にも、《全体として火野葦平、上田広、日比野士朗ら実戦者の描いた戦争文学は、戦争のなにものたるかを、いわゆる銃後の国民に如実に知らせた点で、偉大な効果があった》(425頁)という指摘がある。

3　日比野士朗「年譜及び解説」(『新日本文学全集　第二十四巻　上田廣・日比野士朗集』改造社、昭18)、290〜291頁。

4　平野謙「解説　体験者と表現者の問題」(『戦争の文学1』前掲)、443頁。

5　高崎隆治は「昭和十四年　中山義秀『碑』／日比野士朗『呉淞クリーク』」(『解釈と鑑賞』昭58・8)において、《兵隊作家として先行する火野葦平や上田広の諸作にも、これほどの激戦は描かれたことがなかった》(45頁)と指摘している。

6　大岡昇平「解説」(『昭和戦争文学全集2　中国への進撃』前掲)、485頁。

7　川津誠「戦争文学試論――「呉淞クリーク」を中心に――」(『米沢国語国文』平2・12)、18、35〜36頁。

8　矢野貫一編『近代戦争文学事典　第六輯』(和泉書院、平12)、99頁。

9　浅田次郎「解説　日中戦争――この堪え難き禍」(『コレクション戦争と文学7　日中戦争』前掲)、715〜716、718頁。

10　注1白石論に同じ、129〜130頁。

11　注4に同じ、443頁。

12　本書第3章参照。

13　拙論「昭和一二年の報告文学《ルポルタージュ》言説――尾崎士郎『悲風千里』を視座として」(同『昭和一〇年代の文学場を考える　新人・太宰治・戦争文学』立教大学出版会、平27)、403頁。

14　拙論「〝戦場にいる文学者〟からのメッセージ――火野葦平「麦と兵隊」」(『昭和一〇年代の文学場を考える』前掲)、433頁。

15　日比野の小学校の同級・堀内通孝の『歌集丘陵』(八雲書林、昭16)に、《夜深く「呉淞《ウースン》クリーク」読み了へぬ何か寄りどころを得し思ひにて》(261頁)という歌がある。

16　道園達也「日比野士朗論序説――帰還作家の戦中／戦後――」(『方位』平21・11)に、《日比野士朗の小説は『呉舩クリーク』のような「戦争もの」、「霧の夜」のような「恋愛もの」、またその他の「どんなもの」も「体験」を通じて書くという共通の方法によるもの》（69頁）だという指摘がある。

補論

研究対象－方法論再考のために——自己点検としての書評分析

I

この補論では、太宰治／文学場について検討するための一つのアイディア＝視点として、既刊拙著に関する書評を対象とした分析を試みる。俎上にのせたのは、拙著『昭和十年前後の太宰治〈青年〉・メディア・テクスト』と『昭和一〇年代の文学場を考える　新人・太宰治・戦争文学』に対する書評であり、それらを対象とした言説分析が補論の課題である。

ここでのねらいは、日本近代文学研究（の研究対象‐方法論）に関する状況を浮かびあがらせているように映じた、特定の研究対象に対して特定の研究方法でアプローチを試みた拙著二冊に関する言表‐評価の分析を通じて、研究対象‐方法論再考の契機をとりだすことにある。（なお、煩瑣になるため、本章では引用文献の頁数を省略する。）

II

本論に先立ち、拙著執筆の前提‐環境を確認するため、近年の太宰治研究および日本近代文学研究の状況‐展開について、祖述しておく。

まず、太宰治研究[1]について振り返っておく。

すでに先学として、山内祥史、相馬正一、東郷克美、鳥居邦朗、渡部芳紀らによる研究成果が、書誌、評伝、作家・作品論として蓄積されていた。そこに、『初出版　太宰治全集』（筑摩書房、平1～4）が整備され、さらに定期的といってよい雑誌『国文学』・『解釈と鑑賞』における太宰治特集がくわわる。研究書でいえば、著書の一部に太宰論を収めた、鈴木貞美『「昭和文学」のために　フィクションの領略』（思潮社、平1）、安藤宏『自意識の昭和文学　現象としての「私」』（至文堂、平6）、中村三春『フィクションの機構』（ひつじ書房、平6）が上梓され、研究基本図書として、神谷忠孝・安藤宏編『太宰治全作品研究事典』（勉誠社、平7）、山内祥史編『太宰治著述総覧』（東京堂出版、平9）[2]なども公刊された。

その後、平成一〇年には太宰治没後五〇年を迎えたこともあって、山﨑正純『転形期の太宰治』（洋々社、平10）、三谷憲正『太宰文学の研究』（東京堂出版、平10）、細谷博『太宰治』（岩波書店、平10）といった研究書にくわえて、テレビと連動した長部日出雄『NHK人間大学　太宰治への旅』（日本放送出版協会、平10）の刊行、雑誌特集としては「特集　太宰治　没後五〇年」（『解釈と鑑賞』平10・6）、「総特集　太宰治　没後五〇年記念特集」（『ユリイカ』平10・6）の二冊が組まれた。こうして、太宰治ブームは研究領域にとどまらない隆盛をみせていく。

そうした厚みの中で、以後も研究書は続々と刊行されていった。木村小夜『太宰治翻案作品論』（和泉書院、平13）、服部康喜『終末への序章　太宰治論』（日本図書センター、平13）、東郷克美『太宰治という物語』（筑摩書房、平13）、花田俊典『太宰治のレクチュール』（双文社出版、平13）、安藤宏『太宰治　弱さを演じるということ』（筑摩書房、平14）といった具合である。ほかに、太宰治研究への貢献が見逃せない、青森県立図書館・青森県近代文学館編『資料集』（青森県近代文学館）の刊行も、平成一四年二月からはじまっている。

次に、近年の日本近代文学研究領域における方法論に関する議論の輪郭を共有するために、『文藝年鑑』の「日本文学（近代）研究」欄を参照しておく。同欄は、原則として過去一年間に発表された日本近代文学に関わる研究書などの紹介と短評によって構成されているが、この時期には研究動向に関わる記述が集中的にみられた。

文脈を把握するために、曾根博義「日本文学（近代）研究'97」[3]から参照しておこう。《文学の社会的地位の低下、大学の文学系学部・学科・科目の縮小、再編、解体など、日本近代文学研究を取り巻く環境は年々厳しさを加えているが、文学研究そのもののなかでも最近「文学」離れの現象が著しい》と、文学（研究）内／外の環境変化にふれた上で、曾根は《率先して新たな領域と方法を切り拓こうとした注目すべき研究》として小森陽一・紅野謙介・高橋修編『メディア・表象・イデオロギー　明治三十年代の文化研究』（小沢書店、平9）をとりあげ、次のように同書を論評していく。

「明治三十年代の文化研究」という副題からも、「文学・歴史・社会を横断する言説研究の最先端」「グローバルな視野に立つ気鋭による共同研究―近代日本の形成」というオビのコピーからも、またスキャンダル記事、ツーリズム、水道、精神病者、家庭小説、メディア・ミックス、少女小説、「国語」と「文学」、作文教育、女子教育、植民地主義といった多彩なトピックスからも明らかなように、

「文学」離れは意図的、戦略的である。「あとがき」（高橋修）によると、それは現在の社会一般や大学における文学の地位低下と無縁ではないという。かつての作品論・作家論に取って代ったテクスト分析の自閉性からの脱出という研究の内側からの要請もあったが、「既成の社会構造や〈知〉の枠組み、また文学神話そのものが揺らぐなか、文学を研究することの意味がかつてのように無前提に見出せないでいること」もあって、「文学テクスト解釈主義から文学に限定しないトータルな言説の研究へ」と関心が向い、「テクスト理論の達成を文化研究に接続する」ことを目指したという。研究の対象を文学以外の言説にまで拡げることによって、社会学者や歴史学者の研究とも、従来の文学テクストの研究とも違った、独自の「カルチュラル・スタディーズ」が可能なのではないかという考えのようだ。

その二年後、やはり《一九九〇年代の後半は、日本の大学から国文学科というものが、一部の私立大学をのぞいてほぼ消えてしまった時期として記憶されることになろう》と文学研究に関わる環境の劇的な変化に論及しながら、《それと併行するように、文学研究（特に近代文学）の方にも文学研究《カルチュラル・スタディーズ》の波[4]がおしよせて来た》というのは「日本文学（近代）研究'99[5]」の東郷克美である。

国民国家論、文学主義批判、ジェンダー研究のうねりの中で、従来の文学研究の偏向・限界がいわれるようになり、それが文部省の大学（特に人文系）改組・再編成の企図と奇妙なかたちで結びついてしまった。それは文化研究が本来もっていた批評性とは無関係に、より皮相なレベルでそれが受けとられ、その大半が安易な注釈的研究や背景研究に終始しがちであるという実情ともどこかでつながっているように見える。

さて、近年の近代文学研究書に顕著な傾向は、作家名を冠したものが少なくなって来たことである。それは研究の関心が、個別の作家や作品に求心的に向かうのではなく、歴史や時代状況のコンテクストの中で作品を読もうとする方向に動いていることを端的に示している。

こうした見方は、翌年の「日本文学（近代）研究'00」[6]にもひきつがれ、ここで東郷克美は《文学研究はいよいよ文化研究の方向にシフトしつつある》という現状認識を、《これも情報革命の波と無関係にあらわれたものではあるまい》と、やはり、文学（研究）内／外の環境変化と連動したものとして把握－言表し、具体的な表徴として、金子明雄・高橋修・吉田司雄編『ディスクールの帝国　明治三〇年代の文化研究』（新曜社、平12）に論及している。東郷は同書について、《まさに文学を含む同時代の文化現象とその言説をジャンル越境的にさまざまな角度から分析してみせている》、《個々の論は、それぞれに面白く読んだが、このような研究は、最終的にはどのような全体像・着地点をめざすのだろうかと考えこまざるをえなかった》と、所感を示している。つづく安藤宏「日本文学（近代）研究'01」[7]もまた、研究動向＝文化研究という論点をひきつぐかのように展開されていく。

「日本」と「文学」。この二つのことばの組み合わせが、今、あらためて問い直されている。これらはいずれも近代国家の要請のもと、明治以降にあらたに再構成された概念であり、それらを検証することによって一国文化主義を相対化することが可能になるのではないか、というのが発想の根拠である。こうした国民国家論的な問題意識がメディア論、ジェンダー研究、ポスト・コロニアル批評などとも連動し、広義の文化研究（カルチュアル《ママ》・スタディーズ）を形成してきたのがこの数年の流れであり、本年もまたその功罪がさまざまな側面で表れた一年であった。

《「文化研究」の飽和現象は早くも随所に目立ち始めているようだ》と判じる安藤は、《個々の言葉の強度を状況との作用・反作用の中で明らかにしていく視点が欠落したとき、表象論はかぎりなく決定論、反映論へと傾斜していく》という評価軸を示した上で、《状況が言葉を生み出し、その言葉が状況を変革していく相互関係を具体的に指さしてくれる論考は興味深いし、そうでないものはたとえいかに多彩な題材を選んだとしても出てくる結論は紋切り型になってしまう》と両極の方向性を示し、《おそらく課題は狭義の「文学主義」と、機械的な「表象」信仰とを止揚する第三の道にこそあるはず》だと展望を示していた。

翌年の「日本文学（近代）研究'02」[8]においても安藤宏は、《「文学研究」自体の歴史性を振り返る試みも本年の特色の一つで、現在が研究の過渡期にあることをあらためて実感させる》と研究動向を書き記しながら、その表徴として安田敏朗『国文学の時空　久松潜一と日本文化論』（三元社、平14）を例示していた。

これ以降、「日本文学（近代）研究」欄で、文化研究などの研究動向に紙幅が割かれることはなくなっていく。むしろ、より現実的で深刻な、社会／大学における文学（研究）領域に関する負の展開が言及されていく。「日本学会事務センター」の破綻[9]、《この十数年つづいてきた「近代文学」研究をめぐる環境の変化》[10]、『国文学』の休刊[11]など、記すべきことはいくらでもある。

以上を振り返ってみれば、右にレビューした時期には、研究成果が紹介される「日本文学（近代）研究」欄において、研究動向として文化研究が複数年にわたって取り沙汰されていたのが、特徴の第一である。その際、個別の研究にとどまらない射程でその可能性／限界が、現状〜見通しとして論じられていたことが特徴の第二。また、それが、文学（研究）内／外の環境変化と連動した傾向として位置づけられていたことが特徴の第三といえよう。

付言しておけば、右に論及してきた研究成果にしても、それとの関連性が言及されていた文学（研究）をめぐる環境の変化にしても、水面下には前史とでも称すべき時期があっただろうことは想像に難くない。前者について、活字化されたものとしては、雑誌特集「メディアの政治力――明治四〇年前後」（『文学』平5・4）と「メディアの造形性」（『文学』平6・7）、単著論文ならば高橋修「ジャンルと様式《モード》――日清戦争前後」（『日本近代文学』平6・5）、大野亮司「神話の生成――志賀直哉・大正五年前後」（『日本近代文学』平7・5）などをその具体的な表徴とみることができるし、社会学の領域からは、遠藤知巳による「言説分析とその困難――全体性／全域性の現在的位相をめぐって」（『理論と方法』平

12・6）などの理論的貢献もみられた。

Ⅲ

松本和也[12]『昭和十年前後の太宰治〈青年〉・メディア・テクスト』（ひつじ書房、平21）は、「あとがき」に読まれるように、《二〇〇五年度に立教大学に提出した博士論文『太宰治論――〈青年〉・メディア・昭和十年前後』》を《原型》としつつ、《扱う期間や作品、つまりは章立てを大幅に変えた》研究書である（以下、同書を著1と略記する）。

著1の問題意識は、書き下ろしとして冒頭に配された「序　〝太宰治〟へのアプローチ――太宰神話・青年・戦略」に示されている。議論全体の前提となっている《〝太宰神話〟》について松本は、《個人によって多様な、その上、本来抽象であるはずの作家像を実体（論）的に思い描きながら、作中人物と現実世界の作家とを素朴に重ねあわせ、かつ、そのことを自明の前提とする読解枠組み》だと定義した上で、著1のコンセプトを次のように示している。

本書は、偶像破壊それ自体を目指して〝太宰神話〟に異を唱えるのではない。そうではなく、〝太宰神話〟がいつ、どのように形成されたのか、そこにはどのような力学が働いていたのか――こうした一連の問いを立て、神話にもぐりこむような場所から、それに関わる同時代の言説を分析し、記述していくこと。こうした作業は、少なくとも、普遍的に語られるそれとは異なるかたちで、いうならば歴史的な相貌において太宰治を描き出すことに道を開くだろうし、そのことで作家神話形成の過程や力学の対象化が可能ならば、そこから〝太宰神話〟に包まれた作品を読むための新たな視界が開けてもこよう。従って、本書が目指すのは、〝太宰神話〟を内破するための道標たらんとする新しい作家論である。（傍点原文）

右のような戦略に即して、著1では《根を一つとした、二つの問題領域》が設定され、部立て構成と方法論が次のように示される。

一つは主に「Ⅰ　〈太宰治〉はいかに語られてきたか」で前景化される、〝太宰神話〟と直接的に関わる作家像の問題、もう一つは主に「Ⅱ　〈太宰治〉の小説テクストを読む」に通底する、太宰治という署名を付された小説を対象とした、テクストの読み直しである。（時期が下る「Ⅲ」では、双方の観点を組みあわせた。）それに応じて、複眼的に二つのアプローチを採る。一つは言説分析、もう一つは構造言語学の成果に基づくテクスト分析で、本書ではそれぞれ対象や局面に応じてアレンジしたアプローチを試みた。いずれも、本書にあっては方法（論）というより、太宰治を考え直すステージを新たに準備するための手がかりとして、戦略的に導入したものである。

ここで、著1の目次を掲げておく。

こうした構成について松本は、《本書の「Ⅰ」と「Ⅱ」とは〝地／図〟でもなければ〝図／地〟の関係にあるのでもない》、《「Ⅲ」も含めて本書を貫くのは、青年という歴史的な主題を見据えつつ、昭和十年前後の太宰治を考え直すというモチーフであり、それぞれの対象や局面に応じて戦略的なアプローチを試みながら、太宰治をめぐる言葉／歴史を読むことこそが、本書のねらい》なのだと言明している。同書について、まとまった分量をもつ書評としては以下の六本が確認できた。論述の便宜上、それぞれ1①〜1⑥と略記し、引用に際しては亀甲括弧内に略記号を示す。


1①……中村三春「文芸現象に対して総合的に取り組もうとする高い意欲が示される」（『週刊読書人』平21・5・29）、4面。

1②……池内輝雄「〈太宰治〉とは誰か？　歴史の場から復元した新作家像」（『図書新聞』平21・8・8）、4面。

1③……山口俊雄「松本和也著『昭和十年前後の太宰治――〈青年〉・メディア・テクスト』」（『日本近代文学』平21・11）、405〜408頁。

1④……細谷博「松本和也著『昭和十年前後の太宰治　〈青年〉・メディア・テクスト』」（『日本文学』平21・11）、86〜88頁。

1⑤……山口浩行「松本和也著『昭和十年前後の太宰治　〈青年〉・メディア・テクスト』」（『昭和文学研究』平22・3）、147〜149頁。

1⑥……山根龍一「松本和也著『昭和十年前後の太宰治〈青年〉・メディア・テクスト』」
（『太宰治スタディーズ』平22・6）、186～187頁。

これら書評上で議論された論点は、主に、A研究書全体について、B「I」について、C「II」について、D方法論について、E特に〝太宰神話〟や作家像／作家主体に関する構えについて、の五点で、それが各評者の前提や評価を関数とした著1読解の帰結として、入りまじりつつ言表されていった。その意味で、先にその一部を引いた「序　〝太宰治〟へのアプローチ——太宰神話・青年・戦略」を正面から受けとめた書評が並んだことになる。

皮切りに、最初に公表された書評〔1①〕から、そこで示された総評を引いておく。

本書は、副題のキーワード「青年」を蝶番として、太宰治という「作家表象」をめぐる文壇と読者の「言説編成」の追究と、個々のテクスト分析を通じた小説構造の析出とが嵌め合わせられた、一種の力技である。一方では最近普及している実証的な文献踏査に依拠した言説研究、他方では語り論をはじめとする理論的なテクスト読解の手法を統合して、文芸現象に対して総合的に取り組もうとする、高い意欲が示された好著である。（傍線引用者、以下同）

より具体的にいえば、〔1①〕では《第I部第II部とも、全く完璧に新しい見地というわけではない》、

《だが、これまで漠然と想像されていたその実態が、必要十分な理論と実証に基づいて目の当たりに再構成される達成には、感嘆を禁じ得ない》と評されており、著1評価の上限といえそうである。論点としてはB、CにDをくわえてAとした言表である。もとより、Bについては《「苦悩する作家」としての太宰のイメージが、いかにして発生し、増幅され、そして定着していったかを、文壇言説と作品の評価に即して丹念に検証する》、Cについては《これは単純なテクスト分析ではなく、環境と個体との間のオートポイエティックなプロセスの把握なのだ》と、その具体的な手続きも要約・評価されており、それが右のAへと結実している。これを一つの基準として、ほかの書評も検討していこう。

実は、〔1①〕では、ことさらにクローズアップされることのなかった論点Eが、他の書評では肯定／否定といった両極の立場から、一定の紙幅を割いて論及されていた。

〔1②〕では、著1の議論を受けて、その書評の枕に次のような議論を配置する。

太宰治に関する限り、はたしてバルトやエーコはどれだけ理解されたか。というより、一般に「私」性に基づく作品（「私小説」がその顕著な例であるが）では、実体的な作者と、作品中の作者をモデルにした（と思われる）人物とが分かちがたいせいか、あいかわらず、その腑分けをあいまいにしたままの作者・作品論が横行している。

こうした、日本近代文学研究における作者論[13]に関する現状認識を素描した上で、《松本和也は、まず「太宰治とは誰であるか、何であるか」という、ほとんど自明のような問いかけから始める》と、著1のスタートラインを解説してみせる。《「太宰治神話」が抜きがたく作品にしみついていることを問題視する》がゆえに、《松本は注意深く、太宰を〈太宰治〉と呼び、実体的な作者と区別する》、《そのうえで、作者像が形成される昭和戦前期に焦点を合わせ、同時代の社会・文化、メディア、文芸時評などの動向と連関させ、〈太宰治〉像の推移を追跡する》、《松本は歴史の現場に〈太宰治〉を立たせ、自らもそこに立つことによって「神話」とは別の、時代・文学の先端を進もうとしていた〈青年〉作者像を導き出す》、と著1「Ⅰ」での議論を要約した上で、《資料を博捜し、吟味し、積み重ねてゆく実証的な方法は説得力があり、追跡はスリリングでさえある》とその議論を評価している。

ここには、著1「Ⅰ」を評す際に、その前提として作者論・太宰治研究の現状を参照し、「Ⅰ」の議論を吟味し、それに対する評価を示す、という書評言説の基本形が示されている。もっとも、〔1②〕においても、「Ⅱ」は《「作品（テクスト）」の解読》であり、《新鮮な〈太宰治〉像が提示される》という短評がみられ、テクストの読解成果ではなく《〈太宰治〉像》が読みとられている以上、「Ⅰ」の延長線上で（ということは、すなわち著1「序」の目論見通り）「Ⅱ」も受容されていたことになり、著1の評価ポイントは「Ⅰ」に置かれている。まとめておけば、〔1②〕では、**D**・**E**と**B**を重ねて論評し、そこに**C**を添えることで**A**に代えているのだ。こうした構成の内に、〔1②〕では**E**が肯定的に評価されている。

類似した構成によって著1を積極的に評価したのは〔1⑤〕で、作者論と重ねながら太宰治研究の状況を、著1理解‐書評の前提として、ていねいに提示する。

読書行為において作者にどの程度の役割を負わせるかという議論となる以前に、作者の情報の過剰な氾濫は、いわゆる〈作家神話〉を作り出して、読解の枠組みに様々な歪みをもたらしてしまう。中でも、〈太宰神話〉は強固であり、太宰の読者は、その読みの妥当性を実体としての太宰治に帰す傾向が強かった。こうした弊害を回避するには、作者を一切遮断するか、どこかで妥協するかしかない。だが、ひとたび作者を参照枠に使用したとたんに、作中人物の「私」と、言語表現の主体と、作者名に記された「太宰治」と、生身の本名津島修治なる人物との境界が溶解していく。作品を論じているつもりで、太宰治の〈意図〉に帰着する読みが、稿者も含めていかに多かったか。太宰研究の最大の敵が、作者太宰治だという皮肉な事態になっていたのである。

その上で、《松本氏は、従来太宰治を考える上で多用されてきた枠組みには容易に頼ろうとしない》、《少しでも実体（論）的な作家を召喚する危険性のある「道化」や「演技」などの「太宰治なる作家をメディア・パフォーマーと認めたくなる格好の疑似餌」は斥け、伝記研究の成果にも安易に依拠することはない》と、議論に課された条件を明るみにだしつつ、《直接同時代言説を掘り起こし、歴史的な条件下に成立した概念として〈太宰治〉を捉える松本氏の姿勢は徹底している》と、その方法・姿勢を指摘しながら肯定的に評価していく。さらに、《そもそも、〈太宰神話〉を「疑いながらも、やはり太宰治について考え直す」というこの慎重さゆえに、〈太宰治〉に無自覚で来た太宰論に転換を迫る本書が、説得力を持つのだろう》と、《禁欲的に視座を絞り込》んだ《成果》を研究史に位置づけている。このように、〔1⑤〕では、Eをていねいに論評しながらAをDへと結びつけている。

逆に、〔1③〕・〔1④〕・〔1⑥〕は、Aに関しては一定の評価をしながらも、Eに関しては否定的な言表となっている。まずは、〔1⑥〕から、B・D・Eを論じることでAに代えた一節を引いておく。

三部構成をとる本書の最大の見所の一つは、全五章からなる「第Ⅰ部〈太宰治〉はいかに語られてきたか」であろう。そこでは「太宰治」という作家表象が、昭和十年前後の「青年」という問題系と切り結びつつ、メディア上でどのように形成されていったのか、その歴史的過程が具体的に再構成され、丹念に検証されている。いわゆる言説分析のアプローチをとる論証の精密さを裏打ちするのは、各章の注の数から端的にうかがえるような、同時代言説を能うかぎり網羅的に蒐集した圧倒的な情報量にほかならない。

その上で、〔1⑥〕ではEに関して、《作家主体に言及することの当否について》というかたちで疑義が呈され、《私は、著者に半ば共鳴しつつも、ある違和感を最後まで拭い去れなかった》、《なぜなら、著者が再三「実体（論）的な太宰治」という表現で先行論などに批判的に論及する際、その矛先が、実作者としての作家主体を想定することと一般に向けられているように感じたから》だという。《個々の作品本文の具体的な分析を出発点にして、論者が帰納的に各々の作家像を立ち上げることは、はたしてそれほど警戒すべきことなのだろうか》という〔1⑥〕の言表が、著1の作者論に関わる理論的設定に対する否定的な言及であることは確かである（右の疑義が著1全体／「Ⅱ」のみ、いずれに向けたものかは判断不可能）。これに類似した批判は、はやくは〔1③〕で展開されてもいた。

〔1③〕は分量的な長さゆえもあってか、著1のポイントをていねいに検討する書評となっている。「Ⅰ」について《文壇の言説編成の中で〈太宰治〉が生成して行くさまが説得的に示される》と、「Ⅱ」についても《一作品ごとに一応議論が完結するという形を取らず、第Ⅰ部の議論を踏まえつつ、言説編成の中で形成され行く作家像（作家表象）を太宰が作品に取り込み返すさまを作品（テクスト）の分析を通じてたどり返す》論の展開を指摘し、《第Ⅱ部内部において、また第Ⅰ部との間に一貫性と連続性を確保している》と、研究書としての一貫性も評価していく。つまりは、B・Cを評してAに至り、そしてDへと及ぶ。

方法論的には、言説分析、テクスト構造分析など、今日私たち研究者が活用できる方法を巧みに組み合わせたものとなっている。とりわけ第Ⅰ部での数多の同時代言説の紹介・分析に接して〔略〕作品を囲繞する同時代言説を網羅的に通読する中で見えて来る作品の時代性・歴史性を把握しようとする努力には強い共感を覚えた。

その上で、《文学研究上の志向の違いも感じさせられる》として《〃太宰神話〃批判のために著者が《実体（論）的な太宰治》を想定することを厳しく退ける点》を問題化する。《実体論的な作者とは別の機能としての作者を想定して読むべきだというバルト、フーコー、エーコを経た今日の文学研究の基本姿勢を共有している》という〔1③〕では、しかし《それは分析・議論のための仮説的な作業》にとどめるべきものとされ、《無暗に振り回せば独断論《ドグマ》になるだけ》だと運用のレベルで批判していく。さらに、《同じ問題に絡んで、著者は太宰の生涯と太宰の作品の《混同》こそは太宰研究最大の難問《アポリア》》と記すが、はたしてそうだろうか》と疑義を呈し、《論じ方にある種の制約を課すことで議論の運びに先鋭さが生まれるのは確かで、そのことがこの書のパフォーマンス面での魅力の重要な支えとなっていることは間違いない》としながらも、より柔軟な姿勢・発想に基づいて、山口俊雄編著『太宰治をおもしろく読む方法』（風媒社、平18）を具体例として提示しながら《太宰作品をいろいろな角度から楽しんで欲しい》と、その立場をクリアに表明している。

　つまり、〔1③〕では著1への理解・共感を示しながらも、Dについては容易にこえられない《文学研究上の志向の違い》が幾重にも言明されており、これらを勘案してAも捉えるべきだと思われる。逆にいえば、〔1③〕・〔1⑥〕では、B（とA）・Dに関して著1を高く評価しながらも、それと同時にEについてはそのいきすぎを難じており、両者の論理構成は相似形を描く（Eの批判がA／B／Cいずれを特に対象としたものかは判断不可能）。ただし著1をめぐる書評言説をみわたしても、《それ〔《山内祥史氏や相馬正一氏による詳細な年譜・伝記的調査》〕をきちんと踏まえれば格別躍起にならなくても〃太宰神話〟のかなりの部分は容易に相対化されるはず》だという〔1③〕の研究状況認識が共有されていたわけではなく、（当の著1は措くとしても）こと〔1②〕、〔1⑤〕とは食い違いをみせる。こうした認識の径庭が、AやEを言表する際、各書評に反映されるのは当然だろう。

精確な読みとりが困難な文体で書かれた〔1④〕も、おそらくは〔1③〕・〔1⑥〕と類似した著1への見方－評価を示したものと読める。著1の主にDに関わる言明を《いかにも新しい声》として、《太宰愛読者の位置から己れを〈引き剥がそう〉と苦闘した人々の肉声とは無縁の、硬質な響きをもったものと聞こえる》と、作者論を参照枠として起動しながら、〔1④〕では次のようにして同書の主にA・B・Eに関わる局面に論及していく。

着実な読解は個々の読者自身の〈引き剥がし〉をはじめとする読みの動きの中からこそ生まれると信じるのである。だが、なおかつ太宰治という圧倒的な読者を擁する作家・作品の解明にあたっては、〈引き剥がし〉こそが第一義だとしてその外部（と見える）の圧倒的な読みのひろがりや、作者その人の生にからまる幻想構築を単なる虚像として切り捨てることは、果たして太宰研究の自明の方向であろうかと疑うのである。〔略〕その意味で、本書第一部の、昭和十年代各時期における太宰治イメージの発生研究はまさに有意味である。松本氏は、丹念に文壇登場期からの太宰受容、作家イメージ生成の過程を追い、それらを作品群と時代、作家と読者、言葉と社会の関係性のひろがりの中で見据えることを説いている。私は、そうしたイメージ群の動き自体が、太宰文学の特徴的なひろがりとして見なおされ、単一ではない作家像として重視されるべきと考えるのである。

ここには、著1の論旨を汲みながら創造的な読みかえも同時に展開されており注意が必要だが、Eを排しつつBに関しては《単一ではない作家像》が描きだされる限りにおいて評価している（もとより、他の書評にも読まれる通り、松本が「I」で歴史的に描きだした《作家像》は、二択でいうならば単一だと思われるが）。つまりは、Bを《有意味》としたのも、ごく限定的な条件下においてであって、その意味では同書への評価は〔1③〕や〔1⑥〕よりも厳しいものと判じられる。なお、〔1④〕の著1に対する評価は、Dに関する議論を通してクリアに示される。《なぜ太宰の場合、作家像とのつながりがかくも警戒されるのか》と、作者論に関わる問題提起をしながら、《まさに、そこにこそ太宰研究の危険に満ち、なお豊かな可能性の場があるのではないか》と自らの立場を表明する。その上で、（神話的な太宰治読解も含めた）読みの多様性といった《艶やかな動き》が《太宰研究の精密化、厳密化にひそむ硬直化とは別方向にあるのではないか、と私には思われてならない》と言明していく。

最後に、すでにDをめぐる著1への批判的言表は検討してきたが、その他の同書に対する注文／期待／要望の類いを確認しておく。一つは、同書の検討対象（範囲）外のもので、〔I②〕の《戦後期、さらに現在にいたるまでを視野におさめた〈太宰治〉の生成論を期待したい》という言表がそれにあたる。他に、同書の射程圏内において、〔I①〕では《「青年」という問題が、同時代において他のいかなる言説群の間に位置づけられ、またそこに太宰がどう絡むのか》、《「青年」の「病」の一つとして、プロレタリア文学の破産を経た「表象の危機」という概念が論じられている》ことをふまえて、《この「危機」の、テクストレベルにおける寄与は何か》といった検討課題が提示されている。また、近似した興味から、〔I⑥〕では《従来「自我の解体」「自意識過剰」などとも言われてきたこの時期固有の「表象」をめぐる問題系を、検閲の問題なども念頭に置きながら、たとえば第I部で駆使されている言説分析の手法によって具体的に浮き彫りにすること》が望まれている。

ここまでの、著1をめぐる言説の特徴を、傍線を付した修辞《レトリック》も含めてまとめておこう。まず、賛否も含めて言表が集中したのは「I」の議論および方法論（B・DおよびE）についてであった。同時代資料の調査・分析をベースとした言説分析によって、太宰治なる作家表象（〈太宰治〉）を歴史的に記述したパートについては、理論的設定、手続き、成果、いずれも研究上の意義が評価された。その議論に連動するかたちで、テクスト分析によった「II」（および「III」）の議論（C）も、研究書としての一貫したコンセプトを構成するパートと捉えられた。ただし、作者論に関しては、一方で禁欲的・限定的と称された理論的設定が、太宰治研究の現状に対して有効だという判断と、太宰治（研究）に孕まれる豊かな可能性を取り逃すものだという判断とが言表された。したがって、賛否いずれにせよ、こうした局面では著1を媒介に、言表主体（＝書評の書き手）が自らの作者論に関わる研究観を示すことにもなった。Eに関する理論的設定が「I」および全体を性格づけている著1である以上、この論点に対する批判は致命傷になりかねないのだが、しかし、そうした場合でも、不思議と著1全体への評価が劇的に下がることはなかった。それは、著1について指摘された（主に言説分析に関わる議論の）説得力・精密さ・実証性・情報量によるものだと思われる。こうした分裂的な様相は、〔1⑥〕に典型的にみてとれるが、〔1③〕・〔1④〕も同様の言説構成となっている。してみれば、こうした受容を強いる強度が著1にあったはずで、これこそが《力技》（〔1①〕）と評されたゆえんかもしれない。

最後に、近代文学研究／太宰治研究（史）という視座から、著1による貢献として言表されたポイントをまとめておく。第一に、特定の作家・特定の時期、つまりは昭和一〇年前後の太宰治に限られてはいたものの、著1を通して改めて作者論について実践的なかたちで問い（異議申し立て）を提出したこと。第二に、いささか窮屈な理論的設定を構えることで、同時代の視座・文脈を視野に収めた研究として、言説分析によって作家表象を問題化し得たこと。つけたせば、第一・第二の点とセットで、作家表象や同時代に配慮しながら、作品に自閉しないかたちでのテクスト分析を展開できたこと。いずれも、評価や意義の高／低には幅がみられたが、以上三点を著1による研究場への成果としてあげておく。

Ⅳ

松本和也『昭和一〇年代の文学場を考える　新人・太宰治・戦争文学』（立教大学出版会、平27）は、「あとがき」によれば、松本の《これまでの研究歴・興味関心を、ほぼそのまま書籍化した研究書となっている》という。また、第6章のベースとなった論文の発表を契機に、《キーコンセプトとなったのは「社会（性）」で、当時も今も、現代－日本－文学をめぐる状況を強く意識しながら、昭和一〇年代の文学場を、継続的に問題化することを目指してきた》（「あとがき」）のだともいう（以下、同書を著2と略記する）。

著2の問題意識は、書き下ろしとして冒頭に配された「序――昭和一〇年代の文学場を考えるために」に、書評における争点ともなった《文学場》の定義とあわせて示されている。

本書は、作家‐作品‐トピックからいえば、昭和一〇年（石川達三‐「蒼氓」‐題材）から昭和一七年（坂口安吾‐「真珠」‐九軍神）までを対象としている。その意味では、もちろん昭和一〇年代文学を研究対象としてはいるのだが、特定の作家‐作品‐トピックを対象として想定する文学史（研究）に対し、それらを取り囲む諸条件ごと俎上に乗せたいという考えから、本書では昭和一〇年代の文学場を研究対象として設定した。ここにいう文学場とは、P・ブルデューによる《場 champ》という概念‐アイディアに端を発するものだが、M・フーコーのいう《言説 discoure》にもヒントを得て、本書の問題意識・方法に即して流用《アプロプリエイト》したものへとアレンジしている。本書においては個別の作家‐作品‐トピックだけでなく、文壇といった時に想定される実体的な人間関係でもなく、それらを取り囲む批評言説やゴシップ、その水面下を流れる基底的な力学、さらには文学に直接的・間接的に関わる時局‐歴史の動向などもできるだけ視野に収め、それらが具体的な言表として産出‐流通‐（再）配置されていくフローの総体を指す鍵概念として、文学場という術語を用いたい。

より具体的なねらいと対象の捉え方については、次のような一節も読まれる。

もとより、死角のないアプローチなどないのだが、本書では、さまざまな作家・作品・トピックが文学場・言説において相関関係をもちつつ展開していく様相に照明を当てたい。その際、《文学》をはじめとしたジャンル・領域、あるいは作家・作品・トピックの価値や評価を前提とせず、それらもまた言説の動的な交渉によって形作られていく――そのような現象を同時代の視座を仮構しつつ記述しようというのが、本書のねらいである。

ここで、著2の目次を掲げておく。

第21章　坂口安吾「真珠」同時代受容の再点検

同書について、まとまった分量をもつ書評としては以下の六本が確認できた。論述の便宜上、それぞれ2①～2⑥と略記し、引用に際しては亀甲括弧内に略記号を示す。


2①……大石紗都子「松本和也著『昭和一〇年代の文学場を考える　新人・太宰治・戦争文学』」（『太宰治スタディーズ』平27・6）、45～47頁。

2②……中川成美「戦時下における文学活動の総体を思考する意欲的論考」（『週刊読書人』平27・7・3）、5面。

2③……安藤宏「松本和也著『昭和一〇年代の文学場を考える　新人・太宰治・戦争文学』」（『日本近代文学』平27・11）、252～255頁。

2④……大原祐治「松本和也著『昭和一〇年代の文学場を考える――新人・太宰治・戦争文学』」（『日本文学』平27・12）、78～79頁。

2⑤……関谷一郎「松本和也著『昭和一〇年代の文学場を考える　新人・太宰治・戦争文学』」（『昭和文学研究』平28・3）、222～224頁。

2⑥……平浩一「「文学場」をめぐる断想　松本和也著『昭和一〇年代の文学場を考える　新人・太宰治・戦争文学』」（『ゲストハウス』平28・9）、1～4頁。

これらの書評上で議論された論点は、主に、A研究書全体（文学史としての評価）について、B「昭和一〇年代」という問題領域について、C方法論としての言説分析／同時代評調査について、D第Ⅱ部評価について、E《文学場》の有用性／可能性について、の五点であった。著1に比して、論点がそれぞれ切り分けて記述されており、また、書評間における論点の重なりが大きいことも、著2をめぐる言説の大づかみな印象としては指摘できる。いずれにせよ、タイトルや「序——昭和一〇年代の文学場を考えるために」を通じての研究成果／問題提起は、再び正面から受けとめられ、書評において論及対象となっていった。

まずは、書評横断的に、A・Bに関わる論評／紹介を検討することからはじめよう。

日本近代文学研究の蓄積を参照しながら著2を紹介していく〔2①〕は、《「昭和十年代」という概念が、近代文学において、複雑なニュアンスを多分に含むことは論を俟たない》と前提した上で、著2を《太宰治を《基（起）点》とし〔略〕いわゆるこの時代に関する議論をより柔軟な視座に解放するべく、氏の在学中より以来の成果を集積した書》だと要約しつつ、《批評言説やゴシップを含めた当時の受容の実態、それらをとりまく気運が牽引した作家の創作環境にも着目しつつ、文学史を筋道立てる研究は、意外にもこれまで十分には注目されてこなかったのではないか》と、研究史上の間隙に著2を位置づける。〔2②〕でも、《多彩な作家の作品から、戦時下における文学活動の総体を思考しようとする意欲的な論考21編が収められている》と著2を紹介した上で、《まさしくそれは「昭和10年代」としか名づけえない作業であり、１９３０年代文学というような範疇では見えてこない独自の「文学場」が描出されている》と、その問題構成の特色を前景化しCにも及んでいる。《紛れも無く研究史に残る画期的な業績だと感じた》という評価から書きおこされる〔2⑤〕では、《同時代人としての平野が肉眼で見聞したものを実感的に語った文学史からは、平野の体温や哀楽は伝わってくるものの、距離が取れない同時代人としての限界が露わ》だと、「昭和一〇年代」という問題構成を平野謙という固有名に託し、《そう強く思わせてくれるほど、松本氏の達成には俯瞰的な見地から客観性を目差した考察が積み重ねられていて説得力がある》と著2を評価し、《本書は単に従来の文学史を緻密に叙述し直したに止まらず、文学史を〈読み換え〉てしまったと思えて驚いた》と、その成果を文学史（の読み換え）と位置づけている。BよりCにウェイトが置かれた〔2③〕からも引いておく。

本書は昭和一〇年から一七年の文学状況に関して、さまざまな作家、作品、トピックが相互に影響し合い、全体として大きなうねりを形成していく様態を明らかにしたものである。基本的には表象論の立場に立ち、P・ブルデューの《場champ》の概念などを参照しつつ、テクストそれ自体よりもテクストが同時代にどう評されたか、という言説群の検討を通して、そこに働く力学を抽出することがめざされている。

こうした〔2③〕における著2の評価は、《個々の作家、作品を実体としてではなく、表象として抽出するという、ある種明快な思い切り》を与件として、《〝状況がどのように論じられていたかを論じる状況論〟という、あらたな領域を切り開いた点は、高い評価に値する》と評され、また、《索引を用いてこの時期のエンサイクロペディアとして活用することが可能な、希有な成果》といった活用法までが提案されている。また、〔2④〕では《今後「昭和一〇年代」の文学について考えるようとする者が必ず参照するべき文献》だと、具体的な問題領域に関わらせた位置づけが示され、つまりはBを介してAが言表されている。

いわゆる書評とは異なる立ち位置から言表された〔2⑥〕では、著2のタイトルに掲げられた鍵概念である《文学場》に照準をあわせつつ、《この概念は少しずつ流通していったが、ことにこの一年、頻繁に耳にする(あるいは目にする)ようになった》として、《そのひとつの契機》として著2をあげ、《それほど、強い影響力、伝播力を持つ書》だと位置づけている。あるいは、〔2⑤〕にも、著2について《その〔太宰研究の〕延長で太宰に限らぬ昭和一〇年代の文学作品の背景(本書で言う「文学場」)を〈読む〉ことを試み、見事な成果をもたらした》という一節が読まれ、ここではB・CをふまえてAが言表されている。

こうした評価へと至るプロセスとして重視されたのは、議論が集中したCである。〔2①〕では、《文学場》を《一言に同時代コンテクストということにとどまらず、有機的・流動的な言表作用の総体を指し示す概念》と捉えた上で、言説分析という術語を用いながら各部の要約が示されていた。〔2④〕でも、《考察の基本的立場は、文学に関する「言説」(M・フーコー)の徹底した分析によって、「昭和一〇年代」における「文学場」(P・ブルデュー)の様相を浮かび上がらせる、というもの》と要約されていた。それは、《松本氏が禁欲的に守ったのは、ある種の歴史主義的な決着との決別である》という〔2②〕が指摘するように、《歴史を見渡すことが可能な時点からの評釈を排し、同時代的な言説の中でいかような力学が働いてくるかを丁寧に見ている》という、歴史的視座の理論的設定とも関わる。

ただし、Cに関する言表の多くが注目していたのは、同時代資料の量である。《本書の第一の特色は、昭和一〇年代の文学の動向を一個の動態として、ダイナミックに見すえている点にある》という〔2③〕では、《こうしたダイナミズムを支えているのは数多くの同時代評に目配りをしている、その資料博捜のバイタリティ》だと指摘した上で、《『文芸時評大系』の刊行、新聞のデジタル化など、以前に比べて同時代評の調査はかなり容易になってきたが、本書は自力で膨大な資料が精査されており、それが個々の指摘に奥行きと説得力を与えている》と、《調査》・《精査》が特筆され、それが新たな研究領域の開拓につながったと評価していく。また、〔2④〕では、次のように《整理》の《手際》も注目される。

『文藝時評大系』（ゆまに書房）という便利な資料集成が整備されている今日、こうした「言説」へのアクセスはかつてに比べて格段によくなっている。しかし、膨大な資料を通観し、手際よく整理しながら「文学場」の配置図を示してみせることは決して容易なことではない。この点で、著者の仕事は日本近代文学研究における「言説」分析的手法のお手本を示す（〈『文藝時評大系』の使い方〉を示す？）ものだと言えるかもしれない。

その帰結として、第Ⅲ部について《膨大な分量にのぼる資料が数多く直接に引用されながら論が進められることとなるが、著者の論述は常に明晰であり、混乱するところがない》と、その《手際》が顕揚されていく。もっとも、《ネット社会のお蔭で便利になったとはいえ、同時代評をチェックするにはとてつもない労力を要するであろう》と、やはり調査環境の変化にふれる〔2⑤〕では、《しかし厖大な量であろうが資料を漁るには時間と根気があれば済むことであり、その結果を冗漫にまとめるだけなら誰にでもできることだ》、《ところが先学が素通りした資料の問題点を問い直す能力が無ければ、文学史を〈読み換え〉ることなど不可能だ》と、単純な作業と《能力》を峻別した上で、《昭和文学の一時期とはいえ、松本氏は若くしてそれ〔文学史の〈読み換え〉〕を目の前でやって見せてくれたわけである》と、ここでは調査環境や利便性の向上に還元されない《能力》までが言表・評価されてはいた。

こうした評価に疑義を呈したのは〔2⑥〕である。著2「序」での《文学場》定義の際に、《「言説」という言葉を強調するのは、正直なところ、非常に損な気がした》、《どうしても、「言説分析」というイメージばかりが強まってしまい、そこが前景化されてしまうからだ》と、定義・受容に関わるアクセントを問題化する〔2⑥〕には次の言表がみられる。

同書を「言説研究」、「言説分析」として高く評価する向きもあり、実際に、同書がそうした側面を多く内包しているのも確かであろう。ただし、「言説分析」という言葉が強い意味を持ちすぎ、同書について、その「情報収集（能力）」が、あまりにも前景化・評価されすぎているような心象を思い浮かべ、そこにもまた、やや違和感を抱く。

こうした言表を通して〔2⑥〕は、著2のウェイトを《文学場》へとスライドさせようとする。もとより、Eについては他の書評でも、それぞれのかたちで論及対象とはなっていた。その検討に先立ち、Eの前提の一部を成す、Dに関する言表も検討しておこう。

〔2①〕では、《太宰作品を昭和一〇年代の《文学場》に鑑み、それが時局的なものへの追随を「反転」させ、ひそかな「抵抗」たりえた高度なテクストであることも本書において鮮やかに論じられている》という著2第Ⅱ部の紹介につづき、《特に10章で顧みられている『走れメロス』の典拠や文献の同時代的位置づけへの着目は、近代文学研究全体においても重要な問題提起だと感じた》と言表されている。同様の評価は、やはり第Ⅱ部について《テクストを丁寧に読解しつつ、それぞれのテクストを構成する言葉と「文学場」内外の時代状況、社会状況とが連接するさまを、著者は鮮やかに浮かび上がらせる》と紹介される〔2④〕においても、第10章が《本書全体の白眉》とまで位置づけられている。

これに対して、〔2③〕では、《状況論とテクスト分析との照合が試みられ》た第Ⅱ部の議論に《関心》がよせられながら、《必ずしも十分な成果を上げているとは思えなかった》と判じられ、その内実について《総じて状況論からテクストを見てしまう傾向と、先行論との差別化への過度のこだわりが、ともすれば物語内容のとらえ方を偏頗なものにしてしまっている印象を受ける》と言表された。Dは、最も大きく評価が割れたポイントである。

Cと関わりつつ、もう一つの争点となったのはEである。その一つの極は《著者が本書のなかで「文学場」という言葉を使うとき、それは「文壇」という語で置き換え不可能な形で用いられていたのだろうか、という一抹の疑問》を呈した〔2④〕である。

著者の態度は一貫して「文学場」のなかからの内部観測として膨大な「言説」と向き合うというものであった。しかし、その結果として「文学場」とその他の「場」との相関は見えにくくなり、著者の叙述はいわゆる「文壇史」のようなものに近づいていく〔略〕。換言すれば、著者の叙述はしばしば、旧来の文学史叙述の相対化というよりは、むしろ精密化といった方に傾いている。

叙述の《精密化》が《「文壇史」》へと至る道筋は、著2が《表象論の立場》（〔2③〕）によるものと評されていたことと考えあわせればなおのこと、説明がなく理解が困難だが、《緻密》な叙述が文学史の《読み換え》と捉えられていた〔2⑤〕とも好対照をなす。

また、《文学場》という語義自体も改めて問われた。もとより、書評言説全体としては、著者＝松本が付した《流用《アプロプリエイト》》という一語もあってか、大方（好意的にというよりは）肯定的に捉えられたようだが、〔2⑥〕では、ブルデューから日本近代文学研究領域での用法までが確認される。ブルデューが示した原義に比して《「経済（的秩序）」という観点がやや軽視されているのではないか、等々――》と、あり得べき批判を想定しつつ、しかし《そうした批判にも違和感を抱く》として、次のような方向で活用の

《道》が提案されもした。

「昭和一〇年代の文学場を考える」という、やや口語的な標題。この場合の「考える」は、言うまでもなく、「昭和一〇年代の文学場」というフレーズに掛かっていると同時に、「文学場」というタームにも掛かっている。「文学場」という概念を、もちろん、近現代の日本文学研究という「場」(champ/field) において、ブルデューの本当の意図どおりに当てはめる必要はないだろうし、そもそも、それ自体が困難であろう。むしろ、あらためて「文学場」とは何であるのか、それを問い続けること自体が、特に今後、なんらかの研究の道をきりひらいていく。

著2に関するこうした読解は、実はすでに〔2①〕と〔2②〕で展開されていた。〔2①〕においては、次のようにして著2を踏切板として《文学場》の有用性が言表されている。

> 本書を通じて、時にことばがことばを呼び流動する、言表空間としての《文学場》を想定することは、昭和一〇年代の当事者たちが図らずもとらわれてきた観念的な制約を浮き彫りにするだけでなく、その時代の可能性を洗い直すことにもつながるのではないか。

より具体的・積極的な読解を示したのは〔2②〕である。《ここには小説家の主体に寄り添いながら「時代」の要請をいかに表出するかということを深く意識した思考の過程がみられる》として、著2を《松本氏自身の「文学場」探索の実践的な試みと読むことが可能だ》と位置づけるにとどまらず、《なぜ人間は国家に籠絡されていくのかという極めて根幹的な疑義を氏は「文学場」という設定の中に込めたこと》を、《本書の通読のなかから感知した》と、著2の《文学場》は積極的に解釈され、その読解成果が言表されてもいた。

最後に、すでにC・D・Eに関する著2への批判的言表は検討してきたが、その他の同書に対する注文／期待／要望の類いを確認しておく。一つはBに関わるもので、〔2②〕では《期待を込めた注文》として、《本書が昭和10年代という基軸を持つことによって可能となった文脈を、1930年代40年代の世界史的なコンテクストの中に位置付けた時に見えてくるものの大きさに期待は高まる》と、視座の変換・拡大が求められている。もう一つは、著2のB・Eを前提としながら、やはり対象の限定性を難じ、論及すべき問題領域を提示する言表である。〔2③〕では、《視野に入れた方がよい》ものとして《芥川賞選考にまつわる政治性、「文学界」と「人民文庫」との水面下の対立》、《内務省の検閲のあり方と、それを「文学」の側が自主規制的に内面化してしまう様態》、《『新潮』『文藝』等の主要誌の、「国策」をめぐる質的転換》、《『現地報告』『改造時局版』などの性格、婦人雑誌などの動向》、《『文藝文化』を中心とする国文学の動向、京都学派など周辺領域との関係、「外地」の「文壇」の動向》があげられている。さらに、〔2④〕では、《韻文の問題、あるいは外国文学や古典文学に関するアカデミズムの問題など》、〔2⑤〕では、《詩歌》と《演劇》がそれぞれあげられている。いずれも、昭和一〇年代の

《文学場》という著2の問題構成（の広さ）ゆえに喚起された面も大きいと思われる。

以下、著2をめぐる言説の特徴を、傍線を付した修辞《レトリック》も含めてまとめておこう。

まず、著2についての評価は、総じて肯定的なもので、昭和一〇年代という時期、《文学場》という観点からの議論に限定されたものではあるが、当該領域において高い評価を得た。ただし、その受けとめ方には振幅がみられた――〈読み換え〉られた）文学史、文壇史、メタ状況論といった位置－意味づけである。また、視座を同時代に設定した点、言表レベルにのみ照準をあわせた点（《表象論》〔2③〕）など、著1以来の限定的・禁欲的な構え（理論的設定）は、著2においては、総じて方法論的な一貫性－立場として評価された。

このように著2総体の評価の内実は多様であったにもかかわらず、第二に、著2に対する評価ポイントは集中していた。つまり、同時代評調査の量／言説分析の質が高く評価され、それが言説上では視座の全体性、俯瞰性、総合性といった修辞《レトリック》によって評されていった。ただし、この点についても細かくみればそれぞれの立場は異なっていた。つまり、資料／言説分析に対する質／量いずれを重んじるかによって、著2をどのような評価軸で評していたかが問わず語りに示されており、これが著2評価の振幅と連動している。

第三として、第Ⅱ部については、著2に関して最も大きく評価が割れたポイントであった。作家表象としての〈太宰治〉という限られた言説から太宰治テクストを読んだ著1に比して、著2ではテクストの発表時期および内容に即した言説との切り結びが、それぞれに論じられようとしていた。そのため、太宰治テクストと言説の組みあわせによって、テクスト解釈／論の妥当性・説得性が異なっている。もとより、単に各章の出来にもよるのだろうが、各書評の前提を掘りさげてみれば、おおむね批判的な言表はテクスト解釈を優先しており、肯定的な言表はテクストの自律的な解釈（姿勢）への批判を（多かれ少なかれ）擁していたようである。いわば、言表主体（＝書評の書き手）の文学研究に関する諸要素・対象の優先順位や評価軸（価値観）が、自動的《オートマチック》に示される局面でもあったのだ。

　第四として、《文学場》という鍵概念を掲げた、大部の研究書であることに由来すると思しき言表の動きも観察された。それは一面、すでに論及した注文／期待／要望が、多岐にわたって提出されたことである。その反面、個別（各章）のテーマについて、十分な検討を展開した書評はみられなかった。もとより、著2の分量、紙幅、評すべき他の論点があったことは明らかであるし、すでに検証してきたDのほか、〔2①〕では第6章が、〔2③〕では第4章、第6章、第17章、第20章が、〔2⑤〕では第7章が組上に載せられてはいた。それでも、日本近代文学研究において論じられる機会の少ない、小田嶽夫、尾崎士郎、富澤有為男についてふみこんだ論及はみられず、ここでも迂回が演じられたことは、著2書評言説の特徴の一つ／研究場の性格を示す一例として、やはり銘記しておくべきだろう。[14]

　最後に、近代文学研究／昭和一〇年代文学（史）という視座から、著2による貢献として言表されたポイントをまとめておく。第一に、同時代言説の調査を通じた言説分析によって「文学場」を問題化するという実践（の集積）を通じて、《文学場》という鍵概念を導入＝提示したことがあげられる。その内実の解釈（位置・意味づけ）は多様ながら、その成果は、あわせて「昭和一〇年代」（文学史）が研究対象として有意かつ重要であることの承認ともなっており、（「序」で論及された先行研究状況に照らせば）こうした問題領域の再提示も果たされたことになり、これが第二のポイントである。いわば、研究方法、研究対象それぞれについて、著2は新たな／改めての異議申し立てを果たしたことになる。第三として、評価が割れた第Ⅱ部をめぐる言表（の争闘）を通じて、文学作品（テクスト）とは何か、という根源的な問いが、文化研究導入以後において改めて問われた。著1「Ⅱ」の延長線上の議論になるが、テクスト分析に際して、コンテクストをどのように参照し、議論にとりこむのか、あるいは、そもそも研究の始点としてテクスト／コンテクストいずれを中心的検討対象とみなすのか、そこに関わる論者の価値づけなど、著2をめぐる争点とはやや離れた地点から、しかしその急所に関わる問題提起がみられた。いずれの点についても、クリアで説得的とされた著2の方法・立場・議論について、評価の振幅はみられたが、書評言説の検討からは、右の三点を著2による研究場への成果としてあげておく。

Ⅴ

補論における当初の企図は、前節までに一通り果たされた。

その上で、贅言めくが、本節では人文学－（日本近代）文学をめぐる研究環境などについて、少しく書き添えておきたい。

まず、現実的な背景を確認しておきたい。著1・著2が刊行された時期に、松本和也は信州大学人文学部に所属していた。旧国立大学から国立大学法人への移行は平成一六年四月に実施されたが、松本は平成一九年一〇月、つまり第一期中期目標（平成16年度~平成21年度）の半ばに地方国立大学にポストを得て、第二期中期目標（平成22年度~平成27年度）いっぱいまで在職し、その間に著1・著2を刊行したことになる。この間、こと第二期終盤の、大学‐人文系諸学に対する社会的な風当たりが現場にどのような影響をもたらしたか／もたらしつつあるかについては、少なからぬ議論[15]が展開されてきたが、大学‐人文系諸学の社会的有用性（市場価値）が厳しく問われつづけた時期であることは銘記しておく。

ただし、別のところで松本が言表しているように、文学（研究）の社会化の要請は、昭和一〇年代の文学場で展開されていた言説の《反復》[16]とも見立て得る。したがって、著1・著2は本章Ⅱでレビューした研究動向以後の、さらなる変化の渦中で、昭和一〇年代／現代を折り重ねるようにして、つまりは大学行政の影響力が飛躍的に大きくなる研究場において、著1・2は産出された研究書であった。

最後に、著2の検討対象期間[17]にふれて、補論を閉じることとしたい。タイトルには「昭和一〇年代」と掲げられてはいるが、直接的に扱われた下限は昭和一七年である。一つには、著1を出発点とする松本の研究が、時代を下るかたちで展開されてきたことの帰結であり、つまり今回研究が進んだのは昭和一七年までである、という見方である。ただし、松本の方法論からすれば、物質的に言表が産出されていることが研究の与件でもあるはずで、昭和一〇年代末とは、その意味で研究しにくい／できない時期であるとも考えられる。[18]

著2「あとがき」によれば、松本は著2を《道標》として《今後も同様のテーマにおいて研究を進めていく》ことを企図しているようだが、補論Ⅲ・Ⅳ末でふれた課題にくわえ、こうした質を異にした難題もまた、「昭和一〇年代」研究を進めていく以上、何かしらの手立てが要請されるだろう。

注

1　木村小夜「研究案内」（安藤宏編『展望　太宰治』ぎょうせい、平21）ほか参照。
2　同書に結実した山内祥史の仕事により、本章Ⅳでたびたび言及される『文藝時評大系』以前に、太宰治研究においては同時代評へのアクセスは容易となっていた。
3　曾根博義「日本文学（近代）研究'97」（『平成十年版　文藝年鑑』新潮社、平10）。
4　誤記かと思われるが、親文字の「文学研究」は原文ママ。
5　東郷克美「日本文学（近代）研究'99」（『平成十二年版　文藝年鑑』新潮社、平12）。
6　東郷克美「日本文学（近代）研究'00」（『平成十三年版　文藝年鑑』新潮社、平13）。
7　安藤宏「日本文学（近代）研究'01」（『平成十四年版　文藝年鑑』新潮社、平14）。
8　安藤宏「日本文学（近代）研究'02」（『平成十五年版　文藝年鑑』新潮社、平15）。
9　紅野謙介「日本文学（近代）研究'04」（『平成十七年版　文藝年鑑』新潮社、平17）。
10　鈴木貞美「日本文学（近代）研究'05」（『平成十八年版　文藝年鑑』新潮社、平18）。
11　池内輝雄「日本文学（近代）研究'09」（『平成二十二年版　文藝年鑑』新潮社、平22）。
12　本章では、三人称として「松本和也」を対象化し、公表された情報のみを提示する。
13　本章では、ロラン・バルトやウンベルト・エーコらが近代文学研究に再考を迫った、作品解釈に際しての特権的な作者（の意図）の捉え方をめぐる一連の議論をゆるやかにカバーするねらいで、便宜的に作者論と総称しておく。三好行雄・蓮實重彥「「作者」とは何か」（『国文学』平2・6）、中村三春「作者論」（日本近代文学会編『日本近代文学研究の方法』ひつじ書房、平28）ほか参照。

14　〔2⑥〕に第18章への論及がみられるが、ここでいう検討（評価）ではない。

15　室井尚『文系学部解体』（角川新書、平27）、「特集＝大学の終焉――人文学の消滅」（『現代思想』平27・11）、「特集＝大学のリアル――人文学と軍産学共同のゆくえ」（『現代思想』平28・11）ほか参照。

16　松本和也「新刊本自著紹介　『昭和一〇年代の文学場を考える――新人・太宰治・戦争文学』」（『立教』平27・夏）。

17　もとより、検討対象としてのエリアについては、翻訳や植民地の問題も含めて考える必要がある。その足がかりについては、松本和也「林語堂 *Moment in Peking* 翻訳出版をめぐる言説――日中戦争期の文学場一面」（『太宰治スタディーズ別冊』平27・6）、同「マレー・シンガポール攻略作戦をめぐる報道文――昭和17年文学場一面」（『文教大学国際学部紀要』平30・1）参照。

18　松本和也「昭和一〇年代における文芸時評・序説」（『ゲストハウス』平28・9）、同「昭和10年代における文芸時評（Ⅰ）――総合雑誌『中央公論』『改造』『文藝春秋』『日本評論』」（『人文学研究所所報』平29・3）、同「昭和10年代における文芸時評（Ⅱ）――文芸雑誌『新潮』『文藝』『文学界』『若草』『作品』『文学者』」（同前、平29・9）参照。

初出一覧

＊いずれの章においても、論全体の再構成や同時代評の追加をはじめ、大幅な加筆修正をくわえた。

第1章　「日中開戦後の吉川英治――『東京日日新聞』・「迷彩列車」を中心に」（『立教大学日本学研究所年報』平29・7）

第2章　「『北文物情』・『従軍五十日』の同時代評価――岸田國士の昭和一〇年代を考えるために」（『立教大学日本文学』平27・1）

第3章　「従軍ペン部隊言説と尾崎士郎「ある従軍部隊」」（『信州大学人文科学論集』平28・3）

第4章　「川端康成「高原」連作の同時代受容分析」（『国語と国文学』平27・4）

第5章　「現役小説家・岡本かの子の軌跡――同時代評価の推移とその背景」（『国語国文』平28・4）

「岡本かの子追悼言説分析」（『京都大学国文学論叢』平28・9）

第6章　「井伏鱒二「多甚古村」同時代受容分析」（『京都大学国文学論叢』平29・9）

第7章　「火野葦平「土と兵隊」の同時代的意義――日中戦争期における文学（者）の位置」（『立教大学日本文学』平28・1）

第8章　「火野葦平「花と兵隊」の基礎的検討」（『立教大学日本文学』平29・1）

第9章　書き下ろし

補　論　「太宰治／文学場の言説分析――研究対象・方法論再考のために」（『人文研究』平29・9）

おわりに

〝昭和一〇年代の文学場について多角的な検討を積み重ねる〟というのが、ここしばらくの私の研究テーマなのだけれど、既刊拙著『昭和一〇年代の文学場を考える』（二〇一五）をその第一歩だとすれば、本書は二歩めにあたる。もう少し進めたいと考えてはいるけれど、どこまで行けるかはわからない。

文責が論者の私にあることは大前提として、具体的な検討対象については、さまざまなかたちで出会った人々や資料に触発されたところが大きい。学恩はもとより、こうしたひろい意味での環境にも、この場を借りて感謝の意をあらわしておきます。また、神奈川大学に着任して二年になろうとしているけれど、ここもまたたいへん恵まれた環境で、本書の研究テーマについても実に多くの刺戟と示唆を受けたことについて、同僚の皆様に感謝申し上げたい。

研究費についていえば、ベースとなった初出論文の多くで科研費の助成をうけた。第2章・第4章はJSPS 科研費 23720103、第1章・第3章・第5～7章・第10章は JSPS 科研費 15K02243、第8章は JSPS科研費 16K02420 をそれぞれ受けた。そして、本書も JSPS 科研費 15K02243 の成果である。なかでも、準備期間から含めると五年になる共同研究「昭和10年代における文学の〈世界化〉をめぐる総合的研究」は、本書も含めて近年の研究を進める上で、きわめてありがたいものだった。

最後に、本書は神奈川大学出版助成Aに採択されたことで出版が叶いました。研究支援課をはじめとした神奈川大学の関係各位、また、丸善雄松堂の関係各位には、たいへんお世話になりました。こと、丸善プラネットの小西孝幸さまには、タイトな日程の中、ていねいにサポートして頂き、助かりました。みなさまに、心よりの御礼を申し上げます。

二〇一八年一月二〇日

松本 和也

な　行

は　行

ま　行

や　行

索　引

あ　行

か　行

さ　行

た　行

著者紹介

松本　和也（まつもと　かつや）

1974年、茨城県生まれ。立教大学大学院修了、博士（文学）。現在、神奈川大学外国語学部教授。著書『太宰治の自伝的小説を読みひらく　「思ひ出」から『人間失格』まで』（立教大学出版会、2010）、『テクスト分析入門　小説を分析的に読むための実践ガイド』（ひつじ書房、2016、編著）ほか。論文「戦時下の芸術家（宣言）——太宰治「一燈」試論」（『太宰治スタディーズ』2016.6）、「フィクションとしての戦争——森博嗣『スカイ・クロラ』シリーズを読む」（『人文研究』2016.9）ほか。

日中《にっちゅう》戦争《せんそう》開戦《かいせん》後《ご》の文学場《ぶんがくば》

報告／芸術／戦場

2018年3月10日初版発行

著作者　松本　和也

発行所　神奈川大学出版会
〒221-8686
神奈川県横浜市神奈川区六角橋3-27-1
電話（045）481-5661

発売所　丸善出版株式会社
〒101-0051
東京都千代田区神田神保町2-17
電話（03）3512-3256
http://pub.maruzen.co.jp/

編集・制作協力　丸善雄松堂株式会社

組版／月明組版
印刷・製本／大日本印刷株式会社
ISBN978-4-906279-13-5 C3095